시의 역설과 비평의 진실

시의 역설과 비평의 진실

차례

4부 시의 현장을 찾아서

5부 시의 풍경들

그를 꿈꾸며

평론집을 내놓기가 두렵고 부끄러워진다. 글이란 게 어떤 식으로든 쓰면 결국엔 글을 읽게 되는 사람의 것이라서 글쓴이가 손을 보거나 궁색한 변명 따위들이 쓸모없게 되어버리기 때문이다. 그런데도 책을 펴내려는 까닭이 어디에 있을까 스스로 묻는다. '저자' 가 되고 싶다는 욕심 때문이리라. 달리 그 연유를 캐묻는 것이 한편으로는 솔직하지 않겠다는 생각도 든다. 또 하나를 덧붙이자면, '이제는 첫 평론집을 낼 때가 되지 않았나' 하는 얄팍한 심사도 있었다, 고백하는 게 더욱 진실한 답변이겠다. 이 두 마음이 내 자신의 '사회적 가면' 뒤에 엉큼하게 도사리고 앉아 나를 힐책하고 떠밀면서, 때로는 세상살이에 회의를 느끼게 하면서까지 없어지지 않고 남아 있었던 것 같다. 이런 마음은 내 부끄러운 글들이 세상에 나오자마자 또다시 똬리를 틀면서 나를 자극하겠지.

참으로 알 수 없는 세상이다. 지금껏 나는 따뜻한 사람이고자 했지만 남이 쓴 작품을 요리조리 칼질하면서 무참히 짓뭉개버리는 평론가로 놓여 있다. 그 노릇이라도 제대로 하고는 있냐고 누가 묻는다면 할 말은 없지만, 사람 노릇 제대로 못 하면서 평론가 노릇을 하려니 이상야릇한 느낌마저 들었던 적이 한두 번이 아니다. 대체로 평론가치고 말과 행동이 반듯하지 않은 사람을 보지 못했다. 격식을 갖춘 부류란 뜻에서라기보다는, 이런 경우에는 남들이 '문학평론가'라는 선입관으로 바라보는 시선을 일부러 의식해서 그런 건 아닐까, 하는 뜻에 더욱 가깝다. 이 또한 단견이나 오해일 수도 있겠다.

여러 면에서 어수룩하고 덤벙대는 성격인 나 자신이 아주 정색을 하고서 작품을 비평하는 경우는 별로 없었던 것 같다. 다만 글을 쓰면서 작품에 대한 첫 느낌을 되도록 잃지 않으려고 애를 썼던 게 사실이다. 그런데 비평은 작가와 비평가 사이에서만 이루어지는 소통 작업이 아니란 걸 잘 안다. 독자가 반드시 있을 터인데, 지금에 와서 생각해보니 이 평론집에 실린 글들 대부분이 내 멋대로 쓰지 않았나 하는 느낌도 든다. 못난 놈일수록 잘난 척을 해대는 수가 많은데 딱 그 꼴이다.

이 책의 구성에 대해서 간략하게나마 일러두는 게 순서이자 도리겠다. 제1장은 총론 격으로 문학을 보는 필자 나름의 시각을 주로 담았다. 문학 환경이나 조건이 예전보다 많이 달라진 시대에서 다시 문학을 점검하고 추스르자는 뜻으로 묶을 수 있는 글들이다. 시와 비평, 그리고 지역문학의 현재를 응시했다고 볼 수 있다. 제2장과 제3장은 시인론이다. 제2장에서는 문학사에 그 흔적을 남기고 있는 시인을 중심으로 시 세계를 훑어보았다. 제3장에 실린 작고 시인론은 작고 문인에 대한 관심과 함께 재평가가 한창인 요즘, 이에 발 맞춤한 듯 보이기도 하지만 역으로 이 작업으로 하여 나 자신의 문학적 시야를 더욱 넓힌 기회가 되었다. 제4장에서는 최근 시의 현장을 둘러본 글이 담겨져 있다. 마지막으로 제5장은 지역 시인들의 작품 세계를 다루었다. 꾸준하게 시 작업을 하고 있는 시인들의 시집에 대한 서평을 모았다. 요즘 시들의 표정을 읽을 수 있게 되기를 바라는 마음이다.

뜻하지 않게 세상에 얼굴을 내민 때부터 설렁설렁하게나마 꼴을 갖추게 된 나 자신과 마찬가지로, 이 평론집 또한 어수선한대로 내 문학적 주견(主見)을 보여준다면 욕심일까. 등단 무렵 못난 자식의 글이 실린 신문을 물끄러미 내다보시던 아버지가 생각난다. 무슨 뜻인지 헤아릴 수 없었음에 틀림이 없었던 당신의 눈매였지만, 연신 방그레 웃으시던 표정을 잊을 수 없다. 아버지와 어머니 두 분이서 아들의 글을 읽고 무슨 생각을 하셨을까. 당신들이 배우지 못해, 배운 아들의 난수표 같은 글이 '배운 자의 특권이나 표시' 로 보여 대견스러웠을 것이다. 그렇지만 지금에서야 어렴풋이 깨닫겠다. 내 글은 올해로 여든셋인 노모가 언젠가는 읽고 나서 무슨 말인지 고개를 끄덕이게끔 하는 데 향해야만 한다고. 덧붙여 비평에 뜻을 둔 1990년대 중반 이런저런 책을 읽고 글을 쓴 때부터 지금까지 어쩌면 헛공부를 해오지 않았는가, 자문해본다. 살아 있는 참 공부는 그게 아닐 것이다. 문학과 비평이 궁극에는 참된 세상으로 거듭나기 위한 처절한 몸짓이 아니던가. 휴지조각에 지나지 않는 종이로 사람을 먹여 살릴 수 있다면 더할 나위 없이 좋겠지만, 헐벗고 굶주려도 '얼나' (영적인 나)로 거듭나는데 소용된다면 까짓 '문학' 따위는 내동댕이쳐버릴 수 있는 큰마음을 품고 싶다. 하지만 못내 옹졸하고 나약한 심성이 나를 여기까지 끌고 왔던 것이다. 그러는 가운데 상처받은 영혼들은 또 얼마나 많았던가.

방에 홀로 앉아서 자맥질하듯 쿵쾅거리던 심장 소리를 들으며 죄인처럼 부끄러웠던 때는 필경 다가오는 날이 두려웠던 새벽 무렵이었을 것이다. 네 시나 다섯 시, 아니 다섯 시 반 경 어머니는 늘 하루도 빠짐없이 정화수를 떠놓고 자식들을 위해 기도를 하신다. 무릎 연골이 닳아 잘 걷지도 못하시고 가끔은 헛소리까지 하시는 정신인데도 어김없이 제 시각에 깨어나 기도하시는 마음, 그 정성대로만 글을 쓸 수 있다면 얼마나 좋을까. 하지만 나는 그제야 삼독(三毒)에 지쳐 나자빠질 테고,

이 모든 것들이 그리워질 때가 있을 것이다. 내 비평은 어쩌면 눈에 보이든 보이지 않든 어떤 그리움의 대상을 글로써나마 확인하고자 했던 흔적이 아니었을까. 제발 '그'를 만날 수만 있다면….

말테의 말을 빌려 마무리를 대신하고자 한다.

"그러나 그분은 아직 그럴 생각이 없었다."(『말테의 수기』 끝 구절)

변변찮은 글을 엮어 출판해주신, 소중한 인연인 강수걸 사장님과 김은경 선생님께 감사드린다. 그리고 문화공간 '수이재' 식구들인 김미선, 김해경, 이현주, 최원준 시인들께도 감사드리고 싶다. 이들 덕분에 덜 외로웠다.

2011년 6월

덕천동에서

정훈

1부

오늘날의 글쓰기와 문학

글쓰기와 꿈꾸기의 거리

— 다시 비평을 생각한다

1.

문학이 아직도 쓸모가 있는가? 이런 진부한 물음을 던지는 데는 이유가 있다. 이 물음을 하기 전에 몇 가지를 살펴보는 것이 먼저일 것이다. 최근 십수 년 동안 '종언' 이나 '위기' 와 같은 비유에 늘 따라다녔던 '문학' 은, 이런 말들을 달고 다녔던 사람들이 걱정하거나 의심해왔던 것과는 달리 그리 쉽게 인간 정신의 저편으로 저물지는 않을 것이란 예감이다. 물론 문화영역에서 가장 활발했던 시스템의 변화와 감성의 변이는 사람들에게 '글쓰기' 라는 인문학적인 수공업품을 시대에 뒤떨어진 '물건' 쯤으로 바라보게 하는 경향도 없지 않았다. 그러나 구시대의 문화양식이라고 해서 선불리 폐지하기가 쉽지 않았던 까닭은 그것이 오래전부터 있어왔던 인류 보편의 자기표현방식 때문이라기보다는 오히려 정보기술의 발달로 더욱 세련되고 엔터테인먼트화되어가는 문화, 예술 영역에서 문학만이 지녀왔던 일정한 가치영역을 내팽개치기가 곤란해서인 까닭이 크다고 볼 수 있다.

문학의 협소화는 문학 기능의 새로운 발견으로 이어지기 마련이다. 그것은 글쓰기가 토대의 비약적인 발전과 연동되면서도 끊임없이 이 새롭고도 놀라운 세계상의 비전(vision)으로부터 초월하려는 속성을 지니는 것과 관련 있다. 초월이면서 자기반성적인 글쓰기는 사회구조에 편입하거나 편승하는 것이 아니라 내파하면서 풍자한다. 이런 글쓰기는 물론 바람직한 글쓰기다. 그것은 세계의 실상이 어떤 체계나 제도라는 구조의 얼굴을 하고 작가에게 달려드는 '포섭된 형식' 으로서가 아니라 끊임없이 정초해 있는 듯하면서도 해석의 지평을 넓혀주는 내용의 고름들을 짜내는 노릇을 해야만 한다. 이런 뜻에서 문학의 쓸모성은 지난 시대 문학이 누렸던 위의를 반추하여 그것의 변화된 위상으로서 탈바꿈한 기능을 유지하는 데 힘쓰는 소극적인 궁리를 찾는 데만 혈안이 된다면 곤란하다. 오히려 떠들썩한 세상 한복판에서 뛰쳐나와 거리를 두면서 다시금 문제의 본질로 회귀하면서 스며드는 진자의 운동성을 궁구해내는 데서 찾아야 한다. 말하자면 문학의 성질에서 기인하는 감성작용을 지난 시대의 관념적인 스펙트럼이나 지적 패러다임에서 탈피할 필요가 있는 것이다.

최근 문단에서 논란이 되어왔던 '문학' 의 재음미는 90년대 서구에서 불어닥친 각종 종언담론에서 촉발된 사후적인 발견에서가 아니라, 뒤늦은 감은 있지만 문학과 이것에 연계된 인문적 관계망을 뿌리째 탐색해 들어가는 것처럼 보인다. 하나의 독법으로 한국사회에 들이닥친 고고학적 문학 분석은 글쓰기라는 작가적 욕망이 확산하고 수렴하는 틈새를 읽어내는 측면에서 그 역량을 뽐낸다. 여기서 비평의 기능은 한껏 드높아져야 한다. 과거 사실주의, 혹은 리얼리즘의 기율에 속박된 작가와 비평가의 모습을 벗겨버렸던 새로운 조류는 사실 우리에게 또 하나의 새로운 계기로 다가왔다. '글쓰기' 가 사회학적 담론과 연계되어 세계를 과학자의 눈을 바탕으로 조감하되 감성문법의 유연한 틀을 다양한 언어 장치로 빚어내는 작업이라는 점은 속류 사회학과 교조적 마르크스주의 진영조차도 인정하고 있는 사실이다. 문제는 70~80년대에 밀도 있게 논의되었던 문학사회학적인 분석 틀로 비평의 장에 제공되었던 '근대담론' 들이 흔히 '탈근대' 로 진입하기 시작했다는 21세기 이후의 한국문학에도 유효한 인식 틀로 남아 있느냐이다. 이것은 이론의 적용 범위가 문제라기보다는 현실과 작품 사이의 거리를 재는 잣대들이 비평가의 머릿속에 강렬하게 영향을 주었던 이론의 자기장에서 얼마만큼이나 자유로워졌으며, 또한 얼마만큼이나 옭매어 있는지 유추할 수 있는 계기를 마련한다.

일견 단순한 인식으로 보일지 모르나, 우리 문학은 자생성보다는 수입한 외국이론으로 작품을 해명하려는 의존성이 더욱 컸다. '근대' 와 '탈근대' 의 규정과 경계 또한 작가의 무의식으로까지 침투한 이론적 외래종이 만들어낸 환상이 아닐까. 따라서 오늘날 다시 '문학' 을 불러내어 도마 위에 올려놓는 일은 비평가(또한 작가)가 지나간 자신의 행위에 대한 통렬한 반성을 전제하지 않고는 또다시 통념의 재확인에 그치거나 신종 이론을 빌려 우리 문학의 현주소를 진단하는 절름발이식 조명에 머물 수밖에 없는 것이다.

2.

모든 조건과 전제를 삭제한다 하더라도 글쓰기는 꿈꾸기의 내밀한 표현방식 가운데 하나다. '이상화' 로 틀 잡을 수 있는 문학의 존재 의의는 오늘날에도 여전히 작가에게 강력한 선(先) 욕망으로 남아 있다. 작가에게 부재하는 욕망을 글쓰기로 반영하는 것이 아니라, 글쓰기 자체가 바로 고도의 문화적 이상을 잠재하고 있다는 측면에서 이를 새로운 방식으로 탐색해보는 일은 의미가 있을 것이다.

업턴 싱클레어는 다음과 같이 말했다.

> 주제를 이상화한다는 것은 그것을 이념에 의하여 수식함을 뜻한다. 그 주제를 좋아하거나 좋아하지 않거나 간에 그 이념을 표현하도록 만듦을 뜻한다. 헨리 제임즈는 특출한 사람을 주제로 택한 어느 화가에 대한 얘기를 한 적이 있다. 화가가 그 사람의 성격 속에 숨은 안일성과 허위성을 꿰뚫어 보고는 그 초상화에 그 성질이 나타나도록 그렸는데, 처음으로 그 사람의 성질이 세상에 밝혀졌고, 그 때문에 그 사람의 아내는 그의 곁을 떠났다는 것이다. 이것도 하나의 "이상화"인 것이지만, 그러나 분명히 이 방법을 써야 할 초상화가는 그 모델을 구하기에 매우 어려운 고통을 겪게 되리라고 생각한다.[1)]

싱클레어가 '그림'으로 재미있게 비유를 든 핵심은, 예술작품은 형상화 과정을 거치면서 반드시 작품 속에 특징이나 성질이 드러나게 마련이라는 사실이다. '이상화'나 '이념'이란 표현이 조금 무겁다면 작품의 '진실'이라 바꿔 써도 상관없다. '진실'은 '참됨'이나 '사실'을 포함하는 말이다. 글쓰기가 '어떤 진실'에 향해 있다는 점은 확실하다. 말도 그렇다. 사실을 왜곡하거나, 과장된 생각(주관)으로 특정한 정황을 무시하거나 비트는 말일 경우 상대방은 불쾌할 수밖에 없다. 설령 말을 듣는 자가 그 순간 '거짓'을 잡아채지 못했다 하더라도 언젠가는 밝혀지는 것이다.

말은 곧 사람의 마음이요 인격이다. 앞에서 거론한 대로라면 말하는 사람의 '진실'된 속성이다. 글 또한 마찬가지다. 내면을 비추는 거울인

1) 업턴 싱클레어, 박준황 옮김, 『힘의 예술』, 종로서적, 1979, 21쪽.

글을 우리가 함부로 쓸 수 없는 까닭이 여기에 있다. 그런데 요즘은 참되고 올바른 말의 정수를 추려내기가 힘든 시대이다. 두더지 인형처럼 어떤 대상이나 사건에 대해 '의지'를 앞질러 곧바로 터져 나오는 말과 글들이 사람들 속을 헤집고 다닌다. 알찬 씨앗처럼 정신의 풍요를 가져다주는 언어는 아주 적다. 심지어는 그릇된 의식을 조장하기까지 한다. 필자 또한 이러한 혐의에서 온전히 자유로울 수는 없다. '말'의 딜레마는 여기에서 비롯한다. 참선 같은 묵언수행을 하지 않는 이상 어쨌든 언어로 자신의 주관을 드러낼 수밖에 없고, 그 표현행위의 실용적 · 미학적 효용 가치는 시간의 흐름에 따라 자연히 드러나기 마련이다.

시시때때로 소용돌이치는 현실은, '지금 이곳'의 정황을 뚜렷한 말로써 표현하고 드러내기를 요구한다. 그러나 '진실'은 말과 글의 맞은편에서 역설의 표정으로 존재하기도 한다. 침묵 속에서 진실이 싹트는 게 아니라 말의 이면에서 이미 진실의 낌새가 자리 잡고 있다는 뜻이다.

> 님 있는 여러 사람들은 나를 위로하여 좋은 말을 합니다마는 나는 그들이 위로하는 말을 조소로 듣습니다
> 그때에는 울음을 삼켜서 눈물을 속으로 향하여 흘립니다.
>
> —한용운, 「우는 때」 부분[2)]

만해가 위 시에서 표현한 "울음"의 의미가 "말"의 배면에서 생성한 역설의 진실이다. 이로 볼 때 시가 일상의 언어보다 진실에 좀 더 가까

2) 김용직 주해, 『원본 한용운 전집』, 도서출판 깊은샘, 2006. 인용한 시는 만해가 쓴 시를 김용직 교수가 오늘날의 어투로 고쳐 주해한 것을 필자가 두 군데 좀 더 다듬은 형태로 수정했다. "위로하야"를 "위로하여"로, "그들의 위로하는 말을"을 "그들이 위로하는 말을"로 수정했다. 고어투와 외래어 말투를 자연스러운 현재 우리 말투로 고쳤음을 밝히고, 이에 양해를 구한다.

울 수 있다는 지금까지의 숱한 목소리를 생각해보지 않을 수 없다. 참됨과 선함과 아름다움(진선미)이라는, 인간이 도달해야 하는 정신 가치 중에서 '아름다움' 의 영역에 시가 놓여 있음은 주지의 사실이다. 시의 언어는 물론 아름다움에 뻗쳐 있지만, 이는 미적 범주로서 시문학의 존재 근거를 파헤치기에는 너무 범박하고 추상적이다. 시가 현실을 전복하면서 언어 자체의 '윤리' 에 균열을 내는 오늘날에 비추어볼 때 더욱 그렇다. 여기에서 '비평' 의 중요성이 커진다. 시언어와 비평언어는 어떤 면에서는 화해할 수 없는 운명을 타고났다. 시가 투명하면서도 말랑말랑한 언어로 이루어져 있다면, 비평은 험악하고 날카로운 언어로 이루어져 있는 것이다. 시가 순진한 어린이의 표정을 지으면서 세상을 바라본다면, 비평은 마치 자신의 '장애' 를 의식하지 못하고 무작정 덤벼드는 당달봉사처럼 어리석어 보이기까지 한다. 그런데도 이 둘은 함께여야만 존재의 정당성을 만들어낼 수 있는 아이러니한 관계에 놓여 있다. '침묵' 이 소음을 전제로 할 때 그것의 진가가 드러나는 것처럼, '소음' 또한 침묵이 가져다주는 평온함에 기대어 맘껏 재잘거릴 수 있는 것이다.

3.

시는 '묻고' 비평은 '대답한다' . 시가 세상과 현실과 모든 실존을 향해 시인 자신의 내면에서 터져 나오는 텅 빈 언어로 질문하는 형식을 가진다면, 비평은 작품의 목소리에 대한 응답이다. 작품에 대한 해석과 평가를 포괄하면서 비평의 형식을 좀 더 확장하는 글쓰기는 '비평' 의 위기라 흔히 말하는 요즘 시대 비평적 글쓰기의 특징이 된 듯하다. 작품에 매여 있었던 이전의 비평은, '위기' 담론을 겪으면서 가까스로

'작품' 으로부터 자유로워질 수 있었다. 이는 메타비평의 활성화라는 현상으로 드러난다. 어떤 비평가라도 '자신의 언어' 로 비평 담론에 개입할 수 있게 된 것이다. 그런데 문제는 메타비평 활성화의 이면에 드리워진 이론의 과잉이다. 물론 비평언어란 결국 '이론화' 로 수렴하는 것이지만, 비평적 글쓰기에서 기존의 이론을 마구 들고 와서 자신의 발언의 버팀목이나 근거로 활용하는 경우를 자주 본다. 이론은 메타비평뿐만 아니라 대부분의 비평적 글쓰기에서 조심스럽게 다루어야 하고 그것의 적용 또한 신중해야 하는 법이다.

> 이론은 작품 전체를 뒤덮는 교의敎義의 촘촘한 그물코로서, 오직 작품의 선택된 일부만이 이 그물코 사이로 조망될 뿐이다. 또 다른 부분들은 왜곡되거나 차단된다. 더군다나 이와 똑같은 그물코가 뒤따라 나오는 모든 작품에 드리워짐으로써 각각의 독특함이 파괴되고 그 차이점은 지워진다.[3)]

이글턴의 말처럼 이론은 작품 "각각의 독특함이 파괴되고 그 차이점"을 지운다. 이는 '이론' 의 속성 가운데 하나인 '획일성' 과 '배타성' 때문에 생긴다. 그런데도 우리는 늘 '이론' 을 입에 올리며, 또한 갈망하기까지 한다. 작품은 늘 푸른 채로 존재하고, 이론은 기꺼이 자신의 얼굴에 회칠하기를 마다하지 않는다. 비평언어의 무의식에서 욕망하는 '이론화' 는 자칫 작품의 속살을 훼손하거나 형해화(形骸化)할 우려마저 낳는다. 더구나 해방 이후부터 본격적으로 서구 문화에 잠식되어 온 이 나라 지식인들에게 '이론' 이 어떻게 다가왔는지 생각해보면, 그동안 '이론' 이라는 이름으로 난도질당했을 숱한 작품이 눈에 훤하다.

---

3) 테리 이글턴, 이재원 옮김, 『이론 이후』, 도서출판 길, 2010, 138쪽.

상찬받지 못하고 잠깐 눈에 띄다 묻혔을 작품을 말하는 것이 아니다. 이론적 비평이 던진 매섭고 차디찬 그물코에 '다행히' 걸려든 작품들은, 작품을 이루는 구성요소의 적합성에 상관없이 당대 비평가들의 비평 대상 목록에 편입된다. 그리고 '나머지들'.

시 작품에 국한하자면 대부분의 서정시가 이 '나머지'에 들어갈 것이다. 최근의 한국 시문학 분위기가 '문학의 죽음'이 아니라 오히려 '서정의 죽음'이라고 해야 할 만큼 비평가들의 논의 대상 목록에서 비켜서 있다. 늘 새것에 민감하고 감각적인 젊은 비평가들 사이에서 더욱 그러하다. '좋은 작품'과 '안 좋은 작품'을 갈라서 좋은 작품을 독자에게 널리 알리는 노릇을 했던 과거 비평과는 달리 언제부턴가 비평가조차 해독하기 어려운 작품을, 마찬가지로 해독하기 쉽지 않은 비평언어로 분석하여 그 작품에 내재한 어떤 '의미심장한' 부분을 '가까스로' 끄집어내어 보여주는 경우가 많아졌다. 최근 활발하게 비평 활동을 하고 있는 어느 문학평론가가 행한 시 분석을 인용해본다. 그가 분석 대상으로 삼은 시는 김지녀 시인의 시 「크래커」이다.[4)]

> 이 시에는 사상도 없고 교훈도 없다. (…) 오로지 하나의 이미지만이 있을 뿐이다. (…) 우리는 이 이미지의 존립에 대한 실마리를 들뢰즈의 다음과 같은 문장에서 읽어 낼 수 있을 것 같다. "이미지 자

4) 수백 개의 다이너마이트를 준비하고/폭파 전문가들은 콘크리트 벽에 뚫릴 구멍에 대해/토론을 시작했다/지구의 반대편에서/나는 그들과 함께 폭파 직전의 건물을 보고 있다/날씨는 쾌청하고/기온도 적당하다/크래커는 바삭바삭 잘도 부서진다/건물은 아직 그 모습 그대로 담담하게 서 있다/이미 깊고 큰 구멍의 뼈를 가지고/천천히 무너졌을 시간이 늙은 코끼리처럼/도시 한복판에 머물러 있다/까맣고 흰 얼굴들이 차례차례 지나간다/여러 번 크고 작은 눈빛이 오고 간다/벌컥벌컥 물 한 컵을 마시는 동안/아무렇지 않게 무릎을 꿇어 버린/벽과 창문과 바닥이/하늘 높이 솟았다 가볍게 흩어진다/방바닥에는 크래커 부스러기들이 잔뜩/떨어져 있다/먼지구름은 이제 곧 이곳을 통과할 것이고(김지녀, 「크래커」 전문, 『시소의 감정』, 민음사, 2009. 이상 서동욱, 『익명의 밤』, 민음사, 2010, 128~129쪽에서 재인용)

체는 **어떤 분열된 형식**을 가지고 **서로 동등하지 않은 두 부분**으로 현존한다. (…중략…) 이 이미지는 동등하지 않은 부분들을 포섭하고 결집시키는데, 동등하지 않은 것들로서 집결한다."(*DR*. 120쪽;원 필자 주. *DR*은 G. Deleuze, *Différence et répétition*(Paris:PUF, 1968)을 가리킴—인용자) 한 이미지는 두 부분(가령 크래커와 콘크리트 벽)으로 분열된 형식을 지닌다. (…) 요컨대 본질로서의 얼굴을 숨기고서 하나의 가면이 나타나는 것이 아니라 두 개의 가면이 번갈아가며 상대방의 배후에 숨겨진 얼굴 역할을 해 주는 것이다. (…) 이 가면을 해독하면 그 안엔 먼젓번에 가면이었던 것이 본질 행세를 하며 들어 있다. 인식을 목적으로 삼는 것이 아니라 목적 없이 반복하는 것, 진리 없이 가면을 바꾸어 쓰는 것이 시를 통과하는 삶이 취하는 방식이다. 정말로 어떤 삶을 떠올리게 하지 않는가? 이미지 시대에 삶이란 되찾아야 할 진리도, 최종적인 지점에 놓인 도달해야 할 진리도 없이, 가면끼리 복제하는 끊임없는 행렬 중에 있다면, 이미지로서의 시야말로 본의든 타의든, 시대가 알아차릴 수 있든 없든, 시대를 존중하고 있다. 시대의 실존 방식의 무의식적 교본이 되면서 말이다.[5)]

시 비평의 경우 대체로 누가 보아도 잘 읽히면서 뚜렷한 느낌을 주는 작품보다는 의미가 모호하거나 해석의 틈이 큰 작품을 선호하는 수가 많다. 비평언어라는 것이 기실 작품의 분석과 작품의 한가운데로 파고 들어가려는 욕망을 이미 내재한 채로 진술되기 때문이다. 나는 위의 분석에 동의하지 않거나 진술에 불만이 있지는 않다. 평자마다 각자의 개성과 서술 방식으로 작품을 읽어내기 때문에 제삼자가 그것에 왈가왈

5) 서동욱, 「시와 비진리」, 『익명의 밤』, 민음사, 2010, 129~131쪽.

부하는 것은 별로 생산적이지 못하다. 더욱이 서양철학을 전공한 철학자면서 평론가인 서동욱으로서는 오히려 자신의 전공 지식과 철학적인 감식안으로 멋스러운 평론 한 편 만들어냈을 뿐인 것이다. 솔직히 말하자면 이런 식의 비평은 문학에 조금이라도 관심이 있는 사람이라면 최근에 나온 평론집을 구해 들춰보면 얼마든지 확인할 수 있다.

시인이 어떤 시를 쓰든 그것은 시인의 자유에 속한다. 그런데 비평의 경우에는 달리보아야 한다. '보통' 의 비평가가 섣불리 덤벼들기를 꺼려하는 난해시, 특히 위에 언급한 김지녀의 「크래커」 같은 작품의 경우, 어느 특정한 비평가가 의기양양하게 외국의 이론을 가져와서 분석을 하면 이 시에 대한 후속 평가는 바로 서동욱의 비평을 전범으로 삼게 되는 일이 생긴다. 물론 이 현상이 바람직하지 않다는 말은 아니다. 어쩌면 당연할 수도 있다. 비평가는 「크래커」의 텍스트를 '이미지' 라는 키워드로 접근하여 마침내 —김지녀 시인이 이 말을 들으면 혹시라도 환호할지는 모르겠지만— "시대의 실존 방식의 무의식적 교본" 이라는 '무시무시한' 극찬으로 끝을 맺는다. "시대의 실존 방식의 무의식적 교본" 이 무엇을 뜻하는지 짐작은 가면서도 머릿속으로 선뜻 그려지지 않는 이 발화의 화살표는, 바로 비평가 자신의 비평 태도를 겨누고 있지는 않을까. 외국 이론을 가져와 난해하게 분석한 작품 평을 마무리 짓는 이 단정적인 진술은, 설령 작품에 정확하게 들어맞는 표현일지라도 궁극에는 비평언어의 남발이나 과잉 포즈로 귀결한다. 이른바 나르시시즘에 빠진 비평의 '무의식적 교본' 이 되어버리는 것이다.

4.

비평은 자의식을 충만하게 만드는 무엇이 있어 보인다. 작품에 대한 비평이든 메타비평이든 그렇다. 사실 자의식이 빠진 글이란 게 있을 수 있겠는가. 에고(ego)가 밀면서 끌고 가는 글쓰기는 글 쓰는 자로 하여금 세상을 어쨌든 편협하게끔 시각을 조준하게 한다. 오늘날 넘쳐나고 있는 온갖 비평적 진술은 중심을 놓친 채로 허방을 짚고 있다는 느낌을 지울 수 없다. 작품 깊숙이 들어가고, 또한 꼼꼼하게 다루는 것도 비평의 미덕 가운데 하나일 테지만 작품에 빠져버려서 정작 제 언어를 건지지 못하는 경우가 그렇다. 하지만 허방 속에 제대로, 풍덩 뛰어들어가는 비평언어는 아이러니하게도 글이 어떤 마음으로 쓰이고 어떤 꼴로 세상에 드러내야 하는지 역으로 증명하는 일일수도 있겠다. 완전한 글이란 없듯이 공평무사한 비평 또한 존재할 수 없다. 다만 어수선한 시대에 문화의 밑동으로 오랫동안 자부해온 문학이 외면받는 요즘, '문학' 을 말하고 거론해온 비평의 매무새를 각자가 점검하는 일은 필요하리라 본다. 어떻게 들릴지 모르겠지만 비평의 남발이 문학을 하찮은 소일거리 정도로 만든 측면도 있을 것이다. 시인이나 소설가들 중에 비평가의 직함을 가지고 있거나 비평적 글쓰기를 행하는 경우가 눈에 띄게 늘어났다는 사실을 생각하면 더욱 그렇다.

'비평' 이 흘러넘치는 경우는 바로 '말' 이 쓸데없이 허다해진 경우와 같다. 그런데 문학의 말이 많아지는 것은 어떤 점에서 보면 활력이 되어, 좋은 의미로 받아들여지기도 할 것이다. 작품과 비평이 서로 주고받는 말은 작가와 평론가 사이에 공감의 통로를 넓히는 유일한 수단이다. 설령 공감이 아니라 서로를 배격하고 힘껏 밀어내는 결과를 초래하더라도 언어는 현상 뒤편에 있는 진실 쪽으로 당으려는 욕동을 끌어 모으게 된다. 백 년이 된 이 나라 현대문학사를 볼 때 비평 분야에서 독자의 심금을 울리는 '작품' 이 몇 편 되지 않는 까닭도 이와 연관해서 생각해볼 수 있지 않을까.

비평에 앞서서 늘 작품이 놓인다는, 작품의 선재의식(先在意識)에 대한 열등감이 비평가의 무의식을 메우고 있다. 이것이 비평의 트라우마가 되어 비평가를 괴롭혀왔던 게 사실이다. 이런 열패감은 비평가로 하여금 비평 존재 의의에 대한 자의식을 점점 쌓게 하였고, 이를 상쇄하기 위한 '세련된' 기술을 발명했던 것이다. 작품에 대한 감상과 사견(私見)이 입법비평이나 재단비평 같은 '준엄한' 글의 형식으로 '도약'했던 데에는 이런 연유가 있었다고 본다. 물론 문학작품에 담긴 주제·형식의 복잡화는 비평의 세분화를 가져온다. 그리고 비평 형식의 세분화는 미궁 같은 현실 세계의 복잡성을 곧바로 나타내는 것이기도 하다. 그런데 비평의 세분화를 비평언어의 난잡함을 합리화하기 위한 변명으로 삼아서는 곤란하다. 온갖 현학적인 말투와 과장된 수사(修辭)는 '말'이 갈피도 잡기 전에 허물어져 버린다. 작품의 속살에 닿는 듯하다가 이내 비평가 스스로를 옹위하고 감싸는 비평은 비평가의 자기만족에 지나지 않을 뿐이다. 작품의 영원한 현존성은 비평언어의 초대마저 거절한다. 티끌조차 허용하지 않는 순금 같은 말로 이루어져 있기 때문이다. 순금의 말로 짜인 작품은, 이와 대등하게 순금의 언어로 들어찬 비평을 요구한다. 허사(虛辭)를 필요로 하지 않는 비평 행위는, 순금의 작품을 가려내는 작업에 후행(後行)한다. 안목과 정언(正言)이 비평가의 최대 덕목이지 않을까.

글은 잘 다듬기만 하면 영원한 진리에 닿는 훌륭한 수단이다. 그것은 꿈꾸기의 양식이다. 비평은 예술가가 글로써 꾸는 꿈을 풀이하고 해석하여 그 꿈의 단면을 드러낸다. 다석 유영모(1890~1981)는 『다석어록』에서 이렇게 말했다. "물에 용이 튀듯이 바른말 속에는 참뜻이 튀어오른다. 영원히 사는 것은 참뜻뿐이다. (…) 바른말(正言)이 영원한 생명이다."[6] 무엇이 '바른말'이고 무엇이 '참뜻'인지는 우리 모두 각자가

6) 박영호 옮기고 풀이, 『다석 유영모 명상록』, 두레, 2000, 375쪽에서 재인용.

연구해보아야 할 것이다. 허사와 티끌 같은 군더더기를 탈탈 털어낸 말이 바른말이라면, 바른말에 담긴 참뜻은 영원한 삶을 가능하게 하는 말의 씨앗이다. 글쓰기는 바로 말의 참된 씨앗을 틔우는 고독하지만 보람찬 작업이다. 비평이라고 예외일 수는 없다. 절치부심하여 참된 글쓰기를 이루어내는 비평에 대한 요구가 더욱 절실한 까닭에서 그렇다.

생성의 조건

— 지역 · 담론 · 작품의 새로운 관계 인식을 위하여

1. 삶의 구체성과 장소

요즘 들어 학계와 문단에서 '지역'과 '지역성'에 많은 관심을 기울이고 있다. 이런 현상이 한국 지성계가 가지고 있는 고질병 가운데 하나인 '새것 콤플렉스'의 한 모습인지, 아니면 이 새로운 바람이 담론 고갈에 시달리고 있는 인문학계에 미칠 정신 · 사상의 영향력을 떠나 각자 발 딛고 있는 삶의 자리를 돌아다보는 바람직한 태도를 이끌어낸다는 점에서 긍정의 현상이 될는지는 좀 더 지켜봐야 할 것이다. 그러나 이제껏 거의 모든 학문 담론이 빠지곤 했던 추상과 관념 우위의 지적 허세에서, 본래 이들의 과정이 처음부터 비롯하는 자리에서 나와 다시 이들을 극복하고 새롭게 다져야 하는 현실로 반본(反本)하는 일과 일정하다는 면에서 오히려 환영해야 할 일이다. 이론이 현실에 발붙이지 못하고, 이로부터 나오는 '탈현실'의 상아탑에 안주하는 모습을 우리는 너무도 똑똑히 보아왔기 때문이다. 이를테면, '보편주의'와 정보 · 지식의 중앙 권력 집중화에 맞서서 개별 · 특수의 중요성을 강조

하고 가치의 다양함을 새롭게 의식하려는 지금의 '지역' 논의가 보편주의의 또 다른 얼굴인 상대주의에 빠질 위험이 있다. 이 상대주의는 지금까지 후기 근대담론이 극복하려고 했던 서구와 타자의 이분법 대립을 지역 연구를 통해서 오히려 영속화하고 강화하는 경향을 보이고 있다.[1]

상대주의든 보편주의든 둘 다 '결과론적 인식'의 범주에 속하지만 오히려 후행(後行)하는 연구태도에 선험성을 가지게 한다는 점에서 문제점이 두드러진다. 그렇다고 해서 사안과 쟁점에 대한 연구와 탐색을 '이즘(-ism)' 형성의 두려움으로까지 연결 짓는 잘못을 저질러서는 안 될 것이다. 다시 말해 연구의 초심에 들어 있는 연구목적의 필요성과 논지에 따르는 정당성은 어떠한 지적(知的) 헤게모니 지향으로부터도 자유로워야 한다는 의지를 갖추어야 하겠다. 이를테면 우리가 지역을 문제 삼을 때 거대한 중앙 권력에 맞대응하여 또 다른 개별 권력의 장(場)을 만들고 싶다는 욕망에서 벗어날 필요가 있다.

이런 뜻에서 지금까지 '중심'과 '힘'의 이념으로 수렴되었던 근대담론은 새로운 계기를 맞이하고 있다. 탈근대와 탈중심의 이론 조류에도 아랑곳하지 않고 펼쳐지는 담론구성원들의 열정이 필요할 때다. '지역'으로 눈길을 돌리는 일은 뒤늦게나마 생활 터전이 보여주는 싱싱한 활기를 체득하겠다는 의지이며 바람이다. 여기서 삶의 구체성은 빛을

1) 김경일, 「지역연구의 정의와 쟁점들」, 『지역연구의 역사와 이론』, 문화과학사, 1998, 40쪽 참조. 김경일은 이 글에서 비서구문화가 물신화되는 것과 관련해서, "서양사는 근본적으로 다른 이국적이고, 전적으로 통합되어 있으며 변화가 없는 동양과의 절대적이고 본질적인 차이를 강조하는 오리엔탈리즘적 편견이 오늘날의 지역연구에서도 여전히 일정한 형태로 재생산되고 있는 것이다"라 하여 '인류학에 기반을 둔 문화적 상대주의'의 영향력에 경계를 표시한다. 김경일의 논의는 나라 사이의 '지역연구'에 초점을 맞추고 있고, 이러한 국제지역연구에서 맞닥뜨리는 이데올로기의 편중에 빠지기 쉬운 논리를 지적하고 있다. 그렇지만 국제 지역연구의 담론과 이념의 쟁점들은 여러 시간과 공간을 아우르고 개별화하는 데 유용한 오늘날의 지역과 지역성 탐구에도 그대로 적용할 수 있을 듯하다.

낸다. 그리고 이 빛을 내는 자리는 급속한 자본주의 운명으로 버림받고 소외된 우리 자신의 둘레이다. 기억 속에서 짐짓 태연하게 지나쳐온 장소는, 지역담론이라는 새로운 이론 조류에 소환되는 '행복했지만 이미 퇴색해버린' 소재들이 아니라 '지금 여기' 로부터 맞닿은 연접공간으로서 개인의 삶의 장(場, field)[2]을 형성하고 자치의 꿈을 키워내는 밭이 된다. 최원식이 말한 '중도의 장소'[3]나 김지하가 수운(水雲)의 사상을 들고 와 되풀이해서 천명하는 '무위이화 조화정(無爲而化 造化定)'의 진리는 이 같은 장소의 구체성에 대한 자각으로부터 무궁무진하게 회통하는 범아일여(梵我一如)의 상태가 아닐까.

이 글은 지역문화운동이 최근의 지역담론으로 나아가는 양상과, 지역담론과 작품이 서로 관계하는 모습을 개관하면서 논의를 펼치고자 한다. 지역성을 드러낸 작품들이 담론의 영역으로 들어올 때 추론할 수 있는 새로운 가능성을 끄집어낼 수 있겠는지 논구한다. 부산에서 요산 김정한 선생 탄생 100주년 기념으로 기획 · 출판한 『부산을 쓴다』(산지니, 2008)에 실린 작품들이 그 대상이 된다. 이를 통해 작품과 지역성의 문제를 되새겨보고 마지막으로 생성하는 장소로써 지역(local)의 현재성을 고찰하여 생명에서 나고 생명으로 들어갈 수밖에 없는 고금(古今)의 진실이 작금의 지역론에 바탕을 두어 어떻게 적용해야 하는지 탐색해보고자 한다.

---

2) 여기서 '삶의 장' 은 윌킨슨(Wilkinson)이 말한 '사회적 장(socil field)' 에 기초한 개념으로 쓰고자 한다. 이에 현상학에서 말하는 '생활세계(life-world)' 의 뜻을 포함하여 '상징적 상호작용론의 다양한 미시적 차원의 상호작용 과정이 현상학적인 관점의 객관화, 물화 과정을 거쳐 일상화된 구조로 인식되는 생활세계' 까지 아우른다. '삶의 장' 에 관한 논의는 강대기, 『현대사회에서 공동체는 가능한가』, 아카넷, 2001, 176~178쪽 참조.

3) 최원식, 「로컬 · 문화 · 로컬리티」, 부산대학교 한국민족문화연구소 HK연구단 제2회 초청 강연회 〈로컬 · 문화 · 로컬리티〉(2008. 7. 2) 발표 원고.

2. 지역문화운동에서 지역담론으로

일정한 사회 · 역사의 흐름에서 지역운동이 예술작품의 공연처럼 문화운동의 차원에서 진행된 경우가 있다. 80년대에 민주화 · 산업화에 따른 여러 민족문화운동이 각 지역마다 조금씩 다른 빛깔을 띠고 펼쳐졌다. 그즈음 한국사회가 독재와 제국의 종속에서 비롯하는 민중 억압이 적나라하게 노출되던 시기라는 점 말고도, 식민문화의 팽배로 위기에 빠진 전통 고유문화를 문화운동 차원에서 새롭게 창조해야 한다는 문제의식 또한 그 시기 민중 · 민족문화의 일면을 대변한다. 주로 대학가나 YMCA와 같은 시민 문화단체에서 이루어진 민중극과 판소리 · 탈춤을 변형한 공연 작품들은 넓게 보면 민족 운동의 일환이지만 민중에 대한 수탈과 공권력으로 피폐해진 지역의 터전을 알리고 공감대를 형성하는 데 목적이 있었다. 이 당시 지역문화운동은, 각 지역성을 살리는 데 주력하기보다는 당면한 제국주의 문화의 폐해와 본질을 고발하고 풍자하는 데 힘을 쏟았다. '거대담론' 이라는 그물에 사로잡힌 문화운동의 한 측면이거니와, 통일과 외세로부터 해방이라는 절체절명의 민족과제를 떠안은 결과라고 볼 수 있다. 따라서 이때 전국의 각 지역에서 공연되거나 실천해왔던 문화운동은 지금처럼, 다양성과 개별 · 특수성을 토대로 탈중심화하는 형태로 나아가는 것이 아니라 단일한 이념으로 수렴하는 종속성을 지녔다. '문화' 보다 '운동' 에 초점이 있었던 것이다.

문화운동이란 '문화' 와 '운동' 이란 용어가 합쳐진 복합어이나, 전체적으로 그 뜻을 규정하는 비중은 '문화' 보다는 '운동' 에 치우쳐 있다고 보아야 할 것이다. 즉 운동을 전제로 하고 있으며 또한 운동에 의해 그 내용이 규정된다는 점에서 문화에 비중이 주어진 문화 활동이라는 말과는 엄청난 차이가 있다는 것을 전제로 한다. 운동이란 "한 사회가 요구하는 과제를 해결하기 위한 사람들의 집단적이고 지속적이며 계획적인 움직임"이라 정의할 수 있다. 사회의 궁극적 과제는 변증법적 모순의 논리를 적용하여 설명해야만 좀더 치밀한 과학성을 획득하겠으나 이에 대한 구체적 언급은 다른 종류의 운동 논리를 참고하는 것이 옳겠다. 다만 문화운동에서 말하는 운동의 명제 역시 이른바 '운동' 혹은 '운동권'에서 나오는 운동의 이념과 맥락을 같이하는 것으로 보면 될 것 같다.[4)]

서울을 비롯한 각 지역을 중심으로 펼쳐진 문화운동이 기실 '운동'의 이념에 빠진 당대 조류의 한 가지였다면, 이즈음의 공연과 창작 민중극 같은 작품들의 이면 또한 일정한 '목적의식'으로 만들어진 경향성을 대부분 드러낸다.[5)] 문화운동이 사회변혁과 정치 · 사회 · 문화를

---

4) 정이담, 「문화운동시론」, 『문와운동론』, 공동체, 1985. 문병란, 「지역문화운동의 현 단계와 문제 인식」, 지방사회연구회, 『지역사회와 민족운동』(제1집, 창간호), 한길사, 1987, 122쪽에서 재인용.

5) 위 문병란의 글에서 인용하고 있는, 〈극단 신명〉이 1980년 3월 창립 기념공연으로 펼친 마당굿 「돼지풀이」의 한 장면만 보아도 쉽게 알 수 있다. 이 마당굿은 이른바 '돼지파동'을 피해농민의 시선으로 증언한 농촌풍자 사회극의 하나이다. 한 대목을 들어보자.

(다가와서 부채로 각설이를 탁 치며) 야, 이놈아, 허던 구걸 안 허고 아까부터 뭘 혼자 구시렁대고 있냐? (한숨) 뭐, 하긴 나도 부채장시밖에 안 되지만, 자, 부채 사려, 부채, 담양산 침대로 엮은 합죽선이요, 백우선이요, 양귀비 빰치는 오엽선이오. 여름에는 에어콘 빰치는 씨원한 바람, 겨울엔 히타 못지않은 뜨끈한 바람을 솔솔 내요. 자 전기세도 안 들어, 석유 땔 필요도 없어, 시집 못 간 노처녀 노랑내 없애주는 꼽장선이여, 일본놈의 마빡 지른 독립군의 태극선! 미선! 팔딱선이요, 데모할 때 최루탄 막아주는 민주부채요. 휴우~ 장사 더럽게 안 되는구나. 당최, 사람들이 인풀렌가 뭔가 땜시 돈을 내놔야지 말이제. 징허게 시세 없네. 하여튼 팍팍한 시상이여. (언성을 높여) 물값, 불값, 옷값, 신값, 약값, 술값, 담뱃값, 연탄값, 신문값, 책값, 비늣갑, (말끝마다 각설이가 장단을 쳐준다) 이발 · 목욕값에 하다못해 똥값까지 껑충껑충 깡충깡충 작것들이 연병땐스를 허면서 올라가는디 아이고 그놈의 나락값은 먼 지랄헌다고 버둥거리고만 있는고!(문병란, 위의 글, 129~130쪽)

비롯한 중요 제도 영역의 '혁신' 을 염두에 두고 진행되면서 드러난 '경향성' 은, 일부 지식인이나 학생들이 주축이 된 엘리트 위주의 하향 운동방식으로 체계화한 변혁 모델과 결합하면서 그 파급효과가 사그라진다. 단지 외세에 대한 경제 · 정치의 종속이나 구체적인 모색방안이 없는 통일 · 계급문제의 소거를 민족발전의 최우선 전략으로 내세웠지만 여러 계층의 욕망과 실상에 대한 진지한 성찰 없이, 단지 '선전' 효과로 활용한 민중예술작품의 '현대화' 는 각 지역 주민들의 역사 · 문화의 자각과 근대 자본주의 체계로 '상실한' 인식가치를 되살리고 적극 수렴하는 데서는 별로 도움이 되지 못했다.

80년대 지역문화운동은 그 대의로 보나 실제 성취했던 전술 방식으로 보나 지배계급과 주류문화(엘리트문화)에 맞서는 안티테제로서 일정한 성공을 거두었다. 90년대 들어서면서 우리는 달라진 세계정세와 지배계층의 위상변화[6]로 여러 부문에서 '민주화' 작업이 이루어졌다. 아래로부터 운동차원에서 요구한 민주사회의 '정체' 가 정권차원에서 '제도' 로 수용한 것이다. 그 한 가지 보기로 들 수 있는 것이 '지방자치제' 이다. 지방자치제의 도입은 세계화 추세와 융합하여 자연스럽게 지역학에 대한 관심으로 이어졌다. 대학마다 지역학을 신설하고 지역연구(Area Studies)를 적극 추진하면서, 이러한 흐름이나 학문 경향을 총괄하는 새로운 학문으로서 '지역학' 이라는 개념을 모색하기 시작하였다. 부산에 한정하자면, C. W. 밀즈의 『사회학적 상상력』을 바탕으로 '부산학적 상상력' 을 내세워 부산지역학의 담론을 새롭게 정리해내려

6) 정확하게 말하자면 정권의 변화라 할 수 있겠다. 노태우 · 김영삼으로 이어지는 '보수대연합' 안에서 이루어진 최고 권력층의 자리바꿈은 '군인' 에서 '민간인' 으로, 다시 말해 한국 현대사에서 1961년 5월 군사쿠데타로 이어져 내려온 기나긴 군사정권에 종지부를 찍은 큰 사건이었다. '문민정부' 의 등장은 기실 1987년 6월 항쟁으로 성숙한 한국 시민계급의 힘을 보여주는 측면이기도 하다.

는 김석준의 논의를 살펴볼 필요가 있을 것이다.[7)]

> '부산학적 상상력'은 부산에서 살아 왔고 살고 있고 또 앞으로 살아갈 부산 사람들의 삶을 규정하고 있는 다양한 역사적 · 사회적 · 자연적 요인들의 실태를 정확하게 포착해 냄으로써 부산 사람들의 삶의 질을 개선하려는 능력(/노력)이다. 이러한 '부산학적 상상력'은 편협한 전공 영역의 벽을 뛰어넘어 현실을 총체적으로 파악하려는 학문적 실천을 의미하며, 혜택 받는 소수보다는 소외되고 배제된 다수의 입장에서 지역 문제를 파악하고 그 해결방안을 추구하는 사회적 실천에 맞닿아 있다.[8)]

'부산학적 상상력'이 '학문적 실천'과 '사회적 실천'에 이어져 있다는 판단은 되새겨볼 만하다. '상상력'이 상상하는 힘에만 그치는 것이 아니라 지금 여기 '부산'을 이루어왔고 지탱해왔던 온갖 역사 · 문화 · 지리 · 생태 · 경제 영역에 대한 총체적인 인식능력까지 아우른다는 사실을 넌지시 던져준다. 인식은 실천을 전제로 할 때만이 그것이

---

7) 김석준이 빌려온 C. W. 밀즈의 『사회학적 상상력』의 주된 논지는 다음과 같다. "현대와 같은 '사실의 시대'에서 사람들이 필요로 하는 것은 정보만이 아니다. 사람들이 실제로 필요하다고 느끼는 것은 세상이 어떻게 돌아가는지 그리고 자신들 내부에서 무엇이 일어나고 있는지를 선명하게 요약해 낼 수 있도록 정보를 이용할 수 있게 하고 사고를 발전시킬 수 있도록 하는 정신적 자질 즉 '사회학적 상상력'이다. 사회적 상상력은 인간과 사회, 개인의 일생과 역사, 그리고 자아와 세계 사이의 상호작용을 파악할 수 있도록 해준다. 또한 사회학적 상상력을 '생물환경에 대한 개인 문제'와 '사회구조에 대한 공적 문제'를 구별할 수 있도록 해주며, 사회구조의 관념을 인식하고 그것을 분별 있게 이용할 수 있도록 해준다. 사회학적 상상력은 이성과 분별력이 작용할 수 없도록 하는 현대의 불안과 무관심의 근원을 명백히 밝혀내도록 해준다."(C. W. 밀즈, 강희경 · 이해찬 옮김, 『사회학적 상상력』, 홍성사, 1983, 9~34쪽. 이상 김석준, 「지역학으로서 부산학」, 『부산학 총서』 1집, 신라대학교 부산학 연구센터, 2003, 32쪽)

8) 김석준, 위의 글, 34쪽.

마땅한 인식이 되고 사회의식으로 성숙한다.

80년대 지역문화운동과 90년대 이후로 다양하게 논의된 지역담론은 그것들이 생겨난 사회·정치 배경이 서로 다르다. 한쪽은 지배계급의 민중에 대한 기만을 폭로하고 지역 민중의 문화력을 결집하여 눈에 보이도록 팽팽해져 더 이상 그 존립근거를 회복할 수 없는 '파시즘적' 지배구조를 혁파하는 데 밑거름이 되었다. 다른 한쪽은 비록 세계화 담론에 힘입고 '민주제도'를 형식으로나마 도입하려는 '지방자치'의 틀에 영향을 받았지만, 그 근본에서는 지역 거주민들의 '삶의 현주소'를 공정하게 살펴 점점 복잡하고 다양하게 변모하는 지역문화의 실상을 이해하는 데 있다. 각각 정치와 문화에 무게중심을 두고 있는 것이다.

그러나 탈근대사회로 들어서는 이십일 세기 공간에서 벌어지고 있는 '지역' 관심은, 이전의 냉전구도에서 한국사회의 특수한 문화운동으로 시작했던 지역운동과는 차원을 달리하지만 궁극으로는 소외받고 주변부로 밀려났던 사람들의 삶의 지표를 되돌아보게 한다는 점에서 긍정의 효과를 산출한다. 더욱이 '계몽주의적 근대성'을 표방하는 근대도시의 구조논리 속에서 일어나는 '탈인간주의'[9]의 특징은 지역을 떠나 모든 사람들을 '보편화된 타자'[10]로 만들어버린다. 이러한 근대사회의 부정적인 양상 속에서 상품화·물신화의 지배에 더욱 노출될 수밖에 없는 도시인의 일상과 생활문화가, 정책과 획일화된 근대제도

---

9) 조명래, 『현대사회의 도시론』, 한울아카데미, 2002, 220쪽 참조.

10) 자유의지를 가졌던 도시인들은 더 이상 그 스스로의 육체, 의지, 의식에 대해 주체가 되지 못한다. 이런 현상은 흔히 말하는 '탈근대 현상들'이 두드러지면서 더욱 깊어진다. 기호, 상징, 담론의 힘들이 전통적인 물질의 규정력을 대신함에 따라, 탈근대도시에서는 기존의 계급위계가 탈중심화되는 동시에 일정한 해방이 이루어지는 것처럼 보이지만 상품논리를 궁극적으로 반영하는 탈근대 기호들의 순환은 도시 주체들에게 '감각적 과부하'로만 전락시킨다. 탈근대도시의 주체가 도시적 기표로 전락했다는 것은 계몽주의적 도시민이 가졌던 자유의지를 상실한 '보편화된 타자'로 전락된 것을 뜻한다.(위의 책, 221쪽 참조)

의 재편으로 그 의미 변이를 일으키는 삶의 공간의 모습이 어떻게 작품으로 형상화하는가. '지역성'을 드러내는 작품에서 우리는 근대도시의 표면과 내밀한 갈등이 빚어내는 균열의 양태를 볼 수 있지 않을까. 획일화되고 균등한 지역발전이라는 허울로 일그러진 지역사회의 오늘을, 과거와 현재에 걸쳐 변이되고 축적된 시·공간의 지층을 탐구하는 일은 지역의 정체성뿐만 아니라 (탈)근대사회의 도시담론을 만드는 데에도 적지 않은 도움이 되리라 생각한다.

3. 지역과 작품의 관계

지역은 곧 과거와 현재가 만나 소통하는 생생한 공간이다. 그리고 그 속에 역사화된 시간이 스며들고 빠져나가는 삶의 장소이기도 하다. 근대도시가 자본주의의 발전과 함께 균질하고 통제된 계획으로 거듭 더 듬어나가고 있는 역사 현실은 자체만으로는 악도 선도 아니다. 변하는 것은 지역공간의 위상이고 시간의 축에 따라 기능 전이하는 계급구조이다.

> 호텔이 있는 타카다노바바역에서는 와세다대학까지 노선버스가 있다. 나는 역 앞에서 170엔을 내고 한가한 차에 올랐다. 그리고 네 정거장. 버스는 정문도 없는 대학 입구, 시계탑이 보이는 강당 옆에 선다. 일요일이라 한가한 구내에는 은행나무들만 폭염과 싸우고 있다. 나는 그늘진 낡은 나무벤치 아래에 앉아 담배를 피워 물었다. 요산은 30년 4월부터 32년 여름방학 전까지 여기서 공부했다. 재학증명서의 일본 연호를 그대로 쓰면 명치 41년생인 김정한은 소화 5년 4월 1일에 와세다대학부속 제1고등학원 문과에 입학하여 소화 7년

9월 26일 학비미납으로 제적되었다.

내가 교열을 보다 만 해운대에서 청춘남녀가 해수욕하는 장면이 나오는 소설은 39년에 발표했다. 저 풀밭 어딘가에 앉아 담배연기를 날리며 문학도를 꿈꾼 지 7년 만이다. 탄생 100주년을 맞아 전집을 준비 중인 요산은 유학시절, 일본체험을 한번도 소설로 옮겨 적지 않았다. 융희(순종) 2년생이 메이지 41년생으로 바뀔 수밖에 없는 식민지 유학생 신분이 자랑스럽지 못했을까. 바람이 나뭇잎을 흔든다. 새 건물이 서고 이 길을 거닐던 학생들은 늙고 죽지만 바람은 나무를 키우며 세월을 지켜보고 있다. 그러고 보면 어디에도 매이지 않는 바람이나 깊은 땅에 뿌리내린 고목만이 영원일까.[11)]

요산 탄생 100주년을 맞아 전집을 편집하고 있는 화자가 일본사람 모리 씨와 잠깐 만나서 겪은 일을 줄거리로 한 소설의 한 부분이다. 조갑상에 따르면 요산은 "30년 4월부터 32년 여름방학 전까지" 와세다대학에서 유학했다. 식민지 조선 땅에 태어나서 신학문을 배우기 위해 일본으로 유학했던 대부분의 청년들이 그렇겠지만 요산 또한 민족 현실과 이상 사이에서 괴로웠을 것이다. 그가 일본 유학을 다녀온 뒤로 줄곧 부산에 터를 잡아 민중과 민족 현실을 사실주의 정신으로 한결같이 작품에 그려낸 점은 올곧은 작가정신의 발로로서 여러 사람들에게 감동을 주었다. '사람답게 살아라' 는 그의 말은 곧 그가 쓴 소설들의 주제를 아우르는 한마디의 비수였고, 그가 평생 동안 지켜왔고 지향했던 것도 이 한마디에 녹아 있다.

요산의 정신은 부산 작가들에게 눈에 보이지 않는 유전인자로 남아 있다. '요산기념사업회' 와 '부산작가회의' 는 요산 탄생 100주년을

11) 조갑상, 「모리상과 노래를」, 『부산을 쓴다』(정태규 외 27인), 산지니, 2008, 220~221쪽.

기념하여 2008년에 장소사랑 시집 『부산을 쓴다』(전망, 2008)와 부산지역 소설가들이 〈부산일보〉에 2008년 8월 14일부터 격주로 연재한 후 묶은 합동 소설집 『부산을 쓴다』(산지니, 2008)를 출간했다. 위 글은 부산의 여러 지역을 테마로 한 합동 소설집 『부산을 쓴다』 가운데 한 편이다. 「모리상과 노래를」은 '해운대'를 소재로 다룬 작품이다. 요산 선생이 39년에 해운대 해수욕장을 소재로 쓴 소설을 화자가 '대교작업'을 벌이는 가운데 몇 마디 말을 고치면서 좀 더 구체성(말의 현실성)을 되살리는 대목은 칠십 년 전의 말법과, 오늘날의 현대 한국 말법의 차이를 떠나 곰곰이 살펴볼 필요가 있다. 화자는 "지문의 입말을 얼마나 살려야 할지 표기법이 문제였"고 이에 고심한다. 작품에서 인용한 요산의 소설 가운데 '여자가 물에 뛰어들었다가 쥐가 난 장면'[12]을 두고 "안간힘, 불경불경은 잘 씹히지 않고 입안에서 불거지는 모습이란 뜻인데 쥐 난 다리를 주무르는 의태어로 썼고, 벌헴질은 벌헤엄질로" 고쳐나간다. 예부터 이름났던 '휴양지 해운대'는 여러 곡절 끝에 오늘날과 같은 면모를 갖추었다. 「모리상과 노래를」의 화자가 오늘날의 맞춤법에 맞게 요산의 글을 고쳐나가는 작업은, 칠십 년 전의 '해운대'와 오늘날의 '해운대' 사이에 가로놓인 시차를 지우는 행위이다. 아울러 역사 바깥으로 나 있는 일상 밖의 휴양 공간이 그간 쌓여온 지역 사람들의 땀과 눈물이 배제된 '중성화한 상징'이 되어버린 건 아닐까. '풍경'으로서 '해운대'가 보여주는 이 같은 상징 작용은 「모리상과 노래를」의 뼈대를 이루는, 지식인인 화자와 일본인 모리 씨가 해운대에서 노래방으로 가는데 합의하면서 주고받는

12) 아니나 옳을까. 그만 왼편 다리가 뻗질리기 시작하겠죠. 그러나 첨에는 제법 혼자서 안까님을 쓰며 불경불경 주무러 보았지요. 허지만, 그까짓것 소용 입읍디까. "아이구 선생님!" 하고 그이를 부르지 않을 수 없었지요. 그랬더니 그는 고래 새끼처럼 거품을 내뿜으면서 허둥지동 벌헴질을 처왔습니다.

말에서도 뚜렷하다.[13)]

『부산을 쓴다』에 실린 대부분의 소설들이 각각 나름대로 부산에 있는 장소를 때로는 작가의 체험을 바탕으로, 때로는 상상으로 형상화하고 있다. 그런데 대체로 드러나는 특징은 장소에 얽힌 사랑이야기나 어릴 적의 추억을 더듬는 내용들이 대부분이라는 사실이다. 시간이 지날수록 장소에 대한 인식은 '현실' 에서 벗어나 점점 회상으로 치닫거나 '한때' 흥망 했던 개인 · 공동체의 다난한 체취를 박제한 기호로 탈바꿈한다. 조갑상의 소설 「모리상과 노래를」이 시간을 뛰어넘어 온존하는 '휴양지 해운대' 를 사회 · 역사의 지층을 단일하고 중성화한 상징으로 제시하였다면, 다음에 인용하는 '부산항' 과 '해운대' 를 소재로 한 시의 경우는 '탈역사' 화된 장소를 애써 역사의 지층으로 소급하여 구체적인 현실성을 지워버린다.

현해탄은 알고 있을까?
학병으로 위안부로
정신대로 아오지 탄광으로 붙잡혀 가
"어머니이— 보고 싶어요."
"아버지이— 배가 고파요."
일본군 막사, 갱구 벽에 써 갈긴
어린 아들 딸들의 뻐저린 그 외침을

13) "저녁 먹으며 술부터 한잔 하죠." "그리고 노래방 가야지요. 동백섬에 왔으니 돌아와요 부산항부터." 모리상의 발걸음은 나보다 앞질러 갈 듯이 가벼웠다. 내가 해운대 엘레지는 아느냐고 물으려는데 모리상이 말을 이었다. "그래도 해운데 에레지가 낫겠지요, 더 먼저 불러야." 나는 그의 등이라도 치며 "야, 이 친구야, 너무 많이 알면 다쳐!" 라고 할까 싶어 걸음을 늦추었다.

제1부두에서 제7부두에 이르기까지
산더미같이 쌓인 컨테이너 박스 위에
눈부신 불빛으로 국제항이 된 부산항
발길 아래, 출렁이는 파도 속에
이별의 슬픔 그리움 정서 묻어나는
대중가요의 가사들과 전쟁 환란의
혹독한 아픔 함께 출렁인다.

—오정환, 「부산항」 부분[14)]

모래알 한 알 한 알이 그저 해운대 백사장에
모여 사는 것이 아니란 것을 무릎 치며 알겠더란다.
시커멓게 탄 독도의 외로운 섬이
찰박찰박 밀려와 망망대해 가슴 속을 떠다니는 밤이면,
대성통곡 나라를 잃고 우는, 모래알보다 작은 미미한
백성들의 손을 잡고 모래불처럼 일어나서
하룻밤에도 몇 번이나 현해탄을 건넜다가 돌아오겠더란다.

—송유미, 「해운대 백사장에서」 부분[15)]

'탈역사'란 '역사'로부터 자유롭거나 '역사성'을 지니고 있지 않아 '역사'가 주는 개인에 대한 중압으로부터 멀리 떨어져 있는 것을 뜻하는 말이 아니다. 오히려 중층화되고 왜곡·단절된 시간의 흐름 때문에 여기저기서 뜯겨나가고 덧칠되어 '모자이크'가 되어버린 시·공간 인식 개념이다. '역사'를 벗어나기(탈-역사)란 지난날로부터 명명된 역

14) 부산작가회의, 『부산을 쓴다』, 전망, 2008.
15) 위의 책.

사 현장의 '정체' 들이 다가올 날들에 어떤 식으로든 영향을 미치는 소급성을 인정하지 않는다. 오히려 역사적 의미맥락이 흩어지고 날로 변하는 근대 세계의 속성에 따라 달리하는 면모마저 그 안에 들어 있다.

동북아 물류기지로 더욱 발돋움하려는 '부산항' 과 부산에서 이미 복합소비문화도시의 기호가 되어버린 '해운대' 가 '현해탄' 이라는, 한국인에게는 하나의 '집단 트라우마' 인 식민지 체험과 한국전쟁의 참화로 거슬러가는 '시의 상상력' 은, 역동하는 지역민들과 여러 계층의 사람들이 오로지 살기 위해 일구어나가는 국지적 현장성을 뒤로 제치는 결과만을 낳게 할 위험마저 남긴다. 과거 한국역사에서 전국 곳곳에 남겨진 상흔은 한낱 역사책에 적힌 글자로만 남는 것이 아니고 아직도 그 상처가 알게 모르게 배어 있지만, 이 또한 '지금 여기' 에서 하루하루를 '생산' 하고 '소비' 하고 '생명' 을 지켜나가는 주체들의 생활의지를 부추기는 면역체일 것이다. '대한해협' 대신에 아직도 지식인들이 일본식 이름인 '현해탄(玄海灘)' 을 쓰는 것부터가 우리 정신에 남아 있는 식민근성으로부터 벗어나지 못했다는 증거이다. 장소를 사랑하는 일은, 그 장소에 일어난 과거 역사의 체취를 환기하고 상기하는 일보다도 그 장소와 함께 존재하는 지역공동체의 현실을 바로 보고, 슬픈 과거로부터 얼른 발을 떼고 다가올 날에 마찬가지로 우리들과 몸을 뒤섞게 될 터전을 새롭게 만들려는 의지로부터 시작해야 한다.

어떤 의미에서 지역은 '있지만 없는' 상상의 공간일 수도 있다. 작가가 '지역' 을 소재로 하는 작품을 만드는 행위는 지역의 시 · 공간에서 어느 한 좌표를 떼어와 고정시키는 일이다. 따라서 현실의 장소를 채택하더라도 그곳에 말라붙은 상징기호들만이 떠다닌다. 이 기호는 지역에 있는 장소의 '정체성' 을 나타내는 표지가 되어서는 곤란하다. 오히려 장소의 탈맥락화가 요즘 시대에 걸맞은 장소 인식의 하나이지만, 이러한 "탈근대의 기호와 의미는 새로운 억압과 박탈을 신비화하여 포장한 것에 불과하다고 본다면, 근대성의 해체가 수반하는 소외, 주체, 실천의 쟁점은 여전히 남아 있다"는 지적은 되새겨볼 만하다. 장소에 대한 역사성의 '무의식적 반응'은 아직도 진행형인 장소 박탈과 소외층의 억압 현실을 한갓 지엽의 문제로 따돌려버릴 위험을 가지고 있다. 작품은 여전히 인간의 '생태'를 고발해야 하지만 궁극에는 '인간'의 기본 문제로 되돌아오는 순환성을 내보여야 한다. 지역에 혼합된 사람들의 사회·역사의 퇴적물이 썩어 없어지지 않고 투명하게 드러내는 일은 억압·수탈·폭력·기만에 덧칠된 잿빛 공간을 떳떳하게 주체로서 삶을 영위하는 주체자와 민중들에게 내맡기는 일이다. 그러므로 지역은 눈에 보이지 않는 실천이다.

4. 늘 생성하는 자리인 국지(local)의 현재성

사회 모든 분야에서 '중앙'으로 쏠리는 현상을 비판하고 그 극복을 위한 대안을 수없이 내놓았던 일은 어제오늘이 아니다. 정치와 경제뿐만 아니라 문화예술 부문에 이르기까지 자신이 살고 있는 삶터를 외면하고 재화가치나 '정신의 상승효과'가 높을 듯한 서울로 향한다. 오래전부터 이 나라에 두드러진 '중앙집권'이 오늘날 나라 살림과 정신문화에 미치는 힘은 혀를 내두를 정도가 되었다. 구심점으로서 힘의 중심이 존재해야 한다는 것은 새삼스레 말할 필요가 없는 사회의 일반원리이다. 그러나 '힘의 균형'을 잃어버리고 주변에 산포해 있는 '자발적 역동'을 깨뜨리면서까지 중심을 떠받드는 제도와 의식은 그 사회를 기형화하고 그로테스크한 사회 구성체로 만들어버린다. 오늘날 지역학이 나아가야 할 길은 무엇보다도 탈근대 담론 수준에서 논의되는 추상·관념과 '지적 헤게모니'의 장으로부터 하루 빨리 벗어나서 사회

각 부문에서 드러나는 기우뚱한 힘의 역류를 올바로 살피는 데서 출발해야 할 것이다. 80년대 지역문화운동은 이 점에서 선구적인 역할을 했다고 할 수 있다. 그렇지만 당시 정세로 보면 지역민들이 스스로 참여해서 새로운 문화 자치연대를 가능하게 하는 데까지는 나아가지 못했다. '운동권' 시각에 사로잡힌 진보 지식인과 학생 위주의 하향 조직틀과, 이를 바탕으로 해서 민속극의 재창작과 공연으로까지 나아갔지만 거대담론의 틀에 갇혀 작품을 경향성 일색으로 다루어버린 한계가 있었다. 그러나 그 대의는 오늘날에도 유효하다. 오랜 세월 지배 권력에 짓밟혀 응고해버린 생명성을 틔워냈다는 점과, 이 생명의 활기를 정작 생산양식을 만들어내고 숭고한 삶의 가치를 위해 목숨을 잇는 지역민중들의 현실을 다시 바라보게 하였다는 점에서 그렇다.

최근 지역 담론의 활기찬 논의로 문학작품에서 자주 형상화하는 지역공간에 대한 작가 인식 또한 이와 연관시킬 수 있을 것이다. 그러나 '장소 사랑'이 일종의 '문화이벤트'가 아니라면 한 번 타올랐다가 어느새 사그라지는 불꽃놀이 같은 게 아닐까 의심된다. 작가들은 굳이 자신이 살고 있는 장소가 아니더라도 수도 없이 알게 모르게 '작가적 공간'을 만들어냈으며, 독자들 또한 자신들이 숨 쉬고 밥 먹고 일하는 자리에서 작품을 읽고 비판해왔다. 작가에게 부여한 '장소색(場所色)' 소재의 탐색은 하나의 기획으로 머무를 가능성이 커졌다. 그런데도 우리가 '이제야' 지역을 어수선하게나마 들먹이는 그 본의(本意)를 생각해보지 않을 수 없다. 물론 그동안 계속해서 제기된 '지역' 문제가 지금의 담론과 변화된 사상 수준에서 볼 때 '본질'을 비켜간 초보 수준의 것이었다고 단정해서는 안 된다. 같은 지역연구라 해도 각 부문별 학문 영역별 연구방법과 범위가 있고 다양한 수준의 연구 성과가 있어왔음을 부인해서는 안 된다. 국제정치학에서부터 나라 안의 각 지방의 역사와 문화에 이르기까지 그 대상과 목적은 여럿이다. 문제는 학문의 차원에만 머물러서는 안 된다는 깨달음과 함께 다양한 스펙트럼을 보여주는 지역 담론에서 간과해서는 안 될 중요한 핵을 찾아나서는 일이다.

먹고 사는 일이다. 생명이다. 저마다 나고 죽는 개별 생명체들의 일생뿐만 아니라 서로 보이지 않게, 느슨하게 묶여 있어서 군집하고 분산하는 자유로운 질서 원리가 바로 생명이라는 한마디에 귀속되는 이치를 알아가는 작업이다. '무위이화' 를 주민자치의 기본원리로 보는 김지하의 태도[16)]는 '지역' 과 '지역학' 으로서 담론을 풀어나가는 데 참조가 될 수 있으리라 본다. 그에게 "주민자치는 개인 내면에 모신 끊임없이 생성하는 신령 무궁한 그 신령함을 실현하는 것이므로 바로 개인 개인의 자각적이고 개성적인 자기 성취, 개성화이며 새로운 생명과학으로서의 도덕적 행위 자체"[17)]라는 말이 함축하는 근본 바탕에 놓인 마음을 알아내는 일이다. 공간지리와 (탈)근대도시 구조의 위상 변화는 지역 주민들에게 닥친 새로운 시대에 적응하고 이에 자신을 맞추기 위한 모델로 다가서는 것이 아니라, 생명이 그물코처럼 확산하며 동시에 각각 속으로 영속해서 결합해 들어가는 신성한 주체들이 자신들의 행위를 모시고 섬김으로써 더욱 무궁한 변화를 이끌어내는 가능성의 영역이 아닐까.

16) 김지하, 「'무위이화 조화정' 으로서의 주민자치」, 『생명학 2』, 화남, 2003 참조.
17) 위의 책, 194쪽.

디지털 시대
문학의 현실과 전망

1. 머리말

'디지털 시대 문학의 현실과 전망' 이라 제목을 정해놓고 생각하니, 꼭 '디지털 시대' 인 지금에 우리가 무언가 놓쳐버리고 있거나 무관심한 채로 지나가버리는 지난 일들 속에 파묻혀버린 중요한 것을 애써 찾고자 하는 듯해서 마음이 씁쓸하다. '시대' 란 말 앞에 붙어서 '시대' 를 꾸미는 낱말은 그 시대의 현실 조건과 생각 방식을 특징짓는 틀로써 작용하는 경우가 많다. 요새 모든 문화에 걸쳐 널리 쓰이는 말인 '디지털 시대' 도 그렇다. 대략 90년대 초 문민정부가 들어서면서 우리는 원하든 원하지 않든 이렇게 시대를 규정하는 말을 많이 쓰고 듣는다. '풀뿌리 민주주의 시대' , '정보화 시대' , '세계화' 따위의 말들은 지금도 우리 머릿속에 강력한 낱말로 남아 있다. 어떻게 보면 빨리 변하는 세상의 움직임이 자기 자신에 깊숙하게 영향을 끼치고 있다는 증거이기도 하거니와, 이른바 '네트워크' 라 하는 것처럼 온 우주가 그물망처럼 얽혀 있어서 '나' 와 '우리' 사이의 거리가 아주 좁아졌다고 볼 수 있는 문제이다.

근대 기술과 자본의 결합은 다른 모든 현상과 마찬가지로 빛과 그늘을 가지고 있다. 이에 대한 살핌과 분석은 이미 여러 사람들을 통해서 이루어졌으며, 이들이 한 논의를 바탕으로 '멋진 신세계' 에 한 발짝 성큼 다가가기 위해 서두른다. 그러나 이러한 상부 구성원의 의지와는 상관없이 이윤을 끊임없이 뽑아내거나 좀 더 다채로운 문화를 만들고 즐기기 위한 백성들의 움직임 또한 빨라지기 시작했는데, 이렇게 모든 사회에 걸쳐 만들어내고 있는 조짐은 실로 활기차다. 여기서 '세상이 바뀌었다' 나 문학을 두고 케케묵은 '문자 글쓰기' 에서 벗어나야 한다고 주장하는 사람들은 나름대로 세상을 바라보는 눈을 갖추었다고 할 수 있다. 나를 둘러싼 환경이 바뀌는 일은 마침내 자신의 생활 태도와 살아가는 형식까지도 바뀌게 하고, 자아와 대상이 서로 주고받는 작용에 따라 세상을 좀 더 긍정하고 앞으로 한 걸음 이끌게 한다는 사실을 꿰뚫고 있기 때문이다.

'디지털 시대' 의 문학이 어떻게 '문학' 을 둘러싼 환경에 발 빠르게 대응하고 이에 걸맞은 모습을 갖춰야 하는가 하는 문제의식은 새삼 말할 필요도 없이 중요하다. 더구나 예전처럼 문학이 사회에 미치는 영향의 힘이 크게 줄어들고 활자매체가 차지하는 위상이 갈수록 떨어지는 현재, 이에 대한 물음은 인문학 과제의 본질까지 되새기게 하는 성질을 갖는다. 사실 어느 시대고 간에 사람들이 자기 생각을 드러내고 서로 주고받으며 정신문화를 드높이는 데 매우 중요한 요소로 쓰이는 것이 바로 언어이다.

앞서 말한 오늘날의 혼란은 문명의 첨단에 나타난 컴퓨터 기술이 더욱 부추긴 사실과 함께, 의식의 발전과 전달을 위한 중요한 기능을 맡은 문자언어가 대중문화를 소비하는 드넓은 계층의 사람들한테 점점 외면을 당하고 있는 현실에서 더욱 짙 지운다. 아니 외면당하기보다는 정보 전달의 힘에서 훨씬 앞선 컴퓨터 매체에 그 쓰임의 가치와 영향력을 넘겨줘서 그것이 역사의 흔적으로 남으리라는 전망을 여기저기서 내놓게 되고, 마침내 문학의 형질 바뀜을 꾀하는 일이 실제로 이루어지고 있다. 그러나 손쉽게 앞을 내다보는 것만으로 이 시대의 디지털 문명이 이끌어나가는 문화 변동에 쉽사리 온몸을 던지는 일만큼 어리석은 태도도 없다. 이것은 '디지털 시대' 라는 시대 변화를 주동하는 표식의 뜻을 부정해야 한다는 말이 아니라, 이 표식의 뜻을 좀 더 뚜렷하게 알기 위해서라도 문자언어의 끝장을 외치고 역사의 저편으로 밀어제치려는 비지성 의식 형태를 비판하기 위해 끌어온 말로 변명하고자 한다. 이에 새로운 시대에도 여전히 시 정신이 필요하고 여기에 바탕을 둔 문학과 인문학의 끊임없는 발전을 위한 충분요건으로서 성찰하는 자세가 필요하다는 문제의식으로 이 글의 대문을 삼을까 한다.

2. 시 정신 모색을 위한 문제제기

한 사회의 흐름이 바뀔 때 나타나는 특징으로 꼽는 패러다임의 변화는 사회구성원들로 하여금 이중의 인식을 가지게 한다. 사회현실을 규정해왔던 낯익은 개념에 대한 반성과, 새롭게 전개되는 시대에 적응하고 이를 이해하기 위해 예전에 지녔던 낡은 인식 틀을 바로잡아주는 의지의 과정이 함께 일어난다. 토마스 쿤이 『과학혁명의 구조』에서 과학자 사회 집단의 의식구조와 정상과학의 발전에서 이 둘의 관계를 말하면서 중요한 쓰임새로 이용했던 '패러다임' 은 이들 과학자 사회뿐만 아니라 문학구성원들한테도 쓸모 있는 잣대가 될 수 있지 않을까 한다. 달리 말해 문학이 근대 제도와 함께 시작되었고 이와 나란히 문학이 걸어왔던 길 또한 근대 문물과 제도가 이어지고 깊어지는 것과 서로 길항

한다는 사실을 알고 나면, 문학 마당 안에서 아주 작게 느낄 수 있는 부분 특징들이 결코 사회제도나 나아가 문화 전체에 걸쳐 일어나는 지각 변동의 기운과 무관하지 않고 민감하게 반응한다는 점을 눈으로 볼 수 있다.

대중소설의 발달이 신문 · 잡지 따위와 같은 대중매체와 인쇄기술의 발달에 힘입은 바 크다는 사실과 인터넷이 독자를 단숨에 작가로 행세하게 한 일등공신이었다는 점은, 근대문학이 가지고 있던 중요한 개념 가운데 하나인 소수자로서 작가(예술가)에 대한 신비감의 완화나 의심을 가져오게 한다. '저자의 죽음'은 후기 구조주의의 표어일 뿐만 아니라 이 시대에 문화인을 자처하는 사람들의 머릿속에 고집스레 박혀 있는 상징이 되었다. 이 과정에서는 지금까지 눈에 보이지 않게 사람들이 생각하는 아름다움에 대한 감각과 심성을 드높였다고 믿었던 예술 작품의 수용 효과가 허위의식과 거짓이념이 아니었던가 하는 생각이 널리 퍼지고, 영상 산업과 자본 · 기술의 삼투작용으로 부풀어 오른 '스펙터클'의 확산에 문학을 내던져버려야 하겠다는 생각이 팽배해진다.

이런 형편을 분석하고 진단하는 '문학 교사'들은 여러 목소리로 이러한 '위기'를 말하지만 마음만은 한결같지 않을까. 바로 '사태가 절박하다'는 생각이다. 여기에는 '문학의 신비화'가 알게 모르게 작용했다는 점을 솔직하게 받아들여야지만, 이 새로운 시대에 문학이 처한 상황을 사심 없이 올바로 바라보고 대책을 내놓는 데 옹색하지 않으면서 공정한 눈길을 갖출 수 있지 않을까 생각한다. 다시 말해서 오늘날 문학을 둘러싼 환경이 달라짐에 따라 '문학' 자체가 휘둘러왔던 예술작품으로서 고유성에 의문을 품고 곧바로 비판하기 시작한 요즘 이론 추세에 귀 기울여야 한다. 또한 이들이 고심해서 내놓는 대안으로 흔히 거론하는 '문화연구'[1]의 제기 또한 그것이 적실하냐 아니냐에 상관없이 꼼꼼히 따져 읽고 현실의 실상에 맞닿아 있는지 반성하는 일도 필요하다.

이십여 년 전에 한 비평가는 이와 조금 동떨어진 맥락이지만 '문학작품'에 대해 문화론으로 되돌아가 생각하는 오늘날 연구자들한테 쓸모 있는 말을 한 적이 있다.

> '작품'의 고유성이 요즘처럼 의심받게 된 데에는 그것을 터무니없이 신비화해온 논자들의 책임도 크다. 예술작품은 시공을 초월한 보편적 진리의 구현이라는 둥 현실과는 무관한 순수한 미의 세계라는 둥, 이런 이야기가 영원히 살아본 적도 없고 만인을 다 만나본 일도 없으며 현실 바깥의 무슨 진공 속에 살지도 않는 사람들의 입에서 너무나 수월하게 나오는 것을 볼 때, 우리는 이런 것이 바로 '이데올로기'라 불러 마땅한 것이리라는 점을 실감하게 된다. 그것이 멀쩡한 거짓말이라거나 완전히 틀린 의식이라는 뜻이 아니라, 현실의 핵심을 부지중에 덮어버리거나 왜곡해서 드러낸다는 뜻에서 '허위의식'이라는 것이다. 그리고 이처럼 어떤 주장을 액면 그대로 받아들이지 않고 그것을 산출하고 지탱해주는 사회현실과의 관련에서 보는 태도야말로 문화현상에 대한 과학적 탐구의 출발점이라 하겠다.[2)]

---

1) 천정환 글 「'문화론적 연구'의 현실 인식과 전망」은 그동안 '국문학'의 정상성이 오늘날 1990년이 지난 뒤로 맞닥뜨린 변화 때문에 원래 영역과 경계를 넘어설 수밖에 없는 정황에 빠졌다는 점에서 '문화론적 연구'에 정당성을 매기고 문학이 처한 '위치'를 풀이하는 데 이를 적극 옹호한다. 그에 따르면 '문화론적 연구'는 "시 · 소설 중심의 문학관의 극복, 고전문학과 현대문학 사이에 놓인 장벽의 철폐, 엘리트주의적이며 자폐적인 '문학성' 개념에 대한 정정의 요청" 따위를 기본 태도로 삼는다.(천정환, 「'문화론적 연구'의 현실 인식과 전망」, 『상허학보』 19집, 2007, 17쪽)

2) 백낙청, 「작품 · 실천 · 진리」, 『현대문학을 보는 시각』, 솔, 1991, 281쪽.

위의 말을 80년대에 민족문학과 리얼리즘론의 맨 앞자리에 서려고 하는 사람의 발언으로만 볼 수 없는 까닭은, 적어도 '현실' 과 '작품' 의 상관관계를 문학 지식인들이 내뱉어대는 온갖 소문들을 아무런 반성도 없이 그대로 받아들여서 이들과 별로 다를 바 없는 대안 논리로 재생산하는 담론생산자들이 아직도 널려 있기 때문이다. 비약해서 말한다면 이들에게 '과학적 탐구의 출발점' 은 급변하는 현실의 모서리에서 점점 한복판으로 파고들어가는 준열한 분석 정신이 아니라 다른 사람의 현실 진단에 들어 있는 진술문이다.[3] 그러나 어느 부문이든지 '몸으로 느끼는 감각' 이란 게 있어서 어느 누구도 담론 안에서 드러나는 언표의 바탕을 의심하는 자세는 바람직하지 않다. 이 모든 것을 아우르는 전체 현실 인식구조를 만들어내는 욕망이 만일 헤겔이 힘주어 말한 대로 절대이성의 완성으로 치닫고자 하는 의지의 바람이 아니라면, 이성의 간계에 현혹되지 않으면서 문학과 현실 사이를 수없이 가로지르는 복잡한 의식 양태를 내다보고 사심 없이 이를 헤아려 이 시대에 문학이 서야 할 자리를 도출, 방향을 제시할 필요가 있다.

이 같은 '문학적 참여 행위' 는, 역사의 해석이 사람들 낱낱이 지니고 있는 감성과 다원성 안에 들어 있는 '반역사성' 을 끌어안을 때 좀 더 정밀한 역사관을 가질 수 있는 것과 마찬가지로[4] 요즘의 문학작품 창

3) 내가 말하고 싶은 것은 문학 담론을 만들어내는 사람의 성실성이나 태도가 아니라, 담론과 이론 비평이 늘어나고, 이에 못지않게 문학 위기의식이 실상과 떨어져 스스로 지탱하고 유지하는 담론 시스템의 속성에 비롯하는 바가 크다는 사실이다. 이런 형편에서는 문학작품과 작가, 덧붙여 독자와 출판 시장의 통계수치와 작품 구매 현황이 마치 잘 짜인 각본처럼 '문학위기' 를 뒷받침하는 '드러나는 자료' 로 기능한다.

4) '역사주의' 에 대한 개관을 통해서 비판 사상사에 역사주의가 미친 중요한 효과를 말하고 있는 P.해밀턴의『역사주의』(임옥희 옮김, 동문선, 1998)는 역사와 텍스트 해석의 전통을 근대성 비판에 초점을 두고 있다. 그에 따르면, 과거를 정당하게 평가하거나 과거와 왜곡 없는 의사소통을 추구하는 것은 현재가 더 나은 방향으로 상당히 변모할 수 있게 하는 가능성을 가진다.(위의 책, 12쪽 참조) 전체를 볼 때 해밀턴이 말하는 '역사주의' 관은 오늘날 문학 담론을 반성하는 데 도움을 준다.

작의 실제와 '디지털 시대' 라 하는 새로운 문학 공간에서 행해지는 기술 담론을 둘러싼 '비감성' 과 '비예술' 의 현상을 주도면밀하게 바라보고 전망을 세우는 방편으로 시 정신을 자연스레 필요로 한다.

시 정신은 정보와 기술이 주도하는 근대를 비판하고 문학이 사람들에게 돌려줄 것이라고 믿었던 자유나 구원에 대한 믿음을 저버리지 않되, 폭발하는 미디어 문화의 확산 · 발전이 불러일으킬 영상 산업의 일상 점령과 예술의 경계 해체를 통해 생기는 일상-예술 구분의 무의미화 또한 부정해야 하는 것으로 바라보지 않는다. 문학의 알맹이가 마침내 인간 본질을 규명하고 이를 토대로 말을 통한 이성의 구원에 있다고 한다면[5] 날이 갈수록 더해가는 산업자본의 팽창이 사람들에게 물질 우월주의에 사로잡히게 하여 서로를 믿지 못하고 반목하는 경계를 심어주는 분위기를 찬찬히 읽어보는 일 또한 지나쳐서는 안 된다.

시 정신은 유물론의 속된 문화주의에 맞서 있다. 속된 문화주의는 백성들의 문화 취향의 현실을, 과거로부터 이어받았지만 끊어졌다고 믿는 '공동체 의식' 의 파편으로서만 바라본다. 지난날 문학은 독자 스스로 발품을 팔았으나 '나와 이웃' 의 문제라는 아주 가까운 장소에서 싹

---

5) 이 말에 대해 탈근대론자들은 여러 가지 이론의 잣대를 들이대면서 비판하고 있다. 이들 주장의 핵심은 '보편성' 의식이 그 '기원' 이 출발하는 지점으로까지 거슬러 올라갈 때 확인할 수 있는 임의성이다. T. 쿤의 '패러다임' 이 우리가 진리라고 믿고 있는 학설이 지극히 주관의 바탕에서 나온 우연의 '합의' 인 것과 마찬가지로 '보편' 의 생성 또한 그 시대와 역사의 산물이며 제도의 일종이다. 그러나 '탈근대론' 의 맹점은 여러 가지로 그 폭력성이 드러난 근대 인식을 넘어서서 새로운 세계를 내다보는 밑그림을 제시하지 못하고 오히려 거기서 더욱 멀어지려고 하는 데에 있을 것이다. 이런 태도의 밑바닥에 '언어' 가 자리 잡고 있다고 생각한다. 뉴턴 가버 · 이승종의 『데리다와 비트겐슈타인』(이승종 · 조성우 옮김, 민음사, 1998)에 인용된 뱅브니스트의 말은 이러한 사정을 잘 보여준다. "생각이 자유롭게 자신의 범주를 규정하고 새로운 것을 발명할 수 있는 반면 말하는 사람들 각자가 받아들이고 유지하는 체제의 속성으로서의 언어적 범주는 개개인 마음대로 수정할 수 없음을 우리는 즉각적으로 지각한다. 우리는 또한 다음과 같은 차이도 본다. 생각은 보편적 범주를 설정한다고 주장할 수 있지만 언어적 범주는 항상 특정 언어의 범주이다." (위의 책, 204쪽)

트는 성찰을 가져왔다. 하지만 오늘날은 손쉽게 인터넷에 접속하여 텍스트를 확보하는 대신 '나와 이웃'의 문제와 아주 동떨어진 비(非)실재 세계에 몰입한다. 예전에 문학이 맡았던 공간에 오늘날 인터넷이 들어서서 그 상상력을 대신하고 있는 것은 아니다. 만약 '기술 이데올로기'의 만연과 인터넷의 빠른 보급으로 사람들 정서의 형질이 바뀌었다고 한다면, 이는 맹목적인 현실추수로써 '사회존재가 사회의식을 결정한다'는 마르크스주의의 명제를 곧바로 산업문명과 인간 의식의 관계로 단순하게 대입시켜 해석하는 경우에 해당할 뿐이다. 요즘 백성들은 각자 스스로 전체에 참여하되 사회 규범에 깔려 있는 이데올로기에 공공의 이름으로 저항한다. 어디서든 공동체의 울타리에서 멀리 나아가지 못하고 묶여 있다.

이십여 년 전에 책방에 들러 박노해 시집을 사 읽은 한 노동자는, 그가 전체 노동자계급의 역사 위치를 깨닫거나 깨닫지 못하거나 상관없이 '계급'에서 '나'를 거쳐 다시 '계급'의 문제로 돌아가는 동그라미의 길을 거쳤다. 그때 박노해가 쓴 '시'는 노동자 개인과 노동자계급 사이에 마땅히 가로놓여져야 할 계급의식을 부추기고 드높이는 소임을 떠맡았던 것이다. 그러나 오늘날 만일 멀티포엠으로 새롭게 치장한 박노해의 시를 어느 노동자가 자기 컴퓨터로 감상할 때는 80년대 노동자와 달리 계급의식이 사라지고 다만 '대상화'한 노동계급의 형상으로만 시를 감상하게 될 공산이 크다. 그리고 그는 또 다른 처지에서 '네티즌'으로 비정규노동자들의 투쟁에 함께하는 자신을 발견할 것이다.

기술의 발전으로 문학이 컴퓨터와 결합하여 새로운 터전을 넓히려 하든, 대중문화가 넘쳐흘러 문학이 영상미디어 산업 문화에 그 영향력이 줄어들든 개인과 공동체의 관계는 자유와 구속의 끊임없는 긴장에 놓이게 되고, 사물화가 진전함에 따라 문학 유통 방식 또한 '감성의 전이'라는 독특한 문학 현실 진단을 낳게끔 한다. 마치 소문으로 귀신을 보았다는 소리를 들은 사람이 아주 담담하게 "그런 것은 없고 당신이 본 것은 신기루에 지나지 않소이다"라고 말하는 것처럼 '문학'의 정신 또한 대중문화 집단의 문화주의에 신기루 대접을 받고 있는 것이 현실이다. 자본과 매체의 현란한 쌍두마차가 빚어내는 입체 파노라마는 사람들이 겪는 고통을 환상으로 묽게 만들고 무마한다. 그러나 이런 스펙터클한 현대에 발생하는 몰지각한 인간성은 비단 오늘날에만 갑자기 떠오른 문제도 아니다. 50년대에 한 모더니스트는 몰락하는 시인의 존재를 예감이라도 한 듯 이렇게 읊조렸다.

> 장미는 강가에 핀 나의 이름
> 집 집 굴뚝에서 솟아나는 문명의 안개
> '시인' 가엾은 곤충이여
> 너의 울음이 도시에 들린다.[6]

시인은 존재하되 그의 울음은 '문명의 안개'에 가려 흩어진다. 설령 그의 울음소리가 들린다고 해도 영악한 물질세계에서 그 소리는 환청에 지나지 않다고 스스로를 합리화시켜야 할 정도로 오늘날 시는 역사의 뒤편으로 사라지는 것일까.

3. 문학의 '위기'와 '신비화'의 사이에서

문화의 참된 뜻은 모든 사람들이 각자 속에 들어 있는 예술 성향을 이끌어 좀 더 차원 높은 인간 정신을 되찾고 회복하는 데 있다. 나는 지

---

6) 박인환, 「기적인 현대」, 『박인환 전집–사랑은 가고 과거는 남는 것』, 예옥, 2006.

금까지 영상 산업의 발전으로 이전과 달라진 문화 지형에 대해서 거칠게나마 정리하려고 했다. 요즘처럼 인문학이 제 길을 제대로 가지 못하고 그 존립마저 흔들리고 있는 때에, 문학을 공부하는 사람으로서 이 시대를 곱씹어보고 반성하는 뜻에서 한 시인의 견해를 들어보고 그 의미를 되짚어보고자 한다. 김지하 시인은 한 대담에서 이렇게 말한다.

> 패러다임이 복잡해지고 이슈가 난립하는 시대에서는 한 인간의 초월적 능력이 요구됩니다. 나는 많은 사람들이 '대중적 각성' 을 해야 하는 것이 원칙이라고 생각합니다. 그런데 그것들이 잘 안 되는 때가 지금과 같은 전환기입니다. 빅 카오스(Big Caos)라고 부르는 대 혼돈의 시대입니다. 이 시대에는, 인간 내면과 지구까지 포함한 사회, 전 우주적인 기상이변, 이 세 가지가 같이 오는 혼돈의 시대에는 먼저 깨달은 한 개인의 초월적인 힘과 역량이 필요하다고 봅니다.[7)]

'초월' 이나 '각성' 이란 말을 쓴다고 해서 위의 말에 덮어놓고 '신비스럽다' 는 딱지를 붙일 필요는 없다. 산전수전 겪은 중견 시인의 목소리에 실린 정신의 무게감을 쉽사리 부정해서도 안 되는 까닭이기도 하지만, 시인이 한 말처럼 생각의 틀 자체가 비틀어지고 각양각색의 주장들이 뒤엉키는 혼란한 시대일수록 사고의 전환이 필요하기 때문이다. 생각을 바꾸는 일만큼 어려운 일도 없을 것이다. 더구나 인문학 사고로 세계를 풀이하고 판단하고 앞날을 내다보는 사람들은 이미 있어왔던 큰 힘을 발휘했던 인식의 테두리에 손쉽게 자신을 내맡겨서 그 틀에 갇힌 채로 생각하는 경우가 많다.

---

7) 김지하, 『사이버시대와 시의 운명』, 북하우스, 2003, 136쪽.

창작이든 비평이든 문학하는 사람도 마찬가지다. 문학이 일찌감치 현실과 직접 관계를 맺지 않는 건 사실이지만, 이 사실 자체가 하나의 '진리'를 보장하는 것은 아니다. 문학과 현실의 관계를 바탕과 상부구조의 단단한 대립으로만 바라보는 눈길은 요즘 마르크스주의에 대한 반성과 문학사회학의 발전으로 거의 볼 수 없게 되었지만, '교조의 시각'과 하등 다를 게 없는 것이 문학이 사회변동에 맞춰 부드러워질 필요가 있다는 시각이다. 최근 문학의 위기가 텍스트의 위기와 밀접한 관련을 지니고 있으며, 이야기라는 인간의 자기표현이 디지털 시대에 '하이퍼텍스트'로 다시 새로운 표현 방식을 얻게 되었다고 보고 이런 현상을 부정한 것이라고 매도한다는 것은 그야말로 기득권 지키기거나 '낯가림'이라고 설명할 수밖에[8] 없다는 진술이 여기에 속한다.

문학이 디지털 시대에 걸맞은 모습으로 글쓰기의 형식을 변화시키는 일은 하나의 '산업'으로서 거기에 알맞은 구조 원리를 필요로 하게끔 되어 있다. 문학의 위기가 텍스트의 위기라는 지적은 '문자문학'이 위기에 봉착했다는 지적과 같은 말이다. 여기에 지금의 문자문학이 '전자문학'으로 탈바꿈해야 한다는 전망으로 나아가고, 그래야만 오늘날 문학이 '새로운 표현방식'을 얻어 빠져나갈 구멍을 마련할 수 있다는 해결책을 제시하는 것이다. 나는 이런 논법에 대해 긍정도 부정도 하고 싶지 않다. 그러나 이런 견해를 못마땅하게 바라보는 사람에게 '기득권 지키기'라는 말이 무엇을 가져다주는 기득권인지는 꼼꼼히 헤아려보아야 할 문제이다. 설령 눈에 띄는 '그 무엇'을 뽑아낸다 하더라도 그것은 기존 문자문학에 대한 전체의 반성을 비켜나가는, 자신의 논리를 정당화하는 작은 요소에 지나지 않다는 점을 이해할 필요

8) 최혜실, 「디지털 서사(e-narrative)의 현황과 전망」, 『사이버문학의 이해』(김종회 · 최혜실 편저), 집문당, 2003, 86~87쪽.

가 있다.

엄밀히 말해 문학을 둘러싼 '기득권'은 '문학'을 하나의 수단으로 해서 자신의 자리를 굳건하게 지키고 독자들에게 문학이 소수 엘리트만이 즐기고 향유하는 고급문화라는 편견을 심어주는 데서 생긴다. 앞서 백낙청 교수가 말한 문학의 신비화도 여기에 포함된다. 이 문제는 자연스레 대중문학의 자리와 관련이 있다. 그런데 대중문학의 독자 수용에 대해 그 뜻을 제대로 짚어내고 '본격문학'에 대한 관심만큼이나 비평의 의미를 부여해야 한다는 논리와, 텍스트의 위기를 전자문학의 응용과 활성화를 기회로 좀 더 과감하게 발상을 바꾸어야 한다는 논리는 비록 겉으로는 문학이 독자 곁으로 다가가기 위한 현실 모색방안으로 보일지 몰라도 또 다른 옆면에서는 문학을 쪼그라들게 한다.

문학의 위기는 텍스트의 위기라기보다는 정신의 위기이다. '정통문학' 독자들이 줄어들고, 이에 따라 비평의 관심이 문학 현실의 부실에 초점을 맞추어 위기론을 말하고, 기술 자본을 바탕으로 하는 문학 산업에 '콘텐츠'를 길러내야 한다는 논리는, 바꿔 말해서 지금까지 문학 대중들의 욕망이 기존 문학 비평의 논리에 어긋나는 장소에서 이들의 문화 수용이 이루어졌고 앞으로도 그럴 것이라는 사실을 보여주는 것이다. 따라서 문화 대중의 기호를 좇아 문학 표현 양식을 바꾸어야 한다는 말은 문학이 초조하게 '현실'을 놓치지 말고 따라가야 한다는 강박관념에서 나오는 것이다.[9] 이런 관념을 바탕으로 하는 디지털 문화론

9) 이런 강박관념은 조잡한 반영론의 모습으로 문학구성원들 사이에 주창되고 있다. 디지털 시대에 문학을 체질 개선하고, 글쓰기의 표현 양식이 컴퓨터의 가상공간과 게임 서사의 틀에 맞추어 이루어져야 한다는 주장들은 크게 두 가지 논리를 등에 업고 있다. 하나는 놀이에서 예술의 기원을 찾아내어 문화대중의 게임에서 즐거움을 찾고 있다는 데서 문학과 게임의 쌍방향 관계를 내세우는 것이고, 다른 하나는 디지털 시대의 현실을 되비치는 문화논리가 마땅히 나올 수밖에 없다는 시대론의 핵심이다. 이 두 가지 주장은 '문학 내부'의 지속하는 성찰과 탐구를 거부하고 이데올로기의 신화에 그것을 집어넣어 버린다. 최유찬과 김재국의

은 사람들이 가지는 시대의식과 민중정서를 예술로 녹이고 형상화해서 좀 더 바람직한 앞날을 예시하고 드러내는 '문학' 의 성분을 디지털 서사의 한 기능으로 축소하는 것이다. 중요한 것은 사람들의 문화 향유 형식이 아니라 혼란으로 뒤범벅된 이 사회를 조망하는 솔직한 눈이다.

4. 현실과 전망

소수의 문화엘리트들이 자신들의 '기득권' 을 지키면서 문화 수용자들이 문화를 즐기고 받아들이는 방식에 적극 참여하는 데 가장 필요한 것이 '–시대' 란 낱말의 이데올로기화이고 담론화이다. 각 시대의 준별점을 드러내는 주된 동인을 생활 수단과 사람들의 인식 변화에 두어야 지만 이에 합당한 시대 명명 방식이 성립한다면, 우리는 '디지털 시대' 가 갖는 문화의 의미뿐만 아니라 이 시대의 합의에 단지 현상을 좇고 움직이게 하는 모든 기술 이데올로기의 함정으로부터 맞서야 하는 대안의 모색 또한 갖추어야 한다. 앞서 김지하 시인이 말한 '대중의 각성' 은 이를 위한 정신의 깨어남이고 전제이다.

문학 판에 좁혀 말하자면 창작과 비평 양쪽에서 최근 일고 있는 디지

진술은 이를 잘 드러낸다. "그러나 관점을 바꾸어 문학이란 문화형식이 매체의 발달에 어떤 역할을 했는가 하는 물음을 물을 수 있다. 달리 말해서 소설과 같은 문화형식이 활자매체의 형태를 일정하게 고착시키는 역할을 할 수도 있다는 점을 고려할 필요가 있는 것이다. 물론 문화형식은 기존의 여건을 토대로 존립하는 것이지만 장기적인 안목에서는 테크놀로지와 문화 사이에는 상호 조응이라고 할 수 있는 긴밀한 연계관계가 성립한다. 그리고 현재 컴퓨터 게임과 문학 사이에서도 그러한 상호 조응 관계가 형성되고 있는 것이다."(최유찬, 『문학 · 텍스트 · 읽기』, 소명출판, 2004, 213쪽) "리얼리즘 형식은 리얼리즘 시대의 내용을, 모더니즘 형식은 모더니즘 시대의 내용을, 포스트모더니즘 형식은 포스트모더니즘 시대의 내용을 각각 반영하고 해석한다면 사이버리즘으로 대표되는 디지털 시대의 내용을 반영하고 해석한다고 하겠다."(김재국, 『디지털 시대의 대중소설론』, 예림기획, 2002, 20쪽)

털 문학 대세론의 추이를 공정한 눈길로 살피되, 향유자가 아니라 맹렬한 비판으로 나아가게끔 하는 기회로 삼아야 한다. 이런 과정을 겪으면서 극복해야 하는 것과 이룩해야 하는 것을 나눌 줄 아는 마음이 생긴다. '문학' 은 늘 '현실' 과 '말' 이라는 겹 조건 속에서 자신을 지탱해왔다. 개개인의 특성을 고려하고 인정하는 시대에 오로지 집합을 위한 단수로만 여겨 묶음으로 대상화하는 오늘날의 자본주의의 망령은 사람들에게 더 이상 옛날과 같은 앞날의 약속을 제공하지 않는다. 설령 미래의 청사진이 사람과 기계가 조화롭게 공존하는 것이라 할지라도 거기에는 노동과 협력을 통해서 현실을 자연과 아울렀던 공생의 의지는 사라지고 문명에 철저하게 딸린 자연의 형해만이 눈부신 기술 발전의 이름으로 존재할 가능성이 커졌다.

서사는 본래 사람과 사람 사이에 존재하는 여러 관계성을 통해 세계를 알고 이에 대응하여 실천하는 생활을 낳게 하는 구실을 하였다. 여기에서 인간이 맞닥뜨리게 되는 세계 내의 한계와 가능성을 보여주고 이러한 존재의 구속성에서 문학은 그 틀을 깨고 나와 자유와 평등의 믿음을 제공하였다. 작가의 창조력은 비단 환상을 실재화하는 언어예술의 형성 능력으로만 치부해서는 안 된다. 창조정신은 지금 이 시대, 문학이 문화콘텐츠의 주요 기능으로 변질된 황금거위로만 머물 수는 없는 가치를 잃어버리고서는 문화주의의 기능 소재로 전락하고 만다. 어찌 보면 창조의 힘과 정신은 예술가의 점유영역에서 벗어나서 문화를 받아들이는 모든 사람들이 자신들 속에 잠재해 있는 창조성의 씨앗을 끄집어내어 전 문화로 두루 뻗치게 하는 단계까지 이르렀다고 볼 수 있다.

예술 형식은 기술의 발전으로 옛 시대의 형식을 극복하고 새로운 형식의 창출로써 그 기능을 이어받는다. 그러나 사람살이의 문제점들을 고발하고 비판하여 '인간성' 의 뿌리에 자리 잡고 있는 영성 회복을 위해 첨예하게 고투를 벌여왔던 것이 예술 가운데서도 문학이 맨 앞자리를 차지해왔다. 종교와 철학이, 인간의 영원한 구원을 약속하고 세계를 지혜롭게 해석하는 문화 초석을 다지는 데 보탬이 된다면 문학은 종교와 철학이 미치지 못하는 모퉁이에서 가장 작은 것까지도 삶의 뜻을 부여, 아름다움의 자리를 인간이 얻어내고 새롭게 고양해나갈 가치 있는 것으로서 자리매김했다.

근대문학이 문학의 신비화를 부추기는 가능성을 이미 함축하고서 발전해온 것이라면, 우리는 오히려 그 신비화의 내용에 들어 있는 보편적인 이상의 본질을 캐내는 일을 게을리하지 말아야 할 것이다. 이것은 '디지털 시대' 에 '문자문학' 을 향수하기 위해 가져온 억지가 아니다. 문학의 형질변화를 꾀하는 디지털 문화가 인간의 고통과 생태계의 위기와 같은 지극히 당면한 숙제를 외면하고 단지 '스토리' 의 창작과 개발에만 힘쓰는 것부터가 기술문명의 '합법칙성' 운운하는, 어떠한 변명을 늘어놓더라도 그들이 말하는 '문학' 은 이미 '형식' 에 지나지 않게 되어 있다. 위기의 상황을 극복하는 가장 좋은 방법은 위기를 새로운 기회로 바꿔놓는 일이다. 어쩌면 '디지털 문학' 이라는 이 시대의 새로운 '대중문학' 의 쏠림 현상을 아도르노가 말하듯이[10] 대중 자신의 본능이면서 의식을 하면서 집단화에 대한 형성욕구로 바라본다면 더욱이 문학이 지금까지 언어 표현을 통해 드러내려 했지만 끝끝내 그 속성을 보여주지 않았던 민중의 '카오스' 다운 특성까지도 도출해낼 수 있지 않을까 생각한다.

원래 문화란 사람들의 생각 성향을 가장 잘 드러내는 수준에서 그 가

---

10) "무엇을 하면서 여기저기 관여하는 일은 위협적인 집단화에 대항하는 일종의 자극 방어를 생산해내려는 의식의 시도이며, 언뜻 보기에 자유로운 시간 속에서도 자신을 대중의 구성원으로 규율화함으로써 집단화에 대해 자신을 연습시키려는 의식의 시도이다." (T. W 아도르노, 최문규 옮김, 『한줌의 도덕』, 솔, 1995, 196쪽)

치가 빛난다. 한국의 문학 전통은 근대문학이 이룩하지 못한 것들을 새롭게 일구어내고 창조해야만 하는 지점에 와 있다. 민중들의 변덕과 '문화 기획자' 들의 섣부른 진단 속에서도 세상은 변해간다. 기술문명이 인간성을 황폐화시킬 것이라는 문제의식도 요즘에는 쓸데없는 걱정에 지나지 않나, 하는 생각을 불러일으키는 각종 대책들이 잇달아 나오고 있다. 그러나 새로운 시대를 맞이해서 이전의 문학이 사람들에게 주었던 것들이 허위의식에 지나지 않았다는 생각 또한 지나친 판단이다. 한국문학은 새로운 갈림길에 와 있다.

창백한 서정

— 한국 현대시에 관한 단상

1980년대 말에 출판되어 공전의 판매부수와 인기를 한몸에 받았던 서정윤의 시집 『홀로서기』의 머리말에는 장석주의 다음과 같은 글이 적혀 있다.

> 「홀로서기」는 체제비판적인 민중시와 같은 시대적 프리미엄이 전혀 없는 서정시라는 점에서 이 시집에 대한 독자들의 열화 같은 반응은 「홀로서기」가 스스로 이룩하고 있는 탁월한 서정성, 혹은 이루지 못한 사랑의 안쓰러움, 절대고독의 가치, 젊음의 방황 등과 같은 주제의 대중적 호소력에서 찾아야 할 것이다.

그로부터 약 십 년이 못 되어 검은 분노와 핏빛 정열이 현실사회주의의 몰락이라는 둔기와 같은 섬광에 눈이 멀어 각자 자신의 취미를 찾아 다시 귀환할 때, 최영미라는 미술사학도가 들고 나온 『서른, 잔치는 끝났다』의 시집이 그들이 가시는 걸음마다에 확인사살을 알리는 사과탄을 던졌다. 같은 제목의 시는 다음과 같은 말로 그 포문을 연다.

물론 나는 알고 있다
내가 운동보다도 운동가를
술보다도 술 마시는 분위기를 더 좋아했다는 걸
그리고 외로울 땐 동지여!로 시작하는 투쟁가가 아니라
낮은 목소리로 사랑노래를 즐겼다는 걸
그러나 대체 무슨 상관이란 말인가

—최영미, 「서른, 잔치는 끝났다」 부분

그리고 1992년 실천문학사에서 간행한 『다시 문제는 리얼리즘이다』에는 「시에 있어서의 리얼리즘 문제에 관한 시론」이라는 오성호의 글이 실려 있다. 이 글에서 그는 다음과 같은 진술을 한다.

> 시에 표현된 정서에는 주객관계를 통해 획득된 현실에 대한 인식과 가치평가, 태도 등이 포괄되어 있다. (…) 말하자면 시는 서정적 주체가 환기하는 정서를 통해서 독자의 정서에 직접적으로 호소함으로써, 독자의 자기의식을 강화시켜줄 뿐 아니라 그 속에 포함된 세계에 대한 태도와 인식, 가치평가 등을 통해 독자의 삶에 대한 태도에 영향을 주게 되는 것이다.

빛바랜 책장을 넘기듯 십여 년이 훌쩍 지난 위의 텍스트를 읽으면서 나는 청마 유치환이 그의 시 「깃발」에서 읊었듯 소리 없는 아우성이 되어 귓전에 맴도는 회색의 함성을 듣는다. 어찌 보면 위의 텍스트는 시라는 문학 자체의 효용성과 기능과는 무관하게 한국사회 특유의 정치성에 연루되어 옳게 보든, 그렇지 않든 한 시대를 솔직하게 통과하는 무구의 역사를 보여준다. 문학사적인 평가와 무관하게 『홀로서기』와

『서른, 잔치는 끝났다』는 시가 독자에게 줄 수 있는 최대한의 감성적 에너지를, 정치적 허무주의로의 진입을 목전에 둔 문턱에서 마구 투과한 몇 안 되는 실례로 남을 것이며, 문학의 위기니 하는 맥 빠진 담론에 염증을 느낀 독자대중을 비롯한 문학종사자들에겐 회심의 감격을 주는 성좌로 빛날 것이다.

이는 대중추수주의인가. 그럴지도 모른다. 하지만 독자대중[1)]의 존재를 즉자성을 항유(恒有)하는 관념론적 추상으로만 간주할 경우 문학의 위의(威儀), 혹은 시의 순수를 내세우는 문학론의 가치정립은 요원한 희망사항으로만 남게 될 것이다. 위의 오성호가 말한 것처럼 "시는 서정적 주체가 환기하는 정서를 통해서 독자의 정서에 직접적으로 호소함으로써, 독자의 자기의식을 강화시켜 줄" 메커니즘의 가장 굳건하고도 솔직한 톱니바퀴가 어쩌면 독자라는 집단이기 때문이다. 그러므로 시적 서정은 시인과 시의 정서적 울림에 사회(독자 개인의 정서 체험이라고 해도 좋다)의 미적 취향이 어우러져야만 그 이름에 걸맞은 예술성을 담지할 수 있다. 좁은 의미의 서정시가 늘 문제가 되는 이유도 그것이 가장 일반적이라거나 우리의 전통적 시 양식이어서, 혹은 시의 본령이기 때문에 그렇다기보다는 그것이 갖는 전파력과 명징한 시언어의 구사에 동원되는 수사학이 절묘하게 결합되어 있어서 어떤 이유로든 반드시 그 본래의 미적가치를 전유해야 할 암묵적 필요성, 혹은 요청 때문일 것이다.

자아와 세계의 동일시라는 이 특이하고도 환상적인 상상력의 유로는 시인의 감수성과 혼융하여 순간의 진실을 포착하고 말 없는 자연에 시혼을 불어넣는다. 그러니까 시인은 어느 경우에든지 시적 서정을 드

---

1) 여기에서 독자란 고급독자, 즉 비평가나 문학이론가뿐만 아니라 실제로 문학서적을 사보거나 여가로 활용하는 사람들까지 포함한 광의의 개념이다.

러낼 수밖에 없는 운명을 가진 사람인지도 모르겠다. 이런 서정시가 한국 현대시사에서 한때 전통적 복고주의라는 꼬리표가 붙어서 눈칫밥을 먹던 때가 있었다. 그리고 이와는 대조적으로 경향시와 결합하여 혁명적 낭만주의라는 거창한 이름의 '해방호'에 승선했던 때도 있었다. 각각 모더니즘과 리얼리즘이라는 거인의 손아귀에 휘둘린 전형적인 한국 시문학의 표정임을 부인할 수 없다. 이른바 근대 이데올로기가 이 땅을 침범하면서 초래하게 된 필연적인 사태일는지도 모른다. 하지만 이러한 예외적인 경우를 제외하면 순수서정이 시적 언어로 표현되어 사심 없는 미학으로서 존재한 적이 과연 있었던가.

쟈네트 월프가 『미학과 예술사회학』에서 "정치적 미학은 어떻게 해서 해석이 변화하며 독서가 다수적으로 있을 수 있는지를 설명하여야 할 뿐만 아니라 그것의 사회적, 정치적 발생조건들이 사라져 버렸는데도 특정한 판단이 계속 존속할 수 있는 이유를 나름대로 해명하여야"[2)]한다고 요구했을 때, 우리는 이 발언에서 마르크스의 유명한 언급인, 고대 그리스 예술이 왜 그때와는 경제적 토대와 생산관계가 다른 현대에서조차 미적 감동을 주는가라는 물음을 쉽게 연상할 수 있다. 하지만 더욱 중요한 것은 정치적, 경제적 토대와 발생 조건에 맞물리는 예술외적 이데올로기와는 무관하게 예술 자체의 무구한 가치를 보유하고 있다고 어느 누가 당당히 주장할 수 있을까라는 것이다. 앞의 서두에서 장석주가 말한 "민중시와 같은 시대적 프리미엄이 전혀 없는 서정시" 운운이 「홀로서기」의 문학성과 대중성과는 전혀 무관한 사후판단의 성격이 짙고 그것 자체만으로 이 '놀라운' 서정시가 함축한 극단적인 개인 이데올로기에 면죄부를 주지는 못한다. 또한 최영미가 "물론 나는 알고 있다"라고 담담한 어조로 자신의 '죄'를 고백하는 운을 뗄 때

---

2) 쟈네트 월프, 이성훈 옮김, 『미학과 예술사회학』, 이론과실천, 1990, 76쪽.

이 진중하고도 숙연한 느낌을 자아내는 구절이 "그러나 대체 무슨 상관이란 말인가"란 표독스러운 의문형과 연결됨으로써 운동권 일각의 해산주의가 만연했던 시기에 진지한 반성이 아니라 가치지향이 결여된 실천적 평등주의의 주문으로 받아들였던 사람이 전혀 없지는 않았을 것이다.

이렇게 물어보자. 시적 서정은 이미 좁은 길로 접어들었는가. 물론 한국 현대시 전부를 탐독해서 내·외적 유형별로 그 경향을 분석하고 시대배경과 맺는 함수관계를 비교적 선명하게 밝혀야 하는 게 중요하다. 그래야만 앞의 생각에 좀 더 과학적인 설득력을 더할 수 있다. 하지만 차후 과제로 남기고자 한다. 시가 좁은 길로 접어들었다는 나름의 진단에는 두 가지 뜻이 들어 있다. 하나는 서정시가 가진 본연의 기능을 회복하기 위하여 미적 자율성과 그로부터 파급하는 효용성의 비(非)의식적 수용이 갖는 위험요인을 어떻게 제거하여 시 정신을 탐색해나갈 것인가 하는 지난한 과제의 뜻이고[3] 또 다른 하나는 후기 문화산업의 범람으로 그 영향력이 확연히 줄어든 시가 처한 입지를 뜻한다. 이것은 어쩌면 명백한 아포리아이다. 하지만 풍요한 대지의 모신에 젖줄을 대어 신의 축복에 황홀했던 예술의 영광은 아득한 기억의 화석으로만 호출할 수 있을 뿐이다. 황폐해질 대로 황폐해진 이십일세기에 시를 생각함은 그것의 유전형질을 손상 없이 복원시키는 무의미한 삽질이 아니라 창조적인 미를 향한 적극적 탐문에 바탕을 두어야 할 것이다.

---

3) 이는 루이 알튀세르가 『자본론을 읽는다』에서 한 말과 연관이 있을 듯하다. 만일 시독법이 그의 『자본론』 독법과 하등 차별성을 갖지 않는 일반 텍스트의 독법에 해당할 수 있다면 다음의 진술이 참조가 된다. 즉 "가시성은 비가시성을 가시성의 비가시성으로, 가시성의 금지된 비젼으로 정의한다. 따라서 비가시성은—공간적으로 비유하자면—가시성의 외부에 있는 것도, 제외된 외부의 암흑도 아니다. 비가시성은 제외된 내부의 암흑으로서, 가시성 자체 내부에 있다."(루이 알튀세르, 김진엽 옮김, 『자본론을 읽는다』, 두레, 1991, 31쪽)

여기서 나는 현대시가 점점 어려워지고 있다는 진단에 주목한다. 일반 독자들뿐만 아니라 문학을 전공한 사람들에게조차 시가 외면당한다는 소리를 심심찮게 들을 수 있다. 저간의 이 같은 실상을 제대로 이해하기 위해서는 몇 가지 해명이 뒤따라야 할 것이다. 이것은 입체적인 조망과 본원적인 물음에 응당한 대답을 요구하는 문제제기이기 때문에 지극히 신중한 사고를 필요로 한다. 우선 시란 무엇이고 그것의 기능이 궁극적으로 독자에게 어떤 방식으로 작용하는가에 대한 기본적 합의의 인식이다. 이는 문학이란 무엇인가라는 질문과 별반 다를 바 없다. 조너선 컬러는 문학의 성격이 언어의 전경화로서의 문학, 언어의 통합으로서의 문학, 허구로서의 문학, 미학적 대상으로서의 문학, 상호텍스트적이거나 자아 성찰적 구성물로서의 문학 등으로 나타나고, 문학이란 무엇인가라는 질문의 중요성을 밝히며 다음의 말로 결론 아닌 결론을 내린다.

> 문학성을 성찰한다는 것인 이런 담론(모든 유형의 텍스트에 나타난 문학성을 조명하는 이론적 담론—인용자)을 분석하고, 문학이 유도해 낸 관행 등을 읽어내기 위한 자세를 계속 유지해 나가는 것이다. 즉각적인 이해 가능성에 대한 요구를 중지하고 표현수단이 함축한 것을 반성하는 것, 그리고 어떻게 의미가 만들어지는지, 어떻게 하여 즐거움이 산출되는지에 주목하는 것이다.[4)]

이 말에 우리가 수긍을 한다면 현대시의 난해성 운운은 뭔가 본질에서 멀찍이 벗어나는, 비생산적인 공론에 머물 수밖에 없다는 판단이 든다. "즉각적인 이해가능성"을 만족시킬 수 없거나 자신이 이해하지 못

---

4) 조너선 컬러, 이은경 · 임옥희 옮김, 『문학이론』, 동문선, 1999, 71쪽.

하는 시들이라고 해서 난해시라는 손쉬운 용어로 울타리를 친다면 정작 속이야 편하겠지만 문학이라는 동네에 근접할 자격을 스스로 박탈해버리는 일이다. 그러나 만약 이런 추측이 말 그대로 단지 추측일 뿐이고 실제로 해독이 어려운 시들이 존재한다면 아마도 다음의 문제가 밝혀져야 할 것이다. 이는 두 번째의 문제제기인데 시인의 시 창작태도와 세계 인식방법, 이를 통한 시어 선택과 배열에 관한 어떤 변모된 양상이 과연 존재하는가 하는 문제이다. 이것은 두 층위에서 분석할 수 있다. 문학사적인 측면과 개별 시인의 시 세계와 창작론의 측면이 그것이다. 덧붙여 리얼리즘이니 모더니즘이니 하는 문예사조나 서술시, 메타시, 해체시, 생태시, 페미니즘시 같은 하위 장르가 수시로 스며들기 때문에 일목요연하게 파악하기는 쉽지 않다. 간단히 말해서 현대시를 총체적인 시각에서 그 윤곽을 규명하는 작업이 먼저 이루어져야만 오늘날 시에 대한 의혹과 정체불명의 편견을 불식시킬 수 있으리라 본다.

마지막으로 제시하는 문제제기는 한 사회에서 향유하고 전승하는 문화의 특수한 언어형식인 시가 사회구성원의 일상에서 얼마만큼 밀접하게 있느냐 하는 것이다. 물론 지금이라도 당장 서점에 달려가면 수많은 시집들이 진열되어 있음을 확인할 수 있다. 아직도 베스트셀러 목록엔 시 장르에 속한 서적들이 꾸준히 포함되어 있다. 어떤 종류의 시집이든 한두 권씩 소유하고 있지 않은 집이 없을 것이다. 중 · 고교생들이나 20대 청년(주로 여성이다)들은 예쁜 표지의 시집을 보고 자신들의 '시적 감수성'을 확인하기 위해서라도 책장을 넘긴다. 사정이 이렇게 행복(?)하다고 해서 시가 일상에 밀접한 문화로 자리 잡았다고 판단하는 것은 순진한 생각일 것이다. 더구나 대중문화와 고급문화 사이의 경계를 구획 짓는 엘리트주의를 지니면서 순문학의 퇴보나 도태를 우려하는 '문학주의자'의 시선에서는 이런 현상들이 마뜩잖게 보일 것이다. 마찬가지 이유로 이런 현상이 모든 것, 심지어 사람의 양심이나 치부마저 상품이 되어버리는 자본주의의 잔혹한 생식력의 일부분이라 여기며 핸드폰의 장식물 같은, 날로 쇄신하는 소모품일 뿐이지 않겠느냐는 냉소적인 성토를 뱉을망정 시란 것이 '순수하고 고귀한' 예술로서 우리 곁에서 늘, 언제라도 삶의 양식과 지혜를 전수할 준비가 되어 있는 메신저라 보지는 않는다.

현대시의 난점은 그것의 난해성에서 찾을 것이 아니라 방금과 같이 시를 읽는다는 것이 왜 어떤 이들에겐 값싼 정서로 보이고 또 다른 이들에겐 무엇과도 견줄 수 없는 예술적인 감동으로 다가오는지에 있을 것이다. 이 작품은 이러이러하니까 시가 될 수 있고 저 작품은 이러이러하니까 시가 될 수 없다는 지적은 아마 시인의 사물인식에 대한 웅숭깊은 사색과 이를 정갈한 시적언어로 변형시키는 추상화 능력의 유무에서 비롯된 것이리라. 그러므로 일반 독자와 시 사이의 간격을 재보는 것은 시가 아닌 것으로부터 파생하는 정서와 시로부터 분출하는 정서의 불확실한 경계만큼이나 복잡한 매개변수가 존재한다. 마치 김수영의 「풀」이 평단의 시각과는 사뭇 달리 수능을 준비하는 수험생에게는 아주 '쉽게' 다가오듯이 말이다.

진실과 현실 사이에 詩는 존재하는가

밤새 눈이 하아얗다

어제 오후 내내 심각하던 하늘이
마침내 읊어 놓은 이 感激
化粧室 앞에 이리저리 검둥이 발자국이 어지럽다

어지럽다, 온 세상이 하얗다

새벽에 잠들어 오후에 깨는
나는 詩라는 이름의 病앓는 사람
오래간만에 하늘이 내려 준 축복에 행복하게 잠들 수 있었다

꿈속에 어느 눈 덮인 山莊에서 舊約을 읽고 있노라니
에이프런을 두른 하얀 소녀가
양고기를 튀겨
들고 나왔다

자, 드세요…세요…요…오

배가 고파 잠을 깨니,
앞집 지붕은 그대로 허연데
하숙집 마당은 싹 치워져 콘크리트 바닥이 드러나 있었다

담배를 사려고 대문을 나서니 골목이 홍해처럼 갈라졌다
……
역시, 너무 詩的인 것은, 거부당하는 이 생활의 공간이여

먼산의 눈이 아름답고
敵이 아닌 猶太人이 위대한 것

都市의 눈은 백해 무익하다는
도시 공학도의 말이
생각났다

—박남철, 「詩人의 집.뒤」 전문

그러니 어쩌면 시적인 것에 대한 열망이 잡다하게 널려 있는 시적 언어의 진위를 가리는/가리고 있는 알리바이가 될 수 있을 듯하다.[5] 하지만 '시적'이라고 하는 것이 과연 어떤 상태를 가리키는지 선명하지가 않다. 요즘에는 시적이지 않다고 치부했던 것들이 예술의 소재로 자주 쓰이고, 역으로 시적인 언어와 풍경이 조롱거리나 희화화되고 있다. 시적이든 아니든, 시든 아니든 기본적으로 우리는 '마땅하게' 여겨지는 예술적 외표와 잠재된 미감이 표현에 대한 욕구를 실현시키는 주요한 원인이 됨을 알고 있다. 따라서 얼룩진 현실에서 미의식은 최소한의 소박한 진실을 갖게 된다.

위 시의 첫 구절인 "진실과 현실 사이에 詩는 존재하는가"는 진실과 거짓, 이상(꿈)과 현실이라는 관습화된 이분법을 살짝 비틀어놓고 있다. 시인은 참모습과 드러난 모습 사이에 균열을 자각하고 그 사이에 시를 갖다놓음으로써 물화된 관념으로서의 상징적 가치를 낯설게 보여준다. "새벽에 잠들어 오후에 깨는/나는 詩라는 이름의 病앓는 사람/오래간만에 하늘이 내려 준 축복에 행복하게 잠들 수 있었다." 이 부분에서 독자는 너무도 자연스럽게 새벽까지 시를 쓰다가 늦게 잠이 드는 시인의 시에 대한 열병과, 그가 염원하는 온 세상이 눈처럼 하얀 광경(순수, 이상향)을 떠올린다. 그리고 이런 연상의 이미지는 이와는 이질적인 이미지가 끼어들 틈을 미리 배제하는 것이다. 그 다음 연에 이어지는 꿈속의 이국적 광경(스위스의 알프스 소녀를 연상시키는)이 시인이 기거하는 현실적인 공간과 대비됨으로써, 독자들은 시적인 진실이

---

5) 우리는 여기서 상징적 가치가 기호의 조작 뒤에 비춰 보이는 상태에서 준거, 현장부재증명으로, 사치활동의 숭고한 합리화로 작용한다는 장 보드리야르의 말을 충분히 염두에 두어야 할 것이다. 『기호의 정치경제학 비판』에서 그는 '미술품'의 경제적 교환가치가 가치/기호로 승격하는 것과 동시에 상징적 가치도 가치/기호로 환원됨을 명징하게 증명하고 있는데, '미술품' 대신 '시작품'을 넣어도 동등한 분석이 가능할 것이다.

현실과는 동떨어져 있거나 적어도 현실에서는 시적인 상상력으로의 유추가 쉽지 않다는 인식을 재확인하는 것이다. 직접적으로 드러내진 않지만 이 작품은 결국 시인과 시와 시적인 것이 동일한 것으로 간주되고, 이 행복한 삼위일체의 연결고리에 대한 의심을 불허하는 독자들에게 보내는 시적 조롱을 보게 된다.

시적 감흥조차 예술과 비예술의 경계가 과거처럼 분명하지 않다고 해서 그것의 미적 진실마저 상쇄해버린다면 너무 가혹하지는 않을까. 앞서 조너선 컬러가 정리한 문학의 특성이 비문학적 텍스트로부터 문학적 텍스트를 갈라놓는 최소한의 구별이지만 문학을 특수한 성질이나 특색을 가진 언어라 생각하면서도 “관행의 산물이며 특정한 형태로 주목받는 산물”[6]로 의식하는 복잡하고 이중적인 면모를 가짐을 인정해야 할 것 같다. 그럴 때 상징적 가치로 전환(조작)되기 이전의 심미적 가치로서의 순수한 시심(詩心)을, 그것의 언표인 시언어의 진위를 가리는/가리고 있는 알리바이라는 의혹을 불식시킬 수 있는 명분을 얻을 수 있다. 따라서 다시 언어의 문제로 회귀하는 셈이다.

시가 이성과 논리의 영역에서 벗어난 자리에 존재한다거나, 최소한 그것들의 술어로 환원될 수 없다는 말은 시를 여타의 인문학적 활동이나 결과물과 구분 지을 수 있는 타당한 진술이지만 시 자체에 대한 해명은 유보되어 있다. 물론 지금껏 시에 대한 다양한 설명과 해석과 정의가 내려졌고 또한 앞으로도 심화된 물음이 계속되리라 본다. 시에 대한 분명한 해명이 그것으로부터 환기시키는 다양한 정서적 체험의 요소를 질서화하지는 못한다. 말을 바꿔서 일상생활이나 상상력을 통해서 감지되는 미적 경험의 표현욕구가 압축된 시언어의 표출이라는 예술적 표현의 충분조건이 되는 것은 아니다. 결국 시언어라는 ‘비밀의

---

6) 조너선 컬러, 앞의 책, 51쪽.

커튼'이 관건이 된다. 요컨대 언어예술의 대표로 지칭하는 시는 인물과 환경의 인과관계를 중심으로 일어날 법한 이야기를 길게 들려주는 소설과는 달리 단 몇 개의 단어로 세계와 자아의 융합을 표현하는 아포리즘의 미학이다. 그렇기 때문에 은유와 상징과 같은 의미심장한 언어를 자주 흘려놓는 것이다. 시인은 이들 수사학의 무늬를 그려놓곤 무대위의 장막을 내려버리고 독자는 마치 숨은그림찾기를 하듯 시인의 자취를 좇기에 여념이 없다. 그러다가 어느 순간 시적 서정이 연막과도 같이 아주 먼 곳으로부터 진군해오는 소리를 듣는다. 하지만 언어의 후면에 깔린 공백의 대륙엔 어느 누구도 감히 회군할 수 없는 덫이 있다. 이는 '선험적'인 덫이라 할 수 있는데, 이 덫에 무심하거나 이를 방기하면 시적인 것의 정체와 이데올로기의 마취로부터 각각 오해를 불러일으키거나 부자연스런 결과를 야기한다. 1990년대 이후의 시들이 이러한 '불안한 뿌리'로부터 힘껏 자유로워지기 위해 죽음이나 환상 등과 같은 탈-현실적 구체에 천착했지만 이제 어느 정도 수그러든 모양이다. 반면 이론의 조력에 힘입어 타자로 여겼던 여성이나 자연이 그 주체로서의 관계성 회복을 지향하는 시들이 꾸준히 창작되고 있다. 그 틈바구니에서 호명을 기다리고 있는 발가벗은 서정의 숨소리에 가만 귀 기울여본다. 그리고 흘겨본다.

2부

시인의 광맥

불안한 일요일과 기적의 아포리아

— 박인환 시의 의미

1.

박인환(1926~1956) 시인이 쓴 산문들을 분석하며 그에게서 "현해탄 콤플렉스가 효력을 상실해 가는 자리에 한국적인 형태의 아메리카니즘(Americanism)이 들어서서 새로운 기제로 작용하"[1]는 양태를 읽어내는 논점은, 한 시인의 정신사 측면에서 볼 때 의미 있는 독법이다. 최근 들어 박인환 시인의 연구서지가 늘어나고 이에 따라 그동안 묻혀 있던 작품들[2]이 세상에 공개됨에 따라 시인에 대한 조명은 앞으로 더욱 늘어갈 것이다. 일제 때 문인들의 정신을 얽매었던 족쇄로 작용한 '현해탄 콤플렉스'를 뒤이은 '아메리카니즘'의 속성을 시인이 전유했다는 방민호의 지적은 시인 박인환에게 하나의 뚜렷한 문명사의 시각이 있었다는 점과 아울러 근대 문학 초기 때부터 저류를 형성했던 근대성 인

1) 방민호, 「박인환 산문에 나타난 미국」, 『사랑은 가고 과거는 남는 것: 박인환 전집』(문승묵 편), 예옥, 2006, 597쪽. 이상 작품 인용은 앞의 책 참조.

2) 위의 책에 들어 있는 작품 연보 참조.

식이 알게 모르게 시인의 작품세계를 통해 그 흔적이 드러남을 일러주는 것이기도 하다. 해방기 때부터 시를 써서 그의 존재를 알려 6·25전쟁을 거쳐 전후 황폐한 공간을 배회했던 시인의 짧은 생애는 동시대 문인들이 그러했듯 전통과 현재의 배리에서 비롯하는 실존의 아픔과 정신의 균열을 몸소 겪은 사람이 갈구할 수밖에 없는, 영원의 안식처를 찾아 헤매는 도정이었다.

그의 모더니즘은 이러한 실존의 역사적 부침에서 비롯한 것이며 이상과 김기림으로부터 이어져 온 한국 모더니즘 시사의 한 경계에 서 있는 것이다. 1930년대 이상과 김기림이 성취했던 문학적 좌표와는 또 다른 박인환 시 작품의 성과는 비단 이들이 앞서 말했던 한국 모더니즘 시사의 일직선상에 놓여 있다는 범박한 수준의 시각을 벗어나서 자리매김할 때 뚜렷하다.

> 나는 불모의 문명 자본과 사상의 불균정한 싸움 속에서 시민정신에 이반된 언어작용만의 어리석음을 깨달았었다.
>
> 자본의 군대가 진주한 시가지는 지금은 증오와 안개 낀 현실이 있을 뿐…… 더욱 멀리 지난날 노래하였던 식민지의 애가이며 토속의 노래는 이러한 지구地區에 가라앉아간다.
>
> 그러나 영원의 일요일이 내 가슴속에 찾아든다. 그러할 때에는 사랑하던 사람과 시의 산책의 발을 옮겼던 교외의 원시림으로 간다. 풍토와 개성과 사고의 자유를 즐겼던 시의 원시림으로 간다.
>
> 아, 거기서 나를 괴롭히는 무수한 장미들의 뜨거운 온도.[3]

「열차」「지하실」「인천항」「남풍」「인도네시아 인민에게 주는 시」

---

3) 「〈새로운 도시와 시민들의 합창〉 서문」, 위의 책, 264쪽.

등 모두 다섯 편의 그의 시가 실린 「〈새로운 도시와 시민들의 합창〉 서문」의 글을 보면 현대문명에 대한 인식이 엿보인다. 동인지의 서문이 흔히 구성원들의 사상적 밀도와 관계없이 추상적인 기치와 이전의 문학 에콜과 섣부른 차별화 욕구 때문에 관념성 짙은 구호 차원에서 머무른다는 점을 감안하면 위 서문의 핵심은 문명과 사상의 불균형에 대한 인식과 '시의 원시림'의 의미에 놓여 있다고 할 수 있다. 자본주의의 고약한 도정인 식민 건설과 그로부터 배태하는 전쟁의 광란 속에서 사회주의 이념 또한 시대를 밝혀줄 빛이 되기에는 모자랐다. 시인은 자유와 평등을 바탕으로 하는 '시민정신'을 긍정적 가치가 함유된 시대정신으로 내세우지만 사실 역사적 현재 속에서 이전투구처럼 하는 사회의 지저분한 현 상태들은, 전통의 언어가 이미 가라앉기 시작한 그때 부상하는 부정의 상부구조에 지나지 않았을 것이다. 지금도 마찬가지이다. 여기에 '영원한 일요일'과 '시의 원시림'은 그에게 다시 창조해야만 하는 시의 새로운 전통이 싹트는 곳이다. 극도의 추상으로 수렴된 시의 원시림이 시인 자신이 새로운 마음으로 발걸음을 내딛게 될 시적 고향이 될지, 아니면 20년대 감상적 낭만주의자들이 그랬던 것처럼 현실 도피처로 상정된 것인지는 아직 미지수이다.

2.

문명비판과 그 대응방안의 모색이 이처럼 구체적이지 않고 추상으로 흘렀던 점은 후반기 동인뿐만 아니라 모더니스트들의 기본 속성에서 비롯하는 것으로 불안의 세계를 응시하는 시인의 몸부림이 잘 나타나 있다. 박인환은 산문 「현대시의 불행한 단면」에서 야심차게도 후반기 동인이 T. S. 엘리엇이 진단한 전후의 황무지적 경향과 광신에서 인간의 영속적인 가치를 새롭게 정리해나가려는 의도를 내비치는데, 이 글을 통해 그의 문명사의 기울기가 어떤 방향으로 기능하는지 들여다 볼 수 있다. 잘 알려진 것처럼 그는 엘리엇에 영향을 받은 W. H. 오든과 S. 스펜더의 문제의식을 공유했다. 「현대시의 불행한 단면」은 이들의 사상을 개요하는 수준에서 그치고 있지만 그가 서구 문화의 퇴락과 번영의 그늘에서 싹튼 정신의 위기를 직시하고 불안과 절망을 이겨내는 '공동의식의 집단'에 공명하였던 점은 그의 초기 시의 경향에 비출 때 시사점을 준다. 분명 박인환은 시의 지향점과 무관한 자리에서 현실의 중력에 짓눌려 있었으며 나름대로 서구 사상과 이론에 주의 깊게 관심을 기울이며 극복을 위한 모색을 하였던 것이다. 그러나 그가 귀 기울였던 것은 세계사의 대전환 속에서 파노라마와 같이 펼쳐지는 서구 문명의 흐름에 부표하는 시민들의 정체성과 개성이었다. 그의 시에서 드러나는 사람들의 모습은 단지 불안과 절망에 침윤된 비극의 존재성뿐만 아니라 처음부터 고향을 잃어버린 사람들처럼 부유한다. 현대인 낱낱의 표정을 살피고 관찰하는 데 조금 소홀했다고 볼 수도 있지만 총체적 상실감으로 표현할 수 있는 대다수의 사람들이 겪는 시대의 혼돈은 개체의 형식이 곧바로 시민 공동체의 얼굴이 된다는 사실을 시로써 말해주는 것이다. 이와 아울러 지금까지 연구사에서 박인환 시의 특징으로 거론하던 도시적 감상과 비극적 허무의식이 비단 시인의 기질에서뿐만 아니라 시대고(時代苦)를 인식하는 그만의 개성적 사고로부터 나온다는 사실을 이해할 필요가 있다.

황갈색 계단을 내려와
모인 사람은
도시의 지평에서 싸우고 왔다

눈앞에 어리는 푸른 시그널
그러나 떠날 수 없고
모두들 선명한 기억 속에 잠든다

달빛 아래
우물을 푸던 사람도
지하의 비밀은 알지 못했다

이미 밤은 기울어져 가고
하늘엔 청춘이 부서져
에메랄드의 불빛이 흐른다

겨울의 새벽이여
너에게도 지열地熱과 같은 따스함이 있다면
우리의 이름을 불러라

아직 바람과 같은
속력이 있고
투명한 감각이 좋다

—「지하실」 전문, 『새로운 도시와 시민들의 합창』

현실의 삶의 흙먼지 속 투쟁과 땅 밑 지하에 숨겨져 있지만 실체는 묘연한 '지하의 비밀'이 서로 대비되는 형상으로 나타난다. 실상이 시어의 이미지 효과에 따라 정묘되지 않고 마치 안개처럼 뿌연 정조만을 환기하는 위 시에서 불온한 세계의 표피와 시인의 내면은 그 대결 양상이 긴장으로 치닫지 않고 녹아든다. 여기에서 시인이 몸으로 느끼는 비극의 밀도와는 상관없이 단지 시적 형식에만 염두에 둔다면 3행씩 총 6연으로 안정된 형식으로 말미암아 호흡이 일정한 길이로 이루어져 있고 각 연마다 개별적이되 전체적인 세계를 담지하고 있음을 알 수 있다. 이 말은 시인에게 시와 현실이 언어적 매개를 거쳐서 절망스러운 세계 인식을 반영하는 리얼리즘 시론에 비켜나고 있음을 말해준다. 시인은 산문에서 밝힌 것처럼[4] 시를 쓰는 작업이 곧 사회와 싸우는 일이라고 말했다. 예술이 세계인식의 상상력과 형상화에 따른 굴절 양식임을 상기한다면 이런 특징이 박인환 시인만의 개성이라고 할 수는 없을 것이다. 또한 말의 바른 의미에서 박인환은 시를 세계와 싸우는 도구로 여기지도 않았다. 그는 현실주의자가 아니면서도 현실에 깊숙이 관여하고자 했으며 예술의 성채에 안주하지 않으려고 했으면서도 언어 예술의 지하 수장고에 있는 비밀을 열고자 했다.

『새로운 도시와 시민들의 합창』에 실린 시편들은 이런 뜻에서 현실에 대응하는 시인의 목소리와, 아직 다듬어지지 않은 그의 시의 미적 양태들이 한데 섞여 있다고 할 수 있다. 「인천항」「남풍」「인도네시아 인민에게 주는 시」가 식민자본의 횡포에 신음하는 약소민족과 구성원들의 비참한 현실에 눈을 돌린 작품이라면 나머지 두 작품인 「열차」「지하실」은 그가 생존해 있을 때 출간한 유일한 개인 시집인 『선시집』(1955)에 실린 작품들과 유형을 같이하는 모더니즘 계열의 산물이라 할 수 있다. 조금 도식화시켰지만, 박인환 시를 문제 삼을 때 후기로 갈수록 단일한 시 성향으로 수렴하는 모습을 보이는 것이, 초기에 그가 예민하게 감지했던 문명 비판의 요소들이 희석된 자리에서 검토해야 하는 절차이기보다는 이런 요소들이 지양된 세계 내적 응전력에서 살펴

4) "시를 쓴다는 것은 내가 사회를 살아가는 데 있어서 가장 의지할 수 있는 마지막 것이었다. 나는 지도자도 아니며 정치가도 아닌 것을 잘 알면서 사회와 싸웠다."(「〈선시집〉 후기」, 위의 책, 300쪽)

야 할 것이다. 공동 시집과 개인 시집이 발간된 시기 사이에는 전쟁이라는 역사의 비극이 놓여 있다. 더욱이 이 점은 강조할 필요가 있는데, 전후 모더니즘의 기수였던 한 시인의 내면을 들여다보는 데서 생기는 문학사적 의미뿐만 아니라 시대의 불운을 감상적인 언어로 표출했던 그의 작품 성향이 역사의 소용돌이와 폐허 속에서 어떤 식으로 자신의 시적 대응방식을 일궈나갔으며 견지했는지 확인할 수 있는 기점이 되기 때문이다.

3.

『선시집』에는 『새로운 도시와 시민들의 합창』 서문에서 나온 말인 "영원의 일요일"에서, 토씨만 다른 채 그대로 제목으로 된 시가 실려 있다. 바로 「영원한 일요일」이란 시다. 이 작품은 잡지와 신문지상에 발표되지 않고 『선시집』에 실려 있다.[5] 공동시집의 서문에서 그는 이 말의 용법을 시작(詩作)의 원점이자 그가 갈구하는 예술적 고향으로 사용하고 있다. 이 말에 뒤이어 "시의 원시림"이 나오며 현대문명의 대립 지점에 위치시킨다. "영원의 일요일"과 "시의 원시림"이 그의 예술관과 심미관을 나타내는 상징으로 쓰였다고 보기에 이 말을 둘러싼 논의들은 정작 작품을 분석하는 과정에서 해명해야 할 것이다. 작품을 인용하면 다음과 같다.

> 날개 없는 여신이 죽어버린 아침
> 나는 폭풍에 싸여

5) 위의 책, 작품연보 참조, 613쪽.

주검의 일요일을 올라간다.

파란 의상을 감은 목사와
죽어가는 놈의
숨 가쁜 울음을 따라
비탈에서 절름거리며 오는
나의 형제들.

절망과 자유로운
모든 것을……

싸늘한 교외의 사구砂丘에서
모진 소낙비에 으끄러지며
자라지 못하는 유용식물有用植物.

낡은 회귀의 공포와 함께
예절처럼 떠나버리는 태양.

수인囚人이여
지금은 희미한 철형凸形의 시간
오늘은 일요일
너희들은 다행하게도
다음 날에의
비밀을 갖지 못했다.

절름거리며 교회에 모인 사람과

수족이 완전함에도 불구하고
복음도 기도도 없이
떠나가는 사람과

상풍傷風된 사람들이여
영원한 일요일이여

—「영원한 일요일」 전문

평일의 노동을 마무리하고 평안한 휴식을 위해 필요로 하는 일요일이 어떻게 이 시에서 변용되는지 살피는 일은 작품의 이해를 위해서도 시인의 문학관의 한 부분을 잡아내는 데에도 유익할 것이다. 애초에 창조주의 섭리에 따라 인간에게 안식의 시간을 부여했던 휴일은 한 주를 마무리하는 것과 동시에 새로운 생활의 시작을 위한 시발점의 기능을 한다. 그러나 이 시에 기술된 일요일의 의미는 보통 생각하는 뜻과는 달리 불안과 어둠에 휩싸여 마치 파국을 앞둔 날처럼 위태롭다. 기독 신앙과 관련한 성스러운 말들이 이 시에서는 반대로 추악하고 절망적인 형태로 드러나는 것이다. 여신의 죽음과 추락, 교회에 모인 사람들의 불완전한 모습과 수인처럼 결박당한 존재들의 기괴한 형식들이 이 시의 주조를 이룬다. 시인에게 일요일은 '주검의 일요일' 이다. 종말, 즉 생동의 세계가 끝나 '비밀' 도 갖지 못한 채 "복음도 기도도 없이/떠나가는 사람"들의 무리 속에서 고독하게 숨져가는 시간에 울려 퍼지는 시인의 소리 없는 비명소리 같다. 그런 뜻에서 일요일이 상기하는 관습적인 용법이 비틀어지고 파괴되는 자리에 시인의 사유의 핵이 놓여 있음을 알 수 있다. 시인은 이 시에서 무슨 말을 하고자 하는 것일까. 우리는 여기에서 죽음과 종말 의식에 사로잡힌 시인의 내면에 자리 잡은 무언의 역설을 읽을 수 있다.

T. S. 엘리엇은 「종교와 문학」에서 "생각하거나 의식하거나 하는 것이 아니라 자연스럽게 모르는 사이에 그리스도교적으로 되어 있는 문학"을 말하면서 문예비평이 윤리적, 또는 신학적 견지에서 비평하지 않으면 완전하게 될 수 없다[6]고 하여 그의 종교와 문학관을 피력한다. 시 「영원한 일요일」에 녹아 있는 종교적 요소는 어떤 식으로 이를 추출하더라도 시인의 개성을 드러내는 알맞은 잣대로 가늠하기에는 몇 가지 제약이 따른다. 즉 시인이 시를 통해 말하고자 하는 바는 종교처럼 구원이나 복음을 위한 것이 아니다. 다음으로 종교의 상징을 시에 도입했다 하더라도 이를 신학의 견지에서 바라볼 때 생기는 작품 해석의 완전성은, 시의 문학성을 뛰어넘는다 하더라도 단지 예술작품의 해석에 중요한 거점을 제공하는 고리로써만 의의가 있는 것이다. 이렇게 본다면 「영원한 일요일」이 종교의 의미에서 보아 한층 성숙한 시적 의의를 캐내기보다 오히려 현대인의 구원받지 못할 절망의 한복판에서 신음하는 시인의 내면이 지나간 날과 도래할 날 사이인 휴일에 끼어 말을 봉쇄당한 참담한 광경을 표현하고 있다고 보아야 할 것이다. 박인환 예술의 고향은 이처럼 뿌리 없는 모래언덕과 같이 불안에 젖어 있다.

> 장미는 강가에 핀 나의 이름
> 집 집 굴뚝에서 솟아나는 문명의 안개
> '시인' 가엾은 곤충이여
> 너의 울음이 도시에 들린다.
>
> —「기적인 현대」 부분

6) T. S. 엘리엇, 이경식 편역, 『문예비평론』, 범호사, 1985, 183~188쪽 참조.

어두움처럼 생과 사의 구분 없이
항상 임종의 존엄만 앞두고
호수의 물경이나 또는 배처럼
한계만을 헤매이는
지옥으로 돌아갈 수도 없는 자
이젠 얼굴도 이름도 스스로 기억치 못하는
영원한 종말을
웃고 울며 헤매는 또 하나의 나.

—「종말」 부분

「기적인 현대」에서 시인인 자신을 향해 명명한 '장미'는 시간의 흐름에 따라 시시각각 변할 수밖에 없는, 불모의 정체성을 바탕으로 하여 피어 올리는 허공의 진실이다. '현대'를 기적이라고까지 여기는 사유의 밑바탕에 자리 잡은 그의 불모 의식은 현대문명에 대한 체질적인 저항과, 아울러 이와 동승해야만 하는 시대적 동류의식의 심각한 아포리아를 간직하고 있는 것이다. '시인'이라는 '곤충'은 도시에서 울음을 퍼뜨리면서 자신의 이름을 등에 짊어져야 하는 숙명의 존재이고 늘 "한계만을 헤매이는"(「종말」) 경계인이다. 앞서 현대문명에 대한 대립 지점에 그의 '영원의 일요일'이 놓인다고 했을 때 발생하는 의식의 충돌은 그에게 돌아갈 고향마저 부재하는, 선험적 귀속의지의 상실에서 비롯한 시간의 터이다. 전쟁을 겪은 세대에게 흔히 발생하는 정신적 공황상태를 시 쓰기로써 형상화하고 극복하려는 모습과는 동떨어진 자리에 박인환 시의 특징이 두드러진다. 그는 전통을 부정하고 새로운 문명에 대한 준엄한 비판을 위한 수단으로 문학을 해나갔지만, 그의 시에는 도시적 서정과 감상이 군데군데 배어나옴으로써 진지한 시인의 무리에서 한 발 비켜 있었다는 의심을 지울 수 없다. 「목마와 숙녀」나 「세월이 가면」과 같은 감상성 짙은 시편들이 시낭송이나 노래로 널리 애송되었다는 사실은, 원칙적으로 시인의 시 쓰기의 바탕이 음성으로 수월하게 음미되는 것에 그 의도의 한 부분이 있었음을 충분히 예상할 수 있는 일이다. 이를 그의 시의 한계라 보기에는 난점이 따른다. 현대시의 특징, 즉 세계와 시인의 대결양상이 부정적으로 드러난 모더니즘의 세계인식이 전통의 시 전승 효과가 의도하는 것과 마찰을 빚고, 이런 현상만을 두고 그의 맹점을 짚어내는 일은 올바르지 않기 때문이다.

4.

엘리엇은 「전통과 개인적 재능」에서 예술가의 진보는 부단한 자기 희생과 개성 멸각에 있다고 했다. 그는 이 개성 멸각의 과정과 전통의식의 관계를 진지하게 논의했는데[7], 이 과정에서 '비개성 시론'이 도출된다. 받아들일 만한 한국적 전통을 부정하고[8] 단절의 공간에서 새로운 시대의 문명 논리와 전통을 구축하려 했던 박인환은 30년대 꽃을 피웠던 이상과 김기림의 모더니즘의 빛나는 성과를 이어받아 전후 모더니즘의 기수가 되고자 했으며 또한 시로써 실천하기 위해 고심했다.[9] 그러나 이러한 그의 시사(詩史)적인 욕망의 성취 여부와는 상관없

---

7) 위의 책, 17쪽.

8) 다음 구절 참조. "더욱 멀리 지난날 노래하였던 식민지의 애가이며 토속의 노래는 이러한 지구地區에 가라앉아간다." (「〈새로운 도시와 시민들의 합창〉 서문」, 『사랑은 가고 옛날은 남는 것: 박인환 전집』, 264쪽)

9) 「현대시의 변모」에 독자와 대담하는 중에 나오는 다음의 말은, 그가 이상과 김기림 식의 모더니즘의 정신을 인정하되 새로운 시대에는 걸맞지 않고 오히려 현대 정치의 한복판에서 신음하는 인간의 정신과 행위를 노래하는 것이 오늘날 시인의 임무라고 하는 것과 연결된다. "모더니스트라고 하면 반드시 트리스탄 차라, 폴 엘리아르, 앙드레 브르통을 중심으로 한 다다이즘이나 쉬르레알리슴의 운동을 지지하는 분도 있는데 이것 역시 위태로운 일이며 그들이 한 자동기술법의 시대도 1936~1939년을 전후하여 자연소멸되고 말았습니다.

이 그는 정신의 혼돈에서 벗어나지 못했다. 관념을 이루는 현실의 물질적인 제반 요소들에 쉽사리 다가가지 못하면서 피폐한 의식에서 이상과 현대의 부정성을 저울질했으며, 또한 이러한 유희에 머물러 있었다. 그의 산문에 드러난 진보의식과 시 작품 성과의 괴리는 분명하다. 여러 시들에서 보여준 정서와 개성은 엘리엇이 말한바 '정서와 개성으로부터의 도피' 차원에서 먼 곳에 위치해 있다. 우리는 박인환 시에 대한 평가를 선불리 내려서도 안 되겠지만 그렇다고 그에 대한 치밀한 분석 없이 현대시의 한 성좌를 씌어줘도 안 된다.

시 「기적인 현대」는 전통과 현대의 경계를 인식하는 시인의 눈이 엿보인다. 이 시에서 현대를 기적이라 칭하는 인식은 어쩌면 시인의 정신적 탐구가 획득한 드문 보기로써 그의 문학에 독특한 특징 하나를 보태게 될 것이다.

> 장미는 강가에 핀 나의 이름
> 집 집 굴뚝에서 솟아나는 문명의 안개
> '시인' 가엾은 곤충이여
> 너의 울음이 도시에 들린다.
>
> 오래토록 내 욕망은 사라진 회화繪畵
> 무성한 잡초원에서
> 환영幻影과 애정과 비벼대던

우리들은 전통과 정통을 구분하는 분간력을 우선 체득하여야 하며 저는 정통을 생각하는 한 사람입니다. (…) 아직도 훌륭히 일하는 W. H. 오든, S. 스펜더, 죽은 딜런 토머스, 에디트 시트웰 등…… 현대의 정치와 사회의 심연에서 허덕이는 인간의 정신과 행위를 노래한 이들이 훨씬 오늘의 시인이 아닌가 생각합니다."(『사랑은 가고 옛날은 남는 것: 박인환 전집』, 296~297쪽 참조)

그 연대年代의 이름도
허망한 어제 밤 버러지.

사랑은 조각彫刻에 나타난 추억
이녕泥濘과 작별의 여로에서
기대었던 수목은 썩어지고
전신電信처럼 가벼웁고 재빠른 불안한 속력은 어데서 오나.

침묵의 공포와 눈짓하던
구 무렵의 나의 운명은
기적인 동양의 하늘을 헤매고 있다.

—「기적인 현대」 전문

기독교에서 말하는 기적의 본질은, 그리스도의 기적에는 정신의 내면적인 기적이 중요한 의미를 띠고 있으며[10] 거기에 기적의 참된 뜻을 확인할 필요가 있다고 한다. 여기에는 종교적 믿음이 선행해야 한다. 그러나 어떤 특정 종교의 교리와 실행에서 벗어나서 보편적인 사고와 인식의 과정에서 발생하는 기적의 논리는 기적을 염원하고 가능하게 하는 물질과 정신 영역의 부정의식을 바탕으로 해서 존재한다. 시인에게 기적은 양면성을 지닌다. 전통과 확고하게 달라진 현대에 대한 경이와 스스로 영원하리라 믿었던 예술의 원시림이 허망하게 사라져버렸다는 자괴감이 그렇다. 이는 박인환 개인의 측면에서 바라볼 수도 있겠지만, 그가 현대의 기적 논리에 배반하고 벗어나는 지점에 시의 본질이 놓여 있다는 전통 시관을 그가 아직 움켜쥐고 있다는 추론도 가능하다.

10) 기독교문학연구회 편, 『기독교문학』, 형설출판사, 1981, 68쪽.

"기대었던 수목은 썩"고 대신 그 자리에 "불안한 속력"이 자리하는 경계선에 시인의 눈은 닿아 있다. 그는 이러한 절망스러운 사태를 '기적'이라 표현함으로써 가까스로 현대문명에 헐벗은 채로 동승한 모더니스트가 될 수 있었던 것이다. 이 점에서 박인환의 시 쓰기의 밑바탕에 "근대성의 원리와 삶의 양식에 대한 지속적인 천착과 자기 모색의 과정이 자리 잡고"[11]있다는 지적은 일면 타당성을 띤다. 다만 시인의 근대에 대한 자기 모색 과정이 전통과 시 정신의 측면에서 좀 더 치밀하게 분석해야 그의 시에 대한 또 다른 면모를 발견하고 정당하게 자리매김할 수 있을 것이다.

11) 이홍섭, 「박인환 시 연구」, 경희대 국문학과 석사논문, 2001, 25쪽.

살아 있는 날들을 위하여

— 박남철론

1.

일찍이 '시의 진실' 이 처한 현실을 아이러니하게[1] 나타냈던 박남철 시인은 문단에 나오고 나서부터 줄곧 말과 현실과 진실의 세 꼭짓점 사이를 끈질기게 탐구한 사람이다. 이 점에서 어찌 보면 그는 철저한 현실주의자요 리얼리스트라 해야 옳다. 그러나 한국문학에서 그가 부여받은 이름은 대개 '시 형식의 파괴자' 나 '해체시의 선두주자' 처럼 모양새 알록달록한 수사로 일관하였다. 이는 시집 『바다 속의 흰머리뫼』(2005)에 독자들이 보여준 '언제적 박남철' 에서 '역시 박남철' 이라

1) "역시, 너무 詩的인 것은, 거부당하는 이 생활의 공간이여/ (…) /都市의 눈은 백해 무익하다는/도시 공학도의 말이/.생각났다"(「시인의 집 · 뒤」에서) 이 글에서 직접, 간접 인용한 박남철 시는 다음과 같다. 「시인의 집 · 뒤」 · 「주기도문」 · 「독자놈들 길들이기」 · 「지품중학교」 · 「아버지」 · 「나그네」 · 「詩人演習」(박남철, 『地上의 人間』, 문학과지성사, 1984), 「11월」 · 「외등의 시간」(박남철, 『자본에 살어리랏다』, 창작과비평사, 1997), 「왼쪽 삼각형 정원의 나무」 · 「나는 지금 살아있는가」 · 「캄캄한 아침 일곱 시의 진눈깨비」(『바다 속의 흰머리뫼』, 문학과지성사, 2005)

는 마음과 느낌 이전부터, 「주기도문」과 「독자놈들 길들이기」와 같은 초기 시가 불러일으킨 파장이 아직까지도 여전하고 그 의미가 남달랐다는 데서 찾을 수 있을 것이다. 그렇지만 사람들이 씌어주는 말의 장식은 어디까지나 늘 그 말의 껍질이 가지는 넓이만큼 대상이 되는 시의 본질과 진실이 가려지게 마련이다. 이 말은 지금까지 박남철 시의 평가가 제대로 이루어지지 않았다는 뜻이 아니라, '형식파괴' 라는 시사(詩史)의 자리매김에 눌려 시들이 머금은 본뜻이 제대로 드러나지 않았던 게 아닌가 하는 조심스러운 진단으로 이어진다.

생활에서 글감을 찾아 세상사의 진득한 묘의(妙意)를 끌어내는 그의 시들이 내뿜는 마력은, 완전한 사람만이 가질 수 있는 예술 행위의 '몰아(沒我)의 유희' 마저 짐짓 자연스럽게 해낼 수 있는 특출 난 재능에서 비롯한다. 이런 의미에서 본다면 박남철 시인과 함께 비슷한 해에 문단에 나와 '문청' 들이 선망해 마지않고 한국문학이 이들의 존재감에 무게를 선뜻 부여하길 주저하지 않았던 황지우나 이성복 시인들마저, 아직 박남철 시인의 발치에 꼼지락대는 형국이 아닌가 하는 느낌을 지울 수 없다. 내가 '몰아의 유희' 란 표현을 썼지만, 아무래도 '유희' 에서 생기는 가벼운 오해를 없애기 위해서라도, 이 말 속에는 그득한 슬픔이 자리 잡고 있다고 말하고 싶다. 슬픔이 그의 어깨에 두른 말들은 마치 알리바이를 남기지도 않은 채 활보하는 사람의 뒷모습처럼 당당하다. 하지만 울적하다. 『지상의 인간』(1984)에 나오는 식구들, 그리고 이 식구들을 그려내는 시인의 표정이 어떻게 '말' 로 엮어져 나오는가 살피는 일은, 바로 박남철 시인의 예술관의 한 자락을 확인하는 일이 된다.

> 미자가 시장에 간 사이에 미자의 편지를 훔쳐서
> 읽었다 미자의 편지를 훔쳐서 읽었다 미자의 편지를
> 훔쳐서 읽은 편지는 경북 영덕군 지품면에서 날아온 건데

경상북도 영덕군 지품면 지품중학교

그녀는 벼락치기로 나와 맞선을 보고 蠶室團地(누에 치는 단지)로
끌려 올라온 건데 그녀는 자꾸만자꾸만 콘크리이트 단지를 경원하면서
행복한 누에들의 잠실 그레고리 잠사들을 두려워하면서
경상북도 시골군 시골면 시골중학교
그녀는 자꾸만자꾸만 애벌레처럼 훌쩍거리면서
애벌레처럼 이불 뒤집어쓰면서 싫어 난 돌아가고 싶어
돌아가고 싶어요……한다

(나도……)

—「지품중학교」 부분

어젯밤에도 또 아버지 꿈을 꾸었다 아버지는
찬물에 밥을 뚜욱뚝 말아 드시면서 시커멓고 야윈
잔기침을 쿨럭쿨럭 하시면서 마디마디 닳고 망가진
아버지도 젊었을 적에는 굉장한 난봉꾼이셨다는데

꿈속에 또 꿈을 꾸었는데 아 젊은 아버지와
양장을 한 어머니가 참 보기에 좋았다 젊은
어머니는 아버지에게 한창 애교를 떨고 있었고
아 참 보기에 좋았다 영화처럼 사이좋게

나는 전에 그런 광경을 결코 본 적이 없었다

—「아버지」 부분

가령, 위 시들에 나오는 아내와 아버지와 어머니는 시인에게 살뜰한 속정을 지닌 존재이거나 피붙이 이전에 한때 자기들만의 생활공간을 가지고 있었던 사람들이란 느낌이 전해온다. 대개 '식구' 는 늘 '자기' 를 중심으로 해서 그 위치에 따른 호칭이 매겨진다. 따라서 시에서 식구를 소재로 한 작품들의 경우에는 화자의 시선이 한가운데에 있고, 여러 '테마' 에 따라 그 대상들 사이의 거리가 멀어지거나 가까워진다. 보기를 들어 임화 시 「우리 오빠와 화로」에서 화자인 누이동생과 감옥살이하는 오빠는 서로 물리(物理)의 거리는 멀지만 투쟁에 나서는 마음의 거리가 하나로 합쳐 있기 때문에 이 둘은 심리 간격이 없다. 문태준의 「가재미」는 조카인 화자가 중환자실에 투병 중인 큰어머니를 병상이라는 한 장소에서 그려내고는 있지만 환자를 '가재미' 로 비유, 병고(病苦)를 지켜보는 자의 슬픔이 궁극을 넘어선 자리에 알레고리화함으로써 객관의 거리를 냉정하게 유지한다. 어쨌거나 보기를 든 두 시에서는 '동지(同志)의 사랑' 과 '연민의 극한과 심리의 절제' 에 다가서는 데 시 정조의 초점이 맞추어져 있다.

그러면 박남철의 경우에는 어떤가. 「지품중학교」와 「아버지」에 나오는 아내와 아버지는 화자(시인)에게 명백한 '타자(他者)' 로서 나타난다. 식구가 '타자' 라는 말은, 단순히 피붙이 이전에 낱낱의 개체로서 사람 각자가 지니는 '실존의 자아' 를 바탕으로 한 인식이 아니라, '식구' 라는 가족의 틀이 만들어지기 전부터 있어왔던 개개 삶의 틀이 고스란히 식구가 되어도 깨지지 않고 쓸쓸하게 담지하고 있다는 뜻이다. 「지품중학교」에서 시인의 아내인 '미자' 는 "벼락치기로 나와 맞선을 보고" "끌려 올라온" 전직 중학교 교사였다. 그리고 「아버지」에 나오는 아버지는 젊어서는 "굉장한 난봉꾼" 이었다. 그러나 어느 순간부터 이들이 가지고 있던 '정체' 는 홀연 사라지고 말았다. 그러면서도 시인은 옛날 이들이 가졌던 면모를 시 전면에 내세운다. 슬픔은 이로부터 싹튼다. 시인은 이들이 개체로서 지녀왔던 행복이, 바로 시인 자신을 비롯하여 필경 몹쓸 삶의 곤경으로 떨어진 현실 앞에서 어떤 방식으로 배치해야 하는지 잘 알고 있다. 하지만 그 방법은 짐짓 태연하고 우울하기까지 하다. 이를테면 "학교 뒷산에 올라가 쌍안경으로 바다를 바라보곤 하던 여자가 뭐 그리 대단한 여자는 아니겠지만"(「지품중학교」)처럼 시 전체 분위기를 투정으로 덮어버리는 울적한 심사(心思)는 기실 시인 자신이 스스로 이겨낼 수 없을 듯한 슬픔의 강도를 조절하는 어사에 지나지 않는다. 그리고 "영화처럼 사이좋게" 보인 아버지와 어머니의 꿈속의 모습에서, 현실의 뒷면(꿈)이 추악한 삶의 실상을 어떻게 더욱 초라하게 만들고, 슬픔의 밀도를 더해가는지 잘 보여준다.

시인은 이렇게 현실과 배리된 꿈의 세계(진실)를 보여주면서 시인을 둘러싼 생의 곤경의 비극성을 '폭로' 한다. 그렇지만 슬픔을 슬픔으로 드러내지 않고, 슬픔을 따돌려서, 이 우스꽝스럽고 주책스러운 범부(凡夫)의 감정 따위를 이겨낸 사람이라야 시인될 자격이 있으리라. '진실'에 견줘 슬픔은 한낱 갈 길이 먼 사람의 다리를 붙잡고 칭얼대는 아이에 지나지 않다. 박남철 시인에게 세속의 번잡한 일들은 주제 파악할 줄 모르고 시도 때도 없이 내리는 비처럼 시인을 귀찮게 할 뿐이고 희화화한 비극일 뿐이다.("비야 비야 오지 마라/이 내가 젖으면 비극이 되잖아", 「나그네」) 첫 시집 『지상의 인간』에 흩뿌려진 말들 사이에 언뜻 내비치는 과장된 말씨와, 더는 어찌할 도리가 없는 듯 넘쳐나는 우울 속에서 '시인 박남철' 은 자못 심각한 표정으로 현실의 경박스러움을 표현했다. 그러나 여전히 세상은 비뚤어진 채로 돌아가고 있고 전혀 '시스럽지 않은' 현실 속에서 "누가 뭐 신경이나 좀 써"(「시인연습」)주지도 않는, 자조 섞인 푸념조차 캄캄한 80년대 한국문학이 자행한 모더니즘 시의 유형화 작업 속에서 "시적 진실의 세계에서 추잡한 현실로 추락 · 축출"[2)]하는 주제의식으로 흡수되었던 것이다.

2.

첫 시집 『지상의 인간』을 낸 뒤로 박남철 시인은 꾸준하게 시를 써왔다. 다만 첫 시집에 쏠렸던 관심보다는 못 하지만 아직도 여전히 그가 써서 발표하는 시는 시인의 '근황'을 짐작할 수 있는 실마리가 되기도 하고 늘 새롭게 다가오곤 하는 작품 효과에 견주어도 손색없을 만치 그의 사유 또한 깊어진 것이 사실이다. 그가 처음부터 말과 현실과 진실 사이에 집착한 것은 앞서도 말했지만, 생활에서 붕 뜬 관념의 세계로 차원이동하지 않고 어디까지나 추악한 현실일망정 이 안에서 '시의 진실'을 모색해왔던 사실과 무관하지 않을 것이다. 때로는 스스로를 학대하는 듯한 모습으로, 때로는 삶의 진실과 본질에 정곡을 찌르는 듯한 말놀림으로 앓는 시대의 한가운데를 지나쳐왔다. 그는 시의 진실이 '서정'으로부터 출발해서 다시 '서정'으로 귀결 짓는다는 사실을 결코 잊지 않는 시인이다. 그러나 한낱 '서정시인'으로 규정하기에는 너무나 큰 예술의 자장을 지니고 있다. 궁극에는 모든 예술 행위들이 사람들의 영혼에 자극을 주어 한 차원 높은 영혼의 성숙에 기여할 터이지만, 그 과정에서 생기는 여러 기법과 장치들은 여느 시인들이 어설프게 마련하는 기술과 차원을 달리한다. 그는, 그가 쓴 시를 읽는 사람들로 하여금 말에 빠져드는 흥미에 스스로를 매달리게 하되, 결코 쉽게 지나쳐버려 잊어버리게 하지 않는다. 가볍게 보이는 말 속에 뒤통수를 둔중하게 치는 묵직함이 그의 시 전반에 흐르는 특징이다.

은행잎들이 차의 앞유리

---

2) 『지상의 인간』 해설에서 김병익 씨가 한 말, 153쪽.

에 수북이 쌓여 있어도
쓸어내지 않고 차를
몰아 은행잎들을 날리며
우체국에 가서

『문학사상』에 시고 두 편을 부치고
같은 내용의 시고 두 편을 원정이
에게도 한 부 부치고

집에 와서는 잤다 자다가 배가
너무 고파서 깨져도
소주와 맥주를 섞어 마시고는
다시 잤다

—「11월」 전문

이를테면 「11월」처럼, 엄습하는 계절의 진군을 대뜸 저 멀리 내팽개쳐버리는 시인의 호기로움에 독자들 마음은 다만 부풀어 오르고, 부풀어 오를 따름이다. 우체국에 가서 원고를 부치고 집에 와서는 술을 먹고 잤다고 하는 내용의 글 몇 줄이 전부인 이 짧은 시에서 '무엇' 이 '내팽개쳐버렸으며' 어떤 '호기로움' 이 가득 차 있는가. 어느덧 나뭇잎들이 다 떨어지고 기나긴 겨울을 준비하는 자연의 순리 앞에서, 글을 쓰는 사람만이 알 수 있는, '투고' 라는 글쓰기의 마무리 단계를 매듭짓는 한 시인의 작은 행복을 시에서 느낄 수 있다. 그러나 우리는 안다. 글쓰기의 외로움과, 그 지난한 여정 끝에 밀려오는 공복과 허탈함을. 시인은 비록 술을 빌려서라도 이러한 고독을 떨쳐내 버리려 하지만 '자다 깨다' 를 되풀이하며 고통스러워한다. 여기에서 또한 우리는 시인이

'저물어가는 가을' 과 '투고를 마친 시인이 겪는 마음의 공복' 을 알게 모르게 대비한 사실을 통해서, 자기를 필요로 하는 존재에게 자신의 결실물을 죄다 내어주고 조용히 가라앉는 계절의 이치와 시인의 속을 들여다보아야 한다. 그럴 때 '가을' 을 소재로 한 시가 흔히 빠지기 쉬운 감상은 발을 디딜 틈도 없이 저 멀리 달아나버린 사실과, 일상의 한 단면이 자연의 이치에 맞먹거나 들어맞는 완전한 '물아일체' 를 홀연 터득해버린 시인의 큰 기운을 보게 되는 것이다. 그러므로 우리는 「11월」에서 한국 시 문학사를 통틀어 보기 드물게 자아와 세계가 일치하는 온전한 '서정시' 의 한 자락을 경험하게 된다.

시집 『자본에 살어리랏다』(1997)에 처음 실렸다가 『바다 속의 흰머리뫼』에 다시 몇 연 덧붙여져 실려 있는 「왼쪽 삼각형 정원의 나무」는 상처를 딛고 우뚝 서 있는 마로니에 나무에 대한 송가(頌歌) 이전에, 얼마나 시련을 겪고 단련해야지만 세상을, 세상 그것만으로 넓은 가슴으로 보듬고 품을 수 있는지 새삼 생각하게 하는 시다. 앞서 「11월」을 보며 환하게 알 수 있었던 느닷없는 '시인-세계' 의 일치는 시에 드러나지 않은 문맥을 고려해본다면, 현실에 고통스럽게 맞서 살아야만 했던 한 중년이 일구어낸 빛나는 예술혼이 아니었겠는가. 다만 「왼쪽 삼각형 정원의 나무」가 이에 견줘 직접 감정을 노출시킨다는 점에서 더욱 소박하다 할 수 있을 것이다.

아이의 누나야, 그때
그 나무 아직 죽지도 않고 스스로 더 우람해져 있더구나
그때 그 나무 그 찢어진 상처를 안고 1년을 울면서 또 2년에 걸쳐 더 견뎌내고
그 나무 이젠 눈물 닦고 사람들을 아래로 내려다보며 서 있더구나

—「왼쪽 삼각형 정원의 나무」 부분

『바다 속 흰머리뫼』에 수록된 증보본 「왼쪽 삼각형 정원의 나무」의 한 대목이다. 아이들이 나뭇가지에 걸린 훌라후프를 빼내려다 가지를 잡아당기는 바람에 균열이 간 것을 목격한 시인은, 세월이 흘러서도 옛날 상처를 딛고 오히려 우람한 존재로 우뚝 서 있는 마로니에 나무를 본다. "찢어진 상처를 안고 1년을 울면서 또 2년에 걸쳐 더 견뎌" 낸 나무는 마치 시인 자신이 겪은 일처럼 드러내고 있다. 아니 그렇지 않다 하더라도 나무가 지닌 환부를 제 것인 양 보듬는 시인의 큰마음이, '아이' 나 '아이의 누나' 를 부르는 어른처럼, 이제 세상일에 너그럽고 진사(塵事)의 파란만장을 헤치고 나와 한층 성숙해진 넉넉한 품을 보여주는 것이다.

비바람을 맞으면서도 우뚝 서 박남철 시인은 시를 써왔다. 세상을 향해 쏜살같이 퍼부어대던 야유와 비꼼과 절망의 말들은 우리 시대가 걸어온 부패와 속임수와 거짓을 발가벗기려는 솔직한 영혼의 몸짓이었다. 그는 언제나 이상과 진실을 말하면서도, 그가 처한 '불온한 현실' 에서 단 한순간이라도 눈길을 돌리지 않고 이를 정직하게 받아들였다. 그런데 아이러니하게도 이 점은 그를 '민중정서' 를 지닌 시인이게끔 하는 덕목이기도 하다. 역사의 흐름에 부대끼면서 반응하는 측면에서도 그렇지만 늘 스스로 자신의 의지에 반신반의하며 삶의 이치를 미리 터득한 현명함을 갖추었으면서도 주어진 상황을 씁쓸한 넉살로 받아들이는 민중적인 모습에서 시인의 개성을 볼 수 있기 때문이다.

버티다 버티다 쫓겨나지도 못하고 내 발로 걸어나왔다
시와 가난에 바쳐진 젊음;후회도 없지만, 좀 억울한 면도 없지 않지만, 이것이 나의
삶인 것이다, 이것이 나의 삶의 길인 것이다.

문득 깨어보니 내가 강원대 시간강사다.

지난날의 내 국민은행 통장에는 "HWN 인문대 359,100" 이란 예입 금액이 들어 있다.

—「외등의 시간」 부분

대학 강사로서 월급이 들어온 통장을 확인하며 "시와 가난에 바쳐진 젊음" 이 바로 자기가 나아가야 할 길이라는 다짐을 한다. 먼 길을 서두르고 재촉해야 할 처지에 놓여 있는 사람일수록 신중해야 한다면, 우리는 위 시의 화자에서 그 점을 발견한다. 삶의 질서, 이 무시할 수도 없으면서 모호한 이법을 가진 생(生)의 바퀴 속에 시인은 외로이 놓여 있다. 그러나 "버티다 버티다 쫓겨나지도 못하고" 제 발로 걸어나오는 중년 남자의 어깨엔 어느새 꽃이 핀 자리가 환하다. 상처를 가득 품고 있으면서도 밝게 피워 올릴 앞날의 길을 내다보는 일은, 우리 뭇사람들이 지금까지 그래왔고 앞으로도 늘 그럴 것이 분명한 '생명의 진실' 로서 세상을 움직이는 힘이 되어왔던 것이다. 잠재된 아포리즘을 드러내는 방법을 시인은 잘 알고 있었던 것이다.

3.

불우했던 한 혁명가의 일대기를 소설 『등에(The Gadfly)』로 완성했던 에델 릴리언 보이니치는, 주인공 등에로 하여금 그가 총살당하기 직전에 사랑했던 여자 젬마에게 다음처럼 동요의 한 구절을 인용한 편지를 보내었다. "나는 행복한/등에 한 마리/내가 살든,/내가 죽든." 성직자였던 아버지에 대한 믿음이 무너지고 어릴 때 오해로 자신을 저버렸던 한 여자한테 쏟는 비극 같은 열정 사이에서도 그를 끝까지 살아 움직이게 한 동력은 바로 자기 자신에 대한 믿음이었다. '등에' 자신을 버리고서는 혁명을 통해 구원하려고 했던 이탈리아 민중도 없으며 종교도, 젬마도 없었다. 그는 훌륭하게 다시 일어섰으며, 연극 같은 총살형 집행 순간에도 끝까지 위신을 잃지 않고 꿋꿋했다. 숨 막힐 듯한 이 나라 문학 판에서 기꺼이 '등에'[3]가 되기를 주저하지 않았던 시인 박남철은 시가 떠나버린 시대에도 시를 자기 구원과 해방의 열쇠로 삼고 있다. 그가 세상을 향해 잘 벼린 말들을 내뱉을 때, 까닭 없는 자기 안위와 눌어붙은 습성에서 헤어날 줄 모르는 '우둔한 백성'들은 마음 깊숙이 들어앉은 생의 공포와 마주서게 될 것이다.

> 나는 작년 12월 이래로 지금까지 겨울, 봄, 여름을, 삶과 죽음 사이에서, 가엾은, 작은 흰 모자를 쓰고 온 동네를 모이를 주우러 헤매고 다니는 작은 참새 한 마리 같은 아내의 눈물 어린 호소 사이에서, 돼지처럼 뚱뚱해진 채 오는 11월 4일에 있을 것이라는 수능을 준비한다는, 귀가할 때마다 식충이, 술충이, 잠충이로서의 '그레고리 잠사-애비'를 한번 흘낏 분노한 표정으로 쳐다보고 마는……고개를 돌려버리고 마는, 아들 사이에서, 매일 아침 전화가 걸려오는 죽음

3) 플라톤의 대화편 『소크라테스의 변명』에서 젊은이들을 타락시킨다는 죄목으로 고발되어 법정에 선 소크라테스는 아테네 시민들을 향해, 자신의 역할이 둔한 말을 일깨워주는 '등에'와도 같았다며 다음과 같이 비유한다.(30c-30e) "오오, 아테나이 사람들이여,……만일 여러분이 저를 죽인다면, 여러분은 저를 해치느니보다, 오히려 여러분 자신을 해치게 될 것입니다.……왜냐하면 만일 여러분이 저를 사형에 처하면, 쉽사리 저와 같은 사람을 찾지 못하겠기 때문입니다.……저는 신이 이 나라에 달라붙게 한 자입니다. 마치 몸집이 크고 혈통은 좋지만, 그 큰 몸집 때문에 좀 둔한 말(馬)을 깨어 있게 하려면 등에가 필요했던 것처럼 말입니다. 신은 저를 마치 이 등에처럼 이 나라에 달라붙어 있게 하여 여러분을 깨우되, 하루 종일 어디나 따라가서 곁에 달라붙어 설득하고 비난하기를 그치지 않게 한 것이 아닌가, 저는 생각합니다."(플라톤, 최명관 옮김,『플라톤의 대화』, 종로서적, 1981, 64~65쪽. 에델릴리언 보이니치, 서대경 옮김, 『등에』, 아모르문디, 115쪽에서 재인용)

의 신용불량의 터널의 입구에 서서, 그 밑 모를, 출구 모를 입구에 가
만히 서서……

—「나는 지금 살아 있는가」 부분

이 시대 가장(家長)의 참혹한 현실을 가장(假裝)한 이 시에서 시인은 절체절명의 삶의 위기 앞에 펜을 들었다. 그러나 실상 이 시는 더하고 뺄 것도 없이 '나는' 으로 시작하여 시집 『바다 속의 흰머리뫼』에는 '지면관계' 로 싣지 못했던 '전여옥 칼럼' 으로 끝이 나는 정치성이 아주 짙은 시다. 그런데도 여느 정치 시와 다른 점은, 이 시가 '정치 발언' 에 중점을 두고 있다기보다는, 노무현 대통령의 재신임 문제로 떠들썩했던 때 대통령과, 대통령을 겨냥한 글을 쓴 어느 야당 정치인의 말을 바로 죽음과 같았던 시인의 처지에 대입한 점일 것이다. 그는 이 시 말미에 "이제 나는 나 같은 쓰레기 인생이, 잡초 같은 인생이, 내일 죽은들 무슨 여한이 더 있겠는가, 라고까지 진심으로 확실하게 생각할 수 있게 된 셈인 것이다" 고 하여 참담함의 극한으로 자신을 몰고 간다. 대통령이 처한 '비극' 을 시인인 자신한테 몰아닥친 '죽음 같은 고통' 으로까지 되비치는 감응력에 우리는 놀라지 않을 수 없다. 시인과 정치인의 생리가 어느 면에서 서로 닮았다고는 하지만 제 둘레를 좁혀오는 검은 존재들에 한없이 위태로워 보이는 우리 시대의 '선지자' 들에 돌을 던질 사람은 누구인가. 그러나 날마다 눈을 뜨며 "그 밑 모를, 출구 모를 입구에 가만히 서서" 슬픔의 바닥을 훔치는 한 남자는 이미 세상 물정 모르는 맑은 아이처럼 이런 시를 남기지 않았던가.

벌써, 두어 달째, 호프와 맥주에 절어 있는 몸이
잠 안 오는 이 아침에 또 술 생각이나 해대서
못 이기는 체하며 아파트 밖으로 나서니

캄캄하게 고요한 포근한 이 초겨울 아침이
진눈깨비를 흩날리고 있었다

작은 내 승용의 공간 안으로 기어들어 앉아
와이퍼가 닦아내주는 전면을 바라보니

웬일인지 그래도 아직은 이 나라가 살 만하다는
어쩌면 진짜 희망은 이제부터라는, 푸근한
마음이 좌우를 보드득보드득 닦아내는데

다리 건너 편의점에 가서 천원짜리 안 마시던
소주 한 병을 사들고 다시 차를 몰아 다리를
활공하는데,

—「캄캄한 아침 일곱 시의 진눈깨비」 전문

"웬일인지 그래도 아직은 이 나라가 살 만하다"는 마음은 절망의 밑바닥에 덕지덕지 붙어 있는 허연 찌꺼기를 혓바닥으로 핥아본 사람만이 생긴다. 폭풍처럼 지나온 날들과, 또다시 불어닥칠 광폭한 바람 사이에서 시인은 "차를 몰아 다리를/활공"한다. 언제나, 그나마 세상을 좀 더 부드럽고 아름답게 만든 것은, 높은 데서가 아니라 딱, 낮은 데서만 새록새록 피워 올리던 들풀 같은 마음씨였을 것이리라. 살아 있을 그 모든 날들을 위해 하늘을 쳐다보며 방긋 웃는 민들레 같은.

약시와 투시, 그 황홀한 눈(眼)의 운명

—기형도론

1.

만일 아직도 기형도인가라고 내게 묻는다면 솔직히 마땅한 대답을 할 자신이 없다. 그의 시에 대한 분석이 곧바로 시인 기형도론으로 마무리되는 현실 속에서 어쩌면 그의 생애를 삭제한 냉정한 시 자체의 평가는 힘들지도 모른다. 하지만 어쨌건 우리에게 남은 것은 그의 유고시집인 『입 속의 검은 잎』(문학과지성사, 1989)이고, 당연한 얘기겠지만 시인은 이 세상에 없다. 그리하여 이제 암호화된 유서와도 같이 되어버린 그의 시는 많은 논자들에 의해 해부되고 평가되었다. 가령 「차가운 죽음의 상상력」[1]이라는 제하의 글에서 정효구는 기형도의 시에서는 오직 죽음만이 살아 있다는 단언을 내뱉었다. 이 기묘한 역설에서 알 수 있는 것은 기형도의 시에서는 삶과 죽음이 그 본래의 자격을 상실한 채 역전되어 있다는 인식이다. 삶과 죽음의 자격이란 무엇인가. 만일 이러

1) 『현대시학』, 1992년 2월호.

한 자격을 부여하는 주체가 죽음을 '살' 지 못한 이 세계 속의 인간이라면 우리는 문제를 원점으로 되돌릴 필요가 있다.

> 사실, 완전을 위해서라면 두께가
> 문제겠는가? 나는 여러 번 장소를 옮기며 살았지만
> 죽음은 생각도 못했다, 나의 경력은
> 출생뿐이었으므로, 왜냐하면
> 두려움이 나의 속성이며
> 미래가 나의 과거이므로
>
> —「오래된 書籍」 부분

사람의 일생은 출생에서부터 죽음까지다. 그런데 위 시의 화자는 아이러니하게도 자신의 경력을 출생에 한정시킴으로써 그 이후의 삶을 방기한다. 게다가 미래까지 자신의 과거에 귀속시킨다. 이것은 시적 화자가 미래를 선취한 예언자라기보다는 아예 미래를 향한 통로를 폐쇄시킴으로써 자신을 유폐하는 행위이다. 그리하여 그는 죽음을 괄호 친 출생만을 표기한다. 이렇게 되면 그에게 삶은 태생적으로 죽음을 등에 업은 형식으로 나타나며 또한 죽음은 삶이라는 지팡이를 짚고 활보하는 그 무엇이다. 즉 이 둘의 선험적 구별은 무화되는 것이다. 따라서 그의 시편들에서 목도할 수 있는 끊임없는 부정적 색채는 어찌 보면 예정된 그림이 된다. 예를 들어 "단 한 번도 스스로를 사랑하지 않았노라"(「질투는 나의 힘」 부분), "내 희망을 감시해 온 불안의 짐짝들에게 나는 쓴다/이 누추한 육체 속에 얼마든지 머물다 가시라고"(「정거장에서의 충고」 부분), "나는 기적을 믿지 않는다"(「오래된 書籍」 부분), "나는 인생을 증오한다"(「장미빛 인생」 부분)와 같은 단호한 비극적 언사들이 그의 시 상당 부분에서 발견되지만 그다지 충격효과는 일어나지 않는다. 이런 비극적 언어들은 간혹 희망이나 침묵 등과 같은 언어들의 비교적 건전한 이미지들마저 '단단히' 덮어버리지만 이들 사이에는 빈 공간이 존재한다. 이러한 빈 공간의 경계를 탐색하는 것이 본 글의 주된 논지가 될 것이다. 이는 기형도 시의 텍스트에서 드러나지 않은 부분에 대한 확인 작업이다. 바꾸어 말하면 부재의 확인이라 할 수 있는데, 이는 그의 시적 세계의 이면에 가려진 비밀(?)을 들춰내는 것과 등가이다.

2.

텍스트가 드러내는 주제와는 무관하게 텍스트 내의 빈 공간은 그 자체로서 주제를 뒷받침하는 요소이거나, 아무런 쓸모없는 곁가지라는 식의 의미망을 그 속에 감추고 있지 않다. 그것은 단지 그 자체이다. 꼼꼼히 텍스트를 분석하지 않는다면 그것은 수면 위로 떠오르지 않기에 항상 가려져 있으면서 동시에 내보인다. 『입 속의 검은 잎』에 들어 있는 시편들은 이러한 현존하는 가능성들의 긴장이 만들어내는 직조물이다. 그 언어들의 그물망은 너무나 촘촘하여 아주 잘 닫혀 있다는 느낌을 준다. 그 닫힌 우주에서 세상은 딱딱하고 어두운 질감으로 덮여 있다. 이 세계의 시민들은 이런 안개 속에 갇힌 채 살아간다. 모든 생물들은 기괴한 몸짓으로 변용되며 사물 또한 본래의 자리를 이탈해 있다.

> ① 한 겹씩 그의 빠른 옷을 벗어놓는다. 순식간에 공기는
> 희고 딱딱한 액체로 가득찬다
>
> —「안개」 부분

② 이 밤, 빛과 어둠을 분간할 수 없는
꽝꽝 빛나는, 이 무서운 白夜

—「白夜」 부분

③ 김은 상체를 구부린다, 빵 부스러기처럼

—「오후 4시의 희망」 부분

④ 그의 입술은 마른 가랑잎, 모든 깨달음은 뒤늦은 것이니

—「가수는 입을 다무네」 부분

몇 편의 시에서 골라본 이 구절들은 실상 기형도의 시 전편에 흐르는 부정적 이미지의 단면에 지나지 않는다. ①의 "공기"와 "딱딱한 액체"는 사물의 세 가지 속성, 즉 고체, 액체, 기체라는 존재 양식 사이의 경계가 쉽사리 해체되면서 이루어지는 수사이다. ②의 "빛과 어둠을 분간할 수 없는" 약시의 노출은 이미 모든 존재의 전위 가능성을 전제해야만 이해할 수 있다. 즉 물질 본래의 기능이 상실되고 그것과 반대되는 존재의 기능으로 손쉽게 변용되거나, ③과 ④에서 보는 바와 같이 "빵 부스러기"와 "마른 가랑잎"과 같은 물기가 전혀 없는 존재로 인간의 신체가 비유되는 것이다. 서로 무관한 이미지들의 이러한 병치가 지난 세기 초의 영미 이미지스트들의 수법과 다른 점은 기형도의 시는 너무나 자연스럽게 형성되고 있다는 점이다. 달리 말해 그에게 시적 언어는 세계를 서로 낯선 언어로 조합해서 분열되고 소외된 의식을 드러내는 것이 아니라 약시 때문에 생기는 너무나 자연스러운 시각이다. 이른바 약시의 세계관이라고 말할 수 있는 그의 시들은 곳곳에 안개처럼 흐릿한 풍경만을 그려내는 것이다. 안개의 습성은 게릴라를 닮아 있다. 멀리서 바라볼 때는 흰 구름 같다가도 어느 순간에 오랜 습관처럼 친숙

해지는 것이다. 침투와 후퇴의 반복 속에 자신의 흔적을 남기는 것. 이 안개 이미지가 기형도 시의 한 축을 형성한다. 다른 각도에서 이를 논의할 필요가 있다.

① 아침 저녁으로 샛강에 자욱이 안개가 낀다.
안개는 그 읍의 명물이다.
누구나 조금씩은 안개의 주식을 갖고 있다.
여공들의 얼굴은 희고 아름다우며
아이들은 무럭무럭 자라 모두들 공장으로 간다.

—「안개」 부분

② 그 일이 터졌을 때 나는 먼 지방에 있었다
먼지의 방에서 책을 읽고 있었다
문을 열면 벌판에는 안개가 자욱했다
그 해 여름 땅바닥은 책과 검은 잎들을 질질 끌고 다녔다
접힌 옷가지를 펼칠 때마다 흰 연기가 튀어나왔다
침묵은 하인에게 어울린다고 그는 썼다

—「입 속의 검은 잎」 부분

기형도의 신춘 등단작인 「안개」의 시적 화자는 시종일관 자신을 드러내지 않고 관찰자의 위치에 있다. 여기서 주목할 점은 ①의 세 번째와 네 번째 구절 사이의 연결 관계이다. 물론 "주식"과 "여공"의 자본제적 연결고리를 접어두더라도 안개의 흰색과 여공들의 흰 얼굴의 연결은 친연성이 있다. 「안개」의 시적 화자가 멀리서 안개를 바라보는 시점을 취하기 때문에 "서너 걸음 앞선 한 사내의 반쪽이 안개에 걸"리는 근접한 거리에 접근하는 경우를 제외하고는 대체로 관망하는 자세를

유지한다. 반면에 시집의 표제작인 「입 속의 검은 잎」의 경우는 시적 화자의 내면을 드러낸다. 이 시 속의 세계는 '놀란 자의 침묵 앞에 불쑥불쑥' 출현하는 죽은 자들과 '공포에 질' 린 의식과 '거센 비바람으로 온통 번들' 거리는 장례식이 도처에 깔려 있다. 이러한 도저한 죽음의식이 이 시를 지배하는 것과 상관적으로 ②의 부분을 살펴보자. "접힌 옷가지를 펼칠 때마다 흰 연기가 튀어나왔다"의 진술이 "침묵은 하인에게 어울린다고 그는 썼다"의 연결과 부자연스럽다. 이 시는 시인이 죽은 해 봄에 한 계간지에 발표되었던 시다. 아마도 80년 광주를 배경으로 허약한 자신의 내면의 공포심을 표현한 이 시는 「안개」와 4년이라는 시차를 가지는데, 「안개」로 등단한 85년에서 그가 죽은 89년까지가 공식적인 시인으로서 활동했던 기간이다. ②에서 "안개"는 "흰 연기"로 치환된다. 그런데 앞 구절에 "먼 지방"과 "먼지의 방"이라는 언어유희는 「입 속의 검은 잎」의 폭압심리를 드러내는 요소로서, "안개"가 "먼지"와 "연기"로 쉽사리 변용되는 것과 무관하지 않다. '침묵' 이 '먼지–안개–연기' 로 연결되는 시상의 전개와 사뭇 이질감을 주는 것은 앞서 말한 두 구절의 연결이 부자연스러운 것과 같은 원리이다. 침묵은 세상을 살아가는 가장 확실한 안전편이다. 그것은 발화와 상반되는 의미 기능이 아니라 자신의 내면을 옹위하고 더욱 단단히 붙들어 매는 행위이다. 따라서 안개 이미지가 곧바로 침묵으로 이어지는 불안정한 연결 관계는 시적 화자의 의도되지 않은, 세상을 향한 방어기제이자 무기이다. 무의식적이라고 할 수 있는 이 현상은 「입 속의 검은 잎」의 시적 화자가 겪는 내면의 공포 심리를 실제 시인의 그것과 상동됨으로써 만들어내는 불안한 수사이다. 이러한 은밀한 확인 작업은 기형도의 시편에서 자주 목도되는 침묵/소리, 흰/검은, 삶/죽음, 희망/절망, 물/얼음과 같은 상반된 이미지의 자연스러운 전위과정을 추측할 수 있게 하는 단서이다.

3.

만일 '비어 있음' 이, 이른바 프랭크 커머드가 말하는 미약한 최후인 '딱' 과 초라한 기원인 '똑' 사이에 위치한 가늠할 수 없는 공허의 세계[2]라면, 이것은 진공의 상태와 동일하다. 즉 시작과 끝이라는 허구 질서를 이탈한 영역이다. 그것은 혼돈이요 무질서이다. 기형도의 시에는 이런 진공의 이미지가 '끼' 어 있다. 가령, "문득 저 홀로 안개의 빈 구멍 속에/갇혀 있음을 느끼고 경악할 때까지"(「안개」), "진공 속에서 진자는", "그 속에 둥글고 빈 통로를"(「어느 푸른 저녁」), "공중엔 희고 둥그런 자국만 뚜렷하다"(「길 위에서 중얼거리다」), "이파리들이 공중 빈 곳을 찾고 있다"(「바람은 그대 쪽으로」), "내 눈물을 불러내는 저 깊은 空中들"(「포도밭 묘지 2」), "밤이면 공중 여기저기에 빛나는 얼음 조각들이 박혀 있었다"(「삼촌의 죽음-겨울 版畵 4」) 등이 그것이다. 이러한 구절들은 그의 시편에서 자주 나타나지만 기형도의 시를 지배하는 죽음을 상징하는 이미지들 속에 불안하게 끼여 있기 때문에 그것의 가치를 부여하는 해호 작업은 여간 힘들지 않다. 달리 말해 빈 공간이라는 부재의 윤곽은 기형도 시의 텍스트의 빈 공간과, 또한 상반된 이미지들의 너무나 자연스러운 변위들과 일정한 관련이 있어 보인다. 이는 그의 시 세계를 펼쳐 보이는 의미들의 해석이 아니라 바로 시인 자신이, 아니 텍스트를 구성하는 언어들의 배열과정에서 생성된 영역이다. 반지가 쇠와 구멍으로 이루어지는 것과 같이 말이다. 그의 시 「어느 푸른 저녁」과 「비가 2-붉은 달」은 이러한 논의들을 상징적으로 보여준다.

---

2) 프랭크 커머드, 조초희 옮김, 『종말 의식과 인간적 시간』, 문학과지성사, 1993.

① 나는 그것을 예감이라 부른다, 모든 움직임은 홀연히 정지
하고, 거리는 일순간 정적에 휩싸이는 것이다
보이지 않는 거대한 숨구멍 속으로 빨려 들어가듯
그런 때를 조심해야 한다, 진공 속에서 진자는
(…)
이상하기도 하지, 가벼운 구름들같이
서로를 통과해가는
나는 그것을 습관이라 부른다, 또다시 모든 움직임은 홀연히 정지
하고, 거리는 일순간 정적에 휩싸이는 것이다, 그러나
안심하라, 감각이여 아무 일 없었다는 듯이

—「어느 푸른 저녁」 부분

② 떨리는 것은 잠과 타종 사이에서 비틀거리는 내 유약한 의식이다.
(…)
턱턱, 짧은 숨 쉬며 내부의 아득한 시간의 숨 신뢰하면서

—「비가 2-붉은 달」 부분

먼저 ②를 보자. "타종"은 시작과 동시에 끝을 알리는 신호이다. 이것은 질서를 부여함으로써 안정된 시간의식을 느끼게 하는 허구 장치 중의 하나이다. 화자는 이것과 무질서와 혼돈의 세상을 엿보게 하는 "잠" 사이의 간격에서 방향을 잡지 못하고 "비틀거리"고 "떨"고 있다. 하지만 그러한 간격인 "아득한 시간의 숨"을 "신뢰"하려 한다. ①의 "모든 움직임은 홀연히 정지하"는 때는 기독교에서 말하는 종말의 순간과 일치한다. 그래서 앞부분의 "거대한 숨구멍"은 지금까지의 시간 질서가 아닌 경험적 인식으로는 측정 불가능한 또 다른 '질서'의 세계

이다. 이것은 완전한 구원의 세계이면서 또한 완전한 심판의 세계이기도 하다. 그러나 뒷부분의 "…그러나/안심하라, 감각이여…" 구절은 "그런 때"가 실은 여태껏 그래왔던 것처럼 무효화됨을 나타낸다. 이는 ②의 "신뢰"와 같은 의미를 지닌다. 이런 분석이 이 두 편의 시가 종말의식의 일단을 보여주고 있음을 밝히기 위해서 인용한 것은 아니다. 시인은 이 세상의 현존과 부재를 동시에 관찰하고 있다. 현 존재들은 "가벼운 구름들같이 서로를 통과해 가"고 이를 "습관"이라고 말한다. 구름은 지상에 내려와서 안개가 된다. 혹은 안개는 공중으로 가서 구름이 된다. 이 같은 자리바꿈은 앞서 말한 '먼지-안개-연기'의 연속적 변위와 같은 층위에서 이루어진다. 부재는 단지 이러한 현 존재들의 '없음'이 아니라 "정지"에서 "서로를 통과해가는"까지의 체적과 거리이다. 이는 앞에서 지적해왔던 상반된 이미지의 손쉬운 연결과 텍스트의 빈 공간의 호흡이 만들어내는 긴장관계를 들춰낸다. 그의 시에서 딱딱하고, 검고, 그 실체를 파악할 수 없는 온갖 것들이 이러한 '빈 공간'의 틈새에 촘촘히 놓여 있고 그 사이에 빈 공간의 '시어'들을 직조해내는 것이다. 존재의 이면을 보는 이러한 눈을 투시라 하자. 그렇다면 그의 시는 안개로 가득찬 시야인 '약시'와 '투시'하면서 바라본 세계의 기괴하고 흉측스러운 만화경이다. 보통 사람의 시력의 한계를 훌쩍 넘어버린 시적 화자의 이 황홀한 경악은 침묵의 언어로 자기 치유의 길을 모색한다. 침묵은 자신의 내면을 드러내지 않으면서 보호하는 지름길이기 때문이다.

> 내 그리움의 거리는 너무 멀고 沈默은 언제나 이리저리 나를 끌고 다닌다.
>
> —「바람은 그대 쪽으로」 부분

침묵을 달아나지 못하게 하느라 나는 거의 고통스러웠다

—「기억할 만한 지나침」 부분

그리하여 "침묵은 언제나 이리저리 나를 끌고" 다니고 또한 "달아나지 못하게" 하는 것이다. 하지만 "내 입 속에 악착같이 매달린 검은 잎이 나는 두렵다"(「입 속의 검은 잎」)에서 알 수 있는 것은 침묵을 침묵이게끔 해주는 혀를 "검은 잎"으로 비유시켜 숨구멍을 차단시킴으로써 두려움과 경악을 느끼는 것이다. 이러한 절대 부정성은 어디에서 비롯하는 것일까. 서두에서 시적 화자는 죽음을 괄호 친 출생만을 이력서에 등재시킨다고 말한 바 있다. 언어를 가능케 하고 동시에 동전의 양면과도 같은 기능으로 침묵을 가능케 하는 혀를, 죽음을 상징하는 "검은 잎"으로 대치시키는 시인의 언어운용술은 부재를 부르는 경미한 몸짓마저도 차단시킴으로써 초연히 주저앉게 한다. 이는 삶과 죽음의 경계마저 불분명하게 하고 마치 보아서는 안 될 것을 본 사람처럼 시편들 곳곳에서 전율하는 것이다. 또한 이와 상관되는 층위에서 텍스트의 빈 공간은 80년대 중 · 후반을 현실에 적극 참여하지 못하고, 광주의 비극으로 상징되는 폭압적인 사회구조 속에서 허약한 시인으로 살아갈 수밖에 없었던 시인의 내면을 짐작하게 한다. 이미 살펴본 「입 속의 검은 잎」의 "…흰 연기가 튀어나왔다/침묵은 하인에게…"의 불연속적 의미 연결은 '침묵'으로 나타나는 시인 자신의 현실 대응방식이 돌연한 행갈이로 말미암아 그 사이의 미묘한 긴장관계를 형성하고 있다. 이것은 초라한 시침 떼기 식 표현이며 자신의 황폐하고 사회참여의식의 상대적 빈곤함을 감추는 행위이다. 결국 텍스트 외적인 실제가 텍스트 내적인 언어들이 창조하는 빈 공간의 생성과 맺는 관계는 조금은 부적절한 용어이지만 상동관계를 야기한다고 볼 수 있다.

4.

기형도 시인의 죽음 이후 지금까지 논의된 그의 시 분석들은 주로 시인의 불행한 유년 체험에서 비롯하는 상실의식과 도시의 관료화된 세계에서 기계화되고 소외되어가는 인간에 대한 비극적 인식이라는 틀에서 이루어졌다. 그리고 그의 시편들의 대다수가 그러한 부정적 이미지들로 채워져 있으며 '살아 있는' 죽음이 곳곳에 활보하는 그로테스크한 색채로 넘쳐나는 것 또한 사실이다.

이 글은 그의 시집 『입 속의 검은 잎』 속 시편들의 아주 일부분만 살펴본 한계를 안고 있다. 그래서 섬세하지 못하고 일관성이 결여되어 있음을 시인한다. 그리고 논지 전개에 합당하고 반드시 필요한 시의 전문을 인용해야 하지만 지면관계상 논의가 이루어져야만 하는 부분들만 발췌했음을 밝힌다. 논의를 전개하면서 루시앙 골드만이나 프랭크 커머드와 같은 비평가들의 이론을 알게 모르게 빌려왔다. 그리고 텍스트라는 용어를 사용한 것은 일종의 '정전' 화되어 가는 기형도 시의 딱딱하고 야물게 닫혀 있는 시편들을 좀 더 열려 있는 구조로 바라보고 싶다는 욕구에서 비롯된 것이다.

그의 시를 한마디로 표현하자면 약시와 투시의 미학이라고 할 수 있다. 부정적인 세계를 안개를 매개로 바라보는 약시와, 그런데도 시인의 예민한 감각은 생의 빈 곳을 포착하는데, 이 빈 공간은 진공이라는 먹먹한 질감을 담고 있다. 또한 침묵의 언어로 부재를 노래하지만 새까맣게 타버린 혀는 이것마저도 불가능하게 만들어버린다. 이와 상관되는 지점에서 텍스트의 빈 공간은 시인의 현실적 내면성을 짐작할 수 있게 함은 시 「입 속의 검은 잎」의 한 구절을 인용하여 살펴보았다. 이러한 관계성은 시어와 텍스트의 빈 공간 사이의 긴장을 불러일으키고 부적절한 시행의 연결 관계가 이를 추론하는 근거가 됨을 알 수 있었다.

삶의 공간에 죽음이 대신 들어앉은 그의 시편들은 따라서 시인의 표현대로 "검은 페이지"(「오래된 書籍」)가 대부분이다. 그래서 만일 우리가 그의 시 「여행자」의 다음과 같은 구절을 보고 저 80년대의 '끝' 머리에 차디차고 텅 빈 심야극장에서 숨을 거둔 기형도 시인의 얼어붙은 혀를 떠올린다면 경악하지 않을 수 없는 것이다. "오오, 나는 알 수 없다. 이곳 사람들은 도대체 무엇을 보고 내 정체를 눈치챘을까"(「여행자」)

불내, 또는 내리는 빗줄기를 잡고 거꾸로 오르며 – 신대철의 시

1.

뒤를 돌아보며 아주 먼데쯤에서 서성대는 그림자를 늘 품고 사는 사람에게는 현실이 곧 지나간 일의 음영으로 다가온다. 연대기의 질서에서 볼 때 이미 겪은 일들이 앞날의 풍경을 예시하고 널찍한 그늘을 드리움은, 지금 이 순간, 회상 속의 잔해 더미들 속에서 피어오르는 강렬한 인상이 어떠한 생활의 조건 아래에서도 드러나게 마련이라는 사실을 역으로 증명한다. 흐르는 시간의 지점에 토막처럼 놓여 있는 조각들을 이어주는 것은 실상 의지라기보다는 삶의 자연스러운 감각이다. 어지럽게 널브러져 있는 것처럼 보이는 기억들은, 그 기억들을 품은 사람의 의지와는 관계없이 편재하면서 한 곳으로 쏠리다가 휩쓸려간다. 언어가 가진 아이러니한 특성은 현실의 바탕에 숨어 있는 역사적 생성 능력을 끄집어내면서 바로 그것으로 말미암은 시간의 퇴적성을, 아직 오지 않은 저 먼 곳의 눈으로 응시하여 한갓 원시의 흔적으로 되돌려놓고 마는 데 있다. 말의 진정한 뜻에서 허무는 이 같은 언어의 시간성에서 비롯한다.

『무인도를 위하여』(1977)를 자신의 첫 시집으로 세상에 내놓은 신대철 시인은 이후 『개마고원에서 온 친구에게』(2000)와 『누구인지 몰라도 그대를 사랑한다』(2005)에 이르기까지 '허무의 허무성'을 줄곧 의식하면서 시를 써왔다. 여기서 허무성이란 시간이 가지는 변화의 속성과 그 자연의 추이에 맹목적으로 따라가지 않고 직접 부딪치는 자리에 문득 피어 올리는 존재인식의 냉랭함을 수반하는 비극의식이다. 그러나 이러한 비극의식이나 허무성이 세상으로부터 절연된 고독에 머무는 것이 아니라 끊임없이 달아나려고 하고 이것들조차 한데 보듬어 솔직하게 세상에 말 건네려는 의지를 보여주는 것이 신대철 시인의 시작(詩作)원리이기도 하다. 다시 말해, 시인에게 세상은 허무주의자들이 그래왔듯 종국에는 무(無)로 화할 존재들에 둘러싸인 체념적 주체인식의 대상임을 거부하고, 살아 꿈틀거리는 생성의 영역으로 무심히 들어가고자 하는 광활한 영토인 것이다. 그의 시들은 역사적 현재 속에 꼼지락대는 시간의 다발을 풀어내어 사방팔방 돌아다니게 함으로써 허무를 견딘다.

바람이 가진 힘은 모두 풀어 내어
개울물 속에서 물망울이 되게 바람을 적시는 비
비 같은 사람을 만나려고 늦가을의 미루나무보다도 훤칠하게 서 있어 본 사람은 보이겠다, 오늘 중으로 뛰어가야 할 길을 바라보며 초조히 구름 속을 서성거리는 빗줄기, 빗줄기쯤.

―「오래 기다리면 오래 기다릴수록」 부분

첫 시집 『무인도를 위하여』에서 보여준 시인의 내면은 위 시처럼 바람의 힘을 멎게 하는 비와, 그 비로 하여금 다시 바람에 습윤성을 부여함으로써 새로운 이미지를 창출해내려는 의지가 복합하게 얽혀 있다. "비 같은 사람"이 드러내는 수직성은 그에 대한 기다림의 시간이 늘어날수록 커질 테지만 마찬가지로 "구름 속을 서성거리는 빗줄기"까지 들여다볼 수 있는 심안만큼이나 섬세해진다. 애초에 끝이 없을 정도로 불쑥 자라나는 기다림과 그 처음의 자리로 곤두박질치려 서성대는 빗줄기가 교차하는 모습에서 우리는 위 시의 제목이 말해주듯 기다리는 정서가 비단 '오래'라는 시간의 확장과 무관하게 그 깊이 또한 원(原) 시간을 뚫고 지나가면서 확장한다는 사실을 확인할 수 있다. 물론 이는 일방향의 시간의식에서 벗어난 자리에서 가능하고 사물과 세계의 뒷면에 들러붙어 있는 기억들의 표정까지 두루 살피는 심미안을 가진 자라야만 느낄 수 있다. 신대철 시인의 시들이 '자연성'으로 수렴하기가 십상인 '산' '물' '강' '섬'과 같은 시의 소재들이 가진 심상을 인간적 왜곡을 거치지 않고도 인간의 의식과 관계를 맺어주는지 살펴보는 것 또한 앞에서 거칠게 분석한 시의 의미구조를 뒷받침하고 시인의 '허무성'을 좀 더 구체화하는 일이라고 본다.

2.

인간과 자연, 이 두 범주는 하나의 시선을 토대로 해서만 구분할 수 있다. 바로 인간이 자연으로부터 멀리 떨어져 나왔고 자연으로 회귀를 꿈꾸나, 이미 원래 그 속에 있었고 그것과 구별할 필요가 없었던 원시영역으로 회귀할 수 없다는 자각의 시선이다. 그러나 자연은 무한하고 인간은 유한하다고 했을 때 이 둘의 구분은 영구한 시간의 척도에 따른 것이고 또 이럴 때에만 그 구분은 정당하다. 시인이 자연을 좇고 본받는 것은 인간사회의 모순과 부조리를 벗어나는 대척점에 자연이 놓여

서가 아니라 선험적이고 원 공간의 자리를 차지하는 그곳 · 그 시간이 잡아당기는 흡인력에 다가서고자 하기 때문이다. 시인에게 자연은 질서가 아니라 혼돈이다. 자연이 끌어당기는 힘에 온몸을 풀어 흘러들어가는 시인의 몸은 황홀하다. 여기에는 원시 공간이 환하게 밝히는 지복의 그늘 때문에 현실이 투과되고 녹아 스러지는 광경을 주시하는 그의 눈만이 파닥거린다. 아직 일어나지 않은 시간 속에서 이미 지나간 시간은 시인의 등 뒤에 서늘하게 서 있다. 그의 시들이 역사적 현장 체험을 말하는 듯하나 실은 그보다 본질적인 인간의 심연을 건드리는 까닭이 여기에 있다.

① 눈 쌓이기를 좀 더 기다려야 한다, 실성한 사람과 문득 마주쳐 그의 山이 되고 싶다, 그가 잠들어 영원히 고요해진 山.

—「사람이 그리운 날 2」 부분

② 나는 하루를 하루 종일 돌았어도
분침 하나 약자의 침묵 하나 움직이지 못했다.
들어가자, 추위 속으로.

—「추운 山」 부분

③ 노을 속으로, …노을은 차지할수록 남는 시간이지. 우리도 그 일부분이야, 사람들 각자 조금씩 차지하고 있으니까. 대개들 저 자신 노을이라 생각하지.

우리를 노을로 알고 오는 사람은 없을까요?

—「다시 無人島를 위하여」 부분

『무인도를 위하여』에 실린 시편들 중에서 추려낸 위 구절들은 빨려

들듯 화자의 마음을 사로잡는 자연공간이 어떤 모습으로 화자의 심리 · 현실적 배면에 존재하는지 잘 보여준다. 주체(화자)와 대상(산 · 노을)이 원래부터 거리를 가지다가 마침내 합일, 또는 융합의 자리에 다다른 것이 아니라 마치 늘였다가 힘을 빼면 되돌아가는 고무줄처럼 인간의 고독과 소외를 끌어안고 제자리로 휙 복귀하는 자연스러움을 드러낸다.

①의 "실성한 사람"과 ②의 "약자의 침묵"은 이런 뜻에서 화자에게 자연으로 회귀하려는 욕망을 추동시킨 동기로만 머물 수는 없다. ③의 "노을은 차지할수록 남는 시간"이 의미하는 중층적 시간의식을 염두에 둔다면, 시인에게 인간의 사회적 함의의 외면화는 차라리 자연으로부터 아주 멀리 떨어져 나가서 그것의 중력가시권에서 벗어나 있거나, 또는 늘 한가운데 자리 잡고 있어서 그 윤곽을 헤아릴 수 없었던 존재들의 특수성을 극명화하는 방법이 된다. 시간은 그에게 한 길로 흐르는 것이 아니라 다차원으로 확산하는 것이며, 이 시간의식을 토대로 해서만 '역사'와 '자연'이 주고받는 총체적 길항관계 속에서 떠다니는 시인의 표정을 이해할 수 있다. 노을의 시간은 곧 죽어서 다시 환하게 피어 올리는 시간과 생동하는 삶의 그늘의 시간이란 뜻을 가진다. 이러한 시간의식과 자연관이 잘 드러난 시가 「흰나비를 잡으러 간 소년은 흰나비로 날아와 앉고」이다. 이 시를 통해 드러난 순환적 시간 · 자연관은 시인의 군대체험을 소재로 한 「X」와 「우리들의 땅」에서 일그러진 인간존재에 대한 성찰을 보여준다. 『개마고원에서 온 친구에게』와 『누구인지 몰라도 그대를 사랑한다』에 이르면서 공간의 확장을 통해 한층 조밀하고 깊어진 시적 세계를 드러내며 만남과 기억을 축으로 한 주제의식이 첫 시집 이후 오랜 기간 동안 숙성한 시인의 사유의 깊이를 보여준다.

첫 시집의 맨 앞자리에 놓인 「흰나비를 잡으러 간 소년은 흰나비로 날아와 앉고」를 『무인도를 위하여』의 주제의식을 대표하는 시로 보기엔 무리가 따른다. 시집 해설에서 최원식이 이 시를 두고 "70년대에 생산된 가장 아름다운 서정시의 하나"로 손꼽고 있지만, 이 시의 서정적 매혹과는 별도로 시인의 시적 지향점을 적나라하게 보여준다. 이 시는 삶과 죽음의 순환성에 마땅히 따라붙는 영원의 시간에 대한 확신이며 이것의 형상화를 위해 인간-자연으로 묶은 우주적 관계망의 압축을 잘 드러내고 있다. 가령, 개체의 소멸이 또 다른 개체의 생성을 위한 전이와, 우주생명의 얽힘이 자타 구분 없이 일치되며 자리바꿈하는 경이를 보여주는 다음 구절이 그렇다.

> 조금씩 햇빛은 물살에 깎이어 갑니다. 우리 살아 있는 자리도 깎이어 물 밑바닥에 밀리는 흰 모래알로 부숴집니다.
> 죽은 사람은 죽은 사람,
> 흰 모래 사이 피라미는 거슬러 오르고
> 죽은 사람은 죽은 사람,
> 그대를 위해 사람들은 앞산 양지 쪽에 모여 있습니다.

삶의 침식("살아 있는 자리도 깎이어")이 비극이나 슬픔으로 현상하지 않고 우주 운행의 한 과정이자 질서로 인식하며 담백한 어조로 드러내고 있다. '죽은 사람' 은 시간의 흐름에서 볼 때 이미 지난 일에 지나지 않지만, '죽은 사람' 을 기억하는 행위는 죽은 사람에게 영원한 삶을 부여하는 '의식(儀式)' 으로써 우주만물이 어느 하나라도 들고 남이 없이 온전함을 엿볼 수 있다. 여기에는 죽은 사람을 기억하는 '사람들' 이나 마치 제 운명의 순응으로까지 여길 수 있는 '피라미' 의 역행조차도 아주 오랜 옛날 화랑이 가는 길을 쓸어주었다는 별들의 운신처럼 눈물겹다.

두 번째와 세 번째 시집에서 들려준 시인의 목소리는 첫 시집이 나온 이래 무려 이십여 년 동안의 침묵이 결과한 무늬들이다. 첫 시집부터 시의 줄기를 이루어온 기억과 시간, 그리고 자연을 인간 사회의 부조리와 존재 간의 불일치 양상을 바탕으로 좀 더 내밀화한다. 여기에서 만남과 여행은 중요한 시적 소재가 된다. 『개마고원에서 온 친구에게』의 "알래스카" "아이오와" "백두대간" "개마고원"과 같은 여행지에서 만나고 헤어지는 사람들과 『누구인지 몰라도 그대를 사랑한다』의 "고비사막" "북극" "몽골"의 여행지에서 만나고 헤어지는 사람들은, 제각각 자신들의 정체성과 함께 역사의 전개 과정에서 알게 모르게 영향을 받아 그 소용돌이의 흔적을 몸에 새긴 반점처럼 늘 지니고 있는 존재들이다. 이들은 시간과 현실의 퇴적이 가져다준 아이러니한 세계 안에서 힘겹게 자신들의 경계성을 아슬아슬하게 지닌 존재이며(「Sam and Lee–개마고원에서 온 친구에게 4」 등의 시편들), 「실미도」처럼 비극의 역사 속에 희생된 시대의 사생아들이기도 하다. 무엇에 떠밀린 듯, 여기저기로 옮겨다니는 시인의 발걸음에서 잠언처럼 귓가를 때리는 목소리를 듣는다. 환영처럼 겪었던 어릴 때의 기억 속에 떠오르는 "얼굴없는 얼굴"(「실미도」)과 "넋 속에 넋을 남긴 그대들"(「몽골 북한 대사관 앞을 지나」)처럼 지금은 사라지고 말았지만 자취가 역력한 채로 시인의 머릿속을 맴도는 표상들이다.

기억은 현재를 과거와 이어주는 토대이자 바탕이다. 존재들의 현존성은 세월과 사회변화에 따라 더욱 밀도를 더해가고 이미 공동체 안에서 사회적 시효를 다했다고 여겨지는 이름들을 시인이 하나둘씩 부를 때 이들은 시공간을 달리한 '영원한 현재'로 남는다. 언제든지 목덜미를 잡을 수 있는 '지나간 시간'의 현현으로써 시인은 지난하지만 고독한 시적 탐색을 해왔던 것이다.

3.

이번 신작시들[1]에서 시인의 표정은 끈질기게 기억과 자연 공간에서 접면을 형성하는 역사 흔적을 담박(淡泊)하게 바라보는 점에서 이전과 별로 달라진 것이 없어 보인다. 첫 시집에 상재한 「그는 뒤에서」에서 표현한 것처럼 "돌아보면 뒤에서 언제나 뒤에서 부르는" 존재에 결연한 시인의 몸, 그 각인된 몸이 떠돌아다니면서 토해낸 그림이다.

인간을 시간적 존재라 했을 때 이 시간은, 과거와 미래가 현재에 긴밀한 영향을 미칠 수밖에 없는 시간이다. 시간의 길 위에서 밟아온 땅과 앞으로 밟게 될 세계는 어느 때고 시적 언어의 자연스러운 배치로 서로 합류한다. 초기 그에게 산이나 극지는 그것 자체로서만 시인에게 의미를 띠는 것이 아니라 무수한 목숨붙이들이 환하게 밝아졌다가 그 빛이 사그라졌던 장소이자 숭고미마저 느끼게 하는 절명의 지대였다.

신작시들에서 그런 엄숙한 표정을 전혀 볼 수 없는 것은 아니지만 그것들이 좀 더 누그러지고 안으로 말려들어간 대신 또 다른 세상의 낮고 그늘진 시간 속으로 들어가려는 사람처럼 숙연함을 자아낸다. 그러나 이는 애초에 시인이 떠나왔던 본래의 자연 공간으로 회귀하는 것이 아니다. 허공에 숨어 있는 얼룩진 얼굴들은 그의 무의식에 부끄러움과 상처로 남아 있었을 기억들을 유유히 불러대고, 떠밀린 듯 취한 듯 발걸음을 돌리지만 이제는 그들과 함께 보냈던 다난했던 시간들에 회심(回心)하는 경지를 언뜻 보여주는 것이다.

「빙원의 끝–아내에게」에서 보는 것과 같이 "나도 나를 다 거느리고 얼음사막을 떠날 때가 되었다"는 마음가짐을 이끌어내거나 "공포가 허공으로 바뀌어"(「얼음사막」)가는 허심(虛心)으로 나타난다. 얽힌 마음

1) 『신생』 2007년 여름호에 실린 신작시들을 말함.

을 횅궈 정갈하게 마주 서는 귀로의 전면에서 시인이 겪으며 통곡해 마지않았던 삶의 무거운 저울추는 어느 순간 허공으로 들어 올려져 헐거워진다. 현실의 상처는 맥박처럼 돌올하게 시인의 기억을 자극할 터이고 실상 시간의 결을 따라 가면서도 의지와는 무관하게 세월의 역류에 깊이 몸을 담갔던 지난날이었다.

누구나 그러하듯이 세월이 주는 약으로써 지난날의 기억들과 삶의 부조리에 대한 감성적 고투의 체험들은, 다만 내면의 지향점이 정해져 있고 이전의 모든 의식과 실천을 한껏 밀어내면서 새로운 길을 가기 위한 소중한 밑거름으로 될 수 있을 때에만 의미가 있다. 시인은 바다 위에 떠 있는 무인도와 같은 삶을 원했지만 세상을 살며시 밀어제쳐 허공으로 소실되는 시 · 공간의 지경을 이어주고 맺어주는 몹쓸 기억의 상흔에 눈길을 줄 수밖에 없는 사실을 잘 알고 있다. 따라서 그의 시의 변모는 이전의 시에서 보여주었던 자연 · 여행 · 만남 · 기억의 연결고리가 팽팽해지고 느슨해지는 지점을 살펴보는 일에 지나지 않다.

「물소리」는 이러한 시적 양상을 가늠할 수 있는 작품이다. 이 작품에서 '물소리' 가 지니는 뜻은 여러모로 상징적이다. 어린 시절의 체험에 강렬하게 각인되어 있는 소리이기도 하고 그 소리를 매개로 현재의 상념 속으로 끼어드는 화자의 복합적인 시간의식을 형성하여 환상으로까지 발돋움할 수 있게 한다. 어찌 보면 수묵의 풍경을 보듯이 고요한 정취를 담고 있는 이 시에서 시인은 '거슬러 오르' 는 기억행위가 어릴 때의 기억을 더듬어서 유추한 회상과, 현실의 '장날' 에서 마주친 이("태양초 팔고 돌아가는 이")의 행보가 닿는 상상적 정경이, 주체도 대상도 없고 보는 자도 보여주는 자도 없는 자리에까지 이르게 하는 것이다. 시의 형상화 측면에서 이룩한 시적 창조성은 논외로 하더라도, 이러한 주객 혼효와 시간인식의 불일치 · 융합은 그의 신작시를 읽으면서 발견하게 되는 특징 가운데 하나이다. 이는 「지리산 가는 길」에서 시의 화자와, 해방공간에서 전쟁 무렵에 이르는 비운의 역사 현장 한가운데에 있었던 사람들로 하여금 불꽃같은 삶의 장소를 마련해주었던 '지리산' 의 상징이 서로 녹아드는 지점이기도 하다. 시인은 단순한 기억이 아니라 지나간 시간과, 그에게 선명한 이미지를 남겼던 체험이 언제라도 '소름' 처럼 다가오게 만드는 지리 공간 속에 스며 있는 역사의 시간을 현재화시키는 감수성이 차오르는 것을 의식적으로 느끼면서도 이를 무의식적으로 표출한다. 마치 "바람도 불지 않는데/뒤에서도 불내가 난다"(「지리산 가는 길」)와 같은 구절처럼 보조사(바람 '도' , 뒤에서 '도')를 써서 자연현상과 지나간 시 · 공간을 한데 묶어내는 절묘한 표현법처럼 말이다.

현실을 둘러싼 세상의 본질과 생명에 지극한 관심을 기울이는 존재가 바로 시인이라고 했을 때, 신대철 시인이 보여준 시적 세계는 여기에서 한 걸음 더 나아가 혼돈과 쓰라린 기억들로 가득 찬 현실 존재가 불온한 땅을 딛고 돌아가야 할 과제가 무엇인지 캐묻는 작업을 줄기차게 하고 있다. 이런 작업 과정에서 자연과 생명은 그에게, 그를 포함하여 인간이 저질러온 무수한 죄업과 피고름 같은 일들을 치유하는 토포스(topos)로만 존재하지 않는다. 끊임없이 흘렀다가 사라지는 기억들은 어느 순간 우리들이 의식하지 않는 사이에 천천히 시간의 지층에 희미한 무늬를 남긴다. 시인은 아무렇지도 않게 뒤에서 그를 덮치는 '불내' 의 연원과 상흔 속으로 뛰어들어갈 준비가 되어 있지만, 그렇다고 그러한 시간의 블랙홀에 자신을 내맡기지도 않는다. 이를테면 선취된 허무로써 자연적 존재가 내뿜는 도수(度數)의 황홀한 이치를 나름 엿보았기 때문은 아닐까.

3부

회상과 시 정신

허리춤에 쯤 걸리다 토해낸 죽음

— 김민부론

1. 들어가며

계절은 속이지 않는 법이라서 사람들을 떨게 했던 한파가 물러나고 봄이 다가온다. 이 자연의 법칙은 광대무변한 세상 어디에도 미치지 않는 곳이 없으련만 우리들은 새삼 봄날의 훈향이 마치 까마득한 옛일에 붙박인 기억으로만 새겨져 있는 것처럼 날마다 안온한 세상을 꿈꾼다. 비단 인간들의 성정뿐이랴. 신이 있다면 그 또한 이와 같으리라. 까마득한 옛날 그가 만물 창조의 주사위를 던지고 나서 느긋하게 지켜보다가 오늘날 세상 돌아가는 일을 보노라면 꽁무니를 내빼지 않을 수가 없겠구나 싶은 심정이다. 허나 이런 상념은 부질없다. 문제는 덧없는 역사였을지라도 그 속에 응결된 존재의 더께들이 오늘날 주린 영혼들에게 던지는 메시지를 어떻게 소중히 안을 것인가이다.

시인 김민부(1941~1972)를 기억하는가. 대부분의 사람들이 장일남이 곡을 만든 가곡 '기다리는 마음' 은 알아도 그 노랫말을 쓴 사람이 부산 사람인 시인 김민부라는 사실을 아는 이는 그리 많지 않다.

1995년 그의 유고시집인 『일출봉에 해 뜨거든 날 불러주오』(1995)가 나오고 나서 가끔 신문이나 잡지에서 시인에 대한 글이 실렸다. 그는 한국 현대시문학사뿐만 아니라 부산 시단에서조차 잊힌 시인이었다. 한 사람의 재능이 그 꽃을 활짝 피우기 전에 사그라졌다면 응당 추도 형식의 후일담이 따르기 마련이다. 김민부 시인 또한 예외는 아니어서 그를 두고 천재라는 수식어를 서슴없이 갖다 붙였다. 부산고등학교 1학년 때인 1956년에 〈동아일보〉 신춘문예에 시조 「석류」로 입선하고, 역시 고3 때인 1958년에는 〈한국일보〉 신춘문예에 시조 「균열」이 당선되었으니 요즘으로 봐선 어지간히 감수성이 예민하고 글재주가 남달랐나보다. 어디 그뿐인가. 고2 때는 첫 시집인 『항아리』(1957)를 펴냈다.

십 대에 이미 기성 시인들조차 혀를 내두를만한 문재(文才)를 뽐내며 화려하게 등단한 그는 대학을 졸업하고 나서 부산과 서울에서 방송작가 생활을 했다. 직장생활을 하던 가운데 틈틈이 시를 써서 엮어 제2시집 『나부(裸婦)와 새』(1968)를 출간했다. 화재로 목숨을 잃기 4년 전이었다. 그때의 정황을 김민부의 동창이자 문우인 이근배 시인은 이렇게 말한다.

> 나는 민부에게 간단히 친구들끼리라도 자리를 만들겠다는 말을 꺼내놓고도 그것을 지키지 않고 말았다. 왜 그랬을까? 매사에 게을리하는 버릇을 가진 내가 흐지부지 날짜를 넘겼다는 것이 정확한 표현일 것이다. 그리고는 1972년 늦가을 민부의 부음을 듣게 되었다. 부부싸움을 하다가 성질이 급한 민부가 방문 열쇠를 창밖으로 던져놓고 석유난로를 발로 걷어찼다는 것이다. 부부는 서대문 적십자병원으로 옮겨졌는데 민부는 끝내 숨지고 부인만 목숨을 구했다는 것이다. 그때도 그의 장례식이 끝난 얼마 뒤에서야 소식을 들어서 빈

소에도 가지 못하고 말았다.[1)]

참으로 안타까운 일이 아닐 수 없다. 무릇 모든 죽음이 그렇지만 훌륭한 시인이자 인기 방송작가로서, 그리고 우리 정서의 혼을 담은 여러 가곡의 노랫말을 쓴 사람의 죽음이란 여느 죽음의 차원과는 다른 것이다. 그러나 이런 애통함을 느끼는 중에도 한 가지 위로가 되는 점은 그가 문학적인 조숙성 때문에 서른 즈음의 죽음 이전에 우리에게 두 권의 시집을 남겼다는 사실일 것이다. 그렇기에 김민부 시인의 위상은 지금까지의 경우처럼 그의 추억에 얽힌 회고담의 글에서 하루빨리 벗어나는 지점으로 되돌릴 필요가 있다. 한국 시문학사에 그의 자리를 부여하는 문학사적 평가와는 무관하게 그의 시 세계를 점검하는 일이 절실하다. 요절 자체만으로 당사자의 시혼(詩魂)이 빛을 내지는 않는다. 자살이든 불의의 사고로 인한 죽음이든 시인을 죽게 만든 사건 자체는 어쨌거나 시인의 개인사와 문학적 작업을 서로 묶는 경향을 창출한다. 물론 실존과 작품은 동떨어진 영역이 아니다. 자료를 훑어보면 시인 김민부는 시인이기 이전에 한 사람의 시민으로서 가장 노릇을 하기 위해 과중한 방송 원고에 눌려 하루 동안에도 몇백 장씩을 완성해야만 했던 사실을 확인할 수 있다. 그런데도 가난에 시달렸다. 그는 여러 지인들의 말

---

1) 이근배, 「신의 질투를 받은 사내」, 『우리 시대의 요절 시인』, 삼인행, 1991. 김민부가 화재로 죽은 일을 두고 대체로 이근배의 말처럼 부부 사이의 다툼으로 불이 나서 참변을 당했다는 진술이 많다. 그런데 시조시인 박구하에 따르면 위 사실과 다른 진술을 하고 있어서 특이하다. 김민부의 오랜 지기인 황규정 변호사의 증언을 토대로 한 다음의 말을 들어보자. "1972년 10월 27일, 운명의 그날도 토요일이었다. 그날따라 뭔가 일이 생겨 약속을 지킬 수 없어 못 갔는데 김민부는 안 오는 그를 무려 2시간이나 기다리다 3시경에야 할 일 없이 마침 밀려 있던 연말 특집 원고나 쓰자 하고 갈현동 집에 돌아갔다고 한다. 그날 저녁 갑자기 한파가 몰아쳐 석유난로를 피우고 원고를 쓰다 날린 폐지에 불이 붙어 중화상을 입고 적십자병원에 옮겼으나 운명하고 만 것이다."(박구하, 「시의 천기를 누설한 천재 시인 김민부」, 『시조월드』, 2004년 가을호)

마따나 '고등학교 시절에 이미 시 쓰기는 끝나버렸다' 는 희대의 시재(詩才)임에는 분명하지만 힘겹게 살아가는 동안 '시' 는 그에게 하나의 운명처럼 보였을 것이다. 시집 『나부와 새』 후기에 나오는 다음 대목이 이를 잘 말해준다.

> 그동안 난 겨우 몇 편의 시를 발표했을 뿐이다. 누구나 다 아는 일이지만 요즈음 세상에 시를 쓴다는 노릇은 유사종교의 광신도 노릇하는 것만큼이나 지난한 일이다. 그러나 가을이 올 때마다 나는 내 목숨을 줄이더라도 몇 편의 시를 쓰고픈 충동에 몸을 떨었다.

제 목숨을 대신하는 시 쓰기란 거의 운명이라고 보아도 좋을 듯하다. 그래서 그가 죽은 뒤 다시 읽는 시집 후기가 각별하게 다가오는 것도 사실이다. 이 시 쓰기의 충동은 시인된 자의 의무임에는 틀림없지만 김민부 시인처럼 거의 강박에 가까운 시작(詩作) 의식은 죽음을 눈앞에 둔 예민한 남자의 어떤 예감과 비슷한 것이었다. 예기치 못한 화마(火魔)로 얼굴에 큰 화상을 입고 지금껏 은둔해 있는 부인과 피붙이들, 그를 아끼는 지인들을 남겨둔 채 시인은 떠났지만 그를 기억하는 우리들은 그가 남긴 또 하나의 문학 유산을 가지게 된 사실에 반가워해야 할지도 모른다.

2. 형식과 혼 — 『항아리』(1957)와 『나부와 새』(1968)의 세계

앞에서 밝힌 대로 시조로 등단한 김민부는 짧은 생애에 두 권의 시집을 남겼다. 「균열」과 「석류」 같은 전통 시조 형식을 변형시킨 시들 몇 편을 포함해서 61편의 시와, 이에 덧붙여 오페라 대본인 『원효대사』(김

자경 오페라단 공연, 1970), 그리고 뒤늦게 박구하가 발견한 소설 「설야(雪野)」(『청조문학』, 1958)를 그의 작품 목록에 넣을 수 있다. 김민부 시인이 방송작가로 있으면서 대본으로 쓴 방송용 원고를 빼더라도 과연 어디까지 창작의 경계를 넘어섰는지는 아직 확정되지 않았다고 보아야 한다. 화재 때 집에 있던 원고들이 타버렸기 때문이기도 하지만 본격적으로 그의 문학 활동에 대한 엄밀한 고증이 이루어진 적이 없다고 보기 때문이다. 이 글에서는 미흡하나마 두 시집을 중심으로 그의 작품세계를 살펴보고자 한다.

두 시집은 11년이라는 시간의 간격이 놓여 있다. 그렇기에 시 세계 또한 다를 수밖에 없다. 첫 시집 『항아리』가 고등학생 때 창작된 시들이라 한다면 아직 무르익지 않은, 그래서 완성되어가는 중에 있는 시편들이 주로 산재해 있다고 볼 수가 있겠지만 실상은 그렇지 않다. 「항아리 II」에서 탁월한 언어 감각과 세련된 시적 정서가 두드러진다.

죽지를 파묻은 가슴속에는
소담한 귓바퀴
싸늘한 울음같이 고운

스며 흐르는 시름으로
밤 비둘기 외로 가는
한 가닥 하늘 길이

오묘이
돌아가는 항아리 속에

꽃노루들이 쫓겨간 언덕

노을 젖은 골짜기를
하늘이 낳은
아득한 옛날의 풍경을
휘어 안은 그윽한 맵시

오묘이 기울어진
선의 행렬 위에

푸른 항아리는
머금은 그대로
천 년을 줄지도 아니하고

—「항아리 II」 전문

항아리를 소재로 한 시다. 단아한 느낌을 자아낸다. 마지막 연에서 "푸른 항아리는/머금은 그대로/천 년을 줄지도 아니하고"로 표현해서 시의 정경을 말쑥하게 제시한다. 이 시처럼 고전미를 정갈한 솜씨로 드러내는 작품들이 시집 『항아리』에 여럿 실려 있다. 그는 1950년대 한국시의 한 축을 담당했던 전통 서정시의 맥을 고스란히 잡아내고 있다. 다음에는 「소」를 살펴보자.

돌각담을 지나면 싸릿담
두엄 밭 사이로 돌감나무 서있는
오두막들 정다이 둘러앉은 마을
다박솔 별빛 서린 고갯길 너머
장이 선다는 마을을
어디라도 가야만 했다

소는 자꾸만 팔려야 하고
나는 또 나를 팔아야 했다

나같이 어리석은 소들을 몰고
밤새워 고개를 넘으면
나를 파는 소들도 있었다

그들은 자꾸 가야만 했다

—「소」 부분

"돌각담" "싸릿담" "두엄 밭" "오두막" 같은 시골 풍경이 한 폭의 그림처럼 어우러진 곳에 '소'와 '나' 사이의 동일성이 빛을 내는 시다. 감정이 배제된 채 묘사를 위주로 하여 독자로 하여금 감상의 변주를 폭넓게 일으킨다. 간단히 말하면 이미지를 중심으로 한 회화시의 한 전형을 보여주는 것이다. 이 시에서 특이한 구절은 "나는 또 나를 팔아야 했다"와 "나를 파는 소들도 있었다"이다. 소 팔러 가는 화자는 이미 자신이 "어리석은 소"가 되어 있다. 자연물인 가축과 인간을 동질화시키는 행위는 서정시의 기본 테마이다. 이렇듯 고전의 단아함과 언어를 통한 절제미와 서정의 전통을 첫 시집에 담고 있다. 시인이 이 시들을 썼을 때의 나이가 십 대 중후반이었다는 사실을 염두에 두면 그가 시인으로서 첫발을 내딛은 곳이 어디인지 가늠할 수 있다. 그는 전쟁이 끝난 직후의 황폐한 사회분위기 속에서도 시의 고향을 탐색했던 것이다. 그렇다고 해서 감수성이 예민한 청소년기의 시절을 습작과 함께 궁구했을 인간 세상의 정경을 그가 제쳐두었다고 쉽게 판단해서는 안 될 것이다. 이것은 이데올로기나 사상의 문제가 아니라 의지의 개념에 가깝다. 이 시절 시인은 그가 추구하고자 했던 시 세계의 본질을 대체로 헤아리고 있었기 때문이다. 첫 시집 후기에 그런 의지의 표명을 분명히 제시한 사실을 확인할 수 있다.

> 산문적인 요소와 감각적인 경험세계를 배제함으로써 순백한 경지에서 감동의 미를 추구하는 것이 나의 시정신이기도 했다. 발레리가 감동을 주로 하던 순수시론을 쓰고 후기에 이르러 그 자신이 순수의 실재성을 부정한 것은 순수시의 세계를 현대적 위치에서 본질적인 파악을 기도한 것이 아니겠는가. 그러나 순수한 시 세계의 경지에서 우러나는 감동의 미를 추구하는 것이라는 나의 시의 개념은 이 시집의 전반부의 「항아리」 등을 중심으로 내면적인 고전 선율의 추구와 더불어 그 궁극의 심상을 찾아 방황하였던 것이다.
>
> —시집 『항아리』 후기 중에서

시에서 궁극이 되는 심상을 찾기 위해 고군분투했다는 사실과 발레리의 순수시론과 내면적인 고전 선율의 추구, 이 세 가지 요소들이 그의 첫 시집에 실린 작품에 녹아 있는 시인의 의지 작용인 것이다. 시에서 이들 요인들의 형상화가 얼마나 잘 이루어졌는지 여부를 떠난다면 그의 초기 시들을 특징짓는 형식적 완결미의 추구는 당대 전통 서정시 계열의 시인들과 현대시 경향을 추구하는 일군의 시인들 양쪽에 걸쳐 있는 독특한 자리에 맞닿는다. 무한한 가능성과 시적 열정을 보여주는 첫 시집이 나오고 나서 십여 년이 지난 뒤에 출간한 제2시집 『나부와 새』는 첫 시집에서 확인한 형식미에 현대성과 허무를 더해 의미 있는 시적 변모를 보여준다. 그런데 한 가지 주목할 사실은 『항아리』에서 보여주었던 동일성과 조화의 세계가 급격히 무너진 자리에 이를 대신해서 극심한 고독과 죽음의 이미지가 들어선 점이다. 현대인의 불안과 절망은 60년대 한국 현대시의 주된 정조였다. 이는 이전의 모더니즘 계열의 빛깔과 이어지는 부분이기도 하지만 이른바 민중의 실상과 역사 현실에 초점을 맞추는 참여파와는 또 다른 시적 계열을 담당했던 시 세계이다. 『나부와 새』는 그런 뜻에서 한국 시사(詩史)의 한 바퀴를 담당하는 동시에 시인 김민부의 개인적인 시 성향이 발현되는 상징으로 작용한다.

나는 때때로 죽음과 조우한다
조락한 가랑잎
여자의 손톱에 빛나는 햇살
찻집의 조롱 속에 갇혀 있는 새의 눈망울
그 눈망울 속에 얽혀 있는 가느디가는 핏발
내가 살고 있는 아파트의 창문에 퍼덕이는 빨래……
죽음은 그렇게 내게로 온다
어떤 날은 숨쉴 때마다 괴로웠다
죽음은 내 영혼에 때를 묻히고 간다
그래서 내 영혼은 늘 정결하지 않다

—「서시」 전문

나는 때때로 생각한다
태어난 대로 살아가리라
구르는 가랑잎의 행지行止……
술잔 속의 귀뚜라미 울음
배척에 우는 겨울
타구 속에 뱉는 오수를
대낮에도 소매를 잡는 죽음을

자정 가까이 짖는 개를
힐책하지 않고
마른 노을 속에서
우계를 기다리며
퇴락한 술집에서
친구를 기다리며
짚단 같은 무식과
오양깐 냄새 나는
자기自棄와 일모日暮를 핥으며
나도 노인이 되어가리
그래서 달밤 속을 어정거리며
파이프 속에서
죽음이 끓는 소리에
귀를 기울이리……

—「나는 때때로」 전문

인용한 두 시에서 공통으로 검출되는 이미지는 '죽음'과, 죽음에서 연동되는 자기 방조이다. 자기 방조는 자기 폭력과 학대로 수월하게 변주되는 시적 의미이다. 천재로 뭇사람의 감탄을 불러일으키며 시를 '주물렀던' 김민부 시인에게 대학을 나오고 몸담은 사회인으로서 겪는 절망과 비애는 이렇게 부정적인 시 세계의 변모로 한 발짝 다가선다. 그에게 죽음은 멀리 있지 않다. 살면서 "때때로" 만나는 실체이자 감각이었기에 일상과 공존해 있는 '어떤 존재'로 여겨야만 하겠다. 그것은 "여자의 손톱에 빛나는 햇살"이고 "아파트의 창문에 퍼덕이는 빨래"(「서시」)처럼 어느 때 어느 곳에서라도 부딪힌다. 이 죽음의 그림자가 "내 영혼에 때를 묻히고" 간다. 그 또한 죽음이 건네는 검은 약에 몸부림쳤을 것이다. 영혼에 때를 묻히는 일은 점점 삶의 활력을 잃어간다는 자각의 형식과 등가이다. 「나는 때때로」에서 체념적인 어조로 읊조리는 "태어난 대로 살아가리라"와 같은 의식으로 볼 수 있다. "자기自棄" "일모日暮"의 시어를 동반하여 천천히 무너져가는 시인의 혼의 귀에는 "죽음이 끓는 소리"만이 들릴 뿐이다.

『나부와 새』에 담긴 짙은 페이소스와 자멸감은 시집 속에 더러 나오는 관능미와도 쉽게 접속된다. 고 김준오 교수가 "쾌락주의적이고 탐미주의적 색조"(「서정주의와 시인의 고뇌—김민부의 시 세계」)라 말한 적 있는 몇몇 시들이 그렇다. 그런데 관능을 드러낸 시들과 구절에서 놓쳐서는 안 될 점은, 김민부에게 '쾌락'과 '탐미'는 한갓 자기 비애가 미치는 극단의 의식 지점에서 나온 부산물에 지나지 않다는 점이다. 따라서 '쾌락주의'나 '탐미주의'라는 미의식을 제2시집에서 시인이 지향하는 시 세계의 일종으로 보아서는 안 된다. 지극한 절망과 이 때문에 생겨난 죽음 이미지가 구심으로 놓이고, 그 원심의 테두리에 탐미성을 비롯하여 모더니즘 형식의 언어 배치가 놓이는 것이다. 이를테면 「목탄으로 쓴 시 Ⅰ」에서 "푸줏간 딸년에게 청혼을 하자/너는 술청에서/술보다 더 많이 살을 팔고/나는 너의 기둥서방 되리……" 같은 표현은 "면무식免無識한 죄"라는 자괴적인 자기인식에서 출발하며, 「조춘」의 "내 육신 버릴 데 없이/살 부비는 덴/저승 같은 봄……"은 "밤이면 취"할 수밖에 없는 지독한 현실 부적응의 피로에서 비롯한 형식인 것이다.

> 술잔 속에
> 반쯤 술이 있다
> 네 육체의 반쯤 죽음이 머물고
> 살아 있는 네 나머지는
> 내 몸 속에 들어와 있었다

철쭉꽃 냄새나는
입술의 여자야
그때 넌 알리 없었지만
나도 반쯤은 죽어 있었단다

—「별리 Ⅰ」 전문

지우산을 펴면
포말로 튀는 가을……
가을 비 속에서
난 비 젖은 아랫도리부터
죽어 오는데

—「단장斷章 Ⅰ」 부분

버리고 싶은 목숨과
살아 있는 나날의
이 끓는 진공
어디선가
아내가 오고 있을 것이다
능욕같이
슬픈 가랑잎을 맞으며……

—「추일秋日」 부분

가난에 시달리는 생활인으로서의 자기 모멸의식과 황폐감은 시인에게 절반의 목숨만을 허락했다. 바꿔 말해 이미 반쯤 죽어버린 존재로서 나머지 반 토막의 생명을 운명처럼 수락한 자리에 제2시집인 『나부와 새』가 놓이는 것이다. "나도 반쯤은 죽어 있었다"(「별리 Ⅰ」)는 서글픈

확신과 사념은 "버리고 싶은 목숨"과 "살아 있는 나날"(「단장斷章 I」)이라는 자폐적인 표현으로 확장된다. 그의 시들 가운데 유독 가을을 소재로 한 작품들이 많은 까닭도 여기에서 유추할 수 있을 것이다. 가을은 결실을 맺는 철이기도 하지만 추수, 즉 봄과 여름 이 두 계절을 견디며 자라온 생명의 기운을 거두어들이는 때이기도 하다. 영혼이 성숙해가는 길목에서 느닷없이 맞이한 가을의 그 비릿한 사신(死神) 앞에 시인은 무릎을 꿇었다. 어찌해볼 틈도 없이 "죽어오는" "비 젖은 아랫도리"는 시인이 오래전부터 갈망해온 숭고한 시혼(詩魂)에 잔인하게 빗금을 친 관념적 실체였다.

3. 김민부 시를 바라보는 두 시각
—김준오와 박구하의 김민부 시 분석 재고

김민부 시에 대한 본격적인 평가는 대체로 사후 이십여 년이 지나 그의 시 전집인 『일출봉에 해 뜨거든 날 불러주오』(1995)가 나오면서부터 이루어졌다. 그 전에 1973년 박응석이 『부산문학』 제5집에서 「정결한 시정詩情」이란 제목의 추도형식의 글을 통해서 요절한 시인의 시 세계를 간략히 다룬 바 있다. 그리고 강성애가 「김민부 연구」(1987)로 김민부 시인의 시 세계를 최초의 논문 형태로 제시했다. 그런데 이 두 글은 각각 단평과, 첫 시집 『항아리』를 뺀 시 세계 고찰이었던 점에서 온전한 비평 형식을 갖추지 못한 한계가 있다. 아무래도 총체적으로 김민부의 작품을 고찰한 사람으로는 우대식일 것이다. 그는 「서른 한 번의 죽음 그리고 서른 한 번의 가을」(2006)에서 시인의 생애와 시 세계를 생전의 지인들의 체험을 곁들이며 조망했다. 그런데 나는 김준오와 박구하의 김민부 시 해석에 더욱 눈길을 끌만한 요소가 있다고 본다.

1980~90년대 현대 시론과 시인론을 성실하게 수행해왔고 그 분석력에서 시단의 주목과 인정을 받았던 고 김준오 교수는 「서정주의와 시인의 고뇌—김민부의 시 세계」에서 시인의 작품 세계를 특유의 간결 명징한 문체로 정리한 바 있다. 그에 따르면 김민부의 "시와 삶은 엄격히 분리되며 그의 시 세계는 사회 역사적 현실이 배제된 순수한 서정의 세계일 수밖에 없다". 1950년대와 60년대 한국시의 흐름에 김민부 시를 접목하는 논지를 펼치며 구사하는 시 분석은 논리와 명징성에서 특히 돋보인다. 그는 이 글에서 김민부 시의 언어와 호흡, 그리고 이미지를 중심으로 비평하되 마침내 시인의 자기 인식의 비극성을 그의 시적 정직성으로 연결시킨다. 그리고 「서시」를 두고 "애이불비(哀而不悲)하고 낙이불음(樂而不淫)"한 특징을 지닌 시로 격찬한다. 시조시인이었던 고 박구하는 이러한 김준오의 김민부 시 해석을 비판했다. 그 가운데서도 〈한국일보〉 당선작이었던 시조 「균열」을 꼼꼼하게 분석하며 김준오가 위에서 지적한 "순수서정의 세계일 수밖에" 없다는 진술을 논박한다. 「시의 천기를 누설한 천재 시인 김민부」에 실린 비판하는 대목을 인용하면 다음과 같다.

> 두 작품 모두 '균열'은 바위와 관련이 있고 그 바위는 금이 간 바위다. 무구한 바위는 세상의 때(垢)에 찌들은 아픔을 제 몸에다 새기며 본래의 형상이 찌들어도 수용하고 감내하면서 살아가는 인간의 모습이다. 김민부는 자기가 처한 현실을 떠난 순수서정을 모색했다고 하지만 무릇 작품이란 그 제작연대와 무관치 않을 것이다. 김준오 교수는 "그의 경우 시와 삶은 엄격히 분리되며 그의 시 세계는 사회 역사적 현실이 배제된 순수한 서정일 수밖에 없다"고 하였지만 나는 믿지 않는다. 이 작품이 쓰여질 당시엔 너나없이 배를 곯았던 어려운 시기였다. 전쟁과 기아 속에서 허덕이는 조국, 이 조국은 순

진한 처녀로 환치되고 바위는 육화되어 동족상잔의 아픔을 남몰래 새기고들 있었다. 제 몸에 상처를 내는 일 말고는 아무 할 일 없는 암담한 현실에 시인은 전율하고 있는 것이다. 이데올로기로 갈라선 한 쪽의 승리는 달리 보면 다른 쪽의 패배가 아니던가. 열락과 슬픔을 동시에 가져다주는 현실은 시인에게 이율배반의 자위행위로 인식되고 있다. 이것은 비슷한 시기에 김민부가 쓴 「雪野」라는 단편소설을 보면 더욱 명백해진다.

김준오는 직접 「균열」을 분석하지 않았다. 다만 시인의 대표 시 가운데 하나인 「균열」을 포함해서 김민부 시인의 작품들을 묶어서 비평을 한 것이었는데 박구하는 김준오의 작품 해석에서 약한 고리를 잡아내어 비판한 것이다. 이런 점에서 보면 박구하의 비판은 정당하다. 시인의 시 세계를 단정 지을 때는 평자가 서술하는 집합 범위 안에 그것에 위배되는 요인들이 있어서는 안 된다. 즉 집합 오류를 김준오가 범한 셈이다. 김민부가 쓴 시 「균열」은 두 편이다. 서정주조차 극찬했다는 「균열」은 앞서 말한 대로 1958년 〈한국일보〉 신춘문에 시조 등단작이고, 또 하나는 시집 『나부와 새』에 실려 있는 자유시이다. 그 전문은 다음과 같다.

달이 오르면 배가 곯아
배곯은 바위는 말이 없어

할 일 없이 꽃 같은 거
처녀 같은 거나

남 몰래 제 어깨에다

새기고들 있었다

징역 사는 사람들의
눈 먼 사투리는

밤의 소용돌이 속에
파묻힌 푸른 달빛

없는 것, 그 어둠 밑에서
흘러가는 물소리

바람 불어……, 아무렇게나 그려진
그것의 의미는

저승인가 깊고 깊은
바위 속의 울음인가

더구나 내 죽은 후에
이 세상에 남겨질 말씀쯤인가

—「균열」 전문, 1958년 〈한국일보〉 신춘문예 당선작

할 일 없는 바위는
제 몸에다 새기고 있었다
몇 마리의 새가 날아간
슬픈 궤적과
바람에 헝클어진 꽃의 형상……

무구한
처녀의 아랫도리
살과 살이 눌러
뒤틀리는 그 강인한 선을……

어깨짬에
허리, 뱃대기에
지천으로 그려 놓고
달밤이면
제 희열에 전율하는
저 암담한 '오나니'……

—「균열」 전문, 『나부와 새』 수록작

박구하에 따르면 두 작품은 서로 관계없는 이질적인 작품이 아니라 제목도 그렇거니와 시상 또한 다르지 않은 작품들이다. 다만 자유시 쪽이 시조 쪽보다 후퇴한 느낌이라는 평을 내린다. 중요한 것은 시조 「균열」의 모티브를 이 시기와 비슷한 때 김민부가 쓴 단편소설 「설야」에서 찾을 수 있다 하여 장르가 다른 두 작품 사이의 유사성을 추출한다. 박구하가 전하는 바로는 「설야」는 "주인공의 의식의 흐름을 따라 동족상잔 전쟁과 살육의 무의미성을 고발하고, 생존의 냉엄성에 대한 근본적인 회의를 제기하"는 작품이다. 그리고 위 인용문에서 본 것처럼 「균열」은 "전쟁과 기아 속에서 허덕이는 조국"의 상황 속에서 "제 몸에 상처를 내는 일 말고는 아무 할 일 없는 암담한 현실에" 전율하는 상징으로 읽어야 한다는 것이다. 박구하의 논법대로라면 김민부 시인의 작품은 그의 시집 후기에서 말한 바나 김준오가 지적한 대로의 시 세계와는 어긋난다.

나는 두 사람의 김민부 시 해석의 논리적 정당성 여부보다 시를 두고 벌이는 해석과 평가의 타당성에 유념하고 싶다. 비평의 타당성을 이루는 부분들 가운데 흔히 저지르기 쉬운 것이 작가의 의도를 평자의 느낌에 맞추어 지나치게 확대 해석하는 것과, 대부분의 작품에서 드러나는 공통의 면모를 우위에 둔 나머지 특정 작품의 특수한 색채까지 이에 귀속시키는 경우이다. 조급한 판단일지 몰라도 박구하는 전자의 오류를, 김준오는 후자의 오류를 범했다. 물론 시 「균열」 한 편만 놓고 따졌을 때 그 느낌과 해석은 여러 가지로 나올 수 있다. 한 가지 분명한 것은 「균열」이 이해하기가 쉽지 않은 난해시라는 점이다. 그래서 오독의 여지를 충분히 줄 수 있는 작품이다. 그런데 시 해석에서 '오독' 이라는 표현은 작가의 의도를 시 자체와 곧바로 연결시키는 생각이 깔려 있다. 그나마 확대 해석과 일반화의 오류를 벗어나면서 작품 분석의 최적 상태를 도출하기 위해서는 시조 「균열」이 시인에게 어떤 정황에서 나왔는지를 유추하는 일이다.

김민부는 「균열」을 〈한국일보〉에 투고하기 1년 전에 시집 『항아리』를 펴냈다. 앞서 살펴본 대로 시집에 실려 있는 작품들은 토속적이고 고전미를 전면에 내세운 서정시가 주류이다. 후기에서도 밝혔듯이 그는 순수서정시를 지향하면서 시를 썼다. 이는 "산문적인 요소와 감각적인 경험 세계를 배제함으로써" 이루어진다. 특히 "징역 사는 사람들의/눈 먼 사투리"와 같은 구절은 그 속에 벌써 당대의 산문적인 요소를 얼마든지 끄집어낼 수 있을 만큼 사회 역사적인 이야기를 축약시켜놓고 있다. 전후(戰後) 혼란하고 부황 든 사회 속에서 한 줄기 삶의 희망만을 움켜쥔 채 기약 없는 삶을 견뎌내는 민중들을 아무리 철없는 청소년의 눈이지만 간과할 리 만무한 것이다. 더욱이 천재 시인에게 있어서랴. 김민부는 이 시로 1956년 〈동아일보〉 신춘문예에 입선한 「석류」에 이어 두 번째로 당선의 영광을 안았다. 「석류」는 「기다리는 마음」과 함께 장일남이 곡을 붙여 가곡으로 애창된 시이다. "불타오르는 정열에/앵도라진 입술로/남 몰래 숨겨온/말 못할 그리움아/이제야 가슴 빼개고/나를 보라 하더라/나를 보라 하더라." 이처럼 한 수밖에 되지 않는 시 형식에 석류가 상기하는 이미지를 인상 깊게 형상화한 시인의 재능에 심사위원들조차 놀라지 않을 수 없었을 것이다. 「석류」야말로 "산문적인 요소와 감각적인 경험 세계"를 삭제한 언어 미학의 정점을 보여 주는 시다. 그렇다면 이 「석류」를 첫 시집인 『항아리』를 펴낼 무렵 그가 추구했던 시 의식의 작품군에 집어넣으면, 「균열」은 『항아리』 이후 1968년에 나오게 될 제2시집 『나부와 새』 사이에 놓인 과도기 상태의 작품이라고 생각할 수 있다.

김민부는 「균열」로 신춘문예에 등단한 그 해 고등학교를 졸업하고 서라벌예술대학교 문예창작과에 들어가고 이어 동국대 국문과를 다녔다. 고등학교 때 이미 독서 편력과 시 쓰기를 '완성' 한 시인에게 창작 실습과 고리타분한 문학 이론 수업은 지난했으리라. 이때 아마 그의 시 쓰기에서 커다란 정신적 혼란을 겪지 않았나 생각한다. 상아탑이 만들어내는 고답적인 학풍과 제도 속에서 방황했으리라 충분히 짐작할 수 있다. 『나부와 새』 후기에서 그가 시 쓰기를 "유사종교의 광신도 노릇"이라 폄하한 까닭도 이와 관련 있을 것이다. 생계를 위해 대학을 졸업하자마자 자기인식과 사회인식의 괴리에 몸부림쳤다. 두 번째 시집에서 죽음과 허무가 전면에 나서는 작품들이 허다한 이유를 이로써 해명할 수 있지 않을까.

4. 나오며

김민부 시인과 거의 비슷한 나이로 요절한 박인환 시인(1926~1956)이

읊었던가. "사랑은 가도 옛날은 남는 것"이라고. 김민부 시인은 갑작스런 화재로 연기가 되어 사라졌지만 생전에 애타도록 기다렸던 '그 무엇'은 아직 돌아오지 않고 있다. 그것이 시의 궁극적인 자리든 님이든, 아니면 헤아릴 수 없는 존재의 심연이든 우리는 다만 그가 살다간 시대와 그가 남겨놓았던 시들만 기억할 뿐이다. 우리들은 한없이 게으로고 둔해서 제 바로 옆에 빛나는 진리의 말씀이 서성대도 귀찮은 얼굴로 흘겨다 볼 뿐인 것이다. 말로는 문화선진국이니 뭐니 나발을 불어도 이미 지나간 것은 서랍장 속에 집어넣어 다시는 보지 않을 것처럼 자물쇠로 잠가놓고 '트렌드'를 좇기에 여념이 없다. 다행히 문학계에서 작품은 뛰어났지만 쉽게 잊혀져간 문인들을 발굴하고 조명하는 작업이 차츰 이루어지고 있다. 김민부 시인을 기억하는 사람들도 많아지리라 본다.

박구하의 글을 검토하다가 흥미로운 사실을 알게 되었다. 김민부 시인이 방송국에서 일할 무렵 그를 따랐던 방송국 사장 비서실에 근무했던 배모 씨의 소설 『창밖의 여자』가 김민부의 작품일 가능성이 짙다는 사실이다. 또한 소설에 나오는 시 "창가에 서면 눈물처럼 떠오르는 그대의 흰 손/돌아서 눈 감으면 강물이어라/한 줄기 바람되어 거리에 서면/그대는 가로등 되어 내 곁에 머무네//누가 사랑을 아름답다 했는가/차라리 그대의 흰 손으로 나를 잠들게 하라"는 내용의 「창밖의 여자」는 우리에게 너무나 친숙한 조용필의 노래이기도 한데 아직 작사자가 밝혀지지 않고 있다. 미망인인 이영수 여사가 생전에 남편의 원고를 타이핑해준 내용과 글자 한 자도 틀리지 않고 똑같아서 배모 씨한테 추궁했으나 완강하게 부인했다고 한다. 라디오 장수 프로그램인 〈자갈치 아지매〉의 창안자이자 최초의 PD였으며 〈웃으면 복이 와요〉, 〈한밤의 플랫홈〉 같은 인기 프로그램의 대본을 썼던 시인은 박구하의 말마따나 "시와 시조, 수필, 꽁트, 평론, 희곡, 코미디 대본, 멘트, 영화각본(김귀석 감독 〈황금마차〉, 1970) 등 무릇 글로 하는 것이면 무엇이든 다 잘했다".

초등학교 때 월반을 하고 공동출제 중학교 시험에서 부산 전체 수석을 할 만큼 공부에도 남다른 실력을 뽐내었던 그는 어느 순간 문학이 던진 금빛 올가미에 허리춤을 포박당한 뒤로 그의 존재에 끼인 그늘을 확인했을 것이다. 그러나 이 그늘은 자신만의 이끼가 아니라 천지개벽 이래 오랜 세월 침식당하고 더럽혀졌지만 혼만은 광명했던 모든 한국사람 속에 그늘진 집단혼이었다. 김민부 스스로 한국인의 집단무의식의 처소를 밝혀내었든 그렇지 않았든 그가 체득한 시혼(詩魂)에는 절로 터지는 이 민족의 피울음이 발현한 자리를 감득하였으리라. 절창 「기다리는 마음」이 태어난 연유도 이러하다.

일출봉에 해 뜨거든 날 불러주오
월출봉에 달 뜨거든 날 불러주오
기다려도 기다려도 님 오지 않고
빨래 소리 물레 소리에 눈물 흘렸네

봉덕사에 종 울리면 날 불러주오
저 바다에 바람 불면 날 불러주오
기다려도 기다려도 님 오지 않고
파도 소리 물새 소리에 눈물 흘렸네

—「기다리는 마음」 전문

누구를 기다리고 그리워하든 그 대상인 '님'은 언젠가는 오고야 말 것이다. 그런데 화자가 눈물을 흘리는 까닭은 어디에 있을까. 님이 오지 않아서라기보다는 바로 "빨래 소리 물레 소리" "파도 소리 물새 소리" 때문이지 않았을까. 사람의 소리고 자연의 소리인, 이 지극한 생명의 소리에 울컥하지 않을 사람이 어디에 있겠는가. 이 땅과 바다에서 각자가 쓸쓸하지만 오롯이 캐고 있는 길을 따라가면 님은 바로 맨 처음 떠나온 자리에서 이미 임재했다는 자각과, 마침내 우주 구석구석에 피어오르지 않을 수 없는 깨달음에 울음을 터뜨렸으리라. 그 울음은 태어날 때부터 절반의 죽음을 안은 황홀한 비극과도 이어지며 "은빛 침의 아픔에 울던/그 순수한 모음을"(「생가」) 잊지 않고 지켜내고자 다짐한 자가 토해낸 선혈이었다. 죽음이 발바닥에서 시작하여 허리춤에 쯤 머물러 더 이상 올라갈 수 없었던 그 순간, 시인은 그가 보았던 님의 눈동자 속으로 몸을 던졌다. 나는 이 두 존재의 거룩한 알현을 떠올리며 다음처럼 중얼거린다.

당신이 어느 곳 어느 때 어떤 모습으로 다시 태어났든지 지난 생에서 멈춰버린 나머지 절반의 길을, 나머지 절반의 그리움을 고이 간직하시라고….

역사와 시

— 살메 김태홍의 시대정신과 그의 시가 놓인 자리

봄은 왔다. 지진과 쓰나미와 때 아닌 폭설로 나라 안팎이 어수선한 요즘, 부산에서 일어난 '여중생 사건' 마저 덮쳐 가뜩이나 나라 경제가 수상한 때에 사람들의 낯빛은 점점 어두워져만 간다. '희망' 이란 말은 이럴수록 절실하겠지만 오랫동안 짓눌려왔고 목을 죄어왔던 위정자들의 구태의연하고 위선적인 행위로, 그 빛나고 가슴 벅찬 말을 입 밖으로 차마 내뱉지 못하고 속으로만 맴돌고 있는 듯하다. 문화계 또한 마찬가지다. 문화예술인들이 곤궁한 것이야 두말할 필요도 없고, 동서고금을 살펴보면 숱하게 '증명' 되어온 사실이라서 굳이 새삼스레 말하는 일이 차마 부끄러울 정도지만, '시사' 에 눈이 어두운 내가 느끼기로도 현 정부의 문화 정책이 가져다준 여파는 앞날을 지레 짐작하는 것조차 두려울 정도다. 이럴 때일수록 글쓰기를 업으로 삼는 사람들이 정신을 바짝 차려야 한다는 점을 기억하자. 저 무시무시한 '검열의 시대' 를 겪고 '문화의 시대' 를 활짝 열었던 지난날 정직했던 작가들과 뜻 있는 시민들이 이룬 업적은 하루아침에 무너지지는 않을 것이다. 역사의 수레바퀴를 거꾸로 돌리려는 한 줌의 세력들이 아무리 채찍질을 해대고 발악을 하더라도 진실의 혼은 너무나 투명하고 깨끗해서 그 바탕이 사라지지는 않는다. 서로 침투하고 저항하는 사이에 이 나라의 정신문화가 좀 더 조밀해지기를 희망할 뿐이다.

고(故) 김태홍(1925~1985) 선생의 사진이 책상 위에 놓여 있다. 부리부리한 눈매 속 눈동자는 정면을 바라보지 않고 저 먼 곳을 향하고 있다. 단박에 보아도 평범하지 않은 얼굴이 오늘날 2010년을 시작하는 봄날에 더욱 애틋함을 불러일으키는 까닭은 왜일까? 다만 그리움이라고 하자. 이것은 '작고문인' 에 대한 소박한 예의에서 비롯하는 느낌이 아니다. 따지고 보면 궁핍한 시대를 지나고 있는 오늘날에도 소신 있게 말하고 행동하는 지식인이야 헤아릴 수 없을 정도로 많을 것이다. 내가 말한 '그리움' 이란 다른 데에 있다. 그것은 시대와 함께 숨 쉬고자 한다는 명분으로 함부로 붓대를 놀려 '지적 전위' 에 제 이름을 올리려는 지식인들이 부지기수인 요즘, 요란스럽지 않은 문학 활동 속에서 역사와 시대를 정직하게 응시하는 시 쓰기를 포기하지 않았다는 사실에서 나온다. 그렇지만 그는 시대를 투시하려는 의지를 갖춘 시인이었을지라도 결코 '저항시인' 만은 아니었다. 때로는 서정미 물씬 풍기는 서정시인으로, 고향인 마산을 사랑했던 '애향시인' 으로 한평생 교편과 시업(詩業)을 병행했던 시대의 선비였던 것이다.

> 생(生)은 설명이 아니다. 그것은 권리다. 의욕이다. 이 권리를 위해서 어떤 자세를 선택해야 하며 어떻게 웃어야 할 것인가를 거울 앞에서 연습하던 나는 이윽고 연습 그것만으로 인생의 막을 내려야 할는지도 모를 일이다. 아니 모든 인생은 다 영원한 연습으로 끝났고 앞으로도 영원한 연습으로 끝날는지 모른다. 다만 연습으로 끝난다는 것을 깨닫지 못하는 곳에 비극은 있고 깨닫지 못하는 곳에 행

복은 있다. 이 행복과 비극을 아로새겨 쌓은 환상의 탑 그것이 바로 자유다. 부자유를 자유로 착각하는 연습을 우수한 성적으로 졸업하면 그 이름이 역사라는 착각 속에 당분간 남는다.

마치 이름이 지어지면서 호적부의 한 칸을 차지하고 죄의 존재로 형식을 갖추는 것처럼.

—김태홍, 「현주소(現住所)」 부분, 『당신이 빛을』, 친학사, 1965

역사란 무엇인가. 그리고 자유는 무엇인가. 이런 물음 앞에 고민을 하거나 새벽녘이 다 될 때까지 쓰러진 소주병처럼 뒹굴다 떠오르는 태양을 보며 다시금 제 정신을 추스르지 않은 시인이 어디 있었던가. '역사'와 '자유'를 묻는 일은 바로 '어떻게 살아야 하는가'라는 물음을 제 자신한테 던지는 일이다. 김태홍 시인에게 그것은 "생(生)"이요 "권리"요 "의욕"으로 다가온다. 삶의 충분조건으로 부딪치는 권리와 의욕을 위한 "선택"은 필연이었다. 그에게 시 쓰기는 이러한 어쩔 수 없는 '선택'으로서 기능했겠지만 한편으로 "영원한 연습"으로서 삶의 실천을 끊임없이 행하는 중에 성취해야만 하는 것이다. 그 속에서 자유와 역사는 실존적인 개인에게 피할 수 없는 운명으로 다가온다. 아이러니하게도 시인에게 자유와 역사는 삶을 제대로 영위하기 위한 권리와 의욕과는 또 다른 측면에서 "착각"으로 이어진다. 그런데 이 '착각'이야말로 생(生)의 온전한 영속성과 불꽃같은 순간을 진정으로 살아내는 역설적인 힘이 된다. 시인이 역사를 두고 "죄의 존재로 형식을 갖추는 것"이라고 비유했지만, 이 말의 이면에 웅크리고 있는 삶에 대한 진실과, 역사적 개인으로 혹은 참된 지식인, 즉 시인으로서 자신이 어떤 포즈를 취해야 할 것인가에 대한 고뇌와 물음은 그의 시를 한낱 음풍농월의 범주가 아닌 시대를 향한 진지한 발언으로 이해하게끔 한다.

이 나라 현대사에서 1960년대가 지니는 의미는 더 이상 첨언이 필요 없을 정도로 중요하다. 이 시기에 활동한 시인들 가운데 중요한 인물로 김수영과 신동엽을 들 수 있다. 범박하게 말해 시민의식과 민족혼을 고취했던 이들 시인들이 4 · 19와 5 · 16으로 이어지는 격변의 시대를 지나면서 각기 표현했던 작품들은 시인 개인과 시대 · 역사의 마디들을 이어주는 '사건' 으로 놓여 있다. 그뿐만 아니라 사람들에게 문학의 기능이 파급하는 요소를 실감나게 보여줌으로써 '감동' 과 '인식' 을 동시에 느끼게끔 하였다. 이 시기를 전후한 김태홍 시인의 작품들 또한 예외는 아니어서 그가 3 · 15부정선거와 4 · 19시민혁명을 직접 겪으면서 토해낸 시들은 김수영이나 신동엽과는 또 다른 메시지를 전달한다. 그가 분노와 격정을 누를 수 없어 뿜어낸 시편들은 오히려 앞의 두 시인들의 목소리가 지니는 시적 함축성뿐만 아니라 의미 전달의 직접성까지 드러내어 독자들에게 훨씬 쉽게 다가온다. 아마도 시인의 성정과 기질에서 비롯하는 측면 때문에 그럴 것이다.

> 마산은
> 고요한 합포만 나의 고향 마산은
>
> 썩은 답사리 비치는 달 그림자에
> 서정을 달래는 전설의 호반(湖畔)은 아니다
>
> (…)
>
> 파도는
> 양심들은 역사에 돌아가 명상하고
> 붓은 마산을 후세에 고발하라

밤을 새며 외치고

정치는 응시하라 세계는
이곳 이 소년의 청춘을 읽어라
이방인이 아닌 소년의 못다한 염원을 생각해 보라고
무수히 부딪쳐 밤을 새는
피절은 조류의 아우성이 있다

마산은
고요한 합포만 나의 고향 마산은
세계로 통하는 부두!

썩은 답사리 비치는 달 그림자에
서정을 달래는 전설의 호반은 아니다

진통이
아우성이 소년의 피가
분노의 소용돌이 속에
또 하나의
오— 움직이는 세계인 것이다
기상도인 것이다

—「마산은」 부분, 〈부산일보〉 1960. 4. 12

시간의 고비마다
죽음의 사연들

그것은 되살아 불사조의 혼

역사의 이정표가 된다

여기 마산!
1960년 3 · 15를 보았느냐!

해변에서 자맥질을 하던
시인이 된다던
대통령이 된다던
판사 검사 대장이 된다던
소년 소녀들이 죽었다

장미는 시들어
방 하나 가득한 향기를 담아 두고
여기는 마산!

(…)

피로 새긴 탑

되살아 불사조의 넋은
민주주의의 이정표가 된다

저주(咀呪)들
3 · 15 여기 마산의 아우성을 피를 다들

보았느냐!

들었느냐!

—「보았느냐! 들었느냐!」 부분, 『당신이 빛을』

최해군 선생의 말에 따르면 시 「마산은」은 "사진(3월 마산 학생 의거에서 눈에 최루탄이 박힌 채 마산 앞바다에 떠오른 김주열의 시체 사진—인용자)과 그 시가 실증적 동기가 되어 민주화의 횃불이 노도 같은 기세로 번지는 계기가 되었다".[1] 시인을 세계와 개인을 연결해주고 한데 묶어주는 매개체의 노릇을 하는 존재라 생각한다면 김태홍 시인이야말로 이에 걸맞은 존재가 아닐까. 인용한 두 편의 시는 지금의 눈으로 볼 때 진정 거칠고 투박하다. 시대의 모순과 현실을 핍진하게 기록하는 자는 그가 기록하는 언어를 수단으로 해서 다른 존재들에게 어떤 반응을 기대한다. 시인은 그 당시에 행해졌던 정치가들의 범죄 행위와 온갖 부정부패로 생긴 병든 사회를 좌시하고만 있을 수는 없었다. 검열과 폭압이 흔했던 시대 정황을 견디고 이겨낸 곳에서 발현한 위의 시적 함성을 다시 읽으며, 나는 다시금 시인된 자의 또 다른 자세와 측면을 환기하는 것이다. "마산은/고요한 합포만 나의 고향 마산은/세계로 통하는 부두!//썩은 답사리 비치는 달 그림자에/서정을 달래는 전설을 호반은 아니다"(「마산은」) '마산'이라는 지역적인 장소성이 역사와 관계를 맺는 특수한 마디 점을 시인은 매만진다. 그가 본 마산은 "세계로 통하는 부두"이자, "서정을 달래는 전설의 호반"이 아닌 "움직이는 세계"이고 "기상도"이다. 그가 이 시를 쓰고 며칠이 지나지 않아 4·19라는 우리 근현대사의 크나큰 분수령이 될 역사가 쓰였다.

시인은 이미 예감했던 것일까. "기상도"를 그려낸 시인의 마음은 예

1) 최해군, 「부산을 살다 간 예술인 열전 61-故 김태홍 시인」, 『예술부산』, 2009년 11/12월호.

감을 넘어 하나의 시적 진실로 평가해야 마땅하다. 1930년대 김기림이 표나게 내세웠던 장시 「기상도」가 식민 상태를 의식적으로 몰각한 세계 시민의 방향을 추상적으로 제시하는 수준에 그쳤다면, 위 시 「마산은」에서 뿜어져 나온 '기상도'는 고여 있는 세계로서 시대의 모순에 순응하는 관념의 지도가 아니라 시민을 포함한 모든 민중들이 함께 꾸려나가고 만들어갈 "움직이는 세계"로서의 실천의 장(場)인 것이다. '마산'에서 비롯한 역사적 운동이 부산과 서울을 거쳐 퍼져나간 '역사적인 사건'이 되리란 사실을 시인은 감득하였을 것이다. 「보았느냐! 들었느냐!」는 이러한 시인의 강개한 의식이 4 · 19를 지난 시점에서 증명된 작품이고 목소리다. "피로 새긴 탑"은 비단 마산의거뿐만 아니라 격변의 1960년의 봄을 상징하는 말이다. 다시 말해 "되살아 불사조의 넋은 민주주의의 이정표"가 되었다. 제 시의 고향이자 참된 시민 의식을 함양해준 어머니와 같은 장소인 마산에서 훨씬 벗어난 지점에 그의 시정신이 닿아 있다. 시인은 특수한 존재를 특수한 방법으로 언어를 다루는 것이 아니라 '특수하지만 보편적인' 존재를 '특수하지만 보편적인 방법'으로 다룬다. 김태홍 시인도 예외가 아니다. 다만 그는 특수성이 곧 보편성으로 이어진다는 성찰까지 아우르고 있어 그의 시가 지향하는 의미가 특수한 의미 영역에 국한되지 않음을 이해할 필요가 있을 것이다.

부딪쳐 오는 천년
파도의 애끈한 반복의 몸짓은
안으로만 안으로만 굳어져 간 바위의 눈물

어느 날에사 터뜨리고 기어코 무너뜨리고
네 까아만 머리 진달래 한송이 꽂아도 주고

따스로운 마음에 얼굴 포개어
식어간 〈팔 · 일오〉의 감격— 우리들
사랑의 용광로에 다시 불을 붙이고
실컷 울고도 싶다

솟구치는 태양을 안고 해안에 네가
흔드는 빨간 꽃잎이러니
수평선을 향해서 이렇게
흔들어 보는 젊음은
펄럭이는 통일의 깃발이고 싶다

니그로도 백인종도 아세아 아프리카
구라파 아메리카로 통하는 조류와 함께
부르는 인류의 합창이고 싶다

—「조류(潮流)의 합창」 부분, 『조류(潮流)의 합창』, 인간사, 1958

'해방' 과 전쟁을 겪은 혼란한 시기인 1950년대 후반에 쓴 인용한 시에서 그러한 의식을 엿볼 수 있다. 시인에 따르면 "조류"는 바로 "인류"가 아닌가. 듬성듬성한 시적 형상화로 그 상징적 의미와 시적 세계의 내면화의 밀도가 옅은 점을 예외로 둔다면, 시를 쓴 지 불과 몇 년이 지나지 않아 이 한국사회를 불 질렀던 변혁의 몸짓들을 떠올려보자. 시인은 단호한 어법으로 말한다. "니그로도 백인종도 아세아 아프리카/구라파 아메리카로 통하는 조류와 함께/부르는 인류의 합창이고 싶다"라고. '인류' 는 사람, 다시 말해 이 세상 모든 곳에 각자 자신의 땅에서 발 딛고 살아가는 존재들을 뭉뚱그린 말이다. '인류의 합창' 은 가진 자가 덜 가진 자를 빼앗고 학대하고 속이는 일이 일어나지도, 몇 안 되는 사람의 욕심 때문에 그보다 더욱 많은 사람들이 까닭 없이 희생을 해야만 하는 상황이 지워진 시대와 장소 속에서 발현하는 꿈만 같은 상태이다. 이를 염원했다는 사실은 그 뒤 60년의 격변을 목격했던 김태홍 시인이 지역 신문을 비롯한 잡지에서 시대를 성토한 시편들에 내포된 '항거' 의 참뜻으로 헤아릴 수 있을 것이다.

세계시민으로서 시인이 지향하는 시적 이상향과 한국의 소시민으로서 그가 터 잡은 장소의 역사 현실로서 체험하는 시적 이상은 서로 모순되지 않는다. 아니 구체적인 장소성을 저버린 세계시민은 단지 지적 허영과 관념으로만 머무를 공산이 커진다. 또한 마찬가지로 인류라는 인간의 가치와 진실들을 헤아리지 않고 지엽적인 시대상에 매몰될 경우 작품은 어리석은 유희에 그쳐버린다. 지금도 마찬가지다. 김태홍 시인이 살았던 시대는 한국 현대사를 관통하던 동맥 같은 일들이 잇달아 역사의 페이지를 채웠던 때였다. 그래서 더욱 시인의 목소리에 힘이 들어갈 수밖에 없었다. "순아! 소리쳐보라 우리 귓전을 울리는 조국의 언어가 있다 항전을 위한 사색에 우리 선배들이 건넘던 현해탄 굽이치는 물결이 오늘도 여기에 있다"(「그날로 가자」, 『당신이 빛을』) 자신이 역사의 한복판에 서 있다는 자각이 행복하게만 느껴지는 까닭은 무엇일까. 40여 년도 채 지나지 않았지만, 우리는 까마득히 먼 곳을 오랫동안 달려온 것처럼 시인의 음성이 낯설기만 하다. 그렇지만 이는 안일한 세태 속에 아무런 의지도 반항심도 없이 길들여진 지식인의 달콤한 넋두리에 지나지 않을 것이다. 역사와 시대를 불연속적이고 단절로 생긴 '접합' 으로 여길 경우라도 우리는 지난날의 기록들을 잊어서는 안 된다.

시인은 고향인 마산을 떠나 부산고등학교 교사로 부임하면서 부산에 정착한다. 이후 부산일보 논설위원도 겸했는데 1961년 군사정권 때 쓴 논설이 문제가 되어 구금까지 당했다. 구금에서 풀려난 뒤 부산일보

상임논설위원이 되었고 1963년이 되어서야 부산고등학교에 복직할 수 있었다. '살메' 라는 호에서도 느낄 수 있듯 시인은 날카로우면서도 부드러운 외강내유의 지성인이었다.

그리움만큼이나 투명한
노예일 수 있는 행복
당신을 잉태한 꽃병이고 싶었다.

숨결로 하여 노을이 지고
따스로운 손결로
달무리가 번지는
되살아나는 의미이고 싶었다.

그리움만큼이나 당신이고 싶은 마음
청자 꽃병 속에
이울 줄 모르는 시간이고 싶었다.

—「싶었다」 전문, 『당신이 빛을』

위 시처럼 정결하면서도 단아한 서정시들이 그의 시집들 속에 산재해 있다. 사실 시인이란 이렇듯 감성 어린 존재인 것이다. 이 시를 쓴 때가 1963년 5월 1일로 표기되어 있다. 격랑의 역사가 휩쓸고 지나간 자리에 지난날 시인의 감성이 돋아난다. "싶었다"가 의미하는 바는 "당신을 잉태한 꽃병"이고 "되살아나는 의미"이고 "이울 줄 모르는 시간"이다. 시인은 욕망했지만 그리 되지 못했던 것들을 상념한다. 이 시가 단아한 만큼 어딘가 모르게 여운을 주는 까닭은 무엇일까. 시인으로서, 교사로서, 그리고 시대와 역사를 증언하고 고발하는 언론인으로서 그가 맡은 배역이 단지 "역사라는 착각"(「현주소」)을 만들기 위해서 숱하게 '연습' 해왔던 포즈에 지나지 않았을까. 아닐 것이다. 그가 역사를 바라보고 시대를 정직하게 응시하고자 했던 깊은 뜻을 조금이라도 헤아린다면 "그리움만큼이나 투명한/노예일 수 있는 행복"이란 글자를 꾹꾹 써내려갔던 살메 선생의 시와 시대 인식을 짐작이나마 할 수 있을 것이다. "노예", 이 말이 의미하는, 저주스럽지만 명백한 실체는 시인이 바라마지않던 '역사적 개인' 의 반어(反語)가 아니었을까. 뚜렷하고 실감에 벗어나지 않는 시대정신이란 이처럼 '몸' 의 진실에서 싹튼다. 이는 솔직함이고 강건함이다. 이른바 말뿐인 '지성인' 들이 판을 치는 시대를 살면서 김태홍 시인의 사진을 보며 그를 그리워했던 까닭도 여기에 있다.

노자(路資) 한 닢 없이 떠난 사내

—시인 박태문과 그의 시

1.

'시인' 이 드문 시대다. 시인이라 적힌 명함을 지닌 사람들은 숱하고 날로 늘어나지만 제 이름을 달고서 그 '이름' 을 걸 수 있는 시인이 과연 몇이나 될까. 이 물음에 들어 있는 비관적인 응답에 손을 들지 않을 사람 또한 거의 없을 것이다. 그 흔한 시인들 가운데 알갱이를 추려내기 힘들다는 것은 우선 나 자신부터가 가식과, 정직하지 못한 글쓰기 버릇에 흠뻑 물들어 있기 때문이요, 오늘날 세상이 진실을 덮어버리고 '진실 같은' ('진실처럼 보이는') 모양새에만 눈길을 돌리도록 부추기는 세태가 되어버렸기 때문이다. 그러나 당연한 말이지만 세태를 탓하는 일이 불성실하고 게으른 글쓰기에 대한 면죄부가 되어서는 곤란하다. 오히려 얼룩지고 지저분한 현실을 만든 데 글 쓰는 사람 각자가 알게 모르게 한몫을 했다는 뼈아픈 반성과 아울러, 그런 부도덕한 삶의 양식을 한껏 밀어내고 옹골찬 정신을 되찾기 위해서라도 우리는 더욱 더 올바른 글쓰기에 충실해야 하는 것이다.

여기서 하필 '시인'이란 이름을 박태문 시인을 조명하는 이 글의 첫 머리에 올린 까닭은 딴 뜻이 있어서가 아니다. 시인이 개장수나 세일즈맨, 또는 운동선수처럼 돈벌이를 위해서 무엇을 팔거나 사람들의 눈을 즐겁게 하기 위해서 단련된 신체 능력을 과시하는 사람과 같은 부류는 아니라는 점은 삼척동자도 아는 사실이다. 그렇다고 시인이 여느 사람들과는 다른 특별한 존재인가. 글자 한 자 익히지 못했어도 한평생 정직하게 땅을 일구어 농사를 짓고 사는 농사꾼이야말로 진짜 시인이다. 온몸으로 일해서 흘린 땀이 스며들어 그것과 땅 속의 양분을 머금고 자란 곡식을 거둬들여 사람들을 먹여 살리는 일, 이는 자신이 느끼고 겪은 것들을 언어로 한 땀 한 땀 육화시켜 사람들의 정신을 이롭게 하는 시인의 바람직한 기능과 다를 바 없어 보이기 때문이다. 농사꾼이 자신의 위대한 행위를 괜한 몸짓으로 떠벌리지 않듯 시인의 언어 수행 작업 또한 요란스럽거나 떠들썩하지 않다. 행세하지 않고, 그리고 누가 알아주지 않아도 묵묵히 시인으로서 살다 간 사람이 있다. 바로 박태문(1938~1992) 시인이다. 이석(李石)은 추모 시 「박태문 시인의 명복을 빌면서」에서 이렇게 썼다. "시인 박태문은 떠나도/시는 살아 다시 박태문 같은 시인을 만드리라."

박태문 시인을 다시 조명하는 일은 어떤 의미를 띠는가. 이 물음에 대하여 깊게 파고들지 않는다면 그렇고 그런 글 한 편 보태는 일밖에는 소용이 없다. '조명'은 비추는 것이다. 윤곽이 어둑해서 뚜렷하지 않거나 그늘에 가려져 있는 부분을 드러내는 일이다. 작고 문인을 비추는 작업은 이미 환히 밝혀진 부분은 그것대로 인정하고 추인하되 좀 더 명백하게 살필 것들을 들춰내고 숨어 있는 대목을 끄집어내는 일과 상통한다.

2.

박태문 시인은 생전에 널리 알려진 시인이 아니었다. 오히려 '평범'하게 살다 간 시인이라 말할 수 있다. 쉰다섯이라는, 한창 왕성한 필력을 뽐낼 시기에 세상을 등졌다는 사실이 안쓰러울 뿐 그 또한 직장과 가정에 매여 있으면서 시 쓰기를 병행한 여느 시인과 다르지 않은 삶을 살았다. 시인이 살아 계실 때 한 번도 뵌 적이 없지만 그의 동료 선후배 시인들이 엮은 『박태문 전집』(1995)을 읽어나가면서 느낀 생각은, 참으로 세상을 홀가분하고 욕심 없이 살았구나, 하는 것이다. 세상일에 홀가분하다는 것은 그만큼 욕심이 없기에 가능한 일이다. 우리는 이렇게 캐물을 수도 있겠다. 시인이란 원래 세상일에 욕심을 부리지 않는 사람이라고. 하지만 과연 그럴까.

대개 작품과 시인은 별개라는 말들을 한다. 시는 좋은데 사람은 영 아니라든지, 사람은 썩 괜찮은데 작품은 그에 못 미친다든지 하는 평가를 서슴없이 내리곤 한다. 일견 그렇다고 동의할 수도 있다. 서정주 시인이 대표가 될 만하다. 아주 틀린 생각은 아닐 것이다. 그런데 간과하기 쉬운 것은 시와 시인을 따로 떼어놓고 볼 경우에 생기는 어떤 오해이다. 어떤 오해인가. 도덕적인 견지에서 시인의 삶은 그의 자유의지와 타고난 인격, 그리고 성정(性情)에 따른다고 여기면서 시의 경우 그의 삶과는 별도의 메커니즘에 의지한다고 생각하는 것이다. 그러나 적어도 시를 시인이 온몸으로 세상에 말하고 묻는 표시의 일종이라고 할 때, 일치까지는 아니더라도 시인의 삶과 시는 비례한다고 보아야 할 것이다. 『박태문 전집』에 실린 시들 가운데 '유고시'라 이름 붙인 장에 나오는 시 한 편을 들면서 논의를 계속해보자.

나는 바람이니까

하릴없이 떠도는 휴지조각
비닐봉지
나는 그것들 몰아가야 하니까
그대 삶 깊은 곳에
나는 머물 수 없으니까
그대 절망 그 깊은 곳에
나는 있을 수 없으니까
나는 바람이니까
나는 바람으로 가야 하니까
나는 돌아올 수 없으니까
돌아온다 하더라도
나는 이미 바람이 아니니까,

무명산천에 집을 짓자
하늘이 눈 아래 보이고
명주실 같은 바람이 이는 곳

—「나는 바람이니까」 전문

박태문 시인이 어떤 태도로 세상을 살았는지 알 길이 없는 처지에 이 시를 살피며 시인의 삶을 유추하는 일은 부질없다. 어떤 경우라도 작품으로 작가의 실제 삶의 방식을 캐묻는 행위는 온당하지 않을뿐더러 쓸데없는 작업이기도 하다. 다만 시 「나는 바람이니까」를 찬찬히 들여다보면 그가 어떤 마음으로 살았고, 또한 살려고 했는지 밑그림의 윤곽이나마 그려볼 수 있을 것이다. '나는 바람이다' 는 선언적인 언표 대신에 시인은 '나는 바람이니까' 란 종속절을 끌어내는 기능을 품고 있는 말을 썼다. 이것은 벌써 '나는 바람이다' 는 은유를 단지 시적 비유로서만 표현하는 경계를 넘어, 그 명제를 자인하고 수용하고 난 뒤에 반드시 뒤따를 수밖에 없는 실천행위를 운명처럼 껴안겠다는 의지를 반영하는 말이다. 선언이 아니고 다짐이다. 비유가 아니고 파닥거리는 생생한 언어이다. 그런데 조금은 자조가 섞여 있는 듯하면서 허무가 배어 있는 말이다. "나는 바람이니까"는 "나는 바람으로 가야 하니까"라는 좀 더 뚜렷한 의지와 몸짓을 낳는다. 이렇게 해서 그가 닿고자 했던 생의 모습은 어떤 것인가.

2연 "무명산천에 집을 짓자/하늘이 눈 아래 보이고/명주실 같은 바람이 이는 곳"에서 시인의 바람을 읽을 수 있다. 아무도 알아주지 않고, 눈의 띄지도 않는 허공 같은 곳에 파묻혀 지내고 싶은 마음은 누구나 한 번쯤 생각해보았을 것이다. 시인이라고 다르지 않다. 그러나 시인이 그런 마음을 시에서 드러냈다는 점은 여러모로 생각할 거리를 준다. 이를 조금 다른 측면에서 살펴보자. 시인이 시를 써서 독자와 소통하는 행위는 명백한 사회적 실천의 하나이다. 시인은 시로써 사회와 세계에 관계하고 자신의 문화 예술적 발언을 한다. 솔직한 자기표현이 문화 창조의 일종일 수 있는 독특한 형식이 바로 예술이고 시다. 따라서 작품의 형식을 달고 세상에 공개되는 이상 작품은 시인 개인과 사회구성원의 공유물이 되어 버린다. 박태문 시인이 「나는 바람이니까」에서 시적 언어로 밝힌 소망은 바로 시인을 포함해서 모든 사람이 바라는 것이라 인식할 수 있다. 그가 세상을 바람처럼 가벼우나 결코 경망스럽지 않은 자세로 대하는 태도는 시 곳곳에서 확인된다. "무명산천에 집을 짓자"는 구절은 시인 자신에게 종용하는 것이기도 하지만 우리 모두에게 권하는 시인 내면의 말이다.

다음 글은 평소 박태문의 욕심 없는 성품을 잘 보여준다.

> 설레이는 마음으로 버스를 타고 울산에서도 한참 감포로 들어가

는 도로변에 대한스위스화학(주) 울산공장을 찾아갔다. 삭막한 공간 위에 지어놓은 건물 사이에서 자그마한 판자집 같은 수위실에 들러 박 시인의 면회를 신청했다. 그가 천재 시인 박태문인지 알아 줄 리 없는 수위들은 그가 시를 쓰는지조차 모르는 듯했다. 한참 후에 파란 작업복을 입은 한 사람이 뚜뚜 걸어왔다. '저 사람이 박태문 시인이구나' 직감한 나는 고뇌하는 그 얼굴의 흔적에서 시인적 오기를 알 수 있었다. 서로가 인사를 하고 〈詩路選集①〉로 시집을 발간하겠다고 했더니 영 못 믿겠다는 표정으로 별 관심이 없다는 듯이 나를 쏘아보더니 "나 같은 사람에게 무슨 소리냐"고 했다. 그렇다. 나 같은 사람. 하잘 것 없는, 사회에 지위도 없는, 돈도 없는 나 같은 사람의 시집을 만들어 무슨 돈이 되겠느냐고 딱하다는 듯이 나를 빤히 보더니 여러 가지의 나의 이야기를 듣고 마지못해 승낙하는 표정이었다.

—류명선, 「박태문 시인의 초상」

위 대목을 읽으니 '시인'이 되고자 시 창작센터 같은 곳에 수강을 하고, 어쩌다 시인이라도 될라치면 허겁지겁 시집을 내기 위해 혈안이 되어 있는 오늘날 문단의 언저리 풍경들이 떠오른다. 인용한 글은 『박태문 전집』 제3부 '박태문 시론, 시인론'에 실린 『시로(詩路)』 창간호(1984)에 쓰여 있는 글이다. 이 글에 따르면 시인은 공장에 다니면서 시를 썼다. "나 같은 사람에게 무슨 소리냐"라는 시인의 되물음은 괜한 겸손이 아닌 것 같다. 위 글의 필자도 썼듯이 "나 같은 사람. 하잘 것 없는, 사회에 지위도 없는, 돈도 없는 나 같은 사람의 시집을 만들어 무슨 돈이 되겠느냐"는 표정은 바로 오랫동안 몸에 밴 인성이 자연스럽게 나타난 결과였으리라 생각한다. 제3시집인 『축복받을 일 하나 없어도』(1989)를 살펴보면, 그가 사회에서 소외당하고 힘없는 존재들에 보내는 시선이 얼마나 따뜻하고 애정 깊은지 단박에 알 수 있다.

그는 낮은 사람이다. 정신은 드높되 자기 자신을 다른 사람보다 낮은 데에 위치시킬 수 있는 겸양을 갖추었다는 말이다. 이는 시인이 공장 노동자였다는 사실에서 비롯한 것이라기보다는, 오히려 가난과 삶의 순탄하지 않은 역정을 누구보다 체화했고 이를 소박한 시심(詩心)으로 드러내기를 주저하지 않았다는 점에서 싹튼 것이리라.

> 책가방을 들었어야 할 그 손에 도시락을 움켜 쥐고 만원 버스에 짐짝처럼 실려서 아침 출근길을 서두르는 네 뒷모습을 먼 빛으로 바라보며 이 아침에 나는 血肉의 그것보다 더한 연민의 情을 새삼 일깨웠다. 고고며 미팅이며 한껏 들떠 있을 그 나이에 너는 오히려 땀에 젖어 기름때에 절어 무쇠팔로 오늘을 살며 손이 흰 우리를 웃는구나. 네 어릴 때의 꿈은 航海士였을까. 或은 詩人이었을까. 세계의 여느 소년들처럼 네 꿈 또한 얼마나 크고 푸르렀을까. 푸르렀을까. 이 아침에 血肉의 그것보다 더한 연민의 情을 새삼 일깨워 준 네 뒷모습 그대로 언제 우린 또 다시 만나야겠지. 우리 만나서 막소주에 삼겹살도 구워 놓고 어깨동무 하여 흘러간 옛노래라도 한 곡조 뽑아야겠지.
>
> ―「우리 만나서–어느 工員에서」 전문

스무 살이 채 되기도 전에 생업에 뛰어들어야 했던 청소년들이 양산되던 시절, 시인이면서 노동자였던 화자는 "출근길을 서두르는" 앳된 노동자를 본다. 시인에게 "血肉의 그것보다 더한 연민의 情을 새삼 일깨"운 풍경은 그 어떤 생활의 단면보다 쓰리고 아픈 장면으로 다가온다. 산업화 시대의 절정에서 시인은 바라본다. 여기엔 투쟁과 억압이 서로 어지러이 교차하는 곳에 배어나오는 피 냄새는 없지만 그것보다 더욱 원초적이고 본능에 가까운 '정'이 용솟음친다. "우리 만나서 막 소주에 삼겹살도 구워 놓고 어깨동무 하여 흘러간 옛노래라도 한 곡조 뽑아야겠지." 이 구절에서 소년과 시인은 하나가 된다.

흔히 시인이 작품에서 그려놓은 민중의 형상화는 '지식인인 시인'의 눈으로 포장하고 다듬어져 시인 개인의 입맛에 맞게 편집되는 경우가 많다. 그 까닭은 실제 현실의 민중들이 살아가는 생활양식과 의식을 꼼꼼하게 살피거나 연구하지 않고 책으로 익힌 지식과 관념이 앞섰기 때문이다. 그래서 그런 작품들에서 감동을 느끼기란 쉽지 않다. 「우리 만나서」의 경우는 어떤가. 박태문 시인의 작품 성향은 첫 시집인 『밤의 편력』(1975)과 제2시집 『풀 하나가』(1983)를 거쳐 마지막 제3시집인 『축복받을 일 하나 없어도』(1989)에 이르기까지 주로 고독과 불안, 그리고 방황이 주가 되어왔다. 제3시집에 이르러서는 대체로 어두운 현실을 따뜻하지만 연민 어린 눈길로 바라보는 시편들이 이전 시집들보다 집중해 있다. 타고난 감수성과 인간미 넘치는 시인에게, 그를 둘러싼 '보잘 것 없고 약한' 존재들은 언제나 포용과 애정의 대상으로 다가온다. 책상머리에 앉아 머리로 짜낸 관념이 아니라 그 자신이 민중의 일원으로서 허기지고 삶의 중력에 허덕이는 '보통사람'이었기에 가능한 일이었다. 그러면서 시를 쓰는 자신을 소년 노동자의 눈으로 객관화한 부분에서, 노동자와 시인이 한 몸으로 되어 있지만 늘 그의 머릿속에 남아 있는, '시인'이라는 특수 계층의 자의식을 에돌아 풍자하는 것이다. "고고며 미팅이며 한껏 들떠 있을 그 나이에 너는 오히려 땀에 젖어 기름때에 절어 무쇠팔로 오늘을 살며 손이 흰 우리를 웃는구나"에서 "손이 흰 우리"는 바로 시인 자신을 복수화한 것에 지나지 않는다. 그 시대 사회상의 단면을 집약해서 보여주되 해석하고 분노하지 않고 오히려 따뜻한 눈으로 대상을 감싸 안는 모습은 이웃의 가난을 소재로 한 「이 겨울에도 너는-내 친구 k의 딸에게」에서도 여실히 드러난다.

너는 시험공부를 해야 하는데
너는 숙제를 해야 하고
너는 예습 복습을 해야 하는데
네게는 따로 네 방이 없어서
이 겨울에도 너는
마룻바닥에서 오들오들 떠는구나.
밤새도록 이불을 뒤집어쓰고
오들오들 떠는구나.
언제 봐도 너는 구김살 하나 없이
누가 봐도 너는 그냥 착할 뿐인데
이제는 어엿한 고등학생인 네가
중학교 저학년 때 입던
다 낡은 겉옷을 그대로 걸치고 다니는데
너는 남들보다 더 많이 추위를 타는데
버스비를 아낀 돈으로
너는 소주 한 병과 통닭을 사들고 왔었는데
아버지의 생일이라며
너는 말끝을 흐리면서 그것들을 내밀었었는데
안쓰럽구나.
오히려 답답하구나.
너는 시험공부를 해야 하는데
밤은 깊어 가는데
날은 더욱 추워지는데
네게는 따로 네 방이 없어서

—「이 겨울에도 너는–내 친구 k의 딸에게」 전문

시인은 가난한 친구의 딸을 바라본다. 시인은 가난하고 그의 친구 역시 가난하다. 가난한 사람은 가난이 주는 쓸쓸함과 불편함을 누구보다 잘 안다. 그렇지만 오직 가난한 사람만이 삶의 그늘 속에 가려져 있는 온기를 발견할 수 있다. 공부방이 없어서 한겨울에도 "마룻바닥에서 오들오들" 떨며, "버스비를 아낀 돈으로" 아버지 생일이라고 "소주 한 병과 통닭을 사들고 왔"던 친구의 딸을 지켜보는 시인의 눈매는 가련함을 넘어선 감정으로 가득 차 있다. 그것은 슬픔이기도 하고 애달픈 동경이기도 하겠지만 오히려 "혈육의 그것보다 더한 연민의 정"에 가까울 것이다.

박태문 시인은 가난했다. 가난한 시인이었던 것이다. 그런데 '가난한 시인'이라니…. 마치 '부자 재벌'이라는 표현처럼 당연한 말처럼 들리지만 어딘가 어휘 조합이 이상하다. 모든 재벌은 부자지만 모든 시인이 가난할 까닭은 없다. 시인이면서도 마치 온 세상이 제 것인 양 사람과 재물을 맘대로 움켜쥐고 휘젓는 경우도 있을 것이다. 그러니까 나는 박태문 시인 이름 바로 앞에 '가난'을 붙여, 그가 비록 궁핍하고 힘든 시절을 보냈지만 마음만은 복되고 부자였던 사실을 말하고 싶었는지도 모르겠다. 마음이 가난했기에 세상의 모든 것들이 따뜻하고 재잘거리며 그 속에 들어올 수 있었던 것이다. 마음이 가난하면 빈틈이 많아지고, 빈틈이 커질수록 눈에 보이지 않는 가치와 소중한 것들이 생겨날 수 있다. '시인'으로 사는 일은 종교인 못지않게 자기 자신을 버리는 일과 같다. 비록 그 자신도 가장이요 시인으로서 여느 사람과 다름없이 삶의 희로애락에 울고 웃었겠지만, 영혼과 마음이 가난했기에 탐심이 생길 틈도 없이 담백한 태도를 끝까지 버리지 않았던 것이다.

그렇다. 그에게는 꿈도
희망도 사라진 지 이미 오래.

하루가 다르게
치솟기만 하는 집값과 전세 앞에
가위 눌린 그의 삶,
그에게는 집이 없다.

—「그에게는 집이 없다」 부분

집이 없다.
不惑을 넘긴 이 나이에도
한 칸 집이 없다.

—「집」 부분

그것 때문에
여편네는 십년을 앞당겨 늙어버렸고
半年이 채 안되는 사이
두 번씩이나 이삿짐을 옮겼다.
아직도 나는
내가 사는 집 주소를 잘 모른다.

—「안개」 부분

위 시들에서는 물질적인 가난을 신음하듯 토로한다. 집은 최소한 사람으로서 생활하기 위한 토대가 되어주는 것이고 자산이다. 시인이 가난했다는 사실만으로는 크게 문제될 것이 없다. 박태문 시인에게 딸린 식구들이 시인한테는 커다란 의무이자 책임으로 놓였을 것이다. 이런 눈에 보이는 빈곤이 시인을 괴롭혔지만 실상 그의 마음 곳곳에는 가난마저 침투할 수 없는 지순한 영혼이 뻗쳐 있다.

눈물 같은 거
티없이 맑은 거
꽃의 精氣 같은 거
꽃의 精氣 같은 거

거짓 없는 거
夕陽 같은 거
六月 어느 날
夕陽 같은 거

—「序詩」 전문

몸은 고달팠지만 정신만은 흐트러지지 않고 단 하나의 정점을 향해 매진했겠다는 생각을 이 「서시」를 읽고 느낀다. '단 하나의 정점' 은 바로 극점이고 시인이 시를 쓰면서 머릿속을 떠나지 않고 붙잡아매고자 했던 절대 목표가 아니었을까. 이것은 시에서 보듯 "눈물 같은 거" 고 "석양 같은 거" 고 "티없이 맑은" 것이자 "꽃의 정기 같은" 것이지 않았겠는가. 시적 순수를 꿈꾸었다기보다는 순정한 삶을 바랐던 게 아니었을까. 초기 시들에서 '눈' 을 소재로 한 시들이 많았다는 점에서도 그런 점을 확인할 수 있다. 제목에 '눈' 이 들어간 시만 해도 「눈의 이마주」, 「눈에 관한 두 편의 시」, 「눈 오는 밤에」와 같은 작품이 있다.

3.

박태문 시인은 생몰 연대만 놓고 보면 산업화 시대의 시인이다. 그는 1960년 한국일보 신춘문예에 「밤의 편력(遍歷)」으로 화려하게 문단에 등단했으며 이듬해(1961) 조선일보 신춘문예에 「대리석 원주를」로 입선하기도 했다. 그리고 1984년 부산시 문화상을 수상했다. 1992년 크리스마스이브 때 후두암으로 숨질 때는 군부통치의 맨 끝머리였다. 그가 1938년에 태어났으니까 전후 복구 시기와 4월 혁명을 거쳐 한참 산업화가 진행되고 거의 매듭을 지을 무렵까지 격변했던 한국 현대사의 경로와 함께했다고 볼 수 있을 것이다. 그렇다고 시에서까지 역사와 사회 인식이 응축되어 있다고 보기에는 무리가 있다. 다만 세상이 부정하고 옳지 않은 방향으로 흘러가고 있었다는 정황은 시인도 분명히 자각하고 있었다. 삶의 고달픈 여정에서 시는 그에게만큼은 구원과도 같았으리라. 혼란스럽고 가난한 세상에서도 순백한 삶의 꿈을 끝끝내 잃지 않았던 것은 어쩌면 그가 시인 이전에 선량한 사람이었다는 데 연유할 것이다.

선량한 사람이었던 박태문 시인. 그는 먼저 떠나간 절친한 문우인 김민부 시인을 애타게 그리워하며 그를 위해 몇 편의 시를 쓰기도 했다. "그대 있는 나라/살아서는 갈 수 없는 나라./가고 싶은 나라,/먼 나라/먼 먼 나라."(「민부에게」)처럼 그리움이 절절하게 묻어나는 목소리로 김민부를 불렀다. 진창과도 같았던 이승에서 시를 쓰는 일은 엄결한 의식(儀式)처럼 성스럽다. 그만큼 복된 일이다. 30년 동안 그가 남긴 단 세 권의 시집은 시인으로서 후세에 이름을 올리기엔 작품의 양에서 결코 충분하다고 할 수는 없다. 그는 한시도 시에 대한 자의식을 버리지 않았으되 창작 활동 기간에 비추어 과작을 했던 시인이었다. 과작이었던 만큼 생의 안목과 깊이는 반비례했을 것이다.

시인은 눈을 유난히 좋아했다. 그는 짧은 산문에서 이렇게 쓰기도 했다. "눈이 내리면 나는 죽은 친구를 생각하리라. 그리고 독한 소주잔을 기울이리라. 눈이 내리면 나는 사랑하는 사람을 생각하리라. (…) 눈을 기다리는 마음, 그것은 지금의 내게 유일한 위안이다. 이 겨울, 눈이 내리면 나는 한 편의 시를 쓰리라." (산문 「눈을 기다리며」) 눈이 거의 내리지 않는 부산에 살면서 그 희디흰 눈을 그리워하며 눈이 오면 아이처럼 기뻐할 수 있는 시인에게서 나는 동심을 느낀다. 어른이지만 결코 아이의 마음을 잃어버리지 않았던 시인은 지금 여기에 없다.

> 이 텅 빈 하늘 끝
> 어딘가에
> 이름도 없고 별 볼일 없는
> 이 하늘 밑 어딘가에
> 사내여 네 못다한 사랑, 못다한
> 노래 울먹이고 있는가.
> 어느 꽃잎에 싸여
> 혹은 어느 가시덤불 어느
> 먹구름에 묻혀
> 헤어나지 못하고 신음
> 하고 있는가.
> 어찌하여 봄은 이렇게 더디 오고
> 어찌하여 비는 내려서
> 언 땅을 적시는데
> 사내여
> 어디만큼 가고 있는가.
> 路資 한 잎 없이 떠나 간 사내여.
>
> —「겨울 엽서 · 2」 전문

첫 시집 『밤의 편력』에 나오는 이 시를 읽으며 잠시 전율한다. 이 시에서 "사내"가 누구였든, 나는 아주 잠깐 동안 먼 훗날의 박태문 시인 자신으로 등치했다. 아니, "이름도 없고 별 볼일 없는" 세상에서 불렀던 "못다한 사랑, 못다한/노래"는 지금쯤 어느 곳 어느 자리에서, 또 어느 가난한 시인이 이어받았을까. 늘 봄을 기다려야 하는 현실은 그때나 지금이나 별반 다르지 않다. 거짓과 속임수와 일신의 안일만을 위한 타자의 희생이 난무하는 시대에 흘러나오는 신음소리에 귀를 기울여본다. 그 소리는 아무런 반향도 불러오지 못하고 노을에 구름이 비추었다가 밤하늘에 잠식당하듯 허공으로 흩어지리라. 옛날에는 가난한 시인이었던 박태문 시인이 시를 썼고, 오늘날에는 영혼의 극심한 허기 속에서 탄생했던 그 단말마 같았던 시편들을 어느 누가 아무런 까닭도 없이 들춰보리라. 시인의 몸은 연기처럼 사라졌지만 마침내 생전에 간절히 바랐던 '먼 먼 나라'로 기꺼이 웃으며 되돌아간 그의 영혼은 환하게 웃고 있을 것이다. 가난도 없고 허세 부리는 사람들을 향해 "짓밟아라/날 짓밟아라./이 세상/잘난 놈들아/더욱 잘난 놈들아"(「투항」) 외칠 일도 없는 그곳에서 티 없는 눈망울을 깜박거릴 것이다.

돌처럼 바람처럼 구름처럼

— 운천(雲泉) 정영태의 시 세계

우리에게 '자갈치 시인'으로 알려져 있는 정영태(1928~2001) 시인은 시인뿐만 아니라 화가와 수석(壽石) 전문가로도 일가를 이룬 사람이었다. 그가 평생에 걸쳐 낸 시집은 모두 여섯 권이다. 『검은 태양의 계보』(1958), 『능금과 바람과 하늘』(1966), 『자갈치 아지매』(1979), 『너들 바보 앙이다』(1981), 『항구』(1987), 『壽石一路』(1996)와 같은 시집들 속에 시인의 정신세계가 들어 있다. 그가 죽은 뒤, 시 세계를 살펴보는 일은 크게 두 측면에서 의미가 있다. 지역에서 오랫동안 창작 활동을 한 시인의 작품 세계를 점검해보는 '정리'의 측면과, 오늘날 문학 세계와 사회의 한가운데에서 작고 시인의 시 정신을 검토함으로써 더욱 빛나는 문학을 위한 유익한 방편으로 '활용'하는 측면이 그것이다. 전자가 문학사의 문제라면 후자는 문학 실천, 즉 작품 창작 방법에 가까울 것이다. 먼저 시 한 편을 감상하자.

지난 일생 동안 뼈 빠지게 일해 왔다
그러나 남는 것은 빚뿐이다

지난 일생 동안 숨 가쁘게 달려왔다
그러나 골인해 보니 매양 꼴찌였다
지난 일생 동안 머리 싸매고 시를 써왔다
그러나 어떤 영예도 대가도 없었다
지난 일생 동안 애써 꽃씨를 뿌려왔다
그러나 끝내 꽃은 피지 않았다
지난 일생 동안 열심히 피리를 불어왔다
그러나 아무도 춤추지 않았다
그런데도 지금껏 시를 쓰고 있다
아무도 알아주지 않는 시를 쓰고 있다
벌써 천명 다할 나이도 되었다
그래도 눈감을 그날까지 시를 쓸 것이다
늙어서 기력이 쇠한 탓인지
뮤우즈마저 빠이빠이해 버린 때문인지
요즘 통 시가 쓰여지지 않는다
원고 청탁은 들어왔는데 써둔 시가 없다
그래서 이런 시를 썼다
참 미안한 일이다

—「이런 시를 쓴 이유」 전문

"천명 다할 나이"에 이르러 쓴 시다. 시인도 말했듯이 우리가 한평생 애쓰면서 자신의 존재 가치와 능력을 뽐내어도 사람들은 잘 모르고 알아주지 않는다. 어쩌면 이러한 부질없음을 깨닫는 때가 인생의 황혼기가 아닐까 싶다. 시인이 이 작품에서 한탄하듯 회고했듯이 그의 삶은 쉼 없는 예술 창작 활동으로 이어져 있다. 누군들 그렇지 않겠는가. 그러나 정영태 시인의 삶은 일반인의 그것과 유별나게 생각해야 하는 까닮이 있다. 그것은 단지 '시인' 이나 '예술가' 여서 그런 게 아니라, 자신의 삶의 가치관과 태도를 작품으로 보여주었던 존재가 생물학적인 노년에 이르러 이전의 작품에서 밝혔던 관념을 어떻게 전복하고 유지하고 새롭게 가다듬는지 알려주기 때문이다. 예술가는 인간으로서 부딪치는 실존적인 고뇌와, 예술가로서 맞닥뜨릴 수밖에 없는 한계 사이를 오가는 존재다. "아무도 알아주지 않는 시를 쓰고 있다"는 발언은 여러 의미로 읽을 수 있다. 여러 의미를 함축하고 있는 이 '범박한' 구절에서 문제적 개인인 시인 정영태에 국한하자면, 시인의 존재 전체를 가로지르면서 감싸는 어떤 공기 같은 것을 잡아낼 수 있다. 제3시집 『자갈치 아지매』에는 다음의 시가 실려 있다.

사내는 아침부터
모퉁이에 서서 외치고 있었다
굴비 사이소오! 굴비요
두세 두름 어깨에 걸치고

사내는 낮에 보아도
그 자리에 서서 외치고 있었다
굴비 사이소오! 굴비요
두름은 어깨에 그냥 그대로

사내는 해가 져도
돌아갈 줄 모르고 외치고 있었다
굴비 사이소오! 굴비요
두름 걸친 어깨 축 늘어뜨린 채

그 어깨 너머
실눈 초승달
자부름 오듯 떠오르고 있었다

—「초승달」 전문

이른 아침부터 해질 무렵까지 자갈치에서 굴비를 팔고 있는 사내를 시인은 보았는지 모른다. 물론 하루 종일 시인이 그 사내를 지켜보았을 리 없다. 사내가 굴비를 몇 마리나 팔았는지는 묻지 않아도 능히 짐작할 수 있겠다. "두세 두름 어깨에 걸치고"부터 "두름 걸친 어깨 축 늘어뜨린 채"까지에서도 알 수 있듯이 굴비를 팔러 나왔을 때부터 어깨에 걸친 무게는 별로 덜어지지 않았다. 관심이 없는 사람들 속에서 사내는 무슨 생각을 하였을까. 이는 "아무도 알아주지 않는 시를 쓰고 있다"는 시인 말년의 자기 확인을 미리 형상화한 그림이지 않았을까. 시인은 묵직한 시작(詩作) 활동에도 거들떠보지 않는 세태를 의식했는지도 모른다. 그런데도 시인은 시를 썼다. 굴비 파는 사내가, 사람들이 굴비를 사가든 말든 시장 바닥에 나와 장사를 하는 것이 자신의 존재 표현이고 삶의 비속한 형식이듯, 시인 또한 마찬가지였다. 이 속엔 필경 운명이나 고독 같은 것이 끈질기게 도사리고 있을 것이다.

정영태 시인은 관념과 이미지 선명한 모더니즘 성향이 가득 찬 첫 시집 『검은 태양의 계보』에서 이미 스스로를 결박하여 고독의 중심으로 밀어 넣고 있다.

장엄한 오르간의 단조 속에
저물어가는 청춘의 고별식

그래도 잊을 수 없는 미련을

커피처럼 마시며
기어코 가야 할 황야에
또 하나의 나를 매장하는 광경을
내가 감시해야만 하는가.

태양을 등져가는 안구는
스스로 어둠을 닮아가는구나.

—「고귀한 죄수」 부분

도시의 러시아워, 고층건물과 고급차와 사람의 홍수, 문명이 꽃피는 거리에서 나는, 황량한 벌판을 가슴에 앉고 있었다.

눈이나 펑펑 내렸으면….

봄이 멀었다. 그런 계절의 언덕 위에서 나는, 고목처럼 아무렇게나 떨며 서 있었다.

—「문명의 벌판에서」 부분

전쟁의 참화를 겪은 그 당시 대부분의 지식인들처럼 시인 또한 미래를 점칠 수 없는 불안과 절망 한가운데에 놓여 있었다. 그것은 '죄수'이며 "아무렇게나 떨며 서 있"는 "고목"인 것이다. 어쩌면 시를 쓰는 일부터가 사치였던 그때 이렇게 거칠게나마 정신의 풍경을 절규하듯 내뱉을 수밖에 없었으리라. 전후 의식이 전편을 차지한 첫 시집에서 엿볼 수 있는 세계는 시인의 작품 풍경이 조금씩 달라지면서 변모해가는 후기에 이를수록 열어지는 가운데 내밀한 덩어리로 뭉쳐지는 것 같다. 이 말은 당대 모더니즘 세례를 받은 첫 시집이 단순한 포즈에 지나지 않은 것이 아니라 시인의 예술 세계를 단초 짓는 한 가닥의 기틀로 작용한 것은 아닌가 하는 물음과도 관련 있다. 시인은 일본 교토에서 태어나서 해방이 되어서야 조국 땅을 밟았다. 일본 말과 글을 쓰다가 고향으로 돌아와 우리 말과 글을 새롭게 익혀야 했던 시인의 처지는 1997년에 펴낸 그의 시선집 『어느 외톨이 구름의 노래』(1997) 머리말에서 확인할 수 있다.

> 그리하여 열여덟 살이 되던 1945년 광복을 맞아 낯설고 강산도 설은 조국에 돌아왔다. 시집 따위 책 몇 십 권을 싼 짐짝만 들고. 그러고는 어려운 생활 가운데서도 우리말 우리글을 배우고 익히길 2년여. 나는 그 무렵에야 비로소 새로 한국인으로 태어나고 있었던 것이다.[1)]

그리고 이즈음의 정황을 시 「어머니의 낙동강」에서 형상화했다.

> 그 아프고 쓰라린 삶도 부족했음인지
> 가슴 앓던 남편 설흔 여덟 나이로 요사(夭死)하고
> 해방된 조국이라 얼씨구나 돌아왔건만
> 반기는 이 하나 없는 도시사막 한 가운데서
> 다섯 새끼 키우느라 온갖 고생 더불어 뜬구름 신세
> 어쩌다 먹고 살만해진 일흔 두 살 어느 여름날
> 차마 감지 못하는 눈 억지로 감겨지며 떠나간
> 갈대 뿌리보다 더 억세고 질겼던 낙동강의 딸
>
> —「어머니의 낙동강」 부분

---

1) 정영태, 「머리말」 부분,『어느 외톨이 구름의 노래』, 민지사, 1997.

헤지고 굴곡진 한국 현대사 과정에서 의지와 상관없이 역사의 변두리에 초라하게 놓였던 시인의 젊음은 그의 시작 활동 전체를 그늘지게 한 트라우마는 아니었을까. 물론 이런 진단은 그때 감수성이 예민했던 문학청년들의 집단의식과 갈라놓을 수 없다. 공동체의 분열과 이에 따른 어수선한 결집 과정에서 이루어지는 사회의식은, 모두가 역사의 참극에 참여했다는 동류의식이나 정서보다는 오히려 각자가 내면 깊숙이 숨겨온 예술 사회 심리를 다양한 방법과 경로로 해서 표출하는 양태로 보아야 할 것이다. 이럴 때 정영태 시인의 시 세계의 줄기를 가늠할 수 있다. 말하자면 시인의 개인 체험은 한국 현대사의 흐름과 섞여 당대 한국인의 보편의식을 획득하였지만, 그 보편의식이 '시작(詩作)' 이라는 예술 활동과 혼효되어 작품 성향의 특수성을 낳은 것이다. 그의 첫 시집의 전경(前景)으로 나와 있는 죽음 · 밤 · 고독 · 허무 · 절망 같은 주제의식이 당시 유행했던 실존주의와 부조리 문학에 경도된 젊은 모더니스트 시인들이 가졌던 '보편심리' 를 반영한다면, 두 번째 시집인 『능금과 바람과 하늘』(1966)은 시인의 면목을 알리게 되는 계기가 되지 않았을까 생각한다. 첫 시집과 8년의 간격이 있는데, 생경한 관념어와 잦은 한자어 사용이 두드러진 첫 시집과는 달리 시어가 한결 단순해졌으며 서정성 또한 높다. 그 가운데 두 편을 들어본다.

꽃이여
바람이여
너무 멀리 왔구나

이젠 아무도
기다리지 않으련다

어느 호숫가 바위 밑에
가재처럼 숨어서
차운 꿈이나 꾸며
홀로 살련다

—「홀로 살련다」 전문

있는 집에나
없는 집에나
등불은 환히 밝아서 좋다

가난을 탓하지 말자
산꼭대기에도 찾아오는 불빛

그 불빛 비치는 집집마다에선
오늘 밤도
다정한 웃음소리가 넘쳐 나겠지
하늘 가까운 곳에 살아도
외롭지 않은 것은
저마다의 가슴에
등불 하나씩을 밝히고 있기 때문

—「등불」 전문

잘 읽히는 시어와 담백한 시정을 드러낸 제2시집에서 시인은 차분한 목소리로 내면을 정갈하게 보여준다. 고독하나 주변에 던지는 따스한 눈길을 느낄 수 있다. 시인에게 외로움은 타고났으되 이를 절제 없이 외치지 않는다. 아마도 비관적이지 않는 그의 성정에서 비롯하는 바가

적지 않을 것이다. 「홀로 살련다」의 은거의식이 도피나 현실 외면이라는 극단적인 시 정신으로만 비춰지지 않는 까닭은 「등불」에도 나타나듯 공동체에 대한 따스한 애정이 있기 때문이다. "등불은 환히 밝아서 좋다"는 구절은, 어두운 곳에서도 한 줄기 빛처럼 새어나오는 '희망'을 놓치지 않으려는 시인의 마음에서 비롯했을 것이다. 서정과 아름다운 풍경으로 전면을 채색한 제2시집 『능금과 바람과 하늘』 이후 전개된 그의 시 세계는 현장에 한결 밀착하거나 시적 실험을 감행한 시 형식으로 나아간다.

제3시집 『자갈치 아지매』(1979)와 제4시집 『너들 바보 앙이다』(1981)는 삶의 고달픈 현장에 바싹 다가서서, 궁핍하고 상처를 입었으나 꿋꿋하게 살아가는 존재들의 시적 스케치다. 이들은 짓궂은 현대사가 낳은 생생한 윤곽이고 몸짓이다. 시인은 이들의 숨소리 하나 눈짓 하나 놓치지 않는다. 애정이 없다면 그들의 삶의 모습을 뛰어난 시적 형태로 나타내기 어려웠을 것이다. 가령, 제3시집에 실린 다음의 시가 그렇다.

자갈치로 엄마 찾아 나왔던 어린 오누이
고기창자인 줄 알고 주워간
복어 알 지져 먹고 저승길 갔단다

데굴데굴 뒹굴며
똥 싸고 피 토하고
고기마냥 허옇게 눈 뒤집어 깐 채 죽어 갔단다

그날로 오누이 화장터로 보내고
다음날 바로 저자로 나온 아지매
"없는 년은 슬퍼할 겨를도 없심니더"

바다에 재 뿌리며 뿌리며 울었단다

"에미가 고기장순데
고기 한 마리 제대로 못 먹이고……"

바람 부는 날에도 비 오는 날에도
아지매 바다에 서서 찔끔찔끔 울었단다

날이 가고 날이 가도
버릇처럼 울었단다

—「어떤 이야기」 전문

이 시가 특정한 인물의 비극에만 머무르지 않는 까닭은 화자의 말투가 이중성을 띠고 있기 때문이다. "갔단다"와 "울었단다"로 되풀이해서 끝맺는 서술어를 곰곰이 살펴볼 필요가 있다. 이 '~단다'라는 표현은 두 가지 의미 맥락을 낳는다. 제삼자한테 들은 이야기를 시간적인 거리를 두고 스스로 되뇔 때 흔히 나오는 말이다. 또한 어떤 사람에게 지난 이야기를 들려줄 때 더러 끝맺는 서술 어미다. 「어떤 이야기」가 이 두 가지 정황을 한목에 건넬 수 있는 사실은, 시인이 어느 자갈치 아지매의 기가 막힌 사연에 에누리 없이 공감했다는 점과 함께 우리 모두 이 특정한 개인의 슬픔으로만 치부하지 말자는 의도로 보인다. "날이 가고 달이 가고/버릇처럼 울었단다" 구절에서 보는 것처럼 언제나 어느 곳에서나 고단하고 거친 삶의 현실에서 울음은 터져 나오는 것이다. 삶의 구체성과 인간의 보편 감정이 어우러져 이처럼 감동을 주는 시가 나올 수 있었다.

제4시집 『너들 바보 앙이다』는 경남 장승포에 있는 애광원이라는 사회복지시설의 특수학교 어린이들을 소재로 한 시들을 담고 있다. 애광원은 전쟁 때 거제도에 밀려든 피란민의 홍수 속에서 생겨난 전쟁고아들을 수용하는 시설이었다가, 1979년부터 정신박약아를 양육하는 시설로 바뀌었다고 한다. 시인이 기자 시절 취재차 이곳을 들렀다가 인연을 맺은 뒤 매년 한두 차례는 꼭 찾았다고 한다.[2] 제3시집과 마찬가지로 인간에 대한 깊은 애정과 휴머니즘을 잘 표현했다.

메마른 땅에 빗물 스미듯
뜨거운 사랑의 눈물 뿌려질 때
너희들은 다시 탄생한다
새 목숨을 얻는다

바보가 아니다 너희들은
천치 얼간이가 아니다 너희들은
더더욱 짐승이 아니다
절대로 아니다

너희들은 백지
너희들은 순수
너희들은 가능

아이야
너희들 머리 위에서

---

2) 손해익, 「모더니즘과 인간주의 시-운천 정영태 시인론」, 『어느 외톨이 구름의 노래』, 민지사, 1997, 225~226쪽 참조.

햇빛은 저렇게 눈부신 것을

천지간에 빛은 고르게
빛은 고르게 비치는 것을

—「빛은 고르게」 부분

이타심이나 동정, 혹은 배려하는 마음과 위 시에 나타나는 시인의 마음을 일치시켜보는 일은 쓸모없는 추측이다. '빛' 의 고름과 누구에게나 평등한 하늘의 은총은 사람과 사람을 구분 짓거나 경계선을 그어버려 서로를 밀쳐내고 속박하는 사회일지라도 존재한다. 단순한 인간애의 발로라고 생각할 수는 있다. 그러나 상처를 입은 사람이 상처를 아물게 하는 힘을 만들어내듯 어렵고 고단한 처지를 이겨낸 사람만이 그 같은 환경에 빠진 사람들의 처지를 제대로 볼 수 있다. 그런데 우리 모두는 실상 이러한 선(善) 의지를 갖추고 있다고 보아야 한다. 시인의 심성이 유별난 게 아니라 우리에게 깊숙이 감추어져 있는 깨끗한 마음을 들춰내어 타자(他者)에 대한 환대를 가능하게 하는 창작의식을 힘들게나마 놓치지 않으려는 시인의 열린 마음이라고 해야 할 것이다.

정영태 시인은 제5시집 『항구』에서 '일행시(一行詩)' 라는 독특한 시 창작을 감행한다. 그는 "내가 이번 일행시에서 시도하고 있는 것은 오직 이미지의 미 구축과 종래의 시형을 변혁해 보자는 것, 또 현대시의 가능성을 실천해 보자는 데에 뜻이 있다"[3]고 했다. 그 가운데 두 편을 보자.

3) 「일행시의 이해를 돕기 위해서」, 『항구』, 세문사, 1987.

담배 피우다 말고 땅콩 씹고 있는 40대 과부

—「고독」

동강 난 고등어 널빤지 위에 아름답게 피를 흘린다

—「가을 자갈치」

눈에 보일 듯 선명한 이미지가 전면에 드러난다. 그도 밝혔듯이 영미의 단시나 일본의 하이꾸(俳句)의 영향을 받아 창작했다. 시의 실험은 시인에게는 조심스러울 수밖에 없다. 섣불리 마음만 앞서도 낭패를 보기 십상이겠지만 하나의 창작 방법과 태도를 고수하면서 긴장이나 신선함을 흩트리지 않고 끝까지 유지하는 것도 쉬운 일은 아니기 때문이다. 어쨌든 그의 형식 실험 의도는 시집『항구』에서 시적 형상화로 충분히 관철했던 것으로 보인다.

수석 전문가로서 시인의 자질은 제6시집『愛石一路』에서 유감없이 나타나고 있다. 자연물인 돌을 찾아 전국을 누비고 다녔던 시인에게 돌은 어떤 의미였을까. 여기서 그의 인생관의 단면을 똑똑히 볼 수 있다.

말 많은 세상을
말없이 살고 싶어
스스로 굳어버린 바위

슬픔은 안에 감추고
분노는 속으로 다스리며
마침내 恒心에 사는 바위

세속에도 물들지 않고

청천벽력에도 눈썹 하나 까딱 않은 채
영원을 침묵하는 바위

나도 바위가 되고 싶다
바위처럼 그렇게 살고 싶다

—「바위 (1)」 전문

예부터 선비들의 애호대상이면서 도락(道樂)의 벗이었던 돌을 시인 또한 노래한다. 한마디로 잘라 말해서 "바위처럼 그렇게 살고 싶다"는 바람이다. 그저 바위 예찬의 상투적인 감정이 아니라 바위의 속성을 닮아가려는 것이다. "슬픔"이나 "분노"라는 인간의 감정이 들어 있을 리 만무한 바위는 시인에게 소망의 대상을 넘어 삶의 지침으로까지 격상되어 있다. 그런데 이 바위가 그저 그렇게 놓이게 된 것은 아니다. 위 시의 "恒心에 사는 바위"는, "심심산골에 혼자 사는 바위는/고운 神仙처럼 늙어 갔다/일월과 더불어//날이 날마다 찾아오는 벗은/구름과 비와 바람과 안개와…"(「혼자 사는 바위」 부분)처럼 천지자연의 현상 속에서 묵묵하게 자존(自存)하려는 성정에서 마침내 영근 것이다. 어쩌면 비바람은 벗이 아니라 자신을 단련하고 모질게 하는 성가신 존재이리라. 그것은 고통이고 모멸감이고 시련이다. 그 가운데서 삶과 존재의 희구가 정신의 결정체인 도심(道心)을 얻는 길로 가는 좁은 문을 발견할 수 있을 것이다. 시인은 오랜 세월 동안 고독했다. 이 고독을 돌에 의탁하고 다시 돌에 비추는 저 자신의 얼굴을 반추하고 싶었는지도 모를 일이다. 바람처럼 구름처럼 그의 시 또한 어느 특정한 이즘(ism)에 고착하지 않고 자유롭고자 하였다. 다만 돌에 대한 집착이 그를 그 소재의 모티프를 활용하는 속에서 자신을 차츰 탈속의 차원으로까지 끌어올리려 했던 마음으로 데려가지 않았을까. 아마도 단 하나의 돌을 찾아 나서려 발걸음을 놀리면서 떠올렸던 생각들은, 시인의 예술 활동이 '미학' 으로 결정(結晶)하는 영롱한 꿈에 지나지 않았으리라는 추측을 해본다. 그 순정한 '결정체' 가 무엇이었는지는 우리들이 찾아야 할 몫인지도 모르겠다.

4부

시의 현장을 찾아서

절망 · 고백 · 습속의 깊이

— 여태천 『국외자들』, 김지혜 『오, 그 자가 입을 벌린다면』, 이근화 『칸트의 동물원』

1. 머리말

도무지 풀리지 않을 것만 같은 문제를 놓고 끙끙대는 아이에겐, 문제가 단지 손수 해결해야만 하는 당위의 표정이 아니라 눈에 보이지 않는 어떤 존재가 조합했음직한 기괴한 부호로 문득 느껴질 때가 있다. 문제가 화두로 넘어올 때 상황은 달라지고 인식 또한 변모한다. 낌새다. 낌새를 차리는 사람은 이 세계가 모순어법으로 구성되었다는 사실을 안다. 그러나 문제를 문제로만 알아듣는 사람에게도 진실은 갖추고 있다. 다시 말해, 적어도 실타래로 보이는 이 세계가 아무 문제없는 순리의 질서를 바탕으로 이루어져 있다는 사실에 대해서는 의문을 품고 있기 때문이다. "말할 수 없는 것에는 침묵하라" 고 말한 비트겐슈타인은 이런 뜻에서 솔직했다.

어느 날 시가 난수표처럼 우리들 사이를 마구 휩쓸고 다닐 때, 세상은 두 측면에서 새로운 해석의 차원을 제기했다. 현상과 인식이다. 쉽게 말해서 세상이 바뀌었으니 생각도 달라져야 하지 않겠느냐 하는 분위기가 널리 퍼졌다. 한국문학에 좁혀 말한다면 이러한 달라진 지형 말고도 문학생산과 유통이 후기산업자본주의의 그칠 줄 모르는 자기팽창에 자극을 받아 점점 이윤과 상업성을 최대가치로 해서 작동하고 있다. 시장의 논리이다. 그렇지만 근대문학의 기원부터 인쇄매체와 그 수용의 상업성을 끼고 시작한 것이기 때문에, 오늘날 새로운 현상과 인식이라는 해석의 차원을 제기하는 것은 사리에 동떨어진 감이 없지 않다. 시의 산문화 현상이 두드러지고 환상과 욕망의 수사가 늘어나는 문학현실에서, 이른바 시는 마치 현실 이면에 있는 기괴한 세계를 증표하고 끄집어내는 마술항아리가 된 느낌마저 든다. 도시의 거리는 생명이 그 숨을 다한 마지막 표상처럼 흐늘거리고, 여느 사람과 다른 게 없었던 것처럼 보였던 내 일상은 마치 자동인형의 몸짓처럼 어떤 동작과 순간에 놓일지 짐작할 수 없다. 사람들은 이성과 관습이 몸에 밴 존재가 아니라 감각반응에 무의식적으로 몸을 맡기는 무의지의 존재가 되어버린다. 대체로 젊은 시인들의 시 세계를 특징짓는 요소는 아닐지라도, 1990년대 신 서정이나 부정의 미학에서 또 다른 지점으로 끊임없이 달아나고자 하는 오늘날 새로운 시인들의 시를 점검하는 일은 필요하리라 본다.

이 글에서 살펴볼 시인들은 대충 2000년 언저리에 등단해서 이제 첫 시집을 낸 젊은 시인들이다. 이들의 시 세계는 탄탄한 언어력을 바탕으로 하여 독특한 형상화를 이룬 점에서 비슷하다. 그러나 이들은 사실을 들추어내어 시적 상상으로 포장하는 것이 아니라, 망막과 실상의 경계에서 굴절된 '반사실'의 표면을 지극한 사실주의자의 눈길로 냉정하게 돋을새김하고 있는 점에서 새롭다. 사실주의가 서정의 외피를 둘러 시적 리얼리즘의 한 양태를 지금까지 보여줬다면, 이들 반(反) 사실주의자들의 그것은 시적 현실을 재구축해서 또 다른 시적 인식과 감각적 현상을 만들어내어 표현하고 있는 것이다. 이들의 작업은 현실의 재구성과 서정의 배반에 바탕을 둔다. 시의 진실이 시의 언어가 독특한 방식으로 조합한 자리에서 탄생한다면 우리는 그것이 나오게 된 실상과 세계를 어떤 눈으로 시인이 바라보았는지 추정할 수 있다. 이 문제는 달라진 세상에서 젊은 시인들의 상상 구조를 찬찬히 뜯어볼 수 있는 기회를 얻었다는 점에서 보람 있는 일이지만 자칫 해석을 위한 해석의 차원에 머무를 우려가 있는 것 또한 사실이다. 여태천의 『국외자들』, 김지혜의 『오, 그 자가 입을 벌리면』, 이근화의 『칸트의 동물원』이 이 글에서 다룰 작품이다.

2. 절망의 방법론 — 여태천, 『국외자들』(랜덤하우스중앙, 2006)

여태천의 시에 자주 나타나는 절망과 불안의 요소는 어디에서 비롯된 것일까. 시집 제목에서도 감지하듯 '국외자'가 상기시키는 소외 이미지에 대한 편견이 불러일으키는 관념도 그의 시 이해에 작은 잣대가 되겠지만, 먼저 그의 작품에 두루 걸쳐 있는 부정의 감각을 직시하여 그것의 표상을 분석하는 일이 중요하다. 그는 여느 시인들이 예민한 촉수로 세상의 균열을 더듬어 대상과 소통하는 것처럼 대상물의 형상에 이는 물결의 무늬에 주목한다. 그는 객관상관물에 생기는 틈을 놓치지 않고 포착함으로써 감각을 세운다. 나는 그의 감정표현방식이 대체로 절제에 기반을 둔 것과 동시에 속에 웅크린 도저한 부정의식의 전이양상에 좀 더 귀 기울이고자 한다. 이럴 때 그의 시 세계가 지향하는 문학적 모색이 앞으로 어떤 진로를 밟을지 가늠할 수 있겠거니와 시적 세계의 설계도를 이제 막 그려낸 신인의 미의식의 일단을 엿볼 수 있기 때문이다. 굳이 토를 단다면 '절망의 시학'이라 말할 수 있을 그의 시들은 절망의 감정을 생기게 한 내적 요인이 숨어 있는 대신 절망의 형식이 전면에 드러나는 양상을 보인다. 그러므로 그의 시에서 캐낼 수 있는 것은 삭제된 내면이요 내면을 형상화하는 시적 방법론이 된다.

말라 떨어진
줄사철나무 잎을
작은 새 한 마리가
밟고 지나간다
바스락, 조로(早老)한 나무의 비명 소리

도심의 숲에서 부는
8월의 뜨거운 바람은
내 질긴 피부를 뚫고 횡단한다

새는 바람을 타고
일찌감치 나무를 떠났는데
바스락 바스락
소리를 내며
근심이 자란다.

—「절망」 전문

위 시는 절망을 일으킨 화자의 심리가 분명하게 드러나지 않는다. 마지막 행인 "근심이 자란다"란 말로써 화자의 마음 상태를 짐작할 수 있을 뿐이다. 근심이 생긴 까닭은 탐색하기 어려운 반면 화자가 근심을 나타내는 것은 '작은 새'와 '나무' 등의 소재를 엮어서 형상화하고 있다. 시인은 절망과 근심의 불안의식을 느끼고 있지만 그것의 내적 동기는 숨긴다. 아니 숨어 있어 찾기 힘들다. 1연의 "조로(早老)한 나무의 비명 소리"가 시인의 절망이나 근심과 깊은 관련이 있다. 화자는 "나무의 비명 소리"를 곧바로 "바스락 바스락/소리를 내며" 자라는 근심으로 상응시킴으로써 내면의 불안의식의 흔적 제거라는 알리바이를 만들어낸다. 만일 그가 나뭇잎에 자신의 감정을 대입시켜 내면을 드러내고자 했다면, 이 시는 흔해빠진 서정시가 되었을 것이다. 그렇다면 정갈한 이미지로 짜여 있는 이 짧은 시에서 시인의 절망은 어떤 식으로 형상화가 가능할 것인가. 이 시의 배경이 된 "도심의 숲"은 시인이 발딛고 있는 현실 공간이면서 시인의 정서를 옭매는 지리환경이라는 점에서 시사점을 던진다. 비인격과 비개성이 공존하는 도심의 표상은 아직 가랑잎이 되어 가을날 떨어져 뒹굴기도 전에 "조로"하고 말고 "8월"의 뙤약볕 아래로 "말라 떨어"지고 만다. 시인의 눈은 더욱 깊은 곳에 자리하면서, 이처럼 이상한 자연의 현상에 전율하는 것이다. 그렇지만 이런 대상물의 비일상적 모습 자체가 시인으로 하여금 불안을 가져다주는 것은 아니다.

여태천의 시들은 대개 화자의 깊은 곳에 잠복해 있는 불안들이 위 시처럼 화자를 둘러싼 환경과 대상들의 형상과 접맥함으로써 자연스럽게 드러나는 특징이 있다. 「절망」은 시적 형상화가 시인의 내면 심리와 별도의 지점을 이루어 시인과 소통하는 점에서 의미를 띠지만 시적 형상화의 측면에서 대상물의 감각 발현("바스락", "나무의 비명 소리", "뜨거운 바람" 등의 감각요소)에 장애나 부자연스러운 일치가 일어나지 않고서도 화자의 감정과 교차하는 모습을 보여준다.

이른바 '절망'에 형식을 부여할 때 생기는 부정성은 여태천의 시에서는 말끔히 소거되고 대신에 군더더기 없는 진술의 언어로 나타난다. 사라진 내면은 무미건조한 기표로 나타나고 시어의 간격에 스며 있는 소멸된 내면 풍경의 흔적만이 그의 절망의 씨앗을 짐작할 수 있을 따름이다. 그는 감각 이전의 세계와 감각으로 드러난 세계 사이에서 성(城)

을 구축한다. 그는 딴짓하다 들킨 아이처럼 말을 돌린다. 절망과 불안의 심리는 그에게 들켜서는 안 될 비밀스러운 것이므로, 그리고 세상은 단지 그에게 사후 판단을 내릴 삶의 최종형식만을 요구하기 때문에 그의 시어들은 한결같은 포즈를 취한다.

꽃무늬 벽지 속에 갇혀 4시에서 8시까지
꽃술을 마시고 있었네
너무 오래 잔을 들고 있었던 걸까
나의 작은 손은 볼품없이 자꾸만 떨리는데
무슨 상관이야 있겠는가
겨울이란 추운 계절이므로

—「익숙해지는 법」 부분

달콤한 사과처럼 익어가는 시간은
그대에게로 가는 엽서에도 있어서,
나는 또 이런 말을 기어코 찾아 지우기도 했는데
수상한 말들의 씨
들키기라도 할까봐 내내 불안했다

부끄러워라
부끄러워라
마음의 역병과 저 펄럭거리는
희고 누런 빨래들이
넘치는 하수구와 집집마다 솟은 굴뚝이

그리고 내다 버린 저 검은 비닐봉지들

수백 년 동안 이 곳의 아이들이 그렇게 사라졌고
앞으로 부끄럼없이 걸어갈 것이다.

—「국외자(局外者) 2」 부분

이미 어떤 국면을 벗어나 있는 것과, 그러한 국면 바깥으로 진입하기 위한 자기 합리화를 마련하는 것은 다르다. 시인은, 이를테면 스스로를 국외자가 되기 위한 준비를 함으로써 세상과 소통한다. 그러나 시인이 소망하는 국외자의 정체성 확립은 번번이 실패한다. 그는 "볼품없이 자꾸만 떨리는" 자기 실추와 "들키기라도 할까봐 내내 불안"해하는 여린 심성을 가지고 있기 때문에 흔들린다. 그러므로 자폐에 빠질 위험이 충분하고, 시인 자신이 그걸 누구보다 잘 알고 있어서 일종의 자정능력이나 치유방법을 늘 염두에 두게 된다. 여태천의 시들은 국외자로 머물기를 바라는 마음과 그러한 내면의 비일상적 의식을 제어하기 위한 억제 심리의 다툼과 갈등을 시적 언어로 여과 없이 보여주는 능력이 뛰어나다. 위 시 중 「익숙해지는 법」의 경우 시어의 계열의 측면보다는 통합의 측면에서 불안정한 의미 효과를 드러내는 사실도 이와 관련 있다. 즉 "무슨 상관이야 있겠는가"와 바로 다음 행인 "겨울이란 추운 계절이므로" 사이를 봉합하는 인과의 고리가 시 언어의 특수한 연결 방식을 충분히 짐작하더라도 이해하기 힘든 시적 배열이다. 세상을 대하는 절망과 불안의식이 시인으로 하여금 소극적인 대응방식을 취하게 하지만, 초라한 자기 합리가 계절의 성격을 빌려 이루어지는 연결은 시인에게 잠재되어 있는 자폐성의 은폐기도 의식과 무관하지 않다. 이를 세상에 적응하고 '익숙해지는 법'이라 믿는 시인이 '국외자'가 되기 위한 것이거나 이미 '무국적자'로서 자신의 존재표명을 드러내는 것으로 보아야 할 것이다.

몇 편의 시에서 확인할 수 있는 부정의식과 세상에 대한 소통거부는 그에게 시 형식의 절제를 바탕으로 한 모던한 시 쓰기로 나아가게 한다. 그러나 그렇게 함으로서 새삼, 시인의 자의식과 이를 봉합하는 시적 형상화를 획득하는 의의가 있겠지만 미세한 균열과 틈이 벌어지는 모습에서는 아직 그의 절망과 불안을 수습하지 못하고 있다는 느낌을 지우기가 힘들다. 이러한 모습들을 그의 시 쓰기의 방법에서 비롯하는 것이라 말할 수 있다면, 여태천의 시들은 하나의 징후를 보여준다고 할 수 있다. 그는 어떤 면에서 부정의 한계에 이르러서 자기반성을 꾀하는 미학적 인문주의자일는지도 모른다. 과도한 자기 사랑에 빠진 나르시시즘과 파괴본능의 끝을 건드리는 새 시대의 다다이스트의 중간지점에 그의 시가 놓인다. 「저녁의 외출」처럼 "불안의 씨들"을 안고 사는 화자에게, 어느 날 "늦은 전보"처럼 날마다 찾아오는 것은 정작 불안이 아니라 불안으로 몸서리치는 시인을 객관화시켜 응시하는 자의식의 생성이 아니겠는가. 이는 「포스트센티멘털리즘」에서 일상의 반복 행위로 말미암은 "오래된 습성"이 오히려 화자에게 온몸으로 "따뜻한 기운"을 감돌게 하였다는 아이러니한 표현으로 나타나게 한다. 이렇게 그는 소시민적 자의식과는 구분되는 또 다른 시적 자의식을 여러 편의 시에서 보여주고 있고, 가끔 자기풍자로까지 치닫는 위험성(「체제지향적인 얼굴」에 나타나는 위악의 포즈의 경우)을 보이기도 하지만 대체로 아슬아슬한 경계에서 다듬는 정도로 마무리 짓는다.

주인도 없는 한적한 상가(喪家)에
누군가 피워놓은 향이 타고 있다
삶 저 너머에서 풍기는
어제의 그 사람이 잊고 두고 간 흔적
사람들은 하나같이 냄새를 피우며
서로에게 인사를 한다

어떤 냄새는 서둘러 자리를 빠져 나와
집으로 가는 길까지만 배웅해주고
어떤 것들은 둥둥 떠다니며
아무에게나 달라붙는다
엘리베이터를 타고 집까지 따라와
떠나지 않는 녀석도 있다
페브리지를 뿌려도 사라지지 않고
눌러 앉아 한 사흘 머물다 가는 놈은
나의 행적까지 읽었다
벗어둔 옷에서 기어나와
음식을 만들고 상을 차리더니
어제의 그 사람과 술을 마신다
집 안에 냄새가 고이지 않도록
더 높은 곳으로 이사를 갔지만
내려다보면 바닥에 가득 고인
아찔한 냄새들이 자꾸 나를 불렀다.

—「냄새에 관하여」 전문

죽은 사람의 흔적(냄새)이 사라지지 않고 화자에게 달라붙는 체험은 그리 유쾌한 일은 아닐 것이다. 시인은 기억에 관해 말하지만, 기실 그의 '행적'이 죽어 없어진 존재에까지 읽혀지는 사태와, 달아날수록 끈덕지게 따라오는 지나간 역사에 주저하듯 말 건네는 또 다른 자아에 대한 자화상을 보여준다. 화자는 그 존재가 미처 과거로부터 절연하지 못한 일상 속의 시인 자신으로 그려놓고서 이 불경한 사태를 초래한 화자의 유순함을 객관화시킨다. 그는 이미 "더 높은 곳"으로 갈수록 험한 수렁에 빠질 것임을 잘 알고 있다. 말을 바꾸어 과거의 자신을 탈색하는 일은 불가능하며 완전히 새롭게 쇄신하여 절망과 불안의 기억으로부터 달아나려는 또 다른 자아의 노고의 헛됨을 응시하는 시인의 눈을 엿볼 수 있다. "아찔한 냄새들이 자꾸 나를" 부르는 것은 어쩌면 시인이 어떤 내적 고리도 없이 절망의 덫을 스스로 설치해놓고서 세상을 향해 알리바이를 내세운 '비합리적인' 위악의 태도를, 다시금 되돌려놓아 그의 내면의 불안의식이 생겨났던 태초의 상황으로 회귀하게끔 하는 긍정의 신호일 수도 있을 것이다. 시인은 이 지점에서 시어를 끝맺지만 더 깊은 절망의 수렁으로 빠져 다시는 되돌아오기 힘든 비극의 나락으로 빠질지, 아니면 부정의 미학으로 용솟음칠지 두고 볼 일이다.

여태천의 시들은 아직 세상에 대한 화해의 가능성을 열어놓고 있다는 점에서 특징적이다. 그는 비관적이되 낙관적이다. 절망 속에 갇혀 있되 이를 응시하는 제3의 눈 또한 밝다. 현대인의 일그러진 표정을 구체적 일상과 대상물로 접선하는 시의 전략은 어느 시인보다도 담대하지만 그만큼 절제를 수반하기도 한다. 그러나 이러한 미덕이 있는데도 그의 시들에서 문제점을 짚는다면 내면의 어두움을 낳게 한 원인이 줄곧 얼버무려지고 언어의 형식적 매듭으로 봉쇄되어버린다는 점일 것이다. 지금까지 나는 이런 면을 그의 절망의 방법론이란 수사 아래 나름대로 분석했지만, 그의 시의 한 특징을 건드린 것에 지나지 않는다고 생각한다. 분명 그는 첫 시집으로 앞으로 펼쳐질 시 세계 정립을 위한 바탕을 마련하기 위해 고심하였을 것이다. 「루시」처럼 일상적으로 동떨어진 시적 소재가 야기하는 상상력의 임계치를 최대한 앞당겨 표현하는 그의 시적 능력이 앞으로도 계속 이어지기를 바라는 마음 간절하다. 왜냐하면 그는 이 시에서 "나는 지금 도시의 어두운 구릉에서/보이지 않는 머나먼 적색별의 끝을 바라보네"라고 말함으로써 시적 현실과 상상력이 무리 없이 시인이 발 딛고 있는 자리에서 결합하여 자연스럽게 환영의 공간 속으로 잠입해 들어가기 때문이다.

3. 고백의 의미 – 김지혜, 『오, 그 자가 입을 벌리면』(열림원, 2006)

고백에는 여러 양상들이 있을 테지만 김지혜 시인은 폐부 깊숙한 곳에서 웅크리고 있는 '자아화한 타자'의 알몸을 여지없이 도려내는 점에서 그로테스크하다. 『오, 그 자가 입을 벌리면』은, 이를테면 몸이나 의식의 일부분으로 저장되어 그 요소들이 말끔히 흩어져버렸을지도 모를 외부의 충격을 고스란히 간직하여 하나씩 꺼내 고해바치는 모노드라마이다. 시인은 그이거나 너이거나 '타자'라고 흔히 말하는 존재들의 터부를 마치 임산부가 자궁의 아이를 별 의심 없이 때가 되어 세상 밖으로 내보내듯, 숙성한 날것들을 토해낸다. 이를 김지혜 시인의 고백형식이라고 한다면 어떨까.

> 고백컨대 나는 그를 저버릴 생각을 한 적이 있다 뼈마디 앙상한 손으로 내 심장을 숙주 삼아 동맥과 정맥의 뒤바뀐 운명을 노래하는 그를 저주해본 적이 있다 듬성듬성 이 빠진 폐허를 과부 가랑이마냥 벌리고 헤벌쭉 웃는 그를 오, 심장 따위를 헐값에 넘겨버린 적이 있다.
>
> —「어떤 고백」 부분

위 시에서 화자는 "그"를 "저버"리거나 "저주"하거나 "헐값에 넘겨버"리거나, 고약한 말로써 대상을 내동댕이쳐버리고 싶은 욕망을 드러낸다. 화자가 힘껏 밀쳐버리고 싶은 그는, 인용하지 않은 부분을 살펴보면 "쥐 썩는 냄새"를 풍기고 "미래의 애인마저 저주스"럽게 하는 존재이다. 다만 시집 제목이기도 한 "그 자가 입을 벌리면"이란 전제를 붙일 때만 그렇다는 것인데, 이런 식의 뜬금없는 조건이 어떤 형식으로 그의 시들을 추동하고 특징짓게 하는 요소가 되는지 살펴보는 일은, 시집 해설에서 "구도자"와 "화두"라는 말로써 그의 시를 분석한 하창수의 지적처럼 그의 '도(道)'를 짚어내기까지는 아니더라도 이 젊은 시인의 시적 구도를 캐내는 키워드가 되리라 본다.

김지혜의 시들을 고백의 한 양상으로 보려는 까닭은, 작품이 평범한 사람들의 눈길이 미치지 않는 지점을 마치 홀로 속병을 앓듯 탐문하여 세상을 향해 고발하는 주조를 이루고 있기 때문이다. 시인은 반들반들한 표면을 확대경으로 살펴, 암흑과 증오와 거친 속성을 지니고는 있지만 보통은 그냥 지나치게 마련인 사물의 이면을 발견하고 이를 거리낌없이 밝히는 데 주력한다. 더구나 시인은 상상력을 극대화하여 환상의 영역에까지 이르도록 한다. 그러므로 시인의 시에서 나타나는 존재의 고발과 흉금을 발가벗기는 시도가 단지 시적 주제의 측면뿐만 아니라 시인이 의도하고 있을지도 모르는 새로운 시 미학의 일부를 형성하는 데 기여하는 측면이 있음을 알아차려야 할 것이다. 그렇다면 앞에서 보류한 "오, 그 자가 입을 벌리면"이란 시적 수사의 조건을, 아무런 조건 없이 수락함으로써 그의 시 언어의 지형을 무심하게 더듬어볼 수 있을 것이다. 이 말은 그가 사실과 환상, 나와 너, 주체와 객체(타자)의 경계 허물기를 아무런 반성 없이 행하고 있다는 점과 관련 있다. 그는 고백의 언어로 세상의 이면을 제 것으로 받아들이고 있으며, 역으로 세상의 추악성을 고발하는 것으로 자신을 한없이 연민한다. 세상과 자아가 아무런 담보 없이, 주체와 타자가 아무런 조건 없이 삼투하는 지점에 그의 시들이 놓여 있다.

> 봉두난발한 여자가 고삐 풀린 망아지처럼 들판을 헤매며 울고 있다 왜 우느냐 물어도 대답없다 짓물러진 눈으로 나를 바라보는 여자는 내가 아니다 어디선가 본 적도 없다 어디선가 만난 적도 없을 것이다 우는 여자의 심사와 역사쯤이야 더 이상 궁금하지 않다, 라고

생각하는 순간 여자의 얼굴은 암흑이 된다 암흑을 둘러싸고 어지럽게 흩날리는 머리칼은 그러나 테스의 영혼일 것이다 저 위태로운 머리칼 마다 매달려 요동치는 지레발들이 보이는가 눈앞이 캄캄하다 누군가 내게 묻는다 왜 우느냐 어디서 왔느냐 어디로 갈 것이냐 대답하려 입을 벌리지만 내 입에선 거미가 튀어나온다 꽁무니마다 서사를 매달고 멀어져가는 거미들 아니 거미줄, 언젠가 내 입속으로 돌아와 꽂힐 사금파리들을 무장무장 토해내고 있는, 나는 한 마리 독거미

—「독거미–침윤 5」 전문

"나는 한 마리 독거미"를 수식하는 말들이 이 시의 전체를 이루고 있다. 울고 있는 "봉두난발한 여자"는 "내가 아니"면서도 실상은 화자 자신이다. 여자(화자)는 "암흑"이 되었다가 "테스의 영혼"이 되기도 한다. 여자와 나 사이에 쉴 새 없이 자리바꿈이 일어나고 "독거미"가 상기시키는 위험지대에서 위태롭게 줄타기를 하는 이미지들로 가득 찬 이 시는, 시인이 어떻게 자신의 언어로 세상에 말을 건네고 존재의 부면을 들추어내어 곳곳에 어지러운 앙금으로 남은 욕망의 찌꺼기들을 바라보는지 잘 보여준다. 주체(나)와 타자(여자) 사이에 주고받는 존재성의 전이는 "입"이라는 기관을 통해 구체적으로 드러난다. 여기서 입은 타자들의 물음에 즉각 반응하는 화자 자신의 입이 된다. 그러나 타자들의 물음에 화자는 이와 비대칭적인 형식으로 반응함으로써 기이한 양태를 보인다. "누군가 내게 묻는다 왜 우느냐 어디서 왔느냐 어디로 갈 것이냐 대답하려 입을 벌리지만 내 입에선 거미가 튀어나온다"처럼 화자의 의지가 되었건 무의식의 발현이 되었건 "거미가 튀어나"오는 모습에서 이를 확인할 수 있다. 이 거미는 "꽁무니마다 서사를 매달고 멀어져가는" 이야기를 생산하는 존재들이다. 시인은 거미줄처럼

야금야금 서사의 길을 열고 확장하고 무엇이건 그 자신이 마련한 서사의 표면에 들러붙도록 언어의 함정을 판다. 따라서 "나는 한 마리 독거미"라는 고백적 진술은 시인이 보여주는 언어예술의 한 속성으로 보아, 시인이 세상과 자아의 관계 속에서 어떤 정체로 존재하고자 하는지 내밀한 비밀로 보아야 할 것이다.

시집에 실린 '서대문 일기' 연작들은 일상의 한편에서 뒹굴거나 숨죽이며 살아가는 것들을 엄밀한 감성으로 엮은 사실화이다. 이 시들에서 시인은 체험과 결코 분리되지 않을 삶의 어둠을 뱉어낸다. 도저히 끝을 맺기가 어려운 신산한 생명체들의 이력을 시인이 편집하고 재구성해서 한 편의 다큐멘터리를 보듯 생생하다. 여기서도 독을 한껏 품은 독거미가 싸질러놓은 거미줄의 무늬처럼 기이하면서도 지극한 생의 슬픔이 박혀 있다. 시인은 울컥한 심정을 가져온 도시 사각지대의 풍경을 서슴없이 기록한다. 이 시들에 나오는 모든 존재들은, 이들을 읽어내는 화자의 예민한 촉수로 난도질당한 채 전면에 드러나지만 그 이면에는 사회적 부정의 속성과 약자들의 현실이 가득 머금은 상태로 존재한다. '일기'라는 내면의 독백 형식은 그 존재양식이 개인의 내면 노출에 있지만 궁극적으로 공동체에 대한 내밀한 반응 형식이라는 점에서 '서대문 일기'의 의미는 분명하다.

> 길 건너 구멍가게 주인 여자가 쥐도 새도 모르게 좀도둑이 들었노라 고래고래 고함지르는 퇴근 무렵, 가는귀먹은 노파의 안구처럼 침침해지고 있는 마른 거리에 얼굴 없는 혼백들 무심히 뒹굴다 가는지
>
> 정문 아닌 북쪽 주차장으로 들어갔다 사십 분 만에 구멍가게를 털고 내뺀 시궁쥐 한 마리를 찢어발기는 퍼포먼스를 계속한 시위대를 막기 위해 경성 시내 열네 곳에 이십일 개 중대 삼천여 명의 병력이

배치되었다는

석간 일면을 흘끔거리는 사내들의 입에서 쩌억쩍 찢어지고 있는 3월

—「서대문 일기 #2」 부분

가장은 피복 공장에 다녔다. 고향 친구가 어렵사리 마련해 준 자리였으나 가장은 여관 장사를 하고 싶었다. 목돈을 만들고 싶었다. 일가를 일시에 구원하고 싶었다. 그러나 구원은 차츰차츰 젖어드는 가랑잎처럼 가장의 어깨를 짓눌렀다. 가장의 절망은 세 평짜리였다. 두 발로 딛고 설 땅은 다락밖에 없었다. 그마저 허리를 굽혀야 했다. 허리가 굽어가던 가장은 어느 날 훌쩍 사라졌다. 길 가는 무리를 따라갔다는 풍문이 돌기도 했다. 여자의 입은 해 저문 지평선처럼 어두워져갔다. 아이들은 가장이 사라진 다락을 돌멩이처럼 굴러다녔다. 다락은 벌판이었다. 그러나 아이들은 벌판에 부는 바람이 폐부 깊숙한 곳을 찌른다는 사실을, 한 번 찔린 폐부는 쉽게 아물지 않는다는 사실을 알아차렸다.

—「서대문 일기 #4」 부분

일기라기보다 한 편의 민중소사(民衆小史)라고 할 만큼 위 시들은 그늘진 시대를 살아가는 존재를 시적 사실화로써 보여준다. 그러나 한 가지 짚고 넘어가야 할 문제가 있다. 시인은 결코 이러한 시로써 독자들로 하여금 어두운 시대 현실에 대한 인식과 사실주의적 형상화의 효과를 염두에 두고 있지 않다는 점이다. '서대문' 이라는 낱말이 상기시키는 함의가 —시에서 직접 나타나지는 않지만— 조금이라도 역사인식을 가지고 있는 사람들에게는 하나의 역사 질곡의 상징과 이에 따른

앙금으로 남아 있는 사실과 함께 '일기'의 내면과 결합함으로써 이른바 민중시의 고발의 성격과는 다른 표현양상을 획득하고 있는 것이다. 시인은 기층 민중들의 삶에서 이들의 신산한 삶의 역사를 진열하는 것이 아니라, 이들이 보여주는 삶의 예각화한 동선을 따라가면서 흘려놓는 화자 내면의 어두운 면면을 새겨놓는다. "가는귀먹은 노파의 안구처럼 침침해지고 있는 마른 거리에 얼굴 없는 혼백들"은 이 시의 마지막 연에 나오는 "석간 일면"의 귀퉁이를 차지하는 풍경 속에 숨은 그림처럼 놓여 있다. 석간신문을 보는 "사내들의 입"이란 시인이 "고백하는 입"속의 그로테스크한 내면 고백의 또 다른 양상으로, 날것으로 침전해 있는 존재의 부정적인 요소들을 얼마든지 끄집어내어 어두운 현실 밖으로 내보낼 수 있는 시인의 욕망을 나타낸다. 어느 순간 현실과 내면이 기괴하게 접합해버리면서 기이한 시적 무늬를 그려놓고야 마는 시인의 자질은 '독거미'가 만드는 거미줄처럼 어지럽지만 지속적이다. 위 「서대문 일기 #4」에서 인용한 부분은 이 시 앞머리에 나오는 '1. 빛' 다음의 '2. 나무'이다. '빛', '나무', '새'로 이어지는 남자(가장)와 식구들의 피폐한 삶은 아직 토해내지 않은 채 응어리로 남아 있는 내면의 '무의식적 서사 기억'이다. 시인은 고백하지만, 고백하지 않은 채로 가라앉아 있는 어둠의 진실을 '서대문 일기' 연작으로 형상화하고 있다. 더욱이 사회의 부정적 속성을 화자의 마음속 부정의식과 혼융하여 공동체에 반응하고 있다는 점에서 시인의 시적 전략을 가늠할 수 있다.

김지혜의 시집 『오, 그 자가 입을 벌리면』에 실린 시편들은, 신인답지 않게 어두워 보인다. 가령 「입 속의 해골」 중 "그녀의 입속에는 해골이 들어 있어요 그녀가 입을 벌리면 뼈들이 덜그럭거리며 웃음을 터뜨려요 (…) 그에겐 자신의 심장에 꽂힌 칼날만이 칼날이며 자신의 머리통에 박힌 총알만이 총알이죠 그가 입을 벌리면 해골도 입을 다물고 구관조도 날개를 꺾어요" 와 같은 부분들이 더욱 그렇다. 입 속의 어둠을 기형도는 「입 속의 검은 잎」에서 죽음의 상징으로 드러냈다면, 김지혜는 발가벗겨버린 주검(해골)을 통째로 제시하여 '고백' 의 또 다른 측면을 보여준다. 김지혜에 따르면 고백은 입 속의 해골을 거리낌 없이 전시하는 데 있고, 시라는 언어형식의 '고백적 형상화' 를 늘 의식하는 자리에 놓인 하나의 '화두' 이기도 하다. 그가 느끼는 지나친 자의식에 대해 독자로서 느끼는 민감한 반응일는지 모르지만 후속 시집의 시 세계를 기다리면서도 조심스러워진다.

4. 습속을 바라보는 눈 — 이근화, 『칸트의 동물원』(민음사, 2006)

이근화의 시들은 모호함으로 가득 차 있다. 이것을 말하는 것 같으면서도 어느새 다른 것을 말한다. 언어의 연결고리가 자연스럽지 않고 뜻을 명확히 헤아리기가 힘들다. 시제에서도 볼 수 있듯 이질성을 갖는 말들이 이근화 시인의 시에서는 아무런 거리낌 없이 결합한다. 그의 등단작이기도 한 「칸트의 동물원」과 「본 적 있는 영화」의 한 부분을 살펴보자.

> 꼬리에 꼬리를 문다면
> 그건 사라지는 놀이지만
> 사람들은 언제라도 중간부터
> 시작된다.
>
> —「칸트의 동물원」 부분

> 나는 쉽게 이다를 잊지만

쉽게 잊혀진 이다는 창문의 높이에 익숙하고
이다는 창가의 이다
장롱 위의 이다
본질적으로 지붕인 고양이

—「본 적 있는 영화」 부분

이런 시를 두고 흔히 자동연상법이나 자동기술법에 따른 말들의 연쇄라고 할 만한 근거는 충분하지만 그의 시에 대한 올바른 독법이라 하기에는 무리가 따른다. 어디서부터 시상이 출발했든 간에 이근화의 시들을 보면 마치 '꼬리에 꼬리를' 무는 것처럼 뱅글뱅글 도는 느낌을 지울 수 없다. 정확히 어떤 함의를 의식하고 쓰였는지 가늠하기 어려운 『칸트의 동물원』에 실린 시편들은, 거의 모든 시들이 위에 인용한 시들처럼 언어의 연쇄와 상상의 미로를 따라가게 한다는 점에서 불투명하고 모호하다. 그러나 나는 이근화 시인의 시들이 이와 같은 흐릿한 경계의 말놀음을 하는 까닭이 기존의 시들이 보여준, 자아와 세상의 합일점을 뒤집고 해체하는 지점으로 나아가고자 하는 시의 전략이지 않을까, 하는 측면에서 살펴보고 싶은 욕구를 느낀다. '서정적 자아' 는, 마침내는 시인을 둘러싼 세계 안에 포섭되고 융화된다. 이것은 가장 본질적이고 이상적인 뜻에서 '시' 와 '시인' 의 참기능이다. 한편으로 이러한 서정적 자아를 멀찌감치 떨어져서 바라보고, 의식하여 대상화할 때 이근화 시가 언뜻 내비치는 시적 전략에 가까워진다.

나는 동그랗게 앉아
수수께끼를 푼다
그는 점점 뾰족해지고
박쥐처럼 박쥐처럼

그는 어둠 속에서
날마다 말을 거는데

나는 조금씩 찢어진다
그는 자꾸 환해져서
두 개의 커다란 이빨을 내미네
어려워서 어려워서
나의 입술은 검게 타오르지

—「박쥐처럼」 부분

"나"와 "그"의 행위가 줄곧 교차하는 이 시에서 두 존재의 합일 지점은 지연되고 어긋나기만 한다. 여기서 화자가 푸는 "수수께끼"는 영원한 수수께끼로서 시인은 세상을 풀기 어려운 그 무엇으로 인식하고 있다. 그러는 중에 박쥐처럼 "날마다 말을" 걸고 "자꾸 환해"지고 "이빨을 내미"는 "그"는 화자가 몰두하고 있는 '인식가능성에 대한 해법'과는 무관하게 그 자신의 존재의 '자연스러움'을 드러내는 상징이다. "그"는 어둠 속에서만 활개를 펴는 부정적인 존재이기도 하지만 현명한 존재이기도 하다. 지식과 기술 또는 이성의 속성을 대표하는 그는 마치 박쥐처럼 두 눈을 환하게 켠 채로 이리저리 침투하여 캄캄한 공간을 밝힌다. "나"는, 그 존재를 의식하는 둥 마는 둥 오로지 "수수께끼"만 풀려고 열중하고, 급기야 박쥐 같은 "그"가 내미는 이빨 때문이 아니라 불가해한 세상 때문에 "어려워서" 입술이 "검게 타오"른다. 시인은 세상을 바라보면서 대상화하려는 "나"와 세상의 빛이라 말해지는 '여성'의 교합이 실상 이루어지는 것 같으나 결국 어긋나버리는 문제를 시로써 드러낸다. 시인은 습속에 매몰되고 쏠리는 관성화 현상을 객관화시켜 냉정하게 검토한다. 그렇다면 '자동연상법' 처럼 보이는 시들의 언어 배열을 낳게 한 밑바닥에 정교하면서도 냉담한 시인의 비판 의식이 숨어 있다는 사실을 알 수 있다. 대체로 거의 모든 시편들이 비슷한 이미지와 느낌과 시적 형상화를 보여주는 이근화의 작품들 중에서 「잃어버린 고양이와 바다를 찾아 떠나는 여행」을 중심으로 분석하기로 하자. 전문을 싣기로 한다.

당신의 모델은 누구인가
당신은 함께 살고 있는 사람이 있다
그 사람은 때때로 깨어 있다
침대를 나누고 식탁을 나누는 그 사람은
당신을 충분히 미워할 것이다
당신은 당신의 모델과 다르므로
당신은 우유를 마실 때 자주 흘리고
휴지를 구겨서 아무 데나 버린다
당신은 모델로서 제격이 아니다

당신이 당신의 모델을 엿보는 순간
당신의 모델은 당신의 자리를 내버릴 것이다
당신은 한없이 깊어졌으나
당신은 새롭게 선택된다
그러므로 다시 당신의 모델은 누구인가
당신은 함께 살고 있는 사람이 있다
당신의 모델인 사람
그 사람은 오늘 머리가 아프고
내일은 새로운 과일이 먹고 싶어질 것이다

당신은 당신의 모델을 위해 시장으로 간다
당신은 당신의 모델과 나란하다
아주 이상적인 빈틈이다
가오리연
가오리가 만나는 것은
하늘도 바다도 아닌데
당신은 당신의 모델이 너무나 만지고 싶겠지만
꼬리의 두려움은 두려움에 있다
두려움에 빠진 꼬리를 보았는가
당신의 미소는 아주 오래 묵었다

―「잃어버린 고양이와 바다를 찾아 떠나는 여행」 전문

이 시의 제목인 '잃어버린 고양이와 바다를 찾아 떠나는 여행'은 '여행'이란 낱말에서도 확인할 수 있듯이 시인의 발자취나 내면의 풍경을 어떤 식으로든 품고 있는 것처럼 보인다. 이 말의 쓰임새를 바탕으로 해서 시의 본문에 여행의 행선지가 과연 어딘지, 또한 여행의 기록을 시 언어로 심어놓았으리라는 독자의 짐작에 얼마나 부합할 것인지 미리 확인할 겨를도 없이 이 시는 모호하게 위장되어 있다는 사실에 직면한다. 구문의 짜임새 때문이다. 이 시의 의미론적 불명료성이 표현의 층위와 함께 그러한 표현을 가로지르면서 사선을 긋는 분절된 의미 영역의 흔적들로 인지할 때 긴장은 발생한다. 이 시에서 긴장이 획득되고 해소하는 과정은 일사분란하게 이루어진다. 긴장이 끝까지 지연되는 시는 애초에 시인이 의도했던 시의 효과를 배반하고 능욕함으로써 자유의 길에 들어선다. 언어들의 구조와 문맥은 행이 순차적으로 엮일수록 정합적으로 되는 대신 그 언어들의 저층을 솎아내고 헝클어뜨린다. 그러므로 이 시를 읽고 난 뒤에 느끼는 알쏭달쏭함은 시의 구문들 속에 초연히 들어앉아 있는 미세한 균열이 전체의 형식이 표시하는 안정된 시형식의 한 부분요소로써 인정할 때 발생하는 것이며, 부분의 모호함이 시적 일상의 건조한 풍경의 일부로 편입시키는 과정에서 생기는 효과에 지나지 않는다. 또한 각각 9행씩 총 3연으로 구성된, 모자라지도 않고 그렇다고 넘치지도 않는, 안정된 부피를 가진 이 시가 "당신"과 "당신의 모델"이라는 불분명하기 짝이 없는 존재의 행방과 시적 일상으로부터 "때때로 깨어 있는" 존재의 자취로 견인되는 호기심에서 비롯한다.

이 시에서 주체의 이면세계에 대한 내면화 의지는 그것의 성공여부를 떠나서 성숙을 위한 하나의 작은 계기가 된다. 다른 말로 풀이하면 "때때로 깨어 있"고 "함께 살고 있는 사람"을 호명하는 행위 자체가 과거에도 그랬고 앞으로도 그럴 것이 분명한 비—현현의 암흑에 발을 내딛는 것이다. 주체는 과감한 용기와 밝음을 위해 떨쳐 일어나고 따라서 시적 일상을 벗어나는 특별한 체험을 하게 된다. 이것은 보는 순간과 동시에 없어져버리는 일련의 사태로써 존재한다. 2연의 "당신의 모델은 당신의 자리를 내버릴 것이다"에 함축된 경고성 메시지에는 '엿보는' 행위에 대한 처벌에 무게를 두기보다 오히려 주체에 새로운(또는 경이로운) 영역을 제공하고, 암시하고, 캐묻는 긍정적이고 창조적인 의미가 내재해 있다고 보아야 할 것이다. 실상 비일상적이라고 여길 수밖에 없는 '너머'를 훔쳐보는 욕구는 '지금 여기'의 사고와는 동떨어진 신비주의에 그 바탕을 두고 있는 것처럼 보인다. 하지만 신비주의의 일단을 보여주고 있다고 판단하기에는 이 시의 화자의 입담은 담백하다. 영혼이나 정령의 더운 입김이나, 신화나 의식 저편의 휘황한 우주 질서보다 전면에 놓인 것은 물기가 다 빠져버린 시적 진술이다. 여기에는 레토릭의 사용에서 싹트는 군더더기식의 감상이 없다. 행과 행 사이에 그럴듯한 연상의 매개 고리를 감춤으로써 오히려 독자로 하여금 난

독이 아닌 직독을 가능하게 하는 것이다.

'깊어짐' 이란 무엇인가. 이는 '~보다' 라는 비교적이고 상대적인 측면을 설정해야지만 가능할 수 있는 내적 변화이다. 무엇에 대해 깊어졌는지는 직접적인 언급이 없지만, 그 깊어짐의 밀도를 알 수는 있다. '한없이' 깊어졌다는 것, 이 말은 '무엇으로부터' 라는 출발선을 상정하기는 어렵지만 그 지점으로부터 끝없이 조밀해지고, 농밀해짐을 충분히 알 수 있게 하는 시어이다. 이는 이 시의 1연에 나오는 "당신을 충분히 미워할 것이다" 와 같은 감정을 유발하는 깊이감과는 정반대의 '깊이' 를 가진다. 하지만 그렇다고 해서 이와 같은 경지가, "우유를 마실 때" 흘리지 않거나 "휴지를 구겨서 아무데나" 버리지 않고 휴지통에 버릴 때라야 도달할 수 있는 깊이는 아닐 것이다. 오히려 주어진 일상을 아무렇지도 않게, 당연한 것처럼 살아가는 일상인의 범주를 뛰어넘는 영역에 해당한다. 고귀하거나 초월적인 것도 아니요, 특별하거나 아주 희귀한 상태도 아닌, 이러한 깊어짐의 터전에서 개개의 주체는 "당신의 모델" 이 "당신의 자리를 내버" 리는 단독자의 영광스러운 존립으로 우뚝 서게 된다. 비록 "새롭게 선택" 되더라도 말이다.

이 시는 작품 첫머리부터 이미 철저하게 구성하고 짜인 시어의 제시로 시작하고 있으며, 그 진술은 더할 것도 뺄 것도 없이 분명하다. 독자들은 평이한 시어의 나열과 안정된 행과 연의 배열을 대하고도 아무런 의미의 단서를 붙잡지도 못한 채 대책 없이 미끄러지는 자신을 발견할 것이다. 흥미로운 사실은 제3연에 와서 이러한 난독성(難讀性) 기호들이 여전히 등장하면서 의미 창출에 장벽을 세우는 대신 1, 2연에서 보여주었던 일정한 인과성의 요인들이 일그러지고 변형된다는 점이다.

먼저 제3연에서 "당신" 과 나란한 "당신의 모델" 을 시의 화자가 "아주 이상적인 빈틈" 이라고 말한 진술을 보게 된다. 이 두 대상은 서로를 비추는 거울이기도 하고 원래 단일한 실체였는데 서로 분리되기도 하는 양분성(兩分性)을 가진다. 그러므로 우리는 이들의 교호성과 일치성이 실상 "나란하다"는 평형성에 연관됨을 알 수 있다. 이것은 "아주 이상적인 빈틈"이다. "이상적인 빈틈"이 과연 어떤 상태인지는 짐작하기 어렵다. '이상적'이라는 형용어는 '빈틈'으로 하여 조건 지워지고 전제된다. 메워지거나 꽉 차서 끼어들어 갈 공간이 부재하는 경우가 아닌 모든 경우를 빈틈이라고 지칭하는 것이라면, 이러한 빈틈은 갈라지거나 터져서 틈을 이루는 둘레(실체와 형상)를 더욱 선명하고 명징하게 틀 짓는 근거가 된다. 따라서 주체와 주체 이외의 관계란 빈틈을 조성하고 역으로 그것 때문에 관계가 이어지는 사실을 인지할 때 "당신"과 "당신의 모델"은 2연에서 "한없이 깊어"지고 "새롭게 선택"되는 영원한 프로메테우스적 노동을 계속해야만 하는 것이다. 이것은 실존의 굴레이자 존재의 엄연한 조건이다. 이런 생태를 벗어남이란, 다시 말해 "한없이 깊어지"는 것에 머물지 않고 주체와 타자의 관계 정립이 순식간에 무너져서 더 이상 관계성을 획득하지 않는 상태란 오로지 죽음의 영역에 머무를 때라야 가능하다. 그러나 이 문제는 단지 추론만이 가능할 뿐이며 '지금 여기'의 의식에서 뻗어나는 비현실성의 전적인 신뢰를 바탕으로 해서 구성되는 지점이다. 이 세계에서는 '빈틈'이라는 낱말 앞에 그 어떠한 수식어도 필요로 하지 않는다. 어쩌면 빈틈조차 허락하지 않는 완전한 세계인지도 모른다. 그러므로 "가오리연/가오리"의, 빗금을 경계로 구획되는 두 주체들의 접점은 "이상적인 빈틈"이라는 기만적 술어로 정당화될지라도 늘 모자라거나 한계를 넘어 벌어지는 존재의 비극을 나타낸다. 단지 이 시에서 "가오리연"과 "가오리"는 어느 한쪽이 다른 한쪽을 모사하거나 투사하는 방식을 통해서만이 그 관계성이 마련되지만, 이 둘의 만남은 같은 극의 자석의 부딪침처럼 어그러지고 튕겨진다. 따라서 원인이 '두려움'으로 수렴되는 두 주체들의 귀속 · 합일 의지의 좌절은 "꼬리의 두려움"이라는 특별한 기호의 매개를 연결고리로 해서 추동되는데, 이 느닷없는 꼬리의 출현은 실상 "가오리연/가오리" 이미지에서 연상되는 구체적인 실체라 하더라도 그것으로부터 어떠한 연접성도 가지지 않고 오롯이 허방의 벽을 통과하는 상징이기 때문에 문제적이고 의미심장하다.

이 "꼬리의 두려움"은 이 시의 마지막 전환을 나타내는 표지이자 지금까지 은밀히 숨어 있었으나 신원을 알 길 없었던 코드이다. 첫 번째 전환이 제2연의 "당신은 한없이 깊어졌으나/당신은 새롭게 선택된다"는 이중의 의미방향을 표시하는 양상을 띠어서 좀 더 면밀한 분석을 이끌어내야 하는 복합적인 전환이었던 데 반해, "꼬리의 두려움"으로 시작되는 이 두 번째 전환의 표정은 이 시 전체를 마무리 짓는 진술로 자리매김하면서 창백하다. 애초에 결코 벌어질 수도 없는 사건의 표상에 균열을 내는 일은 역사의 기술을 통해서만 가능하다. 이 역사의 기술은 시인이 포착해낸 '두려움'의 진의를 가려내기 위해서 사용되겠지만 그것의 기원 탐색은 번번이 실패한다. 실패는 기정사실이 되고 당연히 그리되어야만 하는 것이지만, "꼬리의 두려움"이 다만 "두려움에 있"는 것이라면 우리는 습속의 기원으로부터 고찰해야 할 것이다.

나와 너, 그리고 당신(들)의 습속은 아주 비열하지만 그것을 깨닫지 못한다. 어쩌면 꼬리라는, 주체의 농축된 무의식만이 생생하게 살아남아 자신의 기원을 설명할지도 모르겠다. 그리고 "당신의 미소는 아주 오래 묵었다". 이는 항상, "한없이 깊어"질 수 있으나 다시금 "새롭게 선택"당할 수밖에 없고, 그러기만을 내심 바라는 모든 주체들의 음흉함을 풍자하는 진술로 읽을 수밖에 없다. 이 진술은 반(半)지시적 기능을 가진다. '미소'의 사회문화적 함의가 왁자지껄한 박장대소와는 정반대편에 놓인, 웃음의 자기 관조와 이에 따른 실천 의지에 선행하고 그것을 억누를 수밖에 없는 이지적인 자기만족에 한계를 갖는 것이라면, "아주 오래 묵"은 미소에서 이러한 부정성의 비유를 읽게 된다. 이 오래 묵은 미소는 "두려움에 빠진 꼬리"와 동전의 양면처럼 붙어서 교활한 삶의 운동을 지속한다. 미소와 두려움, 표면상 양가적 가치의 형식을 띤 존재의 심연은 시인의 예민한 감각으로 말미암아 여지없이 발각되고 폭로되고 비판당한다. 이 '당신' 이라는 가면을 쓴 자기 고발은 언어의 지시적 기능을 외면한 채 시적 기능을 빌려 시화(詩化)시킴으로써 그 소임의 최대효용을 거둘 수 있다.

이제껏 길게 분석한 이근화의 시 「잃어버린 고양이와 바다를 찾아 떠나는 여행」은 이러한 근원적인 탐색과정에서 산출된 한 편의 좋은 본보기다. 제목에서 선명히 보여주는 중의문은 시작(詩作)이 발 딛고 있는 산문적 현실을 교묘히 비틀어서 시인이 염두에 둔 시적 세계로 초대하기 위해 반드시 조작할 수밖에 없는 문맥이다. 이 조작된 문맥은 시의 모호한 진술 효과를, 그것대로 포용하면서 그로부터 발생하는 무의미화 과정을 명시한다. 따라서 독자는 실타래처럼 얽혀 있는 시어들의 행렬에서 시인이 의도한 것을 정확히 잡아둘 수 있었다 하더라도 언제나 넘어지고 비약하기를 주저하지 말아야 한다. 왜냐하면 여행은 아무리 화려한 여행일지라도 조금은 땀이 배어들기 마련이기 때문이다. 「잃어버린 고양이와 바다를 찾아 떠나는 여행」은 돈을 들이지 않고 이런 신비스러운 체험을 가능케 하는 언어로 만들어진 여행의 지도이다.

5. 맺음말

지금까지 첫 시집을 낸 여태천 · 김지혜 · 이근화의 시들을 살펴보았다. '절망' 과 '고백' 과 '습속' 에 관한 시적 모색은 비단 이들 세 시인만의 전유물은 아닐 것이다. 이들은 언어의 극단을 향하지도 정통 시문법을 잇고 있지도 않는, 어떤 경계에 자리 잡고 있는 듯하다. 언어의 사회적 비판 기능이 삭제된 대신에 새로운 시적 현실을 구축하고 있다는 점에서 의미를 찾을 수 있다. 여태천과 김지혜의 시들은 내면의 풍경을 각각 언어의 방법적 측면과 이면을 적나라하게 내비치는 고통스러운 작업을 통해 보여준다. 반면에 이근화는 수수께끼 같은 언어의 모호성으로 끈질기게 습속의 기능에 물음표를 던진다. 그러나 한 가지 점에서 이들은 위험성을 가진다. 삭힘의 과정이 엿보이지 않는다는 사실이다. 이는 이들 시인들의 시에서 발산하는 어떤 기운과 관련이 있기도 하고 독자들이 시를 읽을 때 반응하는 감정과도 관련이 있다. 시는 말과 글(언어)로 이루어지지만 그것으로 끝나지 않는 중요한 요소를 가진다.

오늘날 젊은 시인들은 이미 활자화한 시를 염두에 두고 시를 쓰기에 감성이 아니라 이성이 시 쓰기에서 중요한 구실을 한다. 한 편의 시에서 특출 나게 뛰어난 표현을 발견하더라도 거기서 시인의 실존의 고통과 삶의 표정이 보이지 않는다면 재기발랄한 말장난일 뿐이다. 시대의 추이에 발맞추기에 앞서 늘 시의 본질을 캐는 고민을 하지 않는다면, 그러한 시에서 얻을 수 있는 것은 체득하는 삶의 진실의 한 자락이 아니라 한순간의 지적 희열일 것이다. 지금까지 살펴본 세 시인의 시들은 이런 점에서 우려와 기대를 동시에 낳고 있다. 시가 다채롭지만 그 문제의식은 결코 가볍지 않기 때문이다.

말씀들

— 한국 현대시의 초상

1.

바싹 마른 땅 위로 먼지들이 날린다. 가끔 창백한 입들이 하나둘씩 나타나고 이윽고 쉰 소리가 갈라지며 나온다. '말씀' 이 생기자 세상은 밝아졌다. 밝아진 세상 사이로 장님들은 컴컴한 안경을 벗어던진다. 말씀을 향해 온 누리의 입들이 다가서며 한 줄 빛과 같은 광맥을 좇는다. 말씀은 진리가 되었다. 말씀이 이성이고 질서이고 코스모스이다. 시인은 말씀으로 하여 말씀의 샛길을 헤집는다. 말씀이 가지는 속성으로, 말씀의 절대성을 뒤집고 칼을 겨눈다. 말을 거슬러서 진실을 드러낸다. 하지만 이것은 무엇인가. 수많은 진실이 나왔지만 그 진실은 허깨비에 지나지 않았던가. 백성은 말의 허깨비에 휘둘렸다. 시인 또한 마찬가지다. 좀처럼 자신들의 말에 귀 기울이지 않고 고개를 돌리는 무지렁이들에게 고귀하고 값진 말씀을 뱉어낸들 달라진 게 없다. 이들은 정치가에 걸맞은 입술을 한 채 권유와 설득을 하지만 매번 힘없는 웅얼거림으로 속으로만 되뇌는 자신을 발견한다. 너무 무거운 짐은 이들 시인에게만

지운 건 아니다. 온 나라 백성이 말에서 생기는 괴물 같은 악취에 고통스러워한다. 장사꾼이 한 나라의 대통령이 되자 그가 한 말들은 정치꾼의 말이 되었다. 문화체육관광부장관이 된 어느 배우는 여전히 드라마 속 주인공처럼 말한다. 한 소설가는 '시위'를 '장난'처럼 본다.[1] '말씀'이 지닌 올바른 구실들이 쥐구멍에라도 숨었나 싶게 고약한 말씀들이 세상을 휘젓는다. 말의 격(格)이 아니라 말의 진상(眞想)이 그렇다.

말은 그만큼 성기면서 틈이 넓다. 플로베르는 말한다. "아! 나는 추잡한 노동자, 어리석은 부르주아, 바보 같은 농사꾼, 가증스러운 성직자에 질렸습니다! 그렇기 때문에 나는 내가 할 수 있는 한 고대 속에 빠지는 것입니다."[2] 글쓰기의 고통을 지독스레 겪은 이 사람은 제대로 된 말을 하기 위해서 과녁을 그 시대의 현장에서 싱싱하게 꿈틀거리는 인간들에게 돌린다. 이들은 일꾼이요, 장사꾼이요, 농사꾼이요, 종교의 탈을 쓴 사기꾼들이다. 예술가는 이들을 곁눈질하며 성토한다. 또한 자의식의 대가답게 시인 김수영은 이렇게 말한다. "내가 쓰고 싶은 글을 쓰기 않기로 맹세한 것도 이때부터이다."[3] 이럴 때 말은 자기검열에 자유롭지 않은 말들이고 날것으로서 시인이 품고 있던 사상(思想)이다. 그렇다면 오늘날 시가 들려주는 말씀들의 표정은 어떤가. 그 어떤 진실인가, 아니면 언어의 규칙을 뒤집는 아이러니인가, 비열한 사회 문법을 조롱하는 풍자인가, 자기 속박인가. 그러나 대개 오늘날의 시가 사회 문법에 벗어나 있다는 사실을 모르는 사람들이 몇이나 될까. 비참하게도 이들에게 말은 의미 없는 배설물에 지나지 않는 것일까. 또 다른 의

---

1) 소설가 이문열 씨는 2008년 6월 17일 평화방송 라디오 시사프로그램 〈열린 세상 오늘! 이석우입니다〉에 출연하여 미국산 쇠고기 수입반대 촛불집회를 촛불 장난에 비유하며 불장난도 오래 하면 결국 데일 것이라고 말했다.

2) 피에르 부르디외, 하태환 옮김, 『예술의 규칙-문학장의 기원과 구조』, 동문선, 1999, 54쪽.

3) 김수영이 쓴 '1956년 2월 9일'의 일기 가운데 한 구절이다. 「김수영 미발표 유고」, 『창작과 비평』, 2008년 여름호.

미를 내뿜기 위한 하나의 전략일까. 아니면 무의미한 언어들을 엮어서 시대를 향해 내던지는 자신들의 '포즈'로 위안을 받는 이상한 버릇을 지닌 자들일까. 태초에 생겨난 말씀들이 사람들을 한데 모이게 하여 법규를 만들고 그들이 가야 할 길을 제시하였다면, 오늘날은 '말을 위한 말'이나 수의(壽衣) 속에 쟁긴 고독하고 단단한 기표가 되었다. 이럴 경우 무덤덤한 자성(自省)이나 무미건조하고 백태 낀 발설에 지나지 않다.

인제는 이게 아닌데,
이게 아니어야 하는데,
자꾸만 이게 되는 그런 기막힌 경험을
이 나무들도 했는지 모르겠다
그런데 왜 잎은
매냥 똑같은 열매인지
마흔 지나고, 쉰 지나고
허연 살비듬 눈부시게 날리는
예순을 코앞에 두고도
나무들은, 악몽의 나무들은
반성하는 자신밖에 더 반성할 것이 없다

―이성복, 「누런 나무에게」 전문, 『문학동네』, 2008년 여름호

밤의 카페테라스에서 나는 지치지 않네
밤이 올 때까지 술을 마시면
나에게로 찾아오는 밤의 카페테라스
여기에서 타라스콩까지는 걸어서 두 시간
나는 지치지 않네, 타라스콩까지 전해줄 콩자루도 오늘은 없고

타고 갈 나귀조차 없으니 밤의 카페테라스에서
나는 지치지 않고 술을 마시네
골루아즈와 술의 나날들, 고흐가 와서 말리네
그래도 나는 마시네, 내가 마시는 술이
나를 자유롭게 하리니, 취해서 쓰는 글씨가 빼뚤빼뚤한 건
글씨의 몫, 오늘은 그대에게 전할 편지도 없으니
나는 취해서 밤의 카페테라스에 앉아 있고
고흐는 내 앞에 앉아 졸고 있고
나는 밤이 깊도록 지치지 않네 밤의 카페테라스에서 나는 지치지 않네

—박정대, 「노킹 온 헤븐스 도어」 부분, 『문학과사회』, 2008년 여름호

지리멸렬한 반성과 발설은 「누런 나무에게」의 "이게 아닌데"와 「노킹 온 헤븐스 도어」의 "나는 지치지 않네"와 같은 구절에서 옹골지게 나타난다. 이 두 시에서 말은 적잖이 죽어 있다. 하나는 거듭되는 내성(耐性)의 다짐으로, 다른 하나는 흐르는 시간에 몸을 떠맡긴 채로 자신을 놓아버리는 유유자적의 상태로 말들을 뽑아낸다. 이 두 시에서 말들이 죽어 있는 까닭은 온전히 제 속의 또 다른 자아에게만 말을 건네는 형식으로 이루어져 있기 때문이다. 적요(寂寥)하는 자리에서 시인은 혼잣말로 중얼댄다. 내면의 대화는 실상 문자문화의 언어소통 양식이자 내밀한 의식이 드러나는 일이다. 그러나 말씀을 속으로 되뇌고 공고는 일은, 이성복의 시처럼 "반성하는 자신밖에 더 반성할 것이 없"는 지경에 다다르는 것과 마찬가지다. 자신한테 말고는 더 이상 의욕을 부릴 만큼 말들을 쏟아낼 여력이 없다는 것이고, 매번 맨땅에 고꾸라지고야마는 로고스(logos)인 언어를 집어들어 뭉치 채로 듬쑥 가져다놓을 수밖에 없다는 심리다. 물론 '반성'은 문학의 오랜 주제 가운데 하나인

것은 틀림없다. 그리고 어쩌면 시에서 핵심이 되는 것으로까지 볼 수 있다. 그러나 반성은 어디까지나 사회구성원들에게 되돌릴 수 있는 반성이어야 하고, 보편 체험으로 녹아 있는 무의식의 한가운데에 파문을 일으켜 공감할 수 있는 죽비가 되어주는 반성이어야 한다. 명상에서 비롯한 정심(正心)은 어떤 말로도 나타낼 수 없다. 위 시들에서 말들이 죽어 있는 까닭은 말을 자족하는 감성의 형식으로만 머물렀다는 점과, 시의 특수한 언어표현방식으로서 말의 함축과 상징에 시인의 재량을 몽땅 쏟아부은 듯하다는 느낌과 연결된다.

2.

말의 사회성은 바로 말의 보편성이다. 시도 마찬가지다. 시라 해서 무슨 '특별한 말씀' 들로 짜여 있는 것은 아니다. 온갖 실험시 앞에 놓인 운명을 뻔히 짐작할 수 있는 것도 이와 연관한다. 그러나 이 점만은 분명하게 짚고 넘어가야 할 필요가 있다. 우리가 흔히 '언어예술' 이라 하는 시의 언어가 갖추어야 할 덕목이 있다면, 짧은 한두 마디로 많은 것을 생각하게 하고 사람들로 하여금 '정신의 지표' 로써 곱씹어보게 할 수 있어야 한다는 점이다. 시인들이 별것도 아닌 사실과 생각들을 알쏭달쏭한 말로 꾸미는 버릇은 늘 있어왔고 지금도 그렇다. '공부하는 시인' 은 결코 좋은 일이 아니다. 도대체 시인이 '공부' 를 한다는 게 우스운 일일뿐더러 그 '공부' 란 걸 많이 해서 시를 쓴다손 치더라도 시에 나오는 말들이 어떻겠는가. 여기서 '공부' 란 책을 읽어서 이론을 얻는 공부이다. 시인으로 하여금 강박감을 일으켜 최신 유행 담론을 수박 겉핥기식으로나마 익혀야 한다는 심리를 갖게 하는 장본인이 이른바 비평가와 문학연구자들이다.

먼저 두 편의 시에 나오는 대목을 차례로 들어보기로 한다.

훈훈한 피조물의 입장에 우리의 페로몬 수치는 급상승한다 우리는 반사적으로 그의 외모와 그녀의 가슴에 점수를 매긴다 우리가 원하는 건 깨끗한 표피나 빵빵한 부피가 아니다 스프레드시트 위에 빽빽이 들어찬 숫자, 이것만이 우리를 안심시킨다 180-70이나 36-24-35 같은 수치만이 우리의 긴장을 극에 달하게 한다 우리가 침을 삼키며 숫자를 거꾸로 세는 동안, 엘리베이터는 정확히 한 단계씩 상승, 상승, 상승

—오은, 「엘리베이터」 부분, 『세계의문학』, 2008년 여름호

아름다운 그녀, Y를 팔기 시작했다. 66에서 44사이즈로 혁명한 여자, 장기 무이자의 할부는 없었다. 온몸에 프라다를 감은 여자를 카메라가 핥아 준다. 등급은 LA갈비 수준이라는 보이지 않는 멘트가 화면 틈새에 박혀 있다. 단 한 번의 세일도 없을 거라고 쇼호스트는 협박을 했지만 상품은 이미 세일도 준비 중인 포즈다. 그녀를 사고 싶은 충동구매는 연봉이다. 그녀는 패스트푸드처럼 앉아 소비자의 입맛을 꼬드긴다. 평범한 재료를 사용하지 않았다는 그녀의 프로필이 컨베이어 벨트를 타고 흐른다. 그녀의 눈이 의문부호를 그리며 미소를 날린다. 웃음은 할인되었다. Y는 이미 프랜차이즈화 되었고, 곧이어 데릴사위 상품이 방송될 예정이다.

—양아정, 「마케팅」 전문, 『시와사상』, 2008년 여름호

위 시들을 아무런 거부감 없이 수월하게 읽어내려갈 사람이 도대체 몇이나 될까. 만약에 이런 시를 읽고 나서도 밥을 먹다가 갑자기 돌을 씹은 것 같은 낯섦을 느끼지 않는 사람이라면, 이는 분명 글의 해독에

빠져 있는 사람이고 우리 말의 실상에서 아주 멀리 벗어나 있는 사람일 것이다. 시의 내용을 따지는 게 아니라 시에 나오는 말의 쓰임을 지적하고 싶다. 두 시에서 함께 쓴 말인 '그녀'를 생각해보자. 조금만 생각하면 이 '그녀'란 말이 실생활에서는 아주 쓰지도 않고, 또 쓸 수도 없는 고약한 말인 것을 알 수 있다. 우리나라 근대문학이 막 싹틀 무렵 어느 소설가가 이 말을 맨 처음 만들어 썼다 해서 그 뜻을 중요하게 매길 수도 없는 노릇이며, 그 뒤로 비온 날 마구 생겨나는 대나무 순처럼 소설가고 시인이고 할 것 없이 너도나도 써왔다고 해서 우리 말이 될 수도 없는 노릇이다. 영어에서 여자를 가리키는 대명사를 들여와 본떠서 만든 일본말인 '피녀(彼女)'를 쓰지 않으면 안 되는 사정이라도 있는 걸까. 위 두 시에서는 모두 '여자'라 고쳐야 할 것이다. 남자와 여자를 구별해서 가리키는 대명사는 애초에 우리 말에는 없는 줄 안다. 내가 어렸을 때부터 지금까지 살면서 어느 누구 단 한 사람이라도 여자를 대신해서 '그녀'라 말하는 경우를 보지 못했다. 그런데 유난히 글에서는 이 말을 써도 된다는 어떤 '합의'가 있어왔던 듯하다. 입말과 글말이 이렇게까지 아주 동떨어진 데는 글을 쓰면서 먹고 사는 글쟁이들의 책임이 가장 크다. 이른바 지식인의 말이 백성이 하는 말에서 멀어질 때 문학은커녕 제 나라 말과 글을 송두리째 내팽개쳐버리고 딴 나라 언어에 군침을 흘리는 얼빠진 문화사대주의자가 안 된다는 보장은 없다.

다음으로 「엘리베이터」에 나오는 낱말인 '입장(立場)'을 보자.[4] 많

4) 어느 분이 이 글을 읽다가 이 대목과 관련하여 귀한 지적을 해주셨다. 시 제목을 보면 입장(立場)이 아니라 분명히 입장(入場)이라는 사실을 알 수 있지 않겠느냐는 말이었다. 그분의 지적에 부끄러웠으며 텍스트를 심사숙고하지 못한 내 불찰에 참담함을 가눌 길이 없었다. 그때 그분께 이런 말을 했던 걸로 기억한다. '경망스럽게' 텍스트를 읽은 점을 가리려는 내 궁색한 변명일 수도 있었겠지만, 좋은 생각거리가 될 것 같아서 그때 한 말의 요지를 간추리고 싶다. "주제넘은 말씀이 아니라 다른 사람이 쓴 글을 읽고 충분히 자기 생각을 서슴없이 드러낼 수 있어야지요. 다만, 제 글 핵심을 간단하게 덧붙이자면 이렇습니다. '훈훈한 피조물의

은 사람이 '입장' 이란 말에 담긴 뜻이 '어떤 사람이 능동적으로 구하고 찾아서 취하는 태도나 의견이나 견해' 를 품은 표현으로 생각하고 있는 듯하다. 나도 예전에는 그랬다. 이를테면 '입장' 은 좀 더 앞장서서 나아가려는 '적극적인' 뜻을 가지고, '처지' 는 어디에 묶여 있어서 스스로 어딘가 모르게 움츠러드는 '소극적인' 뜻을 가진다고 생각하는 것처럼 말이다. 이런 생각들은 사람들이 평소 살면서 자연스럽게 주고받는 말을 글의 잣대로 삼지 않고, 글에서만 보아온 '어려운 말' 이나 '배운 사람들이 즐겨 쓰는 말' 을 따라 써서, 마침내 글이 사람의 생각까지도 바꾸어놓은 대표 보기라고 본다. 아이와 농사꾼의 말이 가장 깨끗하고 이들이 쓰는 말을 시인들은 귀 기울여야 한다. 너 나 할 것 없이 수많은 사람의 말버릇이 흐려졌다. 시를 쓰는 사람이고 학문을 하는 사람이고 방송하는 사람이고 죄다 한자와 일본말, 그리고 외국말에 오염되어서 정작 우리 말은 천대받고 버림받기에 이르렀다. 글은 사람의 입에서 자연스럽게 나오는 말을 바탕으로 써야 한다. 그래야만 뭣 좀 배웠다는 사람들이 쓰는 두루뭉술하고 뜬구름 같은 말들은 자리 잡지 못할 것이다. 『표준국어대사전』[5]에는 '입장(立場)' 을 이렇게 풀이해놓았다.

> 당면하고 있는 상황. '처지(處地)' 로 순화

입장' 을 두고 제가 뭣에 씌어 '들어오다' 뜻을 지닌 '입장(入場)' 을 생각하지 않고 일본식 한자인 '입장(立場)' 을 단박에 떠올렸는지는 모르겠습니다만, 이래서 '입장' (두 가지 뜻 모두)이란 말이 문제가 크다는 생각을 또 할 수밖에 없습니다. 둘 다 우리 말로 풀어쓸 수가 있지요. 시인이라면 그래야 합니다. 어떤 뜻을 가진 '입장' 이라도 '훈훈한 피조물의 입장' 이라 할 때 '의(の)' 란 일본말법을 벗어날 길이 없습니다. '훈훈한 피조물이 들어설 때' 라 하든지 해야죠. 주제넘은 변명이었던 것 같군요. 빈 수레가 요란하다더니 꼭 제 경우가 딱 그러합니다."

5) 국립국어연구원, 『표준국어대사전』, 두산동아, 1999.

같은 사전에 '처지' 를 찾아보니 또 이렇게 풀이하고 있다.

처하고 있는 사정이나 형편

이 정도는 '제대로' 풀이하고 있다고 본다. 적어도 '일본말의 찌꺼기니 써서는 안 될 말' 이라고 하지는 않았지만 '순화' 란 말을 써서 '입장' 이란 말이 '쓰기에' 알맞지 않은 말이란 뜻을 슬며시 내비치고 있기 때문이다. 하지만 어떤 국어사전이고 모두들 낱말 수 늘이기에 혈안이 되어 있어서, 잘못 쓰고 있고 써서는 안 될 오염된 말까지 버젓이 우리 말인 것처럼 사전에 올리기 때문에 문제가 된다. '입장' 이란 말은 해방 직후에도 일본말이라고 해서 한글학회에서 쓰지 말자고 했는데도, 널리 사람들 사이에서 쓰이게 되었다. 소위 배웠다는 사람들이 좀 '유식' 하단 말들을 모조리 자신들의 말이나 글에서 시도 때도 없이 쓰는 버릇이 있어왔는데 오늘날도 그런 나쁜 버릇이 가시지 않고 오히려 알게 모르게 부추기는 일도 있는 듯하다. 우리는 '입장' 이란 말과 글을 주로 신문이나 방송, 그리고 책으로 만난다. 뉴스를 보거나 들으면, 보통 사람들보다 사회에서 힘깨나 쓰고, 많이 배우고, 직업이 훌륭한 사람들의 기삿거리가 나온다. 이들에게는 왠지 '처지' 나 '생각' 이나 '의견' 보다는 '입장' 이란 말을 갖다 붙여야 '어울릴 것 같은' 생각을 하는 모양이다. '입장' 을 일본 사람들은 '立場' 이라 쓰고 말은 자기네들 말로 '다찌바' , 다시 말해 '선 자리' 로 읽는다. 그런데 문제는 우리가 그런 사실을 모른 채 그들이 쓰는 한자를 우리 식으로 읽고 쓰는 데 있다. 흔히 쓰는 말을 들어보자.

입장이 난처하다.
입장을 밝히다.

검찰은 수사에 성역이 없다는 입장을 분명히 했다.

이런 말은 써도 괜찮고, 또한 마땅히 이래야만 상황과 뜻을 제대로 전달하지 않겠느냐 하는 생각을 하는 사람들이 많을 것이다. 그러나 실제로 우리가 흔히 쓰는 말을 살리면 더욱 여러 상황에 알맞은 뜻을 내보일 수가 있다.

처지가 어렵다.
의견(견해 · 생각 · 뜻)을 밝히다.
검찰은 수사에 성역이 없다는 태도를 분명히 했다.

'입장' 대신에 '처지 · 형편 · 의견 · 생각 · 태도' 따위 말로도 얼마든지 뜻을 뚜렷하게 밝힐 수 있다. 우리가 '입장' 이란 말을 유치원 때부터 선생님으로부터 들어왔고 초등학교 교과서마저도 버젓이 우리말인 것처럼 써왔기 때문에 이런 가당치도 않은 '말맛(뉘앙스)' 을 구하는 것 같다.

참으로 고약하고 쓸데없는 버릇이 뼛속까지 들어가 있어서 생각을 바꾸기가 쉽지 않다. 이건 마치 도시락을 '벤또' 라 말하고 나무젓가락을 '와리바시' 라 말하고 막노동을 '노가다' 라 말하고 성깔을 '곤조' 라 말하고 일을 끝내는 것을 '시마이' 라 말하고 결딴내는 것을 '쇼부를 본다' 라 말하고 와이셔츠 깃을 '에리' 라 말해야지만 왠지 그 상황에 어울릴 것 같단 생각이 드는 것과 마찬가지다. 우리 말을 죽이는 일이 일제 강점기 종살이 때부터 '본격적' 으로 있어왔지만, 이미 수백 년 동안 지배계층이 자신들의 기득권을 지키고 내세우기 위해 중국말과 글을 흉내내고 꾸미려고 노력해왔다. 지금도 마찬가지다. '입장' 과 가까운 예로 너도나도 쓰고 말하는 '미소(微笑)' 란 말을 잠깐 생각해보자.

양아정의 「마케팅」에서도 "미소를 날린다" 란 구절이 나온다. 우리 말에 '웃는다' 는 말이 있다. 왁자지껄 웃든 조용히 웃든 얄밉게 웃든 이 '웃는다' 란 말로 모을 수가 있다. 그런데도 '미소' 나 '미소짓다' 하는 이상야릇한 말을 언제부터인지 자주 쓰게 되었다. 이것도 일본말 찌꺼기다. 『표준국어대사전』을 뒤져보았다.

미소(媚笑)–아양을 부리며 아첨하듯이 웃음, 또는 그 웃음

;그래도 얼굴에는 분노나 비애의 기색이라곤 없다. 애교를 띤 미소가 얄밉도록 물살처럼 번지었다.(손창섭, 「유실몽」)

달빛 아래 웃음 치는 여인의 미소는 더욱 아름다웠다.(오상원,「벽지의 기록」)

미소(微笑)–소리없이 빙긋이 웃음, 또는 그런 웃음

;미소를 머금다/미소를 보내다/미소를 짓다

문득 그녀의 입가에 쓸쓸한 미소가 떠올랐다가 사라졌다.(이문열, 『변경』)

종술은 너그러운 미소로써 딸의 주눅을 풀어주었다.(윤흥길, 『완장』)

유 선달은 남술의 처를 흘끗 비껴보다가 빙그레한 미소를 띠며 아랫목으로 앉는다.(이기영, 「봄」)

사전마저 이처럼 친절하게 '보기' 까지 들고 있는 지경이다. 뒤집어서, 글 쓰는 사람들이 얼마나 '미소' 란 말을 쓰길 좋아하는지 알려주는 '교훈' 으로 삼을 만하다. 그런데 여기서 보면 '미소' 에 뜻이 조금 다른 두 개의 쓰임새가 있다는 사실을 알 수 있다. 하지만 나는 아무리 뜯어봐도 첫 번째 '미소' 와 두 번째 '미소' 를 구별하기가 어렵다. 이러니 더욱 문제가 있을 수밖에 없는 말이 된다. 배웠다는 사람들의 말과 글

이 이렇듯 기괴하고 야릇한가 보다. 우리가 글을 쓸 때나 말을 할 때, 이렇게 일본 사람들이 쓰는 한자를 그대로 한글로 음역해서 써버리면 뒤를 잇는 말들이 죄다 괴상하고 이상한 짜임새가 된다. 두 번째 '미소'의 쓰임새를 보면, "미소를 보내다" 하고 나와 있다. 어떻게 사람이 웃는데, 그 웃음을 보낼 수가 있는지 참으로 알다가도 모를 일이다. 그냥 '살며시 웃는다'나 '조용히 웃는다'나 '방긋 웃는다' 해도 뜻을 전달하는 데 전혀 문제될 게 없다.

사람이 평소에 쓰는 말은 바로 그 사람의 인격이라고 한다. 그런데 글은 그 사람의 인격뿐만 아니라 숨겨진 의식까지도 덤으로 고스란히 녹아 있다. 우리가 입말을 살려 쓸 생각을 하지도 않고 글말에 익숙해 있다는 말은 그만큼 '글'이나 '문학'이라면 '삶'과는 차원이 다르고, 또 왠지 그래야만 된다는 느낌에서 자유롭지 않기 때문이다. 더욱이 '시'라면 문제가 커질 수밖에 없다. 시란 무엇이며 어떻게 쓰는 게 바람직한가. 공부가 부족해 섣불리 단정해서는 안 되겠지만 적어도 한 나라의 시인이라면 그 나라 백성들이 쓰는 말과 말법을 익혀야 하고[6] 유심히 관찰해서 정말 살아 있는 말로 시를 써야 할 것이다.

3.

시에 쓰인 말이 보통의 사람들이 쓰는 입말에서 멀어져 있다는 것은 두말할 필요도 없이 시가 실상에서 멀어져 있다는 말이 된다. 이것은 아주 오래전부터 지식인들과 문학하는 사람들이 쓰던 말이 가진 '비민

6) 굳이 익힐 필요도 없이 자신이 나서 부모님들로부터 어떤 말을 배웠고, 자기가 어떤 말을 해 왔는지 조금만 생각하면 될 일이다.

주성' 이고, 예술과 정치란 이름으로 백성들을 짓밟고 억압해왔던 비참한 말의 내력이 마침내 닿은 결과이다. 두껍고 단단한 유리로 만든 성 안에서 시인들이 알쏭달쏭한 말로 유희에 빠질 때 독자들은 만지고 싶으나 늘 만질 수 없도록 하는 '말의 경계' 에 절망한다. 유리로 만든 벽은 애초에 시인이 가져다놓은 것이 아니라 오랜 세월 동안 저절로 만들어진 통곡의 벽이다. 벽을 경계로 '말' 이 서로 갈라지는 것은 당연하다. 벽 안의 말은 시인이 현실에 발을 붙이지 않고 책상머리에 앉아 머리로 만들어 짜낸 억지스러운 말이고 어릿광대의 말이다. 저도 모르게 오염된 외국말법을 쓰면 그 사람의 정신까지 병든다. 자신은 결코 병들었다는 사실을 깨닫지 못하는 무시무시한 병. 이런 병을 앓는 사람이 쓴 시가 대개 '퇴폐' 로까지 이른다. 이른바 '미래파' 시인이 쓴 시의 대목들이다.

엄마가 도끼로 책상 서랍을 찍을 때
그 아래 그저 졸고만 있던 여자가 있었다
서랍 속에서 끄집어낸 검은 봉지 수십 개가 찢어발겨졌고,
피에 젖은 채 돌돌 말린 수백 개의 생리대마다
아름답다, 빨간 리본이 묶여 있었다
성탄절 소나무에 오너먼트로 쓰면 예쁠 것 같아서
기쁘다 구주 오셨으니까
이는 나의 거룩한 동정,
메리 크리스마스야

(…)

아버지가 곧 죽는다 하였는데

옷 투정하다 끝내 임종을 못 지킨 여자가 있었다
그렇게 매일 입을 옷이 없어
발가벗은 채로 약속 장소에 나가 있던 그녀였다
그러니 누가 여자에게 돌을 던질까 하였거늘
헤어진 애인은 냅다 여자의 옷장에다 불을 질렀다
옷장 가득 내가 사준 옷들 활활 잘 타라고
이로써 여자는 더욱 확고해졌다
씹새야

—김민정, 「그녀의 동물은 질겨」, 『문학과사회』, 2008년 여름호

글에서 익혀 저도 모르게 툭툭 써버리는 외국말법은 실상에서 느끼는 현실감을 잃어버리고 곧바로 관념의 세계에 빠져버린다. 관념의 몰입이 지성의 한 자락을 꿰차는 건 아니다. 지성은 어디까지나 현실에 발 딛은 자리에 바탕을 둔 올바른 생각에서 비롯하고, 이 올바른 생각이 앞으로 나아가야 할 세상의 본모습을 제시하고 끌어당길 때 그 빛을 낸다. 그런데 모든 사고와 관념과 알맹이가 되어주는 '말'이 외국말법에 오염되었다면 문제는 심각해진다. 위 시는 '쉬운' 말로 쓰여 있지만 "나의"와 "그녀" 같은 일본말법이 들어가 있다. 아마도 시인은 이 사실을 의식하지 않고 그냥 썼을 것이다. 책을 줄곧 읽어오면서 버릇이 들어 저도 모르게 외국말법을 쓰면 일단 '시'라 하는, '순정한' 나랏말을 살려 그 현실의 생생함과 진득한 생활의 묘미를 예술의 감동으로까지 끌어올려야 하는 말들이 진실성을 잃어버리고 말장난으로 떨어진다. 게다가 시인 자신이 만들어놓은 말의 그물(이는 곧 관념을 둘러싼 말의 울타리이기도 하다) 바깥으로, '비속어'를 툭 던져서 감정의 절제마저 놓아버릴 때 이 시가 가진 단점은 뚜렷하다. 비속어를 썼다고 해서 비판하는 것이 아니라 결코 우리 말이 될 수 없는 '유령의 말법'과 속된

'구어(口語)' 가 결합하여 정신의 두 간극, 다시 말해 분열하는 의식이 담고 있는 섬뜩한 표정을 거리낌 없이 시로 갈겨놓았다는 까닭에서 그렇다. 이는 시의 죽음이자 말의 학대가 아니겠는가. 나는 이런 모습에서 '퇴폐' 를 본다. 제 스스로 그럴 필요가 있어서 그랬든, 아니면 늘 이런 요란한 시를 보면 무턱대고 무슨 대단한 의미와 징후라도 캐낼 수 있지나 않을까 코를 킁킁거리고 눈을 희번덕거리는 얼치기 평론가들을 의식해서 그랬든 사실이 그렇다. 억지가 끼어들 틈이 없는, 진실한 감정을 갈무리해야 할 정신의 예술이 아니라 "살아 있는 형식 위에 고의의 옷을 입히고 자연의 색깔 위에 화장품을 바르기를 좋아하"[7]는 이런 시를 두고 사람의 자연스러운 정신의 실상과 아주 동떨어진 '퇴폐' 가 아니면 뭐라 불러야 하나.

얼마 전 중학교 1학년 학생이 써서 석간에 '입상작' 으로 뽑힌 한 생활글을 읽다가 "그럼에도 불구하고" 와 "일체유심조" 란 말이 들어 있어서 깜짝 놀랐던 적이 있다. 이제 갓 사춘기에 접어든 아이가 일본말 찌꺼기와 뜻을 온전히 이해했다고 보기 어려운 한자어를 써서 버젓이 좋은 글이 되어 신문에 실렸다면, 이 나라 말의 형편과 실상이 불을 보듯 뻔하다. 여기에 시인들도 한몫을 하고 있다. 말을 부리되 쓸데없이 지식의 허영에 빠지지 않고, 놀라운 상상력을 보여주되 보통의 순한 사람들이면 누구나 능히 그 마음 밭에서 우러나올 수 있는 말들의 소박한 길을 바라는 게 무리일까.

광우병 소고기 문제 따위로 나라 안팎이 어수선한 지난여름이었다. 이에 따라 봇물 터지듯 쏟아져 나온 말의 홍수 가운데서도 유독 시인이 내뱉은 말들(시)에 돌연 귀가 솔깃했다는 점을 지금에 와 되새길 때 아

---

7) M. H. 아브람스, 최상규 옮김, 『문학용어사전』, 보성출판사, 1994, 4쪽. '유미주의와 퇴폐주의' 항목 참조.

연실색해진다. 바로 활개 치듯 들쑤시고 다니는 온갖 병든 말들의 진탕 속에서 시인이 외따로 쌓아올리는 언어의 바벨탑, 그 멈출 줄 모르는 '부실공사'의 현장에서 자꾸 썩은 이처럼 달그락거리는 말들의 비명이 환청으로 들린다. 이 언어의 비명은 속은 온데간데없고 껍데기만 화려한 데서 오는 말들의 추접함과, 진실한 고통과 삶의 묘의(妙意)를 맛보지도 않고 엄살 부리는 과장된 말들이 내지르는 소리다. 큰물 지듯 넘쳐나는 여러 작품들이 약속이나 한 듯이 자못 심각한 표정을 짓거나 전혀 이 세상에 존재하지도 존재할 수도 없는 별스런 곳을 떠다닌다는 느낌을 지울 수 없다. 시인이 피땀 흘려 벼른 말들이 사회와 역사처럼 좀 더 넓은 눈길로 펼쳐질 때 확인할 수 있는 내면성의 실종도 지금까지 말했던 문제들과 겹쳐진다.

시인은 모든 것을 말해야 한다는 강박을 떨쳐버리고, 또한 이제껏 아무도 해보지 않았던 형식을 만들어보겠다는 철없는 생각에서 벗어날 필요가 있다. 다시 말해 자기 마음에서 우러나오는 한 가지 감정에 충실하고 천착해서 이를 쉬운 말로 나타내려고 노력해야 한다. 시의 깊이는 어려운 말을 쓰고 남의 나라 말법으로 주구장창 엮어낸다고 얻을 수 있는 것이 아니다. 깊이 따위야 처음부터 생각해보지도 않았고 그런 말이라면 개나 주어버리라는 독특한 '시론'을 가진 시인도 있는 줄 안다. 모로 가도 서울만 가면 되듯 어떤 말을 지껄이든 잡지에 '시'만 실으면 그만이지 하는 생각을 가지는 걸까. 최근 젊은 시인들이 보여주고 있는 '난해시'들이 이런 의심에서 비켜나길 바라는 마음 가득하다. 결국 문제의 본질을 따져볼 때 시를 쓸 때 갖는 마음가짐과 이를 예술작품으로 나타내지 않고는 못 배기는 표현의 욕구 사이에 어지럽게 놓여 있는 공간을 될 수 있는 대로 단순하면서도 진실한 내면 충동으로 소박하게 가져다 놓아야 하지 않을까. 허장성세가 아니라 질박한 말들을 엮되 결코 간단하게 넘겨버릴 수만은 없는 생각거리들을 남겨놓는 시, 이런 시일

수록 시의 개성이 뚜렷해지고 느끼는 바가 크다.

> 숙아 이 도시가 벌레였다. 어디서나 근질거렸고 귀속에 입속에 도시는 파고들어도 나는 도시를 잡거나 내 쫓지 못해 괴로웠다. 입 안에서 서물거리는 귀속에서 바스락거리는 징그러운 숙아 와서는 유행가 가사처럼 못보고 가더래도 나마저 벌레로 어딘가 살아있음을 그레고리 잠자처럼 한 마리 갑충이거나 변태를 기다리는 벌레임을 알아 옛정에 매이지 말고 말없이 가다오. 내 이 벌레의 삶에도 날개가 돋는다면 숙아 가다가 생이 다하더라도 너를 향해 나래를 칠 테니 숙아 고부에 삼례에 봄이 왔다는데 죽창처럼 싹들이 돋아난다는데 숙아, 숙아
>
> 숙아 난 이곳에서 벌레의 얼굴로 벌레로 벌써 인생의 오 할은 살았다.
>
> —김왕노, 「숙아 벌레가」, 『신생』, 2008년 여름호

남의 나라 말법이나 번역투가 이 시에서는 안 쓰였다. 그리고 어려운 한자어도 없다. 그렇기 때문에 더욱 소중한 시가 된다. 이는 먼저 시인이 "숙" 이한테 직접 말을 건네듯 보내는 글로 이루어져 있어서 글말에서 흔히 볼 수 있는 외국말법과 현학적인 문체를 굳이 쓸 필요가 없기 때문이기도 하거니와, 어떤 절박한 심정이 쓸데없는 말의 장식을 내몰아서 좀 투박한 대로 시인이 느끼는 감정을 진솔하게 담으려고 애를 썼기 때문이다. '도시' = '벌레' = '화자' 의 도식으로 이어지는 화자의 말은 숙이를 향해 "나래" 를 치는 앞날의 의지로 귀결되는 듯하다가 다시 지금 "벌레의 얼굴" 이라는 끔찍한 자기부정의 확인으로 돌아간다. 벌레 같은 삶을 되돌아보는 시인의 마음이 절실하게 드러나는 시다. 그런

데 시인은 "변태를 기다리는 벌레"라 하여 스스로 희망을 놓지 않고 언젠가 힘찬 날갯짓을 할 날을 손꼽아 기다린다. 하지만 희망이 굴절되고 비틀어지는 인생의 고행 또한 그가 아주 잊은 건 아니다. 이런 경우 이 시가 삶의 희망과 현실의 고통을 대비하면서도 결코 인식의 이분법에 빠지지 않는 아슬한 마음의 상태를 가득 안고 있다고 보아야 하지 않겠는가.

말이 부리는 요술 같은 반향을 생각할 때 궁극에는 변용될 수밖에 없는 시의 말을 어느 하나의 틀로 규정짓기는 어렵다. 그러나 말법과 문체 이전에 존재하는 한 줌의 마음, 이 그윽하고 심란한 물건이 상하지 않은 채로 아주 새로운 말의 경지로까지 증폭시키는 그 무엇은 어디에서 찾아야 할까. 과연 그것이 있느냐는 물음과 함께 이를 각자가 궁구해내고 밝혀서 가난한 시대에 등대 같은 말들을 창조할 때이다.

빈들에 피는 꽃

— 2009년 가을의 시들

백 마디 말이 침묵보다 못할 때가 많다. 침묵이 백 마디 말보다 더욱 깊은 뜻을 담고 있을 때가 있는 것이다. 수상한 요즘, 세상에서 제 목소리 힘주어가며 여기저기 내뱉는 사람들과, 눈에 보이지는 않지만 입 다물고 시름 가득 삭이면서 세상을 궁리하는 현자들이 마구 뒤섞여 있을 것이다. 요즘 최수운 선생의 불연기연(不然其然)을 절감한다. '아니다 그렇다', 이 말 한마디가 그 혼란한 마음을 온전히 나타낼 수 있을까. 병들어 신음소릴 내면서도 제 앞에 놓인 떡을 보며 딴 생각을 품는다. 당장 앞날이 어찌될지 짐작조차 할 수 없는 사람들이 제 잘난 맛으로 무리 속을 헤집고 다니면서 전횡을 일삼는다. 이미 도인은 세속을 벗어나 시방세계의 모든 경계와 색(色)을 하나로 관통한 채 무연한데, 시정잡배들이 도사연하며 백성들을 이리저리 갈라놓고 혼줄을 잡았다 놓았다 어릿광대짓을 한다. 세상일이 그렇듯 시간이 지나면 거짓과 위선은 밝혀질 터이지만, 조롱에 갇힌 새가 조롱 밖 세상을 꿈꾸지만 결국 자신의 처지를 깨닫고 노예의 삶을 제 생의 전부로 수락하듯 우리 모두는 이성과 지혜로움을 한갓 머릿속 모퉁이에 처박아둔 채 오물투성이인 현실에 투항해버린 건 아닐까 의심해본다.

이런 뜻에서 보면 나 같은 글쟁이들뿐만 아니라 만원 지하철에서 제 앉을 자리가 어디 없나 눈을 희번덕거리는 칠순 어르신들까지도 불행한 세상을 지탱하는 데 일조하는 공범들이다. 그러나 따지고 보면 저마다 이룩한 자잘한 일상의 과업조차 훗날 이루게 될 빛나는 역사의 조연이지 않겠는가. '아니다' 하지만 '그렇다' 이다. 무슨 비상한 지략이나 혜안이라도 문득 생겨서 하는 말이 아니다. '진실' 이 온갖 형태로 옷을 바꾸어가며 우리들 앞에서 휘저을 때, 죄다 당달봉사처럼 헛맹세와 헛소리와 헛구역질을 해대는 속에서도 그 '진실' 의 옷자락만이라도 스쳤겠다는 낌새마저 우리는 어쩌지 못하는 법이다. 기득권자들이 아무리 '4 · 19' 나 '5 · 18' 같은 역사적 진실을 호도하려 발버둥쳐도, 이런 '역사적 사실' 마저 숨길 수는 없듯이, 자기가 속한 울타리 안에서 짐짓 무게 잡으며 구성원들의 개성 활짝 핀 춤사위를 획일적으로 붓질하려 해도 두 눈을 가진 사람의 망막에 찍힌 진실의 흔적은 지우지 못한다. 다만 혼탁한 세상에 널린 편린들을 망각하지 않고 오롯이 '다음의 삶' 을 위한 반면교사로 삼을 수 있을 때 오늘날 우리가 맞고 있는 고난은 훌륭한 거름이 될 것이다. 자유와 평등이라는 자유민주주의 사회의 대전제는 우리가 앞서 들었던 비유인 '조롱에 갇힌 새' 의 처지를 수락하는 순간 공중으로 휘발해버린다.

조금 장황하게 허두를 채웠던 까닭은 다른 데 있지 않다. '상식' 이 '비상식' 이 되어버리고 '대전제' 가 '수의적인 조건' 이 되어버리는 우리 시대의 잡음들이 비단 작품 바깥에서만 일어날 뿐인 풍경으로 보지 않았으면 하는 생각이 들어서이다. 문학 작품은 바로 작가의 세계관과 인격이 굴절되고 변용되어 만들어진 하나의 '실체' 이자 '현상' 이다. 그 위에 '예술' 이라는 거죽을 덮어 씌웠을 뿐이지만, 오히려 '세계관'

과 '인격'이 '예술'이라는 참된 형식이 되어 나오는 순간부터 작가의 개성은 '공적인 문화'가 되어버린다. 글쓰기가 문화 창달의 중요한 양식이 되는 까닭도 이러하다. 그렇기 때문에 글 쓰는 자의 창작 태도는 이중의 구속으로부터 자유롭지 못하다. 하나는 작가 이전에 '사람'으로서 자기표현의 자유에 충실하되 삶과 세계의 가치 효과에 적극 개입해 들어가야 한다는 의지가 그 하나이고, 또 하나는 그렇게 해서 만들어낸 의식과 내용에 예술적 진실을 부과하는 작가적 책임 윤리이다. 만행에 가까운, 아니 몰상식한 행동과 언사들이 상식과 윤리란 이름으로 진행되는 오늘날의 사회문화 현상 속에서 시의 기능을 새삼 떠올리게 된다.

지난 해 이 곳 와서 보니 첫째가 담장이 너무 길어서 그것도 붉은 벽돌로 쌓아 놓아서 그게 내게는 맞지 않아서 감옥 상징으로 쉽게 떠올라서 그걸 치우려고 넝쿨 장미를 올렸더니 애기똥풀들이 노오랗게 받쳐 주었고 올해부터 꽃이 피기 시작했다 꽃지우개, 감옥지우개, 자유의 꽃 씩씩하게 피어나기 시작했다 쉽지, 금방 나오는 답이어서 재미가 없지, 탄력과 긴장을 신봉하는 너에게 비유가 없는 실체는 실체가 아니겠기에 조심스러웠지만 어쩌겠니 나는 요즈음 와서 새로 태어나는 보편을 사랑하게 되었다 요즈음 와선 초월로만 남아 있는 생짜는 신뢰가 가지 않게 되었다 돌아온 보편! 生家로 돌아온 병사! 승리의 특무상사와 한편이 되었다 그의 때 절은 군복을 빨아주는 이곳이 행복한 삶이 되었다 돌아온 보편을 사랑하게 되었다 원래 보편에서 시작되어 초월로 가고 다시 보편으로 태어나게 되어 있다 本色이다 자연이란 가장 커다란 本色, 가장 커다란 보편의 맨몸, 아주 좋다 넝쿨장미 本色 피었다

—정진규, 「돌아온 보편」 전문, 『신생』, 2009년 가을호

"本色" 이고 "자연" 이고 "가장 커다란 맨몸" 을 섬기겠다는 시인의 말에 나는 깜짝 놀란다. 그런데 다시 생각해보니 당연하다. 시인이 자연이란 본래 빛깔(本色)을 외면하고서야 시를 쓸 자격이 없다는 것은 상식에 속한다. 하지만 지금까지 많은 현대 시인들은 '자연' 을 의심해왔고 일부러 제쳐두었다. 오히려 '자연' 과 멀어질수록 '참신함' 이나 '새로움' 이라는 꼬리표를 달았다. 거기에 질박한 풍자나 극한의 지대를 되짚고 돌아오는 자기반성은 없고 오로지 '죽임' 과 '조건 없는 반항' 만이 전면을 꿰차고 있지 않았던가. "돌아온 보편을 사랑하게 되었다 원래 보편에서 시작되어 초월로 가고 다시 보편으로 태어나게 되어 있다" 고 시인은 말한다. 열병난 사람처럼 너무 멀리 떠돌아다닌 자가 따뜻한 보금자리로 돌아와서 벽에 등을 기대듯 태초의 자리에 대한 믿음과 안식이 엿보인다. 자연스러움이 보편이고, 보편은 되찾아야 할 생명의 빛깔이다.

시인은 본디 보편에 기울게 되어 있다. 그렇다고 변종이나 특수를 저버리지는 않는다. 다양성과 개성은 참다운 보편을 밑에 깔고서야 꽃 피우는 것이라 할 수 있다. 작품성을 가르는 기준도 무작정 참신함이나 전통에 대한 반역만으로는 안 된다. 보편을 껴안은 창의성이야말로 우리 시대 시가 나아가야 할 길이 아닐까. 위의 「돌아온 보편」에 언급한 "탄력과 긴장" 또한 진정한 보편의 정신을 바탕으로 해서만 그것의 기능을 제대로 보일 수 있다. 보편과 긴장 · 탄력 · 특수 · 변종 따위가 한데 뭉쳐 있어서 기우뚱한 형식을 이루는 시는 독자들에게 어떤 '떨림' 을 준다. 파르르하니 떨리는 감성은 바로 시인이 의도하지는 않았지만 작품이 파급하는 효능 가운데서도 궁극의 자리에 가깝다. 비뚜름하고 엇나가는 형식 원리는 바로 민족미학의 줄기이지 않은가. 인식과 스타일이 완전히 일치하는 것이 아니라 진정한 보편 의식을 함축한 작품 내용을 더욱 빛나게 하는 외형으로서 언어의 배치는 미적으로 완결된 세계를 보여주는 것이다. 의미 있는 시는 이를 지향한다.

오른손이 연서를 쓰고 있을 때
주저없이 잘려나간다 왼손
그때 세상의 장미는 잎사귀를 들추고 줄기를 드러내며
기꺼이 꺾일 작정을 한다

두 발이 그대 오실 길에 숨어있는 돌부릴 걷어찰 땐
미련 없이 떨어져 나간다 귀때기
身體髮膚受之父母, 라 했거늘
일점일획도 안남기고 죄다 쏟아버려
아 나는 한 개 소라껍데기
밀물 져 오는 천리 밖 숨소리가 담긴다

목통이 툭, 건강원 거위처럼 잘려나간다
켜켜이 쌓여 있던 그대 이름 분수처럼 뿜어져 오른다
꿈만 같은 현장을 담고 있던 눈알이 쏙 빠진다
떼굴떼굴 굴러가 그대 어두운 발밑에서 멈춘다
천량성이 빛난다

이건 꿈이 아니어도 좋다
목석 같은 사람아,
단 한순간이라도 그대 흔들릴 수만 있다면

—원무현, 「황금분할」 전문, 『부산시인연대』, 2009년 가을호(제1호)

"단 한순간이라도 그대 흔들릴 수만 있다면" 하고 시인은 바란다. 그러나 마치 "오른손이 연서를 쓰고 있을 때" "잘려나"가는 "왼손"처럼 시인의 염원은 반드시 생각지도, 상상할 수도 없는 사태를 그려 보이면서 형상화한다. 3연까지 진술한 기괴한 시적 상상이 「황금분할」이 지향하는 예술적 · 미학적 원형질이라면 마지막 줄인 "그대 흔들릴 수만 있다면" 하는 가정은 단순한 바람을 뛰어넘는다. 화자는 존재의 대칭이 주는 미적 효과를 "그대"라는 미지의 대상에까지 확대하려 한다. 아니 미지의 대상을 확대한다기보다는 제 속에 들앉은 원초적인 희구성을 부조하여 빗금을 치고자 하는 것이다. 본디 시의 탯줄은 이렇듯 감각적이다. 그런데 이러한 감각은 제목이 암시하는 바 '황금분할', 즉 더 이상 넘치지도 모자라지도 않는 절대비율로서만 의미가 있다. 이것이 바로 시인이 이상으로 삼는 감각과 이성의 조화와 균형이다. 기하학적인 언어 사용이 돋보이는 이 작품에서 우리가 주목해야 할 점은 시에서 표현한 언어 형식이 꽃피운 가장자리에 묵직하게 걸터앉은 시인의 철학이다. 시인이 바라마지 않는 꿈이란 불가능한 것일지라도 그 꿈을 형상화하는 과정과 진실한 속내를 드러내는 수법에 귀 기울일 때 그의 시미학적 궤선을 만질 수 있는 것이다. 범박하게 말해 꿈('황금분할'의 이상)과 현실의 거리를 짐작할 수 있다.

꿈과 현실 사이의 괴리는 모든 시인이 겪는 아포리아이다. 이미 완결된 시 형식을 보여주는 시라 할지라도 그 안엔 듬성듬성한 구멍과 틈으로 가득하다. 완전무결한 세계 따위를 부정하고 환상과 경계를 훔쳐보는 시인들조차 어쩌지 못하는 언어의 속성이다. 위 시 「황금분할」이 지극히 기하학적인 세상에서 탄생하는 부조리한 삶의 인식을 형상화했다면 김병수의 「몽환夢幻」은 의식을 저당 잡힌 채 꿈과 현실의 경계에서 부유하는 무중력의 주체를 드러낸다.

내가 술을 마실 때 너는 밥을 먹는다 백열등 깜박이는 순간 식탁의 것이 뒤 바뀌어 밥이 술이 되고 술이 밥이 된다 내가 인도로 나설 때 너는 버스 뒷자리에 앉는다 두 다리가 앞으로 움직이면 바퀴는 뒤로 출발한다
(때로 바퀴벌레도 새가 되어 허공을 날지)

네가 서면일번지 마리포사 레스토랑으로 들어갈 때 나는 광안리 백사장에 습관처럼 머리를 박는다 낡은 카세트 스탑 버튼처럼 바다는 지워지고 삐쩍 마른 몸만이 부레처럼 파닥거린다
(남포동 극장은 네가 아니고 내가 아니고는 영사기를 돌리지 않지)

내가 건조한 애도 속에 입관될 때 너는 꽃다발 사들고 문화산부인과 어느 호실에 들러 누군가의 출생을 호들갑스럽게 축하한다 영정사진은 넘어지고 아기는 가쁜 호흡에 인큐베이트 안으로 들어간다
(네가 산모가 될 것 까지는…정말 아냐)

하얀 시트 걷고 유령처럼 벌떡 일어나 고함친다
도대체
넌 누구냐!

—김병수, 「몽환夢幻」 전문, 『시의나라』, 2009년 가을호.
제11회 『시의나라』 신인상 수상작

"내"와 "네/너"는 도플갱어처럼 서로에게 밀착해 있지만 실은 전혀 연관성이 없는 행위를 보여준다. 그런데 이 두 주체들은 각자의 움직임이 상대방의 실존 근거가 되어 뗄 수 없는 관계에 빠져 있다. "술을 마실 때" "밥을 먹고", "인도로 나설 때" "버스 뒷자리에 앉는다". 그리고 "레스토랑으로 들어갈 때" "백사장에 습관처럼 머리를 박"고, "입관될

때" "누군가의 출생을 호들갑스럽게 축하한다". 여기서 "내"가 "너"여도 좋고 그 반대여도 상관없다. '나'라고 인식하는 주체성이 흔들릴 때는, 현실을 현실로 바라보는 이성적 사고가 망가진다. 시인은 혼몽한 주체, 분열하는 주체의 한 증표를 시로 보여주고 있다. 이러한 무중력의 주체가 우리 시에 자주 등장하고 있는 사실을 최근 우리 시 문학 조류의 하나로 분석해서 유추해도 별 무리가 없을 것이다. 그러나 시인의 주체성과 세계관이라는 포석 위에서 위 시를 바라볼 때 주체적 인식과 분열적 혼몽 사이의 균열과 틈을 시적 언어가 빚어내는 개성의 표징으로 자리매김할 수도 있다. 그것은 시의 실험이기도 하지만 시인이 끝내 붙들어 매고자 하는 근대적 자아의 완성과, 이를 희미하게나마 예술적 형상화 의지의 흔적으로 제시한 데서 확인할 수 있다.

자아와 대상, 주체와 객체가 대립하고 있다는 '의식'은 사실 선험적인 것이 아니라 만들어진 것인지도 모른다. 이러한 인식을 바탕으로 할 때 '환상' 조차 현실과 사실이라는 물질적 좌표를 벗어나는, 반드시 존재하는 어떤 영역으로 설정할 수 있게 된다. 따라서 환상을 그리는 시조차 완벽한 알리바이를 적용할 수 없다는 점을 시인은 알 필요가 있다. 하지만 시인은 환상을 보여주면서도 그가 착안하고 설정한 '비현실'의 기운에 빠져들어서는 안 된다. 대상과 소재는 작품 전체의 미적 형식으로 통합하는 일부분이 되어야 한다.

흐르는 냇물에 한 다리를 들고 서 있는 백로를 본다
저 껑충한 키에 외다리라니! 물음표 모양의
가시관을 쓴, 무슨 천형처럼 쓸쓸해 보인다
그러나 표정은 오선지에 음표라도 떨어뜨리는지 골똘하다
물 밑의 불립문자들이 지느러미라도 파닥이는지
오로지 한가지 생각만으로 무념무상이다

그 반가사유는, 맺힌 물방울처럼 곧 떨어질 듯 아슬해 보이지만
무대 위의 발레처럼 우아해 보이기도 한다
물의 백지에 묵언의 긴 편지를 쓰는 물방울의 펜촉 같기도 하다
그 사유의 부리는 불확실한 생의 언표 위에만 머무는 것 같지만
말해질 수 없는 것이 말해질 때처럼,
오래 물에 담겨, 차가워진 발을 바꾸어 다시 물을 딛는다
여전히 해독할 수 없는 껑충한 키에, 외다리이다
그러나 물 바깥에서 따뜻하게 데워진 한쪽 발의 체온은
면벽의 물거울에 비친 얼굴에 발그라니 핏기를 돌게 한다
말할 수 없는 것의 恒念이다
물음표 모양의 가시관이 白勞처럼 빛난다

—김신용, 「물방울 춤」 전문, 『창작과비평』, 2009년 가을호

시인은 "백로"를 바라보며 생각에 빠진다. 시인이 응시하는 백로는 시 전체의 메타포이자 주요 제재이다. 말간 수묵화를 보듯 시인뿐만 아니라 독자들조차 묵언과 정념에 붙잡히고 만다. 백로의 모습은 "무대 위의 발레처럼 우아해 보이기도" 하지만 또한 "물의 백지에 묵언의 긴 편지를 쓰는 물방울의 펜촉 같기도 하다". 시인에 따르면 '물방울 춤'이다. 시의 대상이 나타내는 그림과 동작들은 시인에게 언어로는 표현하기 힘들 정도의 느낌을 주지만 고작 수사와 비유의 덧댐으로 그것을 묘사할 뿐이다. '물방울 춤' 이란 무엇인가. '물방울' 과 '춤' 이 구성하는 어긋남과 언어적 경사(傾斜)는, 시인이 작품에서 나타내 보이려고 했던 하나의 '뜻' 은 아니었을까. 그 의미에는 현실이 삭제된 것처럼 보이지만 오히려 현실을 가득 품고 있는 마법의 풍선처럼 쓸데없는 화살표로 건드릴 때 갑자기 터져버려서 그 속엣것들이 와르르 쏟아질 듯하다. "면벽의 물거울에 비친 얼굴에 발그라니 핏기를 돌게 한다." 바로

이것이다. '면벽'을 이루게 하는 경계, 이는 실체와 허상이 서로를 알아보며 헛표정을 짓는 선이다. 하지만 "핏기를 돌게"하는 신령한 노동을 불러일으킨 실체 공간("물 바깥에서 따뜻하게 데워진 한쪽 발의 체온")에 대한 흠모와 섬김이 전제가 될 때 두 경계가 만들어내는 창조적 활성화는 비로소 미적 의의를 띨 것이다. 자연의 깊이를 천착하면서 그것이 주는 신비성을 뚜렷이 붙들어 맨 시인의 자질이 선연하다.

연어가 하늘을 난다
또 다른 정착을 위해 지느러미에 힘을 싣는다
떠나는 것은 늘 혁명이 일어나는 시간이다
보습한 흙 속엔 반동을 누르고 죽음을 이기고
부활이 일어난다
잠들어 있거나 죽은 것이 아니다
세상엔 때론 단절과 파편이 필요하다
희망 없는 자들에겐 시작이 될 수 있다
의미 잃은 기표와 저항 없는 몸짓과는 달리
풀은 말없이 저들의 시간을 지키고
나무들은 자신들의 시간을 즐긴다

—심우기, 「빈들에서」 전문, 『주변인과詩』, 2009년 가을호

존재는 '있음'이고 '됨'이고 '그러함'이다. 시인에 따르면 "저들의 시간을 지키고" "자신들의 시간을 즐"기는 "풀"과 "나무" 같은 것이다. 사람이라고 해서 달라질 건 없다. '불연기연'의 묘리를 터득할 재주는 없지만 우리 모두는 '무엇'이 존재를 존재답게 하는지 잘 알고 있다. 시는 세상을 노래한다고 하지만 실은 세상이라는 오묘한 굴레 속에서 온갖 존재들이 이루는 바퀴살들 가운데 하나일 뿐이지 않을까. 오히려

시는 만물이 신음하고 고통스러워하는 사연들을 저버리지 않고 껴안아야 한다고 본다. "연어가 하늘을" 나는 것과 "나무들"이 "자신들의 시간을 즐"기는 것은 똑같은 무게의 존재 의미를 띤다. 도대체 허공을 활개치는 일과 땅속에 제 발을 꿋꿋이 딛고서 직립으로만 생을 견디는 일이 무슨 차이가 있을까. 하늘을 나는 존재가 다니는 길을 인위로 헝클어놓고 직립하려는 존재의 뿌리를 잔인하게 파헤쳐버리는 일이야말로 우리가 경계해야 할 '악'인 것이다. 한 줌 흙 속에서 천지가 진동하고 끝없는 우주의 운행 속에서 한마음(一心)이 들어 있음을 깨닫는 일은 비단 탈속하려는 자가 듣게 되는 짧은 소식에 지나지 않은 건 아니다. 시와 시인을 묶는 뗄 수 없는 관계 속에서도 자연과 보편과 아름다움의 가치를 건져내는 밝은 눈을 우리 시대는 요구한다. "반동을 누르고 죽음을 이기"는 빈들에 숨어 있는 꽃을 발견하는 일이다.

헐벗은 시대의 눈물을 가만히 밟고 가는 시(詩)

— 2009년 여름의 시들

1.

2009년 우리에게 갑작스런 비보로 다가왔던 두 전직대통령의 죽음은 비단 한국 현대사의 슬픈 기록으로만 남은 일은 아니었을 것이다. 국민들은 분노하고 개탄하고 통곡하기 전에 이 가혹한 때를 견뎌내야 하는 실존적인 무력감부터 되돌아보며 공허한 눈빛을 허공에 쏘았을 것이다. 아이부터 죽음이 가까워진 노인에 이르기까지, 이들이 물질이 가져다주는 행복에 겨웠든 날마다 가난에 치여 기약도 없는 하루하루를 탄식하며 보냈든 우리는 따지고 분석해봤자 결국엔 우리 모두가 만들어낸 사회적 원죄로부터 자유로울 방도가 아득할 뿐이다.

바야흐로 가을은 찾아왔고, 또 가랑잎은 속절없이 여전히 빈궁한 이 거리를 떠돌아다닐 테지만 이십일 세기 한국사회에서 헛헛한 몸짓으로 살아갈 수밖에 없는 시민들은 이제 '신종 플루' 처럼 대상도 목적도 없는 삶의 윤곽들을 하나씩 허물고 있을 게다. 하지만 이것은 슬픔이 아니다. 감정의 표출 이전에 분명 우리 사회가 맞닥뜨릴 수밖에 없거나 반드시 겪어내어 새로운 또 하나의 세상으로 가기 위해서 온몸으로 환대해야만 하는 역병일 것이다. 그러나 아무도 고난의 시대를 헤쳐나갈 방도를 제시하는 이 없다. 단지 광풍이 휘몰아칠 때마다 어쩔 수 없이 휩쓸려 다니다가 점점이 떨어져 스스로 새 터전을 마련해야만 하겠다는 마음은 비단 나만의 생각일까. '내일' 이라는 환상에 제 몸을 내맡기고서 하루살이들처럼 그때그때 욕망에 몸부림치다 지쳐 결국 내동댕이쳐지는 비참한 존재성은 우리 같은 인간이라고 해서 예외로 남겨주지는 않는다. 그러니 어쩔 것인가. 바람 빠진 실존주의자나 조증(躁症)에 날뛰는 마르크스주의자들처럼 허무나 낙관이라는 두 꼭짓점 사이에서 짓눌리지 않으려면 차분하게 사태를 관망하면서도 더욱더 몸과 마음을 추스를 수밖에는 도리가 없지 않은가.

새 천 년에 들어서면서 우리 시가 보여줬던 표정에는 삶의 총체를 한껏 그러안은 시적인 비전들이 적잖았다. 그것을 리얼리즘시든 민중시든 뭐라 이름 붙이든 백성들의 고단한 실상을 예술적 성취로 묘파하여 시대의 빛나는 거울이 되어주었다. 최근의 이런 경향은 젊은 감각파 시인들의 잇단 조명에 가려진 바가 없지 않으나 면면이 이어져 내려오고 있다. 조금은 궁상맞아 보이겠지만 이들 시가 아직도 희망이 되어야 하는 까닭은, 요즘처럼 정치적 허무주의와 허무맹랑한 정견(政見)들이 사람들의 눈과 귀를 지워버리는 때일수록 더욱 값진 진실을 그 속에 품고 있기 때문이다. 이것은 언어를 부리는 형식과는 상관이 없다. 문제는 밝은 눈으로, 실상을 저버리지 않되 오히려 아이러니한 현실을 비틀어버리는 묵직한 여유를 보여주느냐 하는 것이다. 여기서 새로운 감각이 요구되는 것은 세계와 언어가, 이들이 함의하고 지시했던 용량이 지나치게 넘쳐서 낡은 수법으로는 감내하기가 힘들어서가 아니다. 다만 우리가 느끼고 인식하는 세상이 날이 갈수록 교묘해지고 낯설어지기 때문이다. 이와 맞물려 시인들의 시적 표상 또한 단순한 현실 고발이나 풍자에만 매달려서는 외려 시가 사람들한테 따돌려져 점점 고독한 성채로만 남는 꼴이 되어 버릴 것이다. 따라서 감각과 인식의 아슬한 경계 사이에서 빚어내는 시들에 주목할 수밖에 없다. 이 글은 지난한 계절 속에서도 중심을 잃지 않고 간신히 피워올린 우리 시의 알갱이들을 위해서 쓴다. 먼저 시 한 편을 감상하고 논의를 풀어보자.

> 젊은 숫소 같은 아빠들이 새끼들에게 햄버거를 사 먹이고 있다 노동절인지 근로자의 날인지 그런 게 있다는 것조차 모르는 두부장수가 맥도날드 앞을 지나고 있다 다 팔아도 하루 땟거리도 안 될 것들을 싣고, 대형 차량 사이로 번데기처럼 쪼그라든 노인이 리어카에 매달려 간다 '재활용'에서 꺼내 입었는지 바지는 멜룽하니 정강이가 나왔다 비를 맞고 가는 새까맣게 절은 옷은 착 달라붙어 몸을 감싸는 껍데기에 지나지 않을 뿐,
>
> 갈수록 낯설어져 아득히 따로 굴러가는 세상에 구멍 난 수레바퀴 같은 인생, 바람에 흩날리는 면사포같이 꽃비는 내리는데, 쭈글쭈글해서 더 검고 더 차갑게 보이는 저 몸뚱어리에도 한번쯤은 복사꽃이 불을 켜든 적이 있었는지, 죽어서야 풀어놓을 수 있는 워낭을 모가지에 매달고서 할딱이고 있다 등판이 내려앉고 엉덩짝이 함몰된 숫소처럼 수레에 질질 끌려가고 있다
>
> —최서림, 「5월 1일」 전문, 『시와사상』, 2009년 여름호

감각과 인식은 작품에서 분리되지 않고 하나로 통일해 있어야만 한다. 그러나 이 말이 감각과 인식이 등가가 되거나 일치해야 한다는 말은 아니다. 흔히 목적의식을 띠거나 현실적인 불가지론에 빠져 언어를 마구 뒤헝클어놓는 시들이 있다. 형식 그 자체를 시의 가장 중요한 기

능으로 여기는 극단적인 기교파가 이에 속한다. 당연한 말이지만 시의 효과는 세계인식과 언어의 기우뚱한 균형에서 비롯한다. 위 시 「5월 1일」 또한 이 같은 원칙을 시인이 고스란히 쥐고 있었기에 한 편의 아름다운 작품이 되었다. 작품에서 "숫소"는 이중의 뜻을 드러낸다. 바로 "젊은 숫소"인 "아빠들"과 "번데기처럼 쪼그라든" "리어카에 매달려" 가는 "노인"이다. 필경 젊은 "숫소"는 임금노동자일 확률이 높을 테고 늙은 "숫소"는 "노동절인지 근로자의 날인지 그런 게 있다는 것조차 모르는 두부장수"처럼 하루하루 벌어먹고 살아야 하는 그늘 같은 존재일 터다. 시인은 말한다. "갈수록 낯설어져 아득히 따로 굴러가는 세상에 구멍 난 수레바퀴 같은 인생"이라고. 갈수록 낯설어져만 가는 세상에서도 시인은 젊은 숫소와 늙은 숫소가 제각각 자신의 삶을 영위하는 모습을 참신한 감각으로 잡아낸다. 그렇지만 이들은 '노동절' 이나 '근로자의 날' 이라는, 국가가 제정한 '국가이데올로기화한' 기념일과는 전혀 관계가 없는 표정들을 담고 있다. 이들에겐 기념일이란 단지 고달픈 생활 가운데서 삐죽이 침입해오는 낯선 방문객일 뿐이다. 정작 "새끼들"과 "수레" 같은 생의 참혹한 중력에 "질질 끌려가"는 비극 같은 현실을 시인은 말하고 싶었던 게 아닐까. 역사와 현실 사이의 간극을 자못 담담하게 그려내는 듯하나 대비되는 두 존재의 크레바스를 심연의 한 목숨줄로 잡아당기는 데 이 시의 장점이 있는 것이다.

2.

무릇 시의 중심이란 무엇일까 캐묻지 않을 수 없다. 시의 한가운데 시인의 혼이 잠겨 있어서 작품이 극단을 향해도 쉽사리 쏠리지 않는 그 무엇이 아닐까. 독자에게 여태껏 들어본 적도 느껴본 일도 없는 충격을 주면서도 짐짓 더운 손 내밀어 영혼을 끌어올려주는 데서 시의 중심은 작동하리라. 이는 균형이고 절제이다. 그러므로 서투른 말장난으로 독자의 환심을 사고자 하는 시들은 제 시의 중심이 어디에 있는지 궁리해야 할 것이다. 굳이 '중심' 이란 말 대신에 '혼' 이나 '지향점' 이란 말을 쓸 수도 있겠다. 문학예술의 특징 가운데 하나가 아름다움의 발현이라면 시는 자기 혼이 가장 순수하고 맑은 상태에서 욕동하는 지점에 말들을 최대한 알맞게 배치할 필요가 있다. 양식(style)은 이에 적합한 개성의 표징일 뿐이다. 앞서 살펴본 「5월 1일」이 아이러니하면서 무덤덤한 현실 속에 팽팽히 매달려 있는 삶의 실존적인 허망을 보여줬다면, 이 텍스트의 지향점은 이상과 현실의 도저한 간극에 걸쳐 있는 시인의 포용적인 풍자에 닿는다. 모순된 사회 현실에 대한 신랄하고 적극적인 풍자가 아니라 좀 더 존재의 내밀함과 역설까지 아우르는 포용적인 풍자는 실상 시인된 자라면 누구나 품는 정신일 것이다. 이것은 장연수의 「사람과 가방」에서는 더욱 건조한 상태의 우화로 형상화된다.

머리가 허연 사람 하나 걸어간다
어깨에 하루의 소용돌이가 한숨처럼 무겁고
그 무게의 충격은 비우지 못한 가방 속에서
한 무더기로 절뚝이며 따라 간다

시야가 삐딱한 골목은
아파트 모퉁이를 잡고 있어
그 벽에 부딪친 가로등 불빛조차 되돌아오는
밤이면, 더 크게 튀어 오른 어둠이
사람의 왼발을 낚아챈다

오른쪽 중심이 꺾이고
돌부리에 얻어맞은 상처는
부러진 뼈를 드러내며 신음하는데
멀리 나뒹굴린 가방
그 안엔 길이 없어
빠져나오지 못한 번민들이 아우성친다

모든 것이 한 순간에
귀가 막힌 밤은
더욱 깊은 늪에 빠져들고
건들건들 뒤따라 온 바람만 애가타서
머리가 허연 사람 하나
일으키는데
구부러진 그림자가 다시 꺾인다

—장연수, 「사람과 가방」 전문, 『미네르바』, 2009년 여름호

이 시에서 '사람과 가방' 은 제 영성을 찾지 못하고 속도전에 떠밀린 도시인의 상징이다. 그 이상의 해석을 시는 허락하지 않는다. "머리가 허연 사람 하나"는 바로 "비우지 못한 가방"이며 온갖 정보와 근심과 절망과 기쁨 한 줌의 월급봉투로 가득 차 있을 가방 속엣것들이 한데 뒤엉켜 있는 삶의 이력일 뿐이다. 시인은 이렇게 비인간화한 도시 생활에 길들여진 현대인의 초상을 메마른 어조로 스케치한다. '남자' 를 잉태하고 거룩하게 지탱해줬던 따스했던 기억들은 지워지고, 다만 차갑게 음화된 "그림자" 로만 그가 아직 죽지 않았음을 증명한다. "구부러진 그림자가 다시 꺾" 일 때 무수한 그림자들이 그 자리를 꿰찰 것이다. 한 편의 끔찍한 인상화를 보듯 시인은 절규했을 터지만 텍스트 안에 감

춰버리고 대신 바스락거리는 물체로만 마임처럼 풀어놓았다. 현대사회의 비정함과 기계화는 이처럼 꼭두각시 같은 존재를 만들어내고 또한 처분해버리는 것이다.

3.

시는 생(生)의 슬픔을 견디지 않고 온몸으로 응시한다. 시의 눈은 바로 몸이며 발가벗은 채로 들이대는 말이다. 그런데도 시가 우리에게 뭔가를 전달하는 것이 있다면 바로 역사 속에 뭇사람들과 파묻혀 세상을 짊어지고 가는 책임감을 시인 또한 공유하고 있기 때문이다. 하지만 시인은 그 책임을 뛰어넘어 또 다른 책임을 이고 선 자리에 매겨진 존재이다. 그것은 일찍이 횔덜린이 말했던 시인의 사명과도 가깝다. 존재의 저편에서 진군해오는 나팔소리는 언젠가는 이 낡은 세상을 쪼개어 새롭게 개편할 광명의 세계를 알릴 소리일 테지만, 그것은 예민한 시인에게만은 뚜렷한 조짐으로서 현상세계에 현현된다. 새벽녘 어스름이 드문드문 하늘에 남아 있을 때의 정경처럼 시시때때로 윤곽을 갉아먹는 바로 그 시각의 표징들은 낯설고 두렵다. 고난이나 형벌의 시간이 지나면 밝아오는 것은 시방세계의 환희로운 지경이다. 이를테면 점등 직전의 어둠이나 새순이 트기 전의 동토(凍土)의 자각은, 이 상반된 두 세계에 걸쳐 있는 시인의 눈으로 하여 경이로운 형상을 만들어낸다. 그것은 틈들이 교차하는 낯선 무늬이며 현실과 환상이 아무 매개도 없이 활보하는 형국을 빚어내지 않을 수 없게끔 추동하는 혼의 소리가 아니겠는가.

1

은빛 새시 내려져 있다 찰칵찰칵 아무리 어깨 흔들어도 열리지 않는 봄, 초록 테이프 먹고 있는 검은 비닐봉지 헬멧해파리 같은 꽃가루 날린다 은행나무버스에서 내리는 까치 청설모 과자봉지 속으로 사라진다 그림자 살인이 영화포스터에서 뛰어내린다 맘 배 위로 달리는 칼, 어제는 아스팔트 위에 달이 떴어 외계인 눈처럼 생긴 노랗고 하얀 달 위로 고감도 센서 차들이 질주했지 제일교회 옆 플라타너스 담뱃불로 팔뚝 지진다 맘 년들 맘고생 좀 하겠어 맘 년 가득 실은 리어카 불꺼진 신호등 끌고 간다

2

맘 뱃속에 구겨져 들어 있다 옆구리 터진 행거 황사마스크 두른 마포 자루 찢어진 보랏빛 입술 커트머리 벌거숭이 마네킹 갈색 줄무늬 고양이 우산 꽂힌 채…

배트로 내리쳐도 열리지 않는 맘
해머로 내리쳐도 열리지 않는 맘

맘이 무덤에서 밤참을 이고 왔다

—송진, 「mom」 전문, 『작가들』, 2009년 여름호

"맘"은 시인이 상상해낸 말이 아니다. 그것은 우리 곁에 늘 '있다'. 다만 시인이 낯선 시 공간에서 되풀이하는 주술일 뿐이다. 왜 주술인가. "은빛 새시"로부터 시작한 이질적인 소재들의 활극을 쉴 새 없이 뿜어내는 자리에서 우리는 시적 장치들이 노리는 전략에 스며들 틈도 없이 신들리기 때문이다. 신이 들린다는 것은 언어 자체가 전달의 기능

에서 탈각해 차원이 다른 존재들을 이어주는 진동이 된다는 것과 같다. 저 시원을 내달리던 헤르메스처럼 현상과 본질(이데아, 물자체)을 이어주는 매개로써 "맘"이 있다. 그리고 "맘이 무덤에서 밤참을 이고 왔다". 또다시 우리는 저 너머의 세계로 걸어가기 위해 접신을 시도해야만 하는 것이다. 「mom」에서 보여주는 경쾌한 말의 가락은 랩처럼 끊임이 없다. 한 소절이 끝나면 또다시 한 소절로 넘어간다. '맘'은 시작이자 끝이다. "뱃속에 구겨져 들어 있는" 태아이고 "무덤에서 밤참을 이고" 오는 사신(死神)이다. 또한 "해머로 내리쳐도 열리지 않는" 강철자궁이다. 마음이고 엄마이고 옹알대는 모든 것이다. 시인이 실재와 현실과 환상을 '맘'이란 발화된 말로 그 경계를 주무를 수 있는 까닭은 그가 바로 시인이고 단단한 벽에 틈을 낼 수 있는 훌륭한 마법사이기 때문이다. 틈은 죽은 존재를 살려내는 혼의 줄이다. 끊임과 막힘을 뚫고 구멍을 만들어내는 강한 힘이고 부드러운 호흡이다.

틈이 보이는 것은 삶과 죽음의 매듭이 꽉 조여 있지 않아서 느슨하고 어슷하게 갈라져 있다는 인식에서 출발한다. 그것은 모든 생명의 원천이요 궁극의 자리이다. 눈에 보이는 것과 눈에 보이지 않는 것들이 서로를 밀어내고 빨아들이는 운동을 하게 만드는 질료이다. 이러한 진상(眞相)은 이성이나 지력으로 탐구해서 알아낼 수 있는 차원이 아니다. 시인은 온몸으로 이를 감지한다. 어느 시인은 '틈'을 다음처럼 노래했다.

담배 연기가 바늘 귀를 꿴다
훤한 이마를 가진 달빛이 뜨락을 서성대고
마음이 들뜬 바람이

문고리를 어루만진다

자다 깬 아이들이 훌쩍거리고
문풍지가 가늘게 떤다
꿈틀거리는 허리를 쥐어잡고
좁은 벽을 비집고 내다보는
작은 구멍은 바람의 길이다
어깨와 어깨 사이를 감싸며
부추켜 세우는 이끼 낀 담장
느티나무는 건재하다
장작더미에서
병색이 짙은 잡초 몇 포기가
빼꼼히 고개를 내민다
틈은 자궁이다

—김시월, 「틈」 전문, 『주변인과시』, 2009년 여름호

"틈은 자궁이"라는 것, 바로 순환의 맨 첫 자리에 "틈"을 놓고 있다. 여기서 틈은 생명의 탯줄이 된다. "병색이 짙은 잡초 몇 포기"까지 되살릴 수 있는 권능을 시인은 틈에 부여한다. 아이가 자라 어른이 되어서 옛 고향을 찾아가면 거기엔 어릴 적 기억뿐만 아니라 옛날과 지금 사이에 더없이 멀어져버린 공간을 보게 된다. 시간과 시간 사이의 틈이다. 그 틈은 한편으론 시인에게 울적함을 자아낸다. 그러나 또 한편으로 "느티나무"가 "건재하다"는 사실 또한 깨닫게 되어 소실된 공간에 푸릇한 생명체가 버티고 있음을 비로소 실감한다. 시인은 진작에 알았으리라. 틈을 발견하는 일은 바로 시 쓰기의 원동력을 키우는 일이고 문학하기의 자궁으로 되돌아가 한껏 흐트러져 있으면서도 생기발랄한 청년의 기운을 빨아들이는 행위였음을.

4.

유난히 눈물 흘릴 일이 많았던 2009년 세상은 급변하는 듯 고요했다. 정치가들은 예의 흰소리로 자신들의 무지를 떠벌렸으며 언론은 새 소식들에 만성중독이 된 듯 담담하고 지루한 표정으로 입을 놀려댔다. 국민들 또한 주기적으로 그려대는 그래프처럼 충격과 환호 속에서 빈곤한 일상을 잘도 견뎌냈다. 상처가 오래되면 곪아 터지듯이 만성화된 고통은 언젠가 어떤 형태로든 또 다른 형식으로 전이되기 마련이다. 문학은 여기에서 그 증표를 내보여야 한다. 개벽적 민중 사상에서는 지금이 '선후천교역기' 라고 한다. 낡은 선천시대가 가고 새로운 후천시대가 오고 있는 때라는 소리다. 벌써 역사의 퇴물로 취급받아야 마땅한 자들이 오히려 국민을 머슴 부리듯 행패를 부리고, 이전까지 타자(他者)로만 존재해왔던 아이들과 아줌마들이 촛불을 들고 광장을 메웠다. 놀라운 광경이다. 혼종과 이질적인 것들의 공존은 전망의 부재로 이어지는 것이 아니라 오히려 새 시대를 위한 과도기로 보아야 할 것이다. 하지만 희망의 윤곽도 보일 듯 말 듯하고 사람들 사이에 퍼져 있는 권태와 무기력은 그 전염성을 더욱 강하게 한다.

문학은, 더욱이 시는 이러한 변혁적 혼란을 맞아 여러 갈래의 주제로 변주되어 그 존재성을 드러냈다. 80년대의 '꽉 찬' 시들은 성기고 듬성듬성해진 사유로 틈이 더욱 넓어졌으며 새로운 감각을 내세운 형식파들은 독자들과의 소통에 대한 의지도 없이 자기만의 실험을 고집하고 있다. 자기를 죽이지 않고 혁신은 없듯 시도 스스로를 죽이지 않고서야 놀랍도록 캄캄한 시대의 어둠에 농락당하고 말 것이다. 취하지 않고 깨어 있어야 함은 시인의 의무이다. 오랜 시간을 황폐한 땅을 걸어왔던 사람에겐 제 살을 갉아먹는 고통에 좌절하는 것이 아니라 희망 없음과 점칠 수 없는 내일에 더욱 절망하는 법이다. 지금 우리가 이런 동굴 같은 어둠 속에 놓여 있지 않다고 어느 누가 장담할 수 있으랴. 시 정신의 실종은 슬픈 일이다. 그러나 이것보다 더욱 슬픈 일은 황폐하고 헐벗은 시대를 인정하지 않고 애써 외면하면서 관습화된 시 쓰기를 되풀이하는 시인들의 행태다. 그리고 이들은 버터 냄새 풍기는 비평가들의 구취에 홀려 꼭두각시 노릇을 계속하면서 독자들의 시 읽기를 편향적으로 잡아끈다. 이런 구태와 악습은 우리가 실감하는 현실의 모습을 왜곡하고 자신만의 감성으로 현실을 재단하기 때문에 더욱 위험하다.

이 가난한 시대에 시인은 무엇이어야 하는가. 아니 시는 무엇을 보여줘야 하는가. 눈물과 탄식과 고통으로 반죽이 된 2009년의 한국사회에서, 어느 누가 백성이 짊어진 고난의 십자가를 대신 질 것인가. 그렇지만 그 메시아가 굳이 시인이어서도 안 되고 그럴 필요도 없다. 시는 제 몸을 관통하는 창과 칼에 신음하면서도 고개를 쳐들고 한 발짝씩 다가오는 저 너머의 불빛을 바라보아야 한다. 그는 시대의 눈물에 젖어 있지 않고 지그시 밟고 지나가야 하는 운명을 타고 났다.

아버지가 돌아가시고
형님 댁으로 거처를 옮긴 어머니는
석 달 만에 고향집에 들어서자마자 통곡을 했다
안방에 들어서자마자
어머니는 주저앉아
찬 방바닥을 만지며 꺼이꺼이 우셨다

가만히 문을 닫아 드렸다
자식들은 일부러 다른 곳을 보며
한동안 안마당에 서 있었다
방에 들어가 보려하자

손사래를 치며 더 우시게 내버려두라고 했다
아직 일이 다 끝나지 않았다고 했다

굶주렸던 집이 어머니의 울음소리를 달게 범하고 있었다
조금씩
울음소리가 잦아들고
어머니가 발그레한 얼굴로
안방에서 나오셨다

—고영민, 「통정」 전문, 『신생』, 2009년 여름호

'고향집' 과 '어머니' 가 '통정' 을 나누는 광경을 보자. 이 흔하디흔한 두 소재가 은근살짝 교섭하는 이미지는 한국 서정시의 원점이자 출발이었다. 이 시는 단지 고향과 어머니를 소재로 하여 그려낸 '서정시' 일 뿐일까. 내가 이 시에서 주목하는 것은 이런 사실보다는 시에 표현된 2연의 "아직 일이 다 끝나지 않았다" 는 말이다. 아직 일이 끝나지 않았다…. 그렇다. "석 달 만에 고향집" 에 들어선 어머니가 "통곡" 하는 까닭은 시에 나타난 대로이고, 또한 능히 짐작할 수 있는 일이다. 어머니가 집과 "통정" 하고 나서 "발그레한 얼굴로" 나오기 전의, 울음과 울음 그침 사이의 먹먹한 시간의 바지랑대에 걸쳐 있는 무한한 침묵은 바로 자기를 온전히 내버리고 나서 또다시 새로운 자신으로 되돌아가기 위한 개벽 같은 울부짖음으로 꽉 채워지지 않았을까. 포효의 침묵, 말 없는 대성통곡을 가져다주는 우주의 신호는 "아직 일이 다 끝나지 않았다" 는 말씀이다. 이 지극한 말씀은 바로 울음과 그 울음을 밟고 지나는 자리에서 새로운 세상을 넌지시 알려주는 메시지이고 귀띔이다.

이 헐벗은 시대에 문학은 무엇인가. 언어의 도락(道樂)에 빠져드는 것이 시일 수만은 없는 사실을 인정한다면 문학은, 그리고 시는 사람들

이 제각각의 삶을 이어가는 모습뿐만 아니라 우리가 되찾아야 하고 거부해야 할 것이 무엇인지 진지하게 고민하는 자리에서 비롯하는 참된 문화 기능이어야 할 것이다. 이것은 고통을 감내하면서 이를 극복하여 더욱 숭고한 세상을 선취해야만 하는 밝은 눈을 시인으로 하여금 요구한다. "아직 일이 다 끝나지 않았다"는 전언을 기억하자. 이 말은 사람과 세계가 어우러지는 위대한 우주적 교통이 한 순간의 나락과 정치적 착오로 매듭짓지는 않으리라는 뜻을 품고 있다. 그것은 단순한 희망이 아니라 우리가 모르고 있는 또 하나의 경계를 암시한다. 의미 있는 삶은 현실의 고난에 쉽사리 무릎 꿇지 않고 그 고난의 알갱이를 손에 쥐고 다음의 삶으로 이월하려는 의지를 갖춘 삶이다. 시는 그러한 의미와 의지를 독특한 감성으로 빨아들여 다시 초월하려는 모습을 보여야 한다. 울음 속에서 떨어진 씨앗은 참 세상의 거름이 된다. 아직 끝나지 않은 일은, 우리가 설움과 환난의 피비린내 가운데서도 이를 의미 있는 생(生)의 거름으로 삼는 과정에서 행해야만 하는 절절한 침묵과 커다란 울부짖음을 '견디는' 일이다. 이런 거룩한 행위를 거치는 일 속에서 시가 가만히 밟고 지나가는 자국을 볼 수 있을까. 먼 곳에서 우리를 돌아다보며 웃고 있는 시의 표정을 과연 볼 수 있을까. 이런 환한 시들이 앞으로 자주 나올 것 같은 예감이다.

리얼리즘의 역설과 우화의 진실

— 2008년 가을의 시들

지난 계절에 쏟아져 나온 시들을 한 편씩 읽어가면서 생각을 한다. 아무리 용을 써도 가을호 잡지에 실린 작품들을 다 훑어보지는 못하나, 그나마 잠깐 밝아진 눈으로 수작을 골라내더라도 2008년이 저물어가는 지금의 세상을 예민하게 잡아내면서 예언자의 눈길로 앞날을 통찰해내는 시가 사람들에게는 한갓 말의 덩어리로만 다가서지 않을 수 있을까. 독자들 또한 요즘 같은 세상에서는 글쟁이를 겸하는 사람들이 대부분이어서 자신들의 '창작권역'에 들어오는 글만을 위주로 읽고 느끼는 정도에 지나지 않는 실정이다. 물론 사실은 그렇지 않은지도 모른다. 미국에서 시작한 금융 위기와 이에 영향을 받아 전 세계에 걸쳐서 진행 중인 세계 경제의 위기는 사람들에게 한 치 앞도 내다보기 힘들 정도로 가치관의 불안과 의심을 가중시키고 있다. 이럴 때는 문화 활동, 그중에서도 문학과 예술에 몸담고 있는 사람들도 별수 없이 현실의 기류에 동요하기도 하고, 이런 어두운 세계를 작품으로 만들어내기도 한다. 어느 시대인들 작가와 독자들 사이에 주고받는 메시지가 당대에 유효성을 띠지 않은 적이 있었겠느냐마는, 불행히도 요즘처럼 그 두 집단의 소통관계가 원활하지 않고 경직된 때라면 작가가 내는 목소리는 공허해질 따름이다. 문화 환경과 조건이 날마다 달라지고 이에 맞물린 사람들의 의식 방향이 다양해진 것이야 두말할 필요도 없겠지만, 무릇 창작인들이 느끼는 고독은 본래 작품 활동에 녹아 있는 쓸쓸한 정신에 덧붙여서 작품 바깥의 환경 변화로 점점 그 깊이를 더해가고 있다.

이런 상황에서는 사회를 내다보고 진단하여 번뜩이는 예술적 영감을 나타내기도 쉽지 않거니와 설령 비수 같은 말로 시로 표현했다 하더라도 그 빛은 쉽게 사그라진다. 세기말이 사람들에게 혼란을 주는 것이 아니라 하루하루 변하고 백팔번뇌에 허덕이는 인간 세계 자체가 이미 세기말의 본질을 알려준다. 석가모니 부처가 열반에 들기 직전에 제자들에게 했다는 말인 '제행무상', 우리 같은 중생들이야 이런 성인이 하시는 말씀의 알맹이를 재빨리 알아채지도 못한다. 몸과 마음에조차 한시 한때 머물기도 애당초 생각할 수도 없고 그럴 가능성도 전혀 없다. 사람들은 이런 무상한 세계 존재에 들뜨면서도 그 속에 내재해 있는 질서와 규칙을 일찍이 간파해내어 물질과 정신의 원리를 세웠다. 그런데 감성의 학문이라 흔히 말하는 미학에서 이러한 법칙이 문예사조란 이름으로 지난 세기 동안 이어져 온 사실은, 변화무쌍한 인간 세계의 혼돈스러운 마당에서도 이성의 작용은 어쩔 수 없이 그 활동을 멈추지 않는다는 씁쓸한 진실을 확인해준다. 그러나 이성이나 합리 같은 우뚝한 정신보다도 시인들은 더욱 현묘한 세상의 이치를 캐내는 듯하다. 말을 바꾸어 오늘날 세계를 지배하는 오만한 이성에 맞서, 이성보다 값진 그 무언가를 줄곧 시인들은 시로 표현했다는 점에 새삼 주목해야 한다. 이 '비이성'의 창작 영역에 좀 더 귀 기울이는 일은 오늘날 전 세계에 퍼져 있는 폭력과 기만에 맞서서 우리가 되찾아야 할 가치들이 숨죽인 채로 남아 있다는 사실을 확인하는 일과 같다.

여기서 간과해서는 안 될 문제가 한 가지 있다. 시인은 결코 선동자가 아니라는 사실이다. 혼미한 가치관과 삶의 굴레 속에서 '엉뚱한 진리'가 세속을 헤집고 다닐 때, 이에 시인은 저항해야 한다. '저항'은 선동하는 정치가의 큰 목소리가 아니라 실존의 전 무게를 싣고 꿈틀거리는 무의식의 반항이다. 이런 뜻의 저항을 결여한 시인은 부화뇌동하는 세속의 정치꾼들과 별반 다르지 않은 사람일 뿐이며 '시인'이란 간판만 내건 채 백성을 오히려 달콤한 말로 현혹하여 뇌사시키는 살인자다. '비이성'이 흔히 빠지기 쉬운 이러한 함정을 잘 알아채는 눈이 필요하다.

2008년 가을에 나온 시들 가운데 유독 '우화' 수법으로 주제를 나타낸 작품들이 눈에 띄었다. 우화는 현실과 상징 사이에 걸쳐 있는 예술 기법 가운데 하나이다. 이 장치는 마땅히 인간 사회를 겨냥한 신랄한 풍자이기도 하거니와, 그 비판 정신이 말의 외피에 숨겨져 흔적만 언뜻 보인다 하더라도 시인의 '철학'이 바로 서 있지 않다면 단지 흔해빠진 공자님 말씀에 떨어질 수도 있는 수법이기도 하다. 먼저 시 한 편을 들면서 논의를 풀어나가 보겠다.

> 사내아이 하나가 강가에서 돌멩이를 고른다
> 엄지와 검지에 맞춤한,
> 납작하면서도 둥근,
>
> 이윽고 돌멩이 하나가
> 강의 복판으로 날아간다
>
> 저기서부터 돌멩이는
> 또 긴 어둠을 살아야 한다는 걸

아이가 알 때,

그도 강가에서
돌 고르는 아이 하나를 오래 바라보겠네

—이안, 「강가에서」 전문, 『신생』, 2008년 가을호

이 시는 군더더기 없는 한 편의 인생에 대한 우화이다. "아이 하나"는 바로 "강의 복판으로 날아"가는 "돌멩이"이고 "또 긴 어둠을 살아야" 하는 존재이다. 세상이라는 정글 속에서 자신의 본바탕을 잃지 않고 살아가기 위해서는 스스로 사회와 절연해서 혼자만의 세계에 안주해야 할 만큼, 세상은 거짓과 더러움으로 가득 차 있다. 시인이 말한 것처럼 "어둠"이다. 그리고 세상살이가 어둠으로 뒤덮여 있다는 사실을 깨닫기까지는 그리 오랜 시간이 걸리지 않는다. 그는 어른이 되고 세상을 이해한다. 그를 이어 또 다른 "돌 고르는 아이"들이 가득 차고 그 아이들은 또한 앞선 아이들이 그랬던 것처럼 제 앞에 무수히 생겨나는 "돌 고르는 아이"들을 지켜볼 것이다. 세상을 살아가는 일이 "어둠"이고, 이 "어둠"을 시인은 부동하는 확고한 진리로 인식한다. 그러므로 이 시는 존재와 인식에 빈틈이 생기지 않고 매끄럽게 봉합되어 있는 잠언이고 인생론이라 말해도 별 문제가 없다. 이 작품은 시인의 범박한 세계관이 투영되어 있다 하더라도 '형이상학적인' 특징을 고스란히 안고 있을 수밖에 없다. 이 시의 소재인 "아이"와 "강가"와 "돌멩이"는 시인이 개념으로 구성해낸 관념의 기호들이고, 이 기호들이 각각 뜻하는 의미 내용은 '인간'과 '세계'와 '존재'이다. 「강가에서」가 세계와 인간 존재의 숙명 같은 관계를 도식으로 보여주는 작품에 그치는 까닭은, 앞서 살펴본 것처럼 실천을 추종하는 마음 작용의 가능성을 차단해버린 채 세상을 정지된 구조물로 반영하는 우화 기법을 사용한 데 있기

때문이다. 우화가 성공하면 훌륭한 현실 풍자가 되지만 그 형상화가 여의치 않으면 형해화한 존재 인식이 되어버린다.

세계의 도식이든 우화를 통한 풍자든 시가 구조화된 언어조직체라는 인식을 전제로 해서만 성립한다. 작품의 존재론적 해석은 기실 구조주의와 형식주의 비평에서 작품 해석의 제일과제로 여겼던 해석 방법이다. 이 방법의 난제 가운데 하나는 작품의 주제의식과 의미 내용을 언어 구조의 한 부분으로 묶어버리는 데 있다. 따라서 정작 중요한 시인 정신이 기호의 연쇄와 언어의 구조 속에 수렴되고 휘발되어 작품이 가지는 시대 의미를 추출하기 힘들다. 「강가에서」가 잘 짜인 형식의 시인데도 감동을 주지 못하는 이유도 여기에 있지 않을까.

최근 시들이 의미와 가능성을 품고 있다면, 아직도 시인들이 행복한 세상을 꿈꾸기를 포기하지 않았다는 데에서 찾을 수 있다. 이성이 저지른 과오가 사람들을 물신과 자본의 그칠 줄 모르는 탐식으로 몰고 가는 가운데 몇몇 시들이 보여주는 힘겨운 저항은 시의 존재 의미를 다시금 확인해주는 증거이다. 저항은 삶에서 여분의 힘이 시위하는 몸짓이 아니다. 일상의 삶에서 역사의 바퀴살에 합류하는 인간의 고귀한 실천이요 행위이다. 리얼리즘의 핵심은 바로 개인과 전체의 통일을 바탕으로 특수성을 가치 있는 인류발전의 비등점으로 전유하는 것이 아닐까. 하지만 90년대 이후 우리 시에서 바람직한 리얼리즘에 합당한 작품이 얼마나 되는지는, 과문한 탓으로 알 수 없다. 말장난 같은 시에서부터 명상과 종교 같은 내면의 본성을 찾는 시에 이르기까지 스펙트럼이 다양해진 요즘 시들에서 이 작품이다, 하고 수작을 골라내는 일은 해운대 백사장에서 가장 빛나는 모래알을 찾는 일만큼 어렵고도 요원한 작업이다. '리얼리즘' 이란 말에서 풍기는 시대착오적 느낌을 어쩔 수 없이 받더라도 이 말을 써야 하겠다는 마음이 드는 것은, 어쨌든 모든 가치들을 휴지조각처럼 내다버리고 중심을 해체해버리는 문화 풍토에서 제 정신을 잃지 않고 방향의 기둥을 바로 잡아야겠다는 생각 때문이다. 이 말은 과거에 이미 심판을 받은 추악한 '소셜리즘(socialism)'의 복귀가 아니라 근대 태동기에 제기된 날카로운 사회 비판의식의 되살림과 관계한다. 합리적 이성의 예술적 도구로서 리얼리즘은 예술의 선동화나 예술의 프로파간다로 전락하고 말았지만, 새로운 시대의 리얼리즘은, 오히려 다양한 주체들의 욕망과 의식의 흐름을 잡아내되 특정한 주체로 모든 가치들을 일렬종대로 세우는 것이 아니라 제각각 중심이 되고 분산하는 생성의 문학이다.

> 그런데 그런디 선행도 죄가 될 줄이야
>
> 좌익으로 몰려 검은개 노랑개로 불리던 심판관들한테 끌려갔다네 등짝이 빠개지도록 몽둥이찜 당했겄다 허나, 예끼 이놈들 미친(美親)개 같은 놈들 이런 가자구를 탈 놈들 손바닥으로 하늘이 가려지더냐 나도 저들도 죄 없다 총칼을 거두어라 비폭력 비폭력!
>
> 어떤 숭악헌 개 한 마리가 목숨 살려주고 부잣집 외통수를 보려고 빨치산 총부리에 못이겨 어쩔 수 없이 그랬노라 거짓말을 가르쳐도 괘괘떼고 고개 절레절레. 큰 칼에 목이 잘리고 말았다네
>
> 그래 보았네 그날, 키가 커서 속도 깊은 댓례,
>
> 칼에 베여도 피 한 방울 흘리지 않았네 한 마디 잘리면 입이 허옇고 몽통 시푸른 한 대의 죽창이 되고 또 한 마디 잘리면 더 시퍼런 또 한 대의 죽창, 아직도 썰물의 개펄에서 하늘 겨누며 불쑥불쑥 일어서는 우리들의 죽창
>
> 됐네, 댓례,

—양해열, 「댓례 이야기」 부분, 『시와시학』, 2008년 가을호

위 시는 장시다. '제주 양씨 집안'에 태어난 '댓례'가 파란만장한 역사의 질곡 속에 살다가 비극으로 생을 마감한 이야기를 시로 극화한, 이를테면 댓례 평전이다. 장시를 잘 쓰지 않는 요즘 시 풍토 속에서 이만한 작품이 나왔다는 사실로 보더라도 우리 시에 희망을 걸어도 되지 않을까 생각한다. 일제강점기에 나서 '여순 사건'에 좌익으로 몰려 참수당한 댓례는 바로 루쉰이 만들어낸 인물인 '아Q'이다. 수많은 '아Q'들과 '댓례'들이 근대 역사의 현장에서 죽어갔다. 이들은 속류 마르크스주의자들이 바라볼 때는 계급의식이 철저하지 못한 농사꾼이요 머슴이요 불한당이다. 그렇다고 '민중'으로 포섭하기에도 석연찮은 구석이 있을 것이다. 사회학 개념으로 볼 때 민중은, 역사를 진보하는 합목적성의 발전방향에 '우군'으로 기능한다. 노동자를 중심으로 해서 소부르주아인 농민과 지식인 따위 광범위한 계층을 포함하는 개념이 민중이다. 아Q가 신해혁명 때 애매한 일로 누명을 써서 '민중'한테 따돌림을 받아 반역죄로 총살당했듯이, 댓례는 비록 가난한 농사꾼의 자식으로 태어났지만 수완을 발휘해 천석꾼이 되어 '여순 사건' 때 피난하는 양민들을 위해 기꺼이 곳간을 열었으나 토벌대에게 목이 잘리고 만다. 역사고 사상이고 아무것도 모른 채 하루하루를 살아가는 '무식한' 백성이 만약 역사 현장의 희생양이 되었다면, 그는 '역사적 개인'이 되어버린다. "키가 커서 속도 깊은 댓례" 또한 역사적 개인이라 할 수 있을까.

이 시가 서사시의 형식으로 된 작품이고, 한국 근대 역사의 비극이었던 '여순 사건'을 배경으로 하고는 있지만 명백히 지금 우리 시대를 풍자한 우화이다. 백성의 눈을 가리고 억지로 정책을 밀어붙이려는 기득권층의 행패와 기만을 역사가 된 소재를 빌려 우회하여 비판하고 있다. '댓례'는, 거짓을 거짓으로 여길 줄 알고 무엇이 참인지 분별할 줄 아는 깨끗한 영혼을 가진 자이다. 이 시는 늘 중심으로부터 소외받고 멸

시받아온 존재가 어떻게 하여 거스를 수 없는 역사의 한복판에 설 수 있는지 생생하게 증명하는 드라마요 문학적 기록이다. 거리마다 손에 촛불을 들고 무정형으로 모였다 흩어지기를 되풀이했던 뭇사람들에게 '진보' 니 '사상' 이니 '역사' 니 하는 지식인의 말들을 주입시켰다면, 세계가 놀랐던 새 시대의 시위문화를 이 땅에 정착시켰을 리 만무하며 아무도 그런 장엄한 물결을 논리로 풀어내지 못했을 것이다. 이들은 철학과 역사의 주인의식 따위가 아니라 오히려 제 자신의 신명대로 움직이고 사고하는 노마드형 주체들이다. 「댓례 이야기」는 이런 뜻에서 '대의' 를 위해 헌신하고 투쟁하는, 관념적이고 책상 물림하는 '민중' 이야기가 아니다. 댓례가 어처구니없이 죽어간 사실은 그것 자체로는 비극도 희극도 될 수 없다. "거짓말을 가르쳐도 괘괘떼고 고개 절레절레" 하는 댓례의 몸부림은 제 몸에서 솟구쳐 오르는 기운을 억압하고 짓누르는 일체에 대한 저항이며 신랄한 냉소이다. 자유고 생동하는 의지이다. 노예근성에서 벗어남이고 제 정신을 잃지 않고 기운을 바로 차리겠다는 믿음의 표현이요 정신의 드러남이다.

촛불을 들고 거리로 나온 어린 학생들
젖먹이를 태운 유모차를 끌고 나온 젊은 엄마들
엄마 아빠의 손을 잡고 시위에 참여한 귀여운 꼬마들
불편한 몸을 이끌고 집회장에 나온 장애인들
촛불시위에 자기들의 생명을 지키려고 모여든
민중들 민중들 민중들 민중들 민중들 민중들 민중들
민의의 촛불들은 온나라를 밝히며 활활 타오르고
수십만의 촛불들은 민주주의를 향해 절규한다.
우리는 결코 실험용 동물이 아니라고

—임수생, 「우리는 실험용 동물이 아니다」 부분, 『작가와사회』, 2008년 가을호

"어린 학생들"과 "젊은 엄마들"과 "꼬마들"과 "장애인들"이 새 시대 정치 문화에 무시하지 못할 '주체'로 들어섰다는 인식은 바야흐로 지난 세대의 정치 논리에 틈이 벌어졌고 기존 사상과 철학으로 세상을 바라보는 눈에 '또 하나의 눈'이 필요하다는 시각의 조정으로 이어진다. 그러나 위 시처럼 촛불을 든 소수자들이 다만 "민주주의"를 바라고 자신들을 "결코 시험용 동물이 아니라고" 절규하기 위해서만 거리에 모여든 것은 아니라고 본다. 이들에게 하나의 '이슈'를 덮어씌우는 일은 과거 민주화운동에 참여했던 시민을 향해 위기모면용 선언을 함으로써 성급하게 정책을 수정했던 위정자들의 사고와 다를 바 없다. 오늘날 생활 정치의 주역으로 나선 '마이너리티'들은 그들이 원하는 정치 이념과 정책 방향 요구와 상관없이 이미 삶을 곧 정치로 인식하고 언제라도 '민주'를 실천할 수 있는 마음을 지니고 있는 '주체들'이다. 주체이면서 비 주체요, 반역이면서 혁명을 요구하는 이들에게 낡은 사상의 올가미를 씌우는 것만큼 철저한 '보수'도 없을 것이다. 시에서 리얼리즘이 저지르는 오류는 여러 갈래로 갈라지고 합류하기도 하는 욕망과 실천들을 규범이 되는 단일한 줄기로 통합하려는 욕심에서 비롯하는 경우가 많다. 여기에는 화자의 관점과 시적 대상이 지향하는 실천 방향 사이에 자연스럽게 일체감이 형성되고 '성전(聖戰)'을 예비하는 시적 장치들이 시인의 의지와 함께 속속 전경화하는 경향으로 드러난다. 원근법의 작동이다. 시인이 선동가로 떨어지기 쉬운 지점이 바로 그곳이거니와, 이러한 구시대의 시적 접근 방식으로 오늘날 새로운 현실의 장(場)에서 펼쳐지는 다양한 의식과 물질의 흐름을 잡아내는 데에는 한계가 있을 것이다.

툴툴 털어내도 달라붙는 먼지처럼 우리의 시야를 가리고 자꾸 엉뚱한 쪽으로 집착하려는 마음의 자기장이 우리 시를 진단하면서도 때때로 움직이는 까닭은 무엇일까. 이 글을 시작하면서 경계한 '이성'의 작용이 오히려 거죽만 달리한 채 새롭게 다가서는 느낌을 지울 수 없다. '촛불정국'을 계기로 지난 이십 세기와는 확연히 달라진 세상이다. 비단 '촛불' 때문만은 아닐 것이다. 촛불은 다만 그동안 눈에 보이지 않게 진행해온 개벽적 변화를 사람들에게 귀띔해준 조그만 소식이자 조짐일 뿐이다. 주류에 밀려나고 서성대기만 했던 허름한 인간들이 장바닥을 돌아다니면서 보란 듯이 활개를 치는 때가 바로 지금이 아닌가. 이들을 민중이라 해도 좋고 어중이떠중이라 해도 상관이 없다. 이런 현상을 놓고 볼 때 우리 시의 리얼리즘은 어쩌면 '역설의 미학'을 필요로 할지도 모른다. 앞서 「댓례 이야기」의 마지막 연에 시인이 쓴 "됐네, 댓례"처럼, 지금까지 한껏 고조된 '댓례'의 숭고한 일대기를 손쉽게 뒤집어버리면서도 마치 숨을 고르며 그 다음의 사설을 준비하는 듯한 넉살 같은 것이야말로 아쉬워해야 할 시 정신이고 역설의 형식이다.

밭을 갈던 한씨가 멍에고랑을 어디다 내느냐고 묻는다
멍에고랑이라니? 저 밭도 멍에를 지고 가야하는 것이 있단 말인가

밭의 뼈처럼 자갈들이 불거져 있는 저 곳?
거름을 아무리 많이 주어도 곡식보다 풀이 더 성하고
나무들이 느닷없이 들어서는 저 곳?
멍-에-고-랑은 어디에 있을까?

(…)

풀을 매고 돌아서 보니 이랑이 하얗게 말라 간다
감자 너머 고추 너머 고구마 너머 저 고랑에는 무슨 씨앗을 넣어야 할까?

굵고 거친 씨앗들을 촘촘히 넣어야 하리
그것들이 밭을 시퍼렇게 덮고 함부로 쏟아져 들어오는 온갖 것들을 막는 동안,
이 멍에고랑에는 가시덩굴 같은 것들이 불쑥불쑥 자라 있으리

여름이 오고 있다

―김종옥, 「멍에고랑」 부분, 『시와사상』, 2008년 가을호

가령, 위 시의 "멍에고랑" 처럼 '고랑' 과 '멍에' 사이에 가로놓인 의미의 단층을 짚어가면서 발견하는 시 읽기의 참맛을 행간에 흩뿌려놓는 시들이 가끔 창작되는데, 굳이 '리얼리즘' 이라는 이름을 빌리지 않더라도 이런 시들에서 우리 시가 새롭게 모색해야 할 방향을 끄집어낼 수 있을 것이다. '역설' 이든 '아이러니' 든 오래전부터 시 창작 방법으로 널리 쓰인 기법들이 단시 '시' 를 창작하기 위한 수단이 되어버릴 때 그 생명력은 줄어들 수밖에 없다. 그러나 좋은 시는 기법 자체가 끝내 작품의 특장(特長)이 될 수 있는 법이다. 이 시의 경우 사람이 먹고 사는 데 반드시 있어야 할 곡식을 자라게 하는 밭을 일구는 일과 밭을 밭이게 하는 중요한 기능의 하나인 '고랑' , 그리고 이들에 느닷없이 끼어든 '멍에' 가 서로 섞여서 미묘한 정서를 전달한다. 설령 '멍에고랑' 이 실제 농사짓는 사람들이 흔히 쓰는 말이라 하더라도, 이 말(소재)을 들고 와 시로 형상화하는 과정은 바로 '멍에고랑' 이라는 화두를 캐묻고 궁리하는 시인의 사유가 깊어가는 여정인 것이다. 역설의 진실은 바로 이성의 그림자이고 그늘이다. 서로 맞붙어 있지만 능히 한쪽이 두드러지게 보일 수밖에 없는 원근법적 시선을 지양하는 일이 우리 시인들에게 주어진 과제가 아닐까.

동맥경화로 반신불수가 된 느티나무
진통제 과용으로 혼절을 하루에도 몇 번씩

그러다 깨어나면 목을 길게 빼고 임종을 지켜줄 자식도 없으면서
밖을 향해 돌아눕는 느티나무를 보며 어머니 같다는 생각을 한다

발잔등이 수북한 느티나무를 무릎에 눕히고 지압을 하자
마른 뼈들이 비명을 질러댄다

어메메 살것는거이 집이한테는 미안하요만
내친김에 자근자근 밟아주면 더 좋겄는디

리타르단도로 비명을 밟는다
금세, 눈꺼풀이 무겁다며 열은 코를 곤다

딸도 몰라불고
딸도 몰라불고

—박섭례, 「느티나무」 전문, 『시와사상』, 2008년 가을호

사람과 느티나무의 교통(交通)을 가능하게 하는 시적 상상력은 상식과 관습에 파묻힌 채 '중력'에 사로잡혀 있는 이성에 통렬히 복수하는 마음에서 비롯한다. 이 시 전면에 드러난 주된 이미지가 사람과 나무가 주고받는 교감이라고 하더라도, 우리는 "느티나무"가 "어머니"로 탈바꿈하는 시인의 상상에 뒤이어 솟아나는 커다란 역설에 주목할 필요가 있다. 세상 모든 것들이 이 세상의 주인이라고 단정하기는 쉽지만, 이러한 '사해평등' 세계관 속에서도 늘 '사람이 중심이다'는 인간 중심

주의가 들어 있다. 인간 중심의 사고가 잘못된 것이라거나 고쳐야 할 병폐는 아니다. 그것은 사람으로서 느끼는 인지상정일 수도 있다. 그런데 우리는 인간이 세계의 중심이라거나 한 부분일 뿐이라는 마음을 넘어서, 시방세계에서 인간을 중심에 두고 생각하고 실천하는 모습이 '근대'에 들어와서 극단의 방향으로 치달아 마침내 인간을 수단과 도구로만 여겨 인간 사회를 둘러싼 모든 체제와 사상을 위계화해버린 과오를 저지르고 말았던 정황까지도 헤아릴 필요가 있다. 시간이 '과거-현재-미래' 식으로 앞으로만 나아간다는 직선 사관을 비롯하여 서구와 비서구, 남자와 여자 따위처럼 양쪽을 가르면서 후자를 전자에 굴복시키고 아직 덜 성숙한 것으로 보는 이분법적 사고 또한 이러한 인간 중심주의, 이성 중심주의에서 말미암는 것이다. 「느티나무」는 화자가 나무를 자신을 낳아준 부모로 여기는 의인화가 시적 전개의 핵심이다. 그리고 느티나무가 사람이 되고 사람이 느티나무가 되는 상호 교섭뿐만 아니라 시인이 상상해서 꾸며낸 말인 4연과 6연을 이루는 '혼잣말'에 주목하면, 현실과 상상 사이에 새로운 세계가 펼쳐짐을 알 수 있다. 이들이 주고받는 말은 '표준어'가 아니라 '사투리'이다. 무의식 깊숙이 들어앉은 욕망이 '낯선' 방언으로 형상화되는 것은 바로 현실과 무의식, 전면(前面)과 이면(裏面)의 질서가 마구 엉클어지고 뒤섞이는 숭엄한 춤사위다. 속에 감춰둔 말(4 · 6연)이 실제 지역에서 쓰는 말이고 글로 써서 시어가 된 말이 실은 표준어인 '인공어'란 사실은 이 시 전체가 알게 모르게 '에크리튀르'에 대한 신랄한 풍자가 되는 것이다. 삶의 역설이고 말의 우화이다.

진실을 진실대로 말하지 못하고 속으로 쟁여둘 때 우화가 생긴다. 직언이 아니라 여러 번 휘돌아나가는 말이 응고되고 화석이 될 때 현실과 상징 사이에 거대한 크레바스가 만들어진다. 오늘날에도 여전히 시인은 시인이고 정치꾼은 정치꾼이지만 이들이 쏟아내는 글과 말에서 우리 시대 리트머스의 빛깔을 보아야 한다. 리얼리즘, 이 철 지난 사조를 다시 생각하는 일은 우리 마음 한구석에 있는 어두운 상처를 일부러 집어올리는 일과도 비슷할 것이다. 그런데도 미증유의 혼돈과 고난을 겪는 이 시대에서 다시 시가 고통을 받는 존재들을 보여주고 따뜻이 위무하는 구실을 하기 위해서는 그것의 참 정신을 되살리는 길밖에는 없지 않을까 생각한다. 그렇다면 문제는 이러한 '참 정신'이 무엇인가부터 숙고해야 한다. 이는 시의 본질이고 기능이 아닌가. 리얼리즘에서 '역설'의 가치를 되새겨보는 까닭도 여기에 있다. 사태를 올바로 볼 줄 아는 능력도 중요하지만 진상을 들춰내어 고발하고 풍자하는 정신 또한 우리 시대 시인이 지녀야 할 숙제이다. 그것은 바람직하지 못한 세상을 바람직한 세상으로 이끌어가는 맨 첫 자리에 시인이 서야 하겠다는 결심과 관계한다.

5부

시의 풍경들

시는 무엇으로 만들어지는가

— 박정애, 『가장 짧은 말』(신생, 2008)

세상과 나 사이에 놓인 참을 수 없는 거리에 현기증을 느끼지 않는 사람은 없을 것이다. 이물스러움으로 가득 찬 세상과, 그런 세상을 보며 고통스러워하는 자신은 '현실' 이라는 냉정한 관계망에 포섭된다. 현실은 뚜렷한 객관이 아니라 자신이 살면서 겪게 되는 온갖 감정과 이성적 사고가 뒤섞여서 잉태하는 이데올로기다. 세계관은 바로 '세상' 과 '나' 사이에 밀고 당기는, 눈에 보이지 않는 교섭과 거부와 승인들이 만들어낸 고정관념이다. 다만 여러 사람들이 인정하고 수긍하는 관념들이 인류가 역사라는 시간의 수직축을 늘이는 동안 완고한 집단정신을 형성해왔을 뿐이다. 그런 공통관념들이 절대 선(善)은 아니라는 점에서 지금 이 순간의 감정과 생각은 여전히 날것으로 존중해야 한다. 생각의 틈, 말들의 버짐은 비단 소수자의 특징과 개성에서 뿜어져 나오는 것은 아니다. 세상이 완고하고 정형화된 톱니바퀴로 돌아가는 듯하나 실은 눈에 보이지 않는 현상의 뒷면에서 이루어지는 더욱 큰 생성원리에 젖줄을 대고 있다는 점에 유의하자. 그것은 수많은 예술가들이 온몸을 집중해서 열어보려고 했던 삶의 비의이며, 아름다움의 극치가 어우러지는 영역이다. 언어가 이를 온전히 표현할 수 있다면 난센스일 것이다. 하지만 말이, '예술' 이 혼신의 힘을 바쳐서 이룩하려고 하는 어떤 국면을 보여주는 조짐이라는 사실은 분명하다. 그렇기에 우리가 한 편의 시를 읽고 감동을 받는 까닭을, 바로 '근원' 에서 아주 멀리 튕겨져나온 제 자신이, 원래 그것과 맞붙어 있었으나 지금은 형편없는 존재로 전락해버린 자가 아득히 먼 고향 집 아궁이에서 피어오르는 저녁밥 짓는 냄새를 맡고 시큰한 설움에 빠져드는 일로 유추해보는 것도 어렵지 않다. 없는 것을 만들어내는 것이 아니라 제 몸속에 오랫동안 접혀 있었던 원초적인 탯줄을 펼쳐서 보여주는 자, 그는 '환각' 에 빠지지 않고 이 세상과 접선하는 사람이다.

'환각' 이 의지와는 상관없이 세상이라는 단단한 벽의 틈새를 순전히 날것으로 보게 되면서 생경한 충격을 불러일으킨다면, 시인의 '말' 은 그 환각을 어르고 달래고 삼켜서 예술의 문법으로 다듬어서 나타내는 기호로 작용한다. 이런 뜻에서 시의 몸에는 어쩔 수 없이 시인이 목도한 그로테스크한 생의 진면목이 유전자처럼 각인되어 있다. 그 뭉쳐 있는 우주의 씨앗을 우둘투둘하고 살아 있는 말로 구연하는 행위야말로 시인된 자의 권능이자 특권이 아니겠는가. 박정애의 『가장 짧은 말』*이 지향하는 지점이 바로 여기다. 고개 들어 움트려는 말의 씨앗, 세상 사람들이 제각각 움켜쥔 고귀한 생의 의지를 고스란히 어루만지는 일에서부터 그의 시는 시작한다.

할머닌 다듬잇돌에 호도를 바수며 이리 물러서야, 속이 실해야 머리가 정직한 법이지 홀쭉한 볼을 구기며 고추 단 동생 입에만 기름진 흰 속살을 발라주는데 한 입 건너 저만 준다는 것에 대단히 만족한 녀석 주둥이는 할머니께 주고 눈은 내게로 힐끔힐끔 넙죽넙죽 온갖 야지랑 다 떠는데 씨할 놈 웃음도 씨종자라 턱주가리 질질 흘린 침까지 쓸어닦는데 사실 별 맛도 없이 까기만 거추장스런 걸 애진작 알았음 씨 없는 수박 줄그은 호박씨는 안 깔 텐데 암튼 경부선 기차 간 따끈따끈 호두과자 통째 먹을 수 있어 좋지만 왜 그 생각이 났을까 말에도 씨가 있다면 잎 피고 꽃 지면 열매는 당연한데 뒤죽박죽 굴러가는 복잡한 뇌관 회로를 따라 기억의 속살까지 파먹고 입에 맴도는 건 뱉을까 말까 씨!

—「천안역 호두과자」 전문

사랑이나 집착과 가깝지만 그 함의가 다른 '몰두'가 지니는 속뜻을 단박에 알아버린 시인이 세상을 바라보는 눈 속에는, 사물을 사물이게끔 지탱해주는 제 속의 씨앗들이 온 세상을 떠다니는 풍경이 들어 있다. 그리고 시인은 '몰두'한다. "할머니"가 "동생"한테 "호도"를 먹이는 살풋한 기억이 "경부선 기차"를 타고 가면서 먹는 "호두과자"로 이어지는 기억의 먹줄 위에 웅크린 삶의 윤곽들을 바라본다. 이들은 자연의 본성으로 서로를 끌어당기는 힘을 여과 없이 보여준다. "고추 단 동생 입에만 기름진 흰 속살을 발라주는" 할머니와, "주둥이는 할머니께 주고 눈은 내게로 힐끔힐끔 넙죽넙죽 온갖 야지랑 다 떠는" 동생이 감질나게 연출하는 장면은 시인으로 하여금 기억과 현실 사이에서 생생하게 공명하는 소리에 귀 기울이게 한다. 그 소리는 "말에도 씨가 있다면"이라는 현실 속의 화자가 내건 조건 절에서부터 시작하여 "뒤죽박죽 굴러가는 복잡한 뇌관회로를 따라 기억의 속살까지 파먹"는 상상에 이르기까지 켜켜이 박혀 있는 탐식이 내지르는 비명이자, "다듬잇돌에 호도를 바수며" 중얼대던 할머니가 자신의 생을 공고면서 완성한 우주음이다. 기억과 현실, 사실과 관념을 한 줄로 꿰는 지점에 시인은 한 발짝 다가선다. 이는 불행이나 고통을 어루만지는 시인 특유의 시선과는 별 관계가 없다. 다만 화자와 세상 사이에 놓여 있는 사물들이 바스락거리는 소리에 주목하는 것, '몰두'가 불러일으키는 정황 속에 독자들을 끌어들이는 것이 시집 『가장 짧은 말』이 건네는 말의 효과이다.

독자를 끌어들인다는 것은 시가 배설해놓은 말들의 그물 속에 뭇 존재를 눕힐 넉넉한 둥지를 시인이 마련해놓고 있다는 사실을 전제한다. 구수한 입말을 잘 살린 『가장 짧은 말』의 시편들에서 느끼는 점은, 바로 시인이 누추하고 못난 세상살이의 얼굴을 암팡지게 그려내면서 만드는 신명 마당이다. 한(恨)이되, 곪고 삭아 진득하니 우러나오는 그늘진 응어리가 아니라, 그 응어리마저 신나게 놓아버려 오로지 천지간에 활개치는 쉰 목소리들의 난장(亂場)을 이끌어내는 신명의 춤사위다. 그러나 시인은 초월로 향하지 않고 세속의 자기장에 이끌린다. 그의 시가 출발하고 되돌아가는 곳 또한 우리가 발 딛고 있는 물질계, 즉 현실이다. 다만 그 현실이 밝지만은 않다는 점에서 시인의 눈매는 신산하다. 그는 '풍자'에 손쉽게 전염되지 않으면서 삶의 그늘을 들추어낸다. 품이 넓으면서도 육성에는 칼칼함이 묻어난다.

> 내 안에 나를 모르고 서로가 서로를 찾아 헤맨 슬프고 가련한 맨발들 잠시 일신은 고요하나 곧고 굽은 것이 이 한 몸에 있어 한 순간도 신간 편할 날이 없으나 양유 양천이 따로 없는 안전에 있고 바람이 목숨보다 긴 날에도 안주할 곳이란 세상 어디에도 없는 내가 기이한 건 헝클리지 않는 원형질이다 우린 어디 있어도 한 몸 한 뜻이니 더 말할 수고가 있겠느냐
>
> —「무언가無言歌–물이 물에게」 부분

> 죽은 듯 숨 쉬는 오동나무 봉황만 앉았을까 절로 우는 거문고 소리에 높고 낮은 깊고 얕은 그것이란 길고 짧은 조율이라 까막까치

꿰맨 실밥도 따는 아침, 토방 냉구들에 가부좌 틀고 앉은 백결이 겨울나기만 기다렸을까 희다 못해 푸른 가난을 두루 덮어 가린 평지 같은 세상, 눈 속에 핀 매화향기를 고절한 선비는 귀로 듣는다는데 눈 내려라 맑고 시린 것들이 내지르는 소리란 상처가 아니면 빛나겠느냐 염천에도 한기가 드는 대밭 찬물소리는 겨울이 찬란하고 햇살은 그늘에서 더 눈이 부신 법

—「눈사람 2」 전문

그것은 이를테면, "우린 어디 있어도 한 몸 한 뜻이니 더 말할 수고가 있겠느냐"(「무언가無言歌-물이 물에게」)나, "맑고 시린 것들이 내지르는 소리란 상처가 아니면 빛나겠느냐"(「눈사람 2」)의 구절처럼 탈속자의 훈계 같은 꼿꼿함으로 드러난다. 짐짓 생을 초탈한 풍광마저 느끼게 하지만, 그 속에 잠재되어 있는 시적 인식은 세상의 이치를 체득한 자가 진흙구덩이인 세상의 한복판으로 더욱 바짝 다가가서 존재와 한데 엉키려는 보살심에 맞닿아 있는 게 사실이다. 초연을 버리고 바지런 떠는 세속의 파도에 몸을 싣는 일은 '나' 와 '세상' 사이에 걸쳐 있는 실존적 간극을 확인하고 나서 다시 두 사이의 거리를 없애는 합일의 경지에 가본 자만이 성취할 수 있는 이중의 과업이다. "내 안에 나를 모르고 서로가 서로를 찾아 헤맨 슬프고 가련한 맨발들"(「눈사람 2」) 구절에서 확인할 수 있듯이 '나' 로부터 발원하였지만 결국엔 '나' 로 다시 돌아올 수밖에 없는 깨달음의 한 지경 또한 시인의 신령스런 입담 속에 녹아든다. 「눈사람 2」에서 엿볼 수 있는 명징한 정신은 실상 시인이 추구하고 궁리하는 가운데 피어나는 궁극의 자리가 아닐까. 바로 "대밭 찬물소리는 겨울이 찬란하고 햇살은 그늘에서 더 눈이 부신 법"이라는 표현에서 알 수 있다. '겨울' 과 '그늘' 은 '음' 이고 움츠러듦이다. 그러나 이들은 제 속에 '양' 과 솟구쳐 오르는 기운을 품고 있다는 점에서 부정

적인 속성만을 지니고 있지 않다. 시인은 비록 선비의 고절함과 꿋꿋함을 노래하고 있을지라도, 그 고결한 성품을 추동해주는 '아픈 것들'에 대한 애정을 버리지 않는다. 이들의 대비는 생성의 이중성이 지니는 복잡 미묘한 운동 원리에 대한 자각과 이를 한눈에 꿰뚫고 그 본질을 설파한 시인의 영성에 말미암는다. '빛'이다. "빛 속에 빛으로 선 사람"(「눈사람 2」)은 세상 한복판에서 고통과 인내로 얼룩진 언 땅 위로 솟아오른 고귀한 정신이요 영혼이다.

『가장 짧은 말』은 독자에게 리얼리즘을 넘어선 리얼리즘이 무엇인지 생각하게 한다. 시편들은 분명 질펀한 말들의 나열과, 이 말들이 지나가는 공간에 스며 있는 현실의 불온함으로 우리의 눈길을 잡아끈다. 예를 들어, 희미해진 삶의 희망을 여전히 놓지 않으려는 날품팔이들의 표정을 그린 「부전역에서」와 명예 퇴직한 소시민의 말 못할 울분을 드러낸 「입신」과 같은 작품이 그렇다. 세상 어디에나 비상하려다 매몰차게 추락해버린 사람들이야 없겠느냐마는, 시인이 이 그늘진 존재들을 작품으로 형상화하는 까닭은 딴 데 있지 않다. 이들에 대한 동정이나 슬픔만으로 온전한 예술성을 구현할 수 없다는 사실은 상식일 것이다. 그늘진 존재들에 내재해 있는 흰빛을 끄집어내는 능력이야말로 시인이 갖추어야 할 덕목이다. 존재의 아우라를 밝혀내는 일, 이것은 현상과 본질이 서로 길항하고 소통하는 중에 드나드는 생명의 낌새를 재빨리 잡아내는 일과 같다. "방안에선 꼭 찬물에 씻은 듯 맑고 찬 가난을/어찌나 맛있게 먹는지 살살 군침이 도는/살얼음 잡힌 시언한 동치미 벌컥벌컥 들이켠/저 놋대야 같이 환한 얼굴이/그들이란 말이지"(「양민의 얼굴-달」)처럼 "양민"을 "달"로 직유하는 기법은 실상 '양민'이라는, 가진 자의 횡포와 수탈에 늘 빼앗기기만 했던 우리 백성들의 신령스런 존재성에 견주면 그 시적 장치의 의미는 맥을 못춘다. "살얼음 잡힌 시언한 동치미 벌컥벌컥 들이켠"에 주목하자. 시인은 "가난"을 "먹는"다고 했지만, 이 "가난"이야말로 자발적이며 원초적인 생명의 근원이 아닌가. 넘쳐날수록 탐하는 반 생명의 화살에서 너무나 멀리 떨어져 있는 순한 백성의 신성한 마음이다. 시인은 본다. "시언한 동치미"를 들이마시는 "환한 얼굴"에서 우주의 핵을 감싸는 영혼의 빛을 잡아내는 것이다. '시원한'이 아니라 "시언한"으로 표현한 데서, 나는 시인이 단순히 입말을 살린 효과뿐만 아니라 얼마나 "양민"들 속에 내재해 있는 천지만물의 호흡에 가까이 다가가 있는지 놀랍다. 이는 시가 이룩해야 할 하나의 높이이자 정신이다. 시적 대상에 대한 몰입이 아니라 시적 대상이 감추고 있는 신비한 존재성에 홀연 길을 터고 밝히는 행위에 화자는 손을 댔던 것이다.

세상에 할 말이 많은 그가
누군가의 손을 빌어 타전하는 우주의 암호문 같은 중세 고전
거장의 문맥은 통하지 않은 곳이 없고
링거에서 떨어진 단어 하나하나가
눈부신 문장이 되는 세상 가장 짧은 말로
한 방울씩 수혈하는 따스한 수액
피와 살을 이루는 생령들

바다를 장악한 거대한 물고기가
자잘하나 잔챙이 무리들이 모여 만든
푸른 그림자란 걸 알게 된다면
바닥에 떨어진 자
바닥을 딛고 일어나라

—「비는 헌 타자기 두들긴다」 부분

'시적 대상이 감추고 있는 신비한 존재성'은 시집에 실린 여러 다른 작품보다 조금은 '모던한' 「비는 헌 타자기 두들긴다」에서 여실히 드러난다. 비가 "타전하는" 소리는 "피와 살을 이루는 생령들"이고 마침내 "바다를 장악한 거대한 물고기" 즉, "푸른 그림자"로 현현한다. 빗물이 모여 바다로 흘러간다는 식의 점층법이 아니라, 낱낱의 개체가 만물을 품고 있다는 진실을 시인은 역설하는 것이다. 개체 융합이 화엄적 대승(大乘)으로 돌변하지만 실은 각각 그 씨앗을 쥐고 있음을 간파해야 한다. 이것은 "세상 가장 짧은 말"이 잉태하는 "한 방울"의 씨가 내포하는 우주적 넓이이다. 외마디 비명이 가장 짧은 말이라면 그 속에는 침묵이 함의하는 시방세계의 소란에 비길 바는 못 되지만, 활개를 치며 크나큰 꽃을 피우는 빛의 무늬인 "우주의 암호문"을 귀띔해주는 한 소식이 되기에 충분하다.

'무엇'이 시를 만드는가. 그리고 시는 '무엇'으로 이루어지는가. 박정애의 『가장 짧은 말』을 읽다 어쩌다 흘린 사념의 부스러기를 생각해본다. 시인의 말에 따르면 "극광의 그것"(「시인의 말」 중에서)이지 않을까. 앞의 '무엇'은 '원(願)'에 뿌리를 두고, 뒤의 '무엇'은 '신명'이나 '한', 또는 '그늘'로 채우고 싶다. 우주니 생명이니 하는 허튼 소리로 시를 '재단'하는 일은 시에 대한 예우라기보다 조곤거리며 세상의 틈새를 열어 보이는 시인의 거룩한 작업이 지닌 참뜻을 간과한 무지의 소산이다. 또한 반면에 시인이 "우주율의 유여열반"(「높이 뜬 새는」)의 자리를 설령 꿈꾸었더라도 현실에 발 딛고 선 '유한자'에 지나지 않은 점을 염두에 두면, 분명 '사회적 실천'으로서 예술가가 보여주는 최대의 역능이 어디로 향하는지 살펴야 하지만 그러지 못했다. 이는 단순하지 않은 문제다. 시인은 실천하는 자가 아니라 예언하고 진리성을 구현하는 예술적 특수성을 지닌 존재라는 점에서 그렇다. 중요한 것은 '시'이지 시를 낳게 한 '기관'은 아닌 것이다. 그런데 시인은 '극광' 즉, 빛의 극점에 가닿고자 했다. 빛의 극점은 달리 말해 어둠으로 화할 잠재성을 한껏 머금은 좌표로 존재한다. 그렇다. 시인은 시방을 밝힐 마음이고자 하면서도 어둠이라는 한없이 차갑고 낮은 곳이 주는 시리디시린 노릇도 마다하지 않으려 한다. 그런데 이는 도리어 질박한 생각에서 싹터서 마침내는 다시 소박한 진실로 되돌아오는 길과 상응하리라. "서로 때를 알아 맞서지 않고/한 곳을 향해 함께 가는/물소리를"(「징검다리 건너기」) 듣는 것처럼. 나는 이렇게 『가장 짧은 말』을 읽었다.

길 위의 길, 그 푸른 바르도의 숲길 속으로

— 최원준, 『北邙』(신생, 2009)

왔던 곳으로 다시 되돌아가는 사람에겐 이전까지는 없었던 새로운 의지가 필요하다. 미망(迷妄)에 젖어 그동안 가진 것들을 버리지 못해 안타까워하는 마음을 놓아버리려는 의지와, 새로운 길을 떠나면서 겪게 될 혼란스러움과 불안함을 기꺼이 받아들여 길 닿는 데까지 자신에게 주어진 숙명 같은 몫을 온전히 감내해내려는 의지이다. 떠난 자리와 다시 돌아올 자리 사이의 거리는 이 두 의지를 얼마나 갖추느냐에 따라서 눈 깜박할 사이와 겁(劫)의 시간만큼 차이가 날 것이다. 아무려면 어떻겠는가. 이도 여행이겠거니와 등짐에다 양손에 보따리를 주렁주렁 싸들고 길을 떠나든 텅 빈 맨손으로 홀가분하게 떠나든 그 길은 이미 주어져 있다. 되돌아가는 길에는 우리가 지난날 악착같이 매달려왔던 희망이나 절망조차 아득히 저편으로 사라져버린 감정들이어서 다만 시시때때로 찾아드는 낯선 느낌과 풍경들에 정신을 쏟을 뿐이다. 혼몽인 것이다. 그렇지만 이 또한 혼돈스러운 꿈인 채로 새롭게 태어나기 위해 마땅히 짊어지고 가야 하는 임무인 것이다.

'죽음'과 '삶', 나는 이 두 말이 주는 흔해빠진 상념에서 벗어나고 싶다. 그런데도 어쩔 수 없이 인류에게 영원한 숙제이자 아포리아에 빠져들게 되는 까닭은 어디에 있을까. 삶과 죽음이 둘이 아니라고 하지만 분명 다르다고 보아야 한다. 우리가 죽음의 도정을 짐작할 수 없듯이, 지금 이곳에서 살아 숨 쉬고 있는 우리 또한 애초에 배태한 혼의 씨앗이 얼마나 장구한 시간의 역정을 거쳐 만들어진 업(業)의 결과인지 또한 가늠할 수 없다. 언제나 흔들리면서 중심을 놓쳐버리는 마음과, 물욕에 빠진 몸뚱어리의 운신만을 좇을 뿐이어서, 이 삶을 포함한 저편에서 무궁하게 들끓는 영혼계의 우주를 미처 깨닫지 못하기 때문이다. 그래서 지금까지 시인들은 삶과 죽음의 역설과 모순을 노래하였는지도 모른다. 삶의 궁극과 죽음의 궁극이 서로 맞닿은 자리에서는 필경 '삶'과 '죽음'이라는 어리석은 말의 개념화 따위조차 짐이 되리라. 이곳에서는 '사느냐 죽느냐'의 문제가 아니라, 이 상반된 두 존재 인식 영역마저 초탈해버린 지경에서 비롯한 사태 즉, 불이(不二)와 화엄의식이 자리 잡을 것이다.

최원준 시인의 세 번째 시집인 『北邙』을 읽으며 줄곧 나를 사로잡은 것이 바로 이것이다. '시인의 말'에 따르면 '北邙'은 "죽으면 가는 곳"이다. '죽음'을 전면에 내세우고 있는 여느 시집과 달리 『北邙』에서 '죽음'은 부정한 현실인식과 이의 접면으로서 불러내는 절망스러운 초극의 개념이 아니라 눈 밝은 시인으로 하여금 이미 선취되고 간파된 또 다른 세계로서 기능한다. 이 세계는 현실에 극해 있는 곳에 있지 않다. 생명이 다한 상태의 응결로서 곧바로 주어진 닫혀 있는 어둠의 존재 상태 또한 아니다. 이 세상에서 저마다 조금씩 이룩하는 명(命)의 걸음걸이가 지나는 곳이자 그 쉼 없는 걸음이 앞으로 마주치게 될 생성의 어귀다. 삶의 귀착점이 아니라 지금의 삶과 다음의 삶을 이어주는 순정한 마디이다.

北邙이 어디냐고 온통 호통이다.
태어나자 바로 길 떠나는
明明白白의 그 곳.

눈짓 하나에도 산이 열리고
손짓 하나에도 강이 흐르는,
금빛 미르나무 숲 가리키는 곳

산 업장이 죽은 업장을 덮고
그 업장이 또 다른 업장을
업고 가는 길

그리하여 푸른 命門 짓물러
다음 이승 보이는 언덕

벼락 치듯 잠깐,
가는 길과 오는 길이 합쳐진다.
손바닥 위 森羅萬象이 흔들린다.

—「北邙-업장을 업고」 전문

시집 제1부에 실린 열한 편의 「北邙」 연작 시편들이 하나같이 보여주는 것은 '길' 이다. 가는 길, 그래서 지나간 길과 다가오는 길이 서로 섞이면서 멀어지는 곳에 시인은 어느덧 서 있다. 그 길은 어떤 길인가. "태어나자 바로 길 떠나는/明明白白의 그 곳" 으로 가는 도정이 아니겠는가. 누가 가르쳐주지 않아도 훤하게 알게 되어 스스로 떠나는 길이 닿는 곳은 '北邙' 이다. 그런데 시인은 왜 '죽어서 바로 길 떠나는' 이라 하지 않고 "태어나자 바로 길 떠나는" 이라 말하는가. 여기에 시인의 세계관과 우주관이 들어 있음을 알아채기란 어렵지 않다. '죽음' 은 실상 '다시 태어남' 이란 것, 아니 '죽음' 과 '삶' 이라는 두 경계를 넘어서는 일은 지난 생에서 줄곧 이어져 온 생명의 지난한 과정을 전유하면서 동시에 앞으로 나아가는 발 디딤과 다르지 않다고 보아야 할 것이다. 영계와 물질계를 이어주는 마디점으로서 '탄생' 의 순간은 이전에 자신이 짊어져야 했던 그 무겁던 업을 온전히 이고 가는 행위와 함께 새롭게 만들어질 업을 또다시 데리고 가야 하는 과업이 부과되는 때이다. 이를 시인은 "산 업장이 죽은 업장을 덮고/그 업장이 또 다른 업장을/업고 가는 길" 이라 표현했다. 허나 한없이 무거워만 보이는 "업장" 은 저도 모르는 사이에 달라붙고 떨어져나가는 것이어서 길을 가는 자에게는 '감당' 의 영역에서 저만치 비켜 있다. 감당할 수 없음과 감당할 수 있음이 서로 어지러이 밀치고 끌어안는 속에서 그것은 '자유' 와 만난다.

北邙은
모든 것 훌훌 털어버린 이의
명징한 비움
홀연한 보폭이 거침없는 곳
하여 영혼의 종소리 뎅뎅 울리고
겨울 참나무, 줄지어 함께 떠나는 곳
그래서 北邙은
산 자만이 가는 길
다시 살기 위해 가는 길

—「北邙」 부분

'자유'는 "모든 것 훌훌 털어버"림이고 "거침없"음이다. 그렇기에 어디에도 구속을 받지 않는 상태다. 이를 '자유'라는 낱말로 표현했지만, 사실은 '자유'로운 상태라고 틀 짓기에는 무리가 있다. 모든 것을 훌훌 털어버렸기에 욕심조차 달라붙을 수 없고 거침이 없기에 삿된 소리에 귀 기울이지 않는다. 마음 깊은 곳으로부터 울려 퍼지는 "영혼의 종소리"가 이끄는 길을 따라 나서기에 지나간 생의 집착에서 풀려나지 못한 망자(亡者)의 어리석은 유혹을 떨쳐버릴 수 있다. 진실로 "산 자만이 가는 길"이고 오롯이 "다시 살기 위해 가는 길"인 것이다. 따라서 『北邙』을 펼쳐 읽는 일은 단순히 시집을 탐독하는 일에서 멀찌감치 떨어진 지점에서 행해지는 행위라고 보고 싶다. 삶을 성찰하고 반성하여 온전한 삶의 주인이 되기 위한 영혼의 참 노릇이 무엇인지를 곱씹어보는 일이기도 하다. '시'가 기능할 수 있는 영역의 테두리 안에 고요하게 걸쳐 있으면서 이를 넘어서는 틈들이 좇아 달려가는 길을 탐색하는 작업은 최원준 시인의 시 세계가 지향하고 정초하는 곳이 어딘지 캐묻는 일과 다르지 않다.

시인은 두 번째 시집인 『금빛미르나무숲』에서 '금빛미르나무'로 대표하는 영성과 생명성을 『北邙』에서보다 더욱 깊이 있게 드러낸다. 연륜이 쌓이면 사유 또한 깊어지는 것이 일반이다. 깊어진다는 것은 밀도가 높아진다는 것이고, 밀도가 높아진다는 것은 꽉 찬다는 뜻이 된다. 그리고 꽉 차면 중심이 쉽사리 흔들리지 않게 된다. 여유와 부드러움과 틈은 바로 이런 데서 나오리라. '금빛미르나무숲' 연작 시편에서 보여줬던 '식물성'은 분망하고 가난한 현실에 대비되어 그것의 의미가 두드러졌다. 현실을 갉아먹는 불온한 세상의 이치에 맞서 있는 시인의 바람이란 '금빛'으로 채색된 순수 공간에 자신을 맡기는 것이었다. 그만큼 부정적인 현실인식이 내면에 똬리를 틀고 있었다고 추측할 수 있다. 그러나 순정한 세계이자 공간인 '금빛미르나무숲'에 침잠하는 일이 현실 도피로 여기기 힘든 까닭은 그의 시 세계의 출발점이 생명의 신성함과 존귀함에 대한 인식에 두고 있고 여러 금빛미르나무숲 이미지 또한 그러한 생명 인식의 연장선에서 만들어졌기 때문이다. "흙이나 바람으로 여기저기 기웃거리다 미르나무 열매가 되어 잠을 잔다"(「금빛 미르나무 숲 4」)에서 보듯 이는 자연으로 귀속하려는 시적 상상으로 출현하여 그의 내면에 가득 찬 자괴와 부끄러움이라는 시 세계의 한 축을 도드라지게 한 측면도 있어 보인다. 어쨌든 이번 시집에서 그가 탐색한 시의 경로는 생명성과 영성의 심화를 거쳐 세계를 시인 나름대로 관(觀)하여 터득한 진실을 언어로 툭 내던지는 과정에 밀접해 있다. 괜한 멋 부리지 않고 넌지시 제시하는 그의 어조는 투명하고 부드럽다. 그는 생명이 그어대는 어지러운 운동 속에 사방팔방 뻗쳐나가면서 확산, 수렴하는 생성의 한가운데서 자신을 본다.

> 모두 털어 버린 나뭇가지의 잎새를 추억하며 그들의 작은 영혼의 내재율을 본다. 시시각각 변하는 계절의 계단을 밟고 날아오르는 것은, 정작 그들의 노래가 아니라 그들 자체이다 그래, 가을에 모든 잎을 떨어트려 본 나무는, 이듬의 푸른 잎의 절정을 예감할 수 있는 법. 홀로이, 홀로이 깊은 길을 잃고 어느 낯선 계곡에 젖어들 때, 그들 한 그루 한 그루가, 낮은 어투의 목소리로 우우–경구 한 줄씩 읊는다. 어디로 가든 길은 있고, 아무리 가도 길이 없다는 것, 내 앞에 떡 버티고 섰는 바위산에서 무릎을 친다. 아찔한 현기증으로 내세의 잠깐 동안이 눈앞을 스칠 때 아뿔싸! 그들이 피해 간 막다른 자리에, 큰 바람 맞으며 내가, 서 있다.
>
> —「대둔산, 겨울 참나무」 전문

'교감' , 이 그물코처럼 엉킨 생명의 문법마저 그의 시에서는 살짝 비켜간다. '교감' 이라는 '물아일체성' 을 넘어 전 · 현 · 후생의 모든 길이 한 곳에 모여든 자리에서 소름끼치듯 예감한다. 예감은 선험적이되 예후적이다. 지나간 생에서 이룩한 목숨 길이 내생으로 꽁무니 빼듯 도주하는 통로가 시인의 눈에 잡힌다. '겨울 참나무' 는 이런 뜻에서 볼 때 명징한 우화이다. 「대둔산, 겨울 참나무」에서 주목할 부분은 마지막에 쓰인 "그들이 피해간 막다른 자리에, 큰 바람 맞으며 내가, 서 있다" 이다. 모든 잎을 떨어뜨린 겨울나무와 시인은 오로지 먼 길을 가야 하는 생명의 장엄한 궤적으로서만 서로 '만난다' . 이 만남은 각기 다른 곳에서 왔지만 언젠가는 부딪치게 될 운명의 교차로에서 섬광처럼 생겨난 자리이다. "그들이 피해간 자리" 에 들어선 시인이 홀연 깨달은 장소이자 아주 먼 데서 달려오고 달아나는 인연들이 무심코 옷깃을 스친 때이고 공간이다. 따라서 "어디로 가든 길은 있고, 아무리 가도 길이 없다는 것" 에서 표현된 모순형용의 참뜻을 우리는 알아야 한다.

대저 길이란 무엇인가. 왜 우리는 앞에 놓인 길 위에서 서성대는가. 눈을 감으면 훤히 보이는 길이 눈을 뜨면 사라진다. 이는 마음 길이 보여주는 감쪽 같은 요술이 아니겠는가. 속을 비우고 겸허한 정신을 가진 자에게는 "어디로 가든" 이라는 명백한 진실을 체득할 수 있다. 그리고 "아무리 가도" 처럼 '의지' 가 개입하는 순간 그 훤하던 길들이 갑자기 끊어져 천 길 낭떠러지에 선 것처럼 위태로워진다. 그러나 이 두 길은 서로가 서로를 이어주는 이중의 진실들이다. 그늘은 햇볕 내리쬐는 곳에서만 생기듯, 끊어진 길은 눈 깜짝할 새 온전한 길로 전이될 가능성을 품고 있다. 이 벅차고 "아찔한 현기증" 나는 생의 진실을 시인은 「대둔산, 겨울 참나무」에서 읊조리는 것이다.

『北邙』 시편들이 대개 식물과 길, 그리고 자연의 숭엄함을 제재로 하여 세상살이와 우주에 대한 시인의 깊은 성찰을 드러낸 점은 고찰할 필요가 있다. 이는 '생명' 에 눈 뜨는 일로 귀결한다. 그러나 오늘날 많은 시인들이 '생명'을 말하고 작품으로 형상화한다. 그만큼 '생명'이 시의 근원으로서 존재하고 시가 궁극으로 지향하는 저버릴 수 없는 주제이기 때문일 것이다. 마찬가지로 생명의 의미를 캐묻고 증명하는 작품들이 빠지기 쉬운 함정 또한 간과해서는 안 되겠다. 생명을 '절대 선(善)'과 같은 관념으로 접근해서는 그것이 함의하고 있는 무궁한 뜻이 한낱 공허한 개념으로 박제화되어 버리기 때문이다. 뭇 존재를 제 목숨처럼 여기는 일에서 출발하되 이를 넘어서는 경지에까지 체득해야만 비로소 생명의 제일요소인 '살아 있음'의 참뜻을 알 수 있을 것이다. '살아 있음'은 '죽음'과 반대되는 말이 아니다. '죽음'의 경계를 지나는 과정을 얼싸안은 더욱 크고 포괄적인 상태가 바로 '살아 있음'이다. 시집 『北邙』이 성취한 요소들 가운데 하나가 바로 이것이다. 시인은 삶과 죽음의 갈림길에서 부딪치는 세계 존재의 비의(秘義)뿐만 아니라 이들이 만들어내는 복잡하면서도 간명한 원리를 직시한다. 그 표현은 그윽하고 은은하다. 이것은 시인이 살아오면서 숱하게 겪었을 삶의 부박한 진실들을 하나로 꿰뚫는 눈을 지녔기 때문이라고 본다.

숲의 굴참나무 아파리에도
손금 같은 운명이
서로 달리 길을 오고, 가고,
또는 가고, 옵니다

—「숲의 우주」 부분

이 시처럼 "운명"이란 말이 끼어든 시 대목의 숨은 정황을 살펴보자. 누구나 운명론을 펼칠 수 있다. 어떤 의미에서는 우리 모두가 운명론자이기도 하다. 지나간 삶을 하나의 '필연'으로 생각했다면 운명론자라고 스스로 밝히지 않아도 이미 '운명'이라는 삶의 투명한 궤도를 수긍하고 있다는 뜻이 된다. 그런데 시인은 운명을 "굴참나무 이파리에" 난 "손금 같은" 모양으로 빗댄다. "이파리"와 "손금"의 모양이 서로 비슷한 데서 착안한 것이겠지만 이를 유심히 살펴보면 사람이든 식물이든 아니면 그 무엇이 되었건 제가 지나왔고 앞으로 지나가게 될 생명의 길이 '지금 이곳', 그 명백한 장소에서 교차한다는 사실을 알 수 있다. 때로는 지워졌다가, 때로는 또 다른 쪽에서 생겨난 샛길에서 찬연히 만들어낸 길을 제 몫이라 믿고 따라가는 일이 생기기도 할 것이다. 그렇기에 이는 '숙명'과도 다르다. '운명'이란 스스로 판단하고 선택해서 목숨 길을 만드는 뚜렷한 진리이다. 시인은 말한다. "서로 달리 길을 오고, 가고,/또는 가고, 옵니다"라고. 읊조리는 데 약간의 불규칙한 리듬이 느껴지는 까닭은, 바로 '순리'란 말이 내포하는 우주의 일정한 이치와 법칙이 기계적으로 생명의 길에 적용되는 단순한 터득을 시인이 거부하고 있기 때문이다. "오고"와 "가고", 혹은 "가고"와 "옵니다" 사이에 들어간 쉼표는 그러한 불규칙적이고 유연한, 느리면서도 세차게 합류하는 운(運)의 기운들을 나타내기 위해서 집어넣은 기호이다. 이는 우리가 느끼고는 있지만 제대로 표현하지 못하는 '생성'의 알맹이이자, 비록 '말'로 나타내었다 하더라도 언어의 그물에 사로잡히는 불가항력의 모순을 드러내는 이중의 상징이기도 하다. 삶, 그것이 주는 온갖 복잡하고 미묘한 상태에서 빚어내는 순간들을 시인은 하나씩 쟁여두었다가 시로 꺼내놓는다. 그의 시가 대체로 깊은 듯 메말라 보이는 까닭도 여기에 있을 것이다. 삶의 구체적인 현장과 시로 표현된 언어의 형상화 사이에 무언가가 삭제되어 있기 때문이다. 이 지워진 '무언가'는 아이러니하게도 『北邙』 시편들이 이룩한 성취도를 지탱해주는 요소이다.

아내라는 이름에는 가시가 있다

손가락 찔리며 깨닫는 무망한 사막언덕
내 책상과 뱀 혓바닥이
아내의 치마폭으로 끌려 들어가고
서랍을 열면 아찔한 밤꽃냄새
나는 터져 오르는 아내를 감당하며
뱀 혓바닥이 책상으로 기어오르는 것을 본다.
이 봄밤!
무료해진 내 책상도, 꽃에 갇힌다.

—「꽃에 갇히다–책상과 아내 · 3」 부분

'책상과 아내'는 상징이기도 하고 구체적인 물상이기도 하다. '책상'이나 '아내'가 가장이 된 생활인에게 엄연히 존재하는 사실이듯이, 이들 낱말이 각각 '지식인(시인)'과 '여성(모성)'이라는 상징으로 기능할 수도 있기 때문이다. 허나 중요한 것은 이것이 '상징'이 되었건 '구체적인 물상'이 되었건 이들 시어로 표상하는 세계의 깊디깊은 '진실'이다. 시인은 여성 찬양론자도 아니고 페미니스트는 더더욱 아니다. 하지만 지식인들이 흔히 취한 듯 으스대는 지적 유희에 담겨져 있는 편향된 인식의 오래된 습성에 재갈을 물린다. 이는 '언어'가 지니는 역사성을 반성하는 일과 궤를 함께한다. '말'의 중요성을 오랫동안 천착한 사람일수록 그럴 것이다. "아내"란 말 속에는 이 나라의 역사와 정치, 그리고 숱한 인문학적 담론을 만들어내고 끌어들이는 블랙홀이 숨어 있다. 시인은 말한다. "아내라는 이름에는 가시가 있다." '아내'는 곧바로 '가시'가 된다. 찔리면 아프지만, 그렇지 않을 땐 '관능' 자체로 존재하는 말이 바로 '아내'이다. 쉽게 허락하지도 않고 그렇다고 닫힌 존재도 아니다. 시인이 "내 책상과 뱀 혓바닥"이라는, '이성'과 '감성(관능)'의 두 무기로 접근해야지만 가까스로 "감당하"는 존재이다. 현실에서 손쉽게 가치판단을 내리고 의미 규정을 짓는 '상식' 을 시인은 멀리한다. 이 말은 '현실' 과 '추상' 을 이어주는 의미화의 맥락을 시인이 일부러 지워버린다는 뜻이고, 누구나 생각할 수 있는 보편적인 의미 기능을 처음부터 선취하되 이를 객관화시켜 더욱 높은 자리에서 조망하는 힘을 시인이 가지고 있다는 뜻도 된다. 앞서 말한 삭제된 '무언가' 는 섣불리 의미화하고 특정한 정서에 쏠리는 시적 현상이다. 그리하여 다음의 시에 이르면 이러한 시인의 특장이 어떤 식으로 형상화되는지 드러나게 된다.

푸른 봄에게는 말하지 말자
내 조용히 흘러 흘러 그에게로
가고 있다는 말
어둠에 묻힌 새벽길에도
손금 보듯 훤한 그 곳
가는 길 묻지 않아 모른다더라도
그에게 닿을 때까진 말하지 말자
구십 구곡을 돌아 깊이 깊이 흐르다
멀리 햇살에 내 글썽이는 물빛 보고
비로소 내 그에게 가고 있다는걸
살짝 알아차릴 때까지
정녕 감추인 설움의 물길 보이지 말자
그에게 닿을 때까진 말하지 말자

—「北邙-겨울, 양천강」 전문

나는 위 시가 『北邙』에 들어 있는 모든 시를 대표하는 작품이 아닐까 생각한다. 이 시를 읊기 전에 우리는 여태껏 지녀왔던 삶의 의미와 한낱 치장에 지나지 않았던 상식들을 말끔히 비워야 한다. 서로 으르렁대며 싸웠던 알량한 고집과 지적 허세 따위도 버려야 한다. 부정어법으로 서술하고 있는 이 작품은 우리가 고집스레 쥐고 있는 것들을 버리라고 말한다. 「北邙」에서 "길은 絶緣입니다./관계를 베어버리는/一言之下입니다"라고 다부지게 표명했던 시인은 이 시에 이르러 조금은 순해진 어법으로 우리 등을 다독인다. 먼 길을 에돌면서 지치고 상처 입은 존재한테는 '길' 자체가 이미 죄악이고 불행이다. 시인은 말한다. "푸른 봄에게는 말하지 말자." 이 "말하지 말자"란 말에 함축되어 있는 의미 요소를 헤집는 일은 이 시뿐만 아니라 시집 『北邙』에 들어 있는 시인의 표정을 간파하는 일과 같다. "말하지 말자"는 '말할 수는 있으나 그렇게 해서는 안 된다'는 뜻이다.

그렇다면 무엇이 '말할 수는 있으나'인가. 시인은 「고사리」에서 "결국 펴보이고야 말 손바닥의 손금이지만, 잠깐쯤은 숨길 줄도 아는 그대의 지혜로움이, 보고 싶은, 보고 싶은, 내 아이처럼 새롭습니다"고 하여 '지혜로움'의 덕에 대해서 잠언처럼 입을 연다. 시인이 말하는 지혜로움이란 '잠깐쯤은 숨길 줄도' 아는 것이다. 우리는 비록 자신이 걷는 길의 끝이 어디에 닿는지는 몰라도 선험적으로 길의 지도를 안고 태어난다. 명줄이고 천지간 삼라만상의 우주에서 담당하는 제 혼의 몫이다. 이는 밖으로 내보여도, 안으로 품고 있어도 마침내는 드러나고야 마는 자연의 이치이다. 그러나 말은 그래도 마음은 그렇지 않다. "푸른 봄에게" 가는 길은 말없이 흘러가는 순명의 길이다. "손금 보듯 환한 그곳"이기에 어느 누가 굳이 일러주지 않더라도 제 의지로 닿고야 말 장소이다. 시인은 '그곳'을 "그"라 표현한다. "그"는 '북망'에 이르는 도저한 여로에서 지치고 쓰러진, 그리하여 한 많은 세상을 어둠처럼 젖다가 마침내 숨 멎을 때에 이르러 손을 내밀며 일으켜줄 광휘(光輝)의 존재이다. "그에게 닿을 때까진 말하지 말자." 시인이 나직이 읊조리는 이 대목에서 우리는 지하 깊숙이 내려앉은 곳에서 치솟아 오르고, 천상보다 높은 곳에서 강림하는 목소리를 듣는다. 산 자와 죽은 자 할 것 없이 언젠가 통과해야 할 길이지만 미망에 빠진 나머지 자꾸 되돌아보게 되는 우리들에게 엄숙히 꾸짖는 소리이기도 하다. 이곳에서 저곳으로, 아니 이승에서 저승으로 가는 길목에는 가시나무와 풀들이 끝없이 얽혀 있다. 제 속을 파내어 유유히 가려는 자는 '그'가 읊는 소리를 뚜렷하게 들을 수 있을 것이다. 그 음성은 높고 푸르다. 바르도(Bardo), 이 길 위에 난 길을 따라가다 보면 자신의 혼을 새롭게 이끌어줄 '北邙'이 보일 것이다. 시인의 말처럼 "말하지 말자". 이것만이 "설움"의 눈물을 구천으로 흘려보내어 진혼(鎭魂)의 마침표를 찍을 것이다. 그 속에 『北邙』이 놓여 있다.

경계를 더듬는 천 개의 입술

— 송진, 『지옥에 다녀오다』(문학의전당, 2008)

옛 사람들은 죽음을 얘기할 때, 신이 삶을 걸어놓았던 줄을 잡고 있으면 살아있는 것이고 놓으면 죽는 것이라 묘사한다.[1)]

경계

송진의 『지옥에 다녀오다』는 현실과 바깥 사이에 걸쳐 있는 존재들의 이야기를 담은 항아리다. 마술 항아리처럼 그 속에는 온갖 것들이 들어 있다. 퍼내어도 마르지 않는 샘처럼 한없이 이어질 듯한 말들의 표정을 보노라면 도대체 그의 눈길이 닿는 곳이 어디쯤인지 헤아려보게 된다. 말들이 주고받는 이야기를 순진하게 받아쓰는 아이처럼 그의 시에는 걸림도 없이 이어지는 '한 세계'가 있다. 그런데 이 세계는 경

1) 미르체아 엘리아데, 최건원 옮김, 『메피스토펠레스와 양성인』, 문학동네, 2006.

계선이 없다. 외부로부터 꾸역꾸역 밀려들어 온 이물스러움이 현실이나 '이곳'과 부드럽게 만나고 손을 잡는다. 이를테면 전쟁과 기억이 아무런 매개물도 없이 겹쳐지거나 일상의 체험과 상상이 알레고리로 급전하는 경우가 그렇다. 그러나 방종스러운 말들의 배설이 흔히 저지르기 쉬운 현학과 유희는 찾아보기 힘들다. 그 까닭은 그가 시를 현실과 밀착해 있는 그 무엇으로 여기기 때문이다.

시를 현실의 반영이 아니라 현실에 밀착한 존재로 바라보는 문제는 유심히 생각해볼 필요가 있다. 현실을 반영한다고 할 때, 시는 속으로부터 터져 나오는 감성의 표현보다는 형식의 억제에 구속당한다. 반면에 현실에 밀착해 있다고 할 때는 형식의 구속에서 좀 더 자유로워지면서 삶과 현실의 틈새까지 드러내는 가능성을 내포하고 있다. 따라서 송진의 시는 현실에 등을 돌리지 않은 채로 자유분방한 기호(말)를 흩뿌려놓은 그림으로 볼 수가 있다. 그의 시에서 확인할 수 있는 이 기괴한 그림으로 말미암아, 시인이 주목하는 것과 표현하고자 하는 어떤 의미체계를 가늠하게 된다. 그런데 시집에 실린 시편들을 하나로 꿰뚫는 의미체계는 글쓴이의 통찰이 부족한 탓으로 찾아보기 힘들다. 다만 그가, 삶이 경계가 뚜렷한 총체를 이룬다고 믿는 관념의 사이와 틈새를 시의 거멀못으로 삼는 점이다. '사이'를 매만지는 섬세한 손길에 모든 경계는 사라져버린다. 이는 습속을 지탱해주는 일그러진 믿음과 관념이 한낱 허깨비에 지나지 않다는 확인과 관계한다.

비 오고 바람 불고 고장 난 거울 아파트 숲이 보이지 않아 아파트 숲이 보이지 않아 버찌가 어깨 위로 뚝뚝 떨어진다 붉은 신호등 앞 피자 배달 오토바이 탄 헬맷 낡은 남색 잠바 검은 빛 헐렁한 양복바지 뒷모습만 보고 삼십 대 중반 아저씨인 줄 알았네 금발 머리 아이 중학생 될까 말까 늙은 소년의 미소가 뜨거운 피자처럼 식을 줄 모

른다 멀리 초등학교 시계탑이 뿌옇게 흐려진다

—「비손」 전문

"삼십 대 중반 아저씨"와 "소년"을 구분 짓게 하는 경계는 사실 허상에 불과하다. 나이만 아니라면 어른과 소년의 차이는 없다. 모두가 헛것을 보고, 헛것을 믿는 청맹과니일 뿐 시인 또한 그러한 자신의 착각에 겸연쩍어한다. 분명히 존재한다고 믿는 시간의 실체는 사람이 편리한 문명을 지탱하기 위해서 만들어낸 조작일 뿐이다. 이 시는 그런 시간의 경계가 허물어지는 것에 대한 형상화다. 이는 "시계탑이 뿌옇게 흐려"지는 구절을 통해 더욱 확연해진다.

사이를 탐색하고 그 경계의 이편과 저편을 훑는 일은 의문에서 시작한다. 묻는다는 것, 이 행위는 자신이 발 딛고 선 자리를 되돌아보는 일이고, 언젠가는 두 눈으로 확인하게 되겠지만 아직은 오감으로 체현하지 못한 실체에 사유의 아가리를 들이대는 작업이다. 송진의 시는 이 물음이 삭제된 상태에서 펼쳐진다. 아니 지워졌다기보다는 괄호 친 상태라고 보아야 할 것이다. 괄호는 숨김이고 감춤이다. 하지만 괄호는 후행(後行)하는 시의 이미지와 주제들을 규정하는 힘을 가지고 있다. 괄호 속에 무엇이 들어 있는지 묻는 일은 어리석다. 왜냐하면 시인이 '의식해서' 괄호를 만들어내지는 않기 때문이다. 그런데도 송진의 시에서 눈에 보이지 않는 괄호 속의 말뭉치들이 주렁주렁 매달려 있다고 믿을 수 있는 근거는, 상식과 통념을 한 번 뒤튼 상태에서 그의 시가 출발하고 있기 때문이다. 이는 시인이 현실을 구성하는 관념과 물질의 체계를 배반하고자 하는 욕망이 잠재된 것과 이어진다. 끊임없이 재잘대는 말과 말의 틈새에서 마치 숨죽이는 부엉이처럼 끼어 있는 본질다운 물음으로 하여 그의 시는 분수처럼 천 갈래로 뻗어가는 것이다.

이 여름 우울하세요? 그러면 부산역에서 16시 20분 물금행 무궁화호에 마음을 실어보세요 호포역 화명역 지나면 물금이랍니다 역 앞 냇가 마음에 고인 노란 물 쏟아버리고 왼쪽으로 난 길 따라 가세요 목재소, 석류나무, 무화과나무, 멍석 말 듯 제 몸 말아 발 앞에 꽃잎 떨구는 무궁화나무, 신선나무, '시인과 나' 카페, 고인돌처럼 넓적한 돌 평상, 물금취수장 지나면 무궁화 입에 문 새 한 마리 길 막을 거예요 용화사 가는 길 어디냐고 물어보세요 길 끊어진 어두컴컴한 굴다리 지나가라고 일러주지요

—「잠시 지옥에 다녀오다」 부분

142번 직행 버스가 내 차의 옆구리로 스며들었다 버스에게 씩씩대는 나 그건 내가 살아있다는 꿈틀거림 깜박 잠든 사이 링거 속의 약 몸속으로 다 스며들고 몸속의 피가 다시 링거 투명한 줄을 타고 사다리처럼 올라갔다 허둥지둥 혈관 깊이 꽂힌 바늘을 빼는 순간 붉은 피가 꽃잎처럼 와르르르 쏟아지는 것을 동그란 눈으로 바라보는 나 그건 내가 살아있다는 꿈틀거림 링거의 바다를 베고 눕는다 바다의 등이 출렁거린다 바다가 돌아눕는다 배가 출렁거린다 출렁출렁 출렁 그건 내가 살아있다는 꿈틀거림 투명 붕대로 온몸을 칭칭 감은 바다 나를 데리러 달려온다

—「죽음의 순례 6」 전문

'현실을 구성하는 관념과 물질의 체계' 를 배반하는 일은 일상과 일상을 매듭지어주는 '마디' 가 어떤 모양으로 돋아나고 꿈틀거리는지 살피는 일과 같다. 일상을 이루지만, 그렇기에 더욱 숨겨져 있는 생활의 빈틈과 편린들을 시인은 살려낸다. 그것은 의식의 질서를 새롭게 재구성하는 일이고 감정의 밑바닥을 끄집어내어 생생하게 다시 끼워 맞

추는 일이다. 「잠시 지옥에 다녀오다」에서 화자가 제시하는 "물금행 무궁화호" 승차에서 "용화사 가는 길"까지의 여정은 비단 "우울"에서 벗어나기 위한 '입사식'에만 머물지는 않는다. 차라리 마음 길이 바로 지옥행이라는 전언을 던지고 있다고 보아야 한다. '잠시 지옥에 다녀오다'라는 말에서도 알 수 있듯, 지옥이라는 관념의 장막을 과감하게 해체하여 저마다 꿈쩍하지 않을 것이라 믿는 마음이 움직이는 길을 따라나서면 일상의 지도에서 벗어나 있었던 존재들을 볼 수 있다. 이들은 "목재소"며 "석류나무" 따위처럼 사실 '이름'을 가지고 있지만 주의 깊게 바라보지 않으면 풍경에 묻어나는 것들이다. 또한 이들은 도시에서 살아가는 사람들의 인식 지평에서 제외된 사물들이다. 이처럼 풍경의 경계를 쓰다듬는 시인의 눈길은 「죽음의 순례 6」에 이르면 감각의 경계를 뒤엎는 것으로까지 나아간다. 이 경우에 사물과 사물이 부딪치는 '충돌'이 '스밈'으로 바뀐다. "직행 버스가 내 차의 옆구리로 스며"드는 일은 "약"이 "몸속으로 다 스며"드는 것과 같은 층위에 있다. 이 유순한 충돌은 시인에게 죽는 일조차 "살아있다는 꿈틀거림"으로 느끼게 한다. 죽음과 삶은 시인에게 역전된 감각으로 미리 다가와 있고, 이 역전된 느낌으로 이 둘 사이에 버티고 있는 단단한 울타리가 허물어지는 것이다. '순례'는 돌아다님이다. 죽음을 순례하는 일은 '죽음'이라는 경계 진 상태를 겪는 게 아니다. 삶에서 죽음으로, 다시 죽음에서 삶으로 이어지는 그 또렷하고도 출렁대는 매듭을 부드럽게 어루만지는 일에서 '순례'는 시작된다.

괄호 속에 가득 찬 웅성대는 말들을 커다란 의문부호로 만들어버리는 자리에서 송진의 시들이 출발한다고 할 때, 이는 '표현된' 시로써 속에 감춰둔 열망들을 가라앉히는 게 아니라 오히려 의혹과 욕망을 증폭하는 쪽으로 끝내는 기울어지게 마련이다. 경계를 넘어서도 또 다른 경계들이 만들어지듯, 시인이 악수하고자 하는 내면의 어둠조차 그 틈을 허용하지 않은 채 무리지어 있다. 그러나 이 어둠의 무리들은 시인과 맞서 있지 않다. 시인 또한 불안과 고통스러운 무의식체인 이들을 내면의 타자(他者)로 만들지 않고 한데 버무려버린다.

> 긴장된 숨소리
> 냉동실에 넣어둔 생선회처럼
> 사각거리는 얼음 꽃을 피운다
> 경계에 누군가 들어서거든
> 찔레꽃이든 노랑지빠귀든
> 잠을 자보아라
> 바퀴 굴러가는 그림자만 보아도
> 별똥 떨어지는 줄기만 보아도
> 날카롭고 긴 손톱 끝에 한 줌 싹이 돋고 있다면
> 그건 아직
> 네가 살아있다는 주민등본인 것이다
>
> —「적과의 동침」 부분

> 스파게티 등줄기를 입술로 빨아들이지 말 것 이빨로 끊지 말 것 포크로 둥글게 말아 입안 깊숙이 밀어 넣지 말 것 스파게티 속에 갇힌 귀신들이 톡톡 튀어 나와 내 목을 조를 거야 뜨거운 치즈처럼 내 목 안에 들어붙을 거야 그는 딱딱해지는 마늘빵을 삼키며 조용히 혀를 타일렀다
>
> —「올리브 스파게티」 부분

"날카롭고 긴 손톱 끝에" 돋는 "한 줌 싹"이 바로 자신에게 숨겨져 있는 어둠이고 현실 이면에 있는 또 다른 자아이다. 시인은 이를 '적'

과 동침하는 일이라 말한다. '적' 이 되는 존재를 가득 품고서도 그 존재 여부를 알 수 없는 뭇사람들에게는 "경계에" "들어서"는 일이 순서다. 이 '경계' 는 적과 나 사이를 가로지르는 빗장이 단지 빗장으로만 보이지 않게 된 상태이며 오히려 서로 겹치고 어우러짐으로써 "살아있다는" 생성의 자각을 일깨우는 결절점이다. 그런데 적은 언제든 자신을 해칠 수 있다. 「올리브 스파게티」에서 "스파게티 속에 갇힌 귀신들"은 때를 노리며 "내 목을 조를" 기회를 엿본다. 드러난 존재성에 가려 눈에 보이지 않는 존재들이 자신의 정체성을 내보이기 위한 몸부림은 한편으로는 공포로 다가올 수 있다. 공포는 대상이 확연히 나타나지 않을 때 일어나는 감정의 일종이다. 화자는 단지 추측으로만 공포를 일으키는 존재를 상정할 뿐 "조용히 혀를 타"이른다. 그래도 숨겨진 것과 드러난 것이 주고받는 상황은 역설스럽게도 긴장을 조성한다. 자칫하면 속에 웅크리고 있던 공포의 대상들이 한꺼번에 쏟아져 나올 것만 같은 조심스러운 상태를 시인은 말한다. 그 화자의 목소리는 건조하지만 떨림이 있다. 현실과 경계를 이루는 '저곳' 이 만들어내는 오싹한 상황 속에서 시인이 내뱉고자 하는 말은 무엇일까. 어둠과 경악스러운 세계를 바라보면서도 애써 견뎌야만 하는 현실 내면과, 이 내면과 맞붙어서 꿈틀거리는 현실 바깥에 대한 소통 갈망이 빚어낸 말들의 호흡이 시집 『지옥에 다녀오다』에 맺혀 있다고 물어도 괜찮을까.

입술과 마술

경계를 넘어 바깥을 사유하는 욕망은 시인으로 하여금 현실의 속박에서 비롯하는 내면의 '통점(痛點)' 을 이겨내는 한 방법이다. 이것은 현실 회피와 다르다. 현실 회피는 또 다른 문제나 고통과 대면해야 한다는 점에서 도로 현실에 구속받는다. 통점은 여러 갈래에서 생겨난 극한의 아픔들이 교차하는 자리다. 이 지점의 한복판에서 시인은 외부를 꿈꾼다. 추악함이 자라난 구멍, 상처를 준 통로들, 이 부정한 현실은 시인이 바람직하게 여기는 세계를 기준으로 볼 때 따돌리고 탈피해야 하는 상태라기보다는 맘껏 어루만지고 쓰다듬어서 그것의 생생한 몸짓들을 해방시켜야 할 조건이다. 시가 일종의 치유라고 할 때 시인은 이러한 치유의 기능을 자신의 넓은 품으로 현실을 포용함으로써 수행한다. 본래 시인은 거부하는 자가 아니라 칭송하는 자이다. 그러나 '칭송' 이 지니는 고대사회의 생활과 의식의 토대가 사라진 지금에서는 그것의 요소가 무의식으로 내면화한 대신에 행간에 음영을 드리운다. 이 그림자는 지복한 세상을 꿈꾸는 자리에서 짝으로 맞서 있는 그늘이다. 순환하면서 생성하는 세상의 기운이 혼탁해지고 움직임에 금이 생길 때 시인은 '노래하기' 를 그치고 '토해낸다' . '구토' 는 이질스러운 존재들이 언어, 다시 말해 로고스로 조직되지 못한 상태에서 마구 헝클어지고 불온한 세계의, 그 어질어질하도록 폭력에 길들여진 질서원리에 '튀겨져 나온' 사생아들이다. 송진 시인은 이 사생아들이 드나드는 길에 대한 알리바이로 '입술' 에 주목한다.

그대와 나를 이어주는 건
숨 쉬는 머리카락 몇 올
순간 거울 속 그대가 나타난다
그대의 눈가에 주름이 잡히고
입술이 열린다
아, 안 돼 말을 하지 마
바람이 불면 바람이 사라지고
말을 하면 말이 사라진다

거울 속
그대가 사라진다

—「퍼머넌트」 부분

나는 세 개의 촛불을 밝히고
돌아오지 않는 비를 기다린다
희붐한 새벽빛이 내 이마를 짚었다
돌아오는 것보다 돌아오지 않는 것이 더 많은 나날들
때론 믿고 싶지 않은 걸 믿어야 한다
불 꺼진 회화나무 한 그루
출구를 찾지 못한 채 제 목을 감고 구불거린다

—「입구의 입술」 부분

「퍼머넌트」의 화자가 '입술'을 매개로 "그대"와 "나" 사이에 놓인 커다란 심연을 이야기할 때, "말"은 '발화'나 '탐구'가 아닌 자리에 멈춰서야 한다. "말을 하면 말이 사라"지는 역설과 아포리아에 시인은 절망한다. 이 심오한 모순은 시인이 짐짓 말의 멋을 부린 데 지나지 않은 것이 아니다. 경우에 따라 진실을 왜곡하는 기능으로서 입술, 말이 되지 못하는 '소수 언어'를 자동으로 삼켜버리고 늘 문법과 관습에 따라 굳어버린 말만을 '배설'해온 구멍으로서 입술의 표지는, 바글거리는 말들을 은폐하면서 역으로 그 존재성을 입증하는 두 얼굴을 가진 상징이 된다. 입술이 지닌 이러한 이중성은 기우뚱한 균형을 통해서 그것의 역능을 증명한다. 그러나 속울음을 삼킨 채 숨이 터지듯 열려서 밖으로 욕동을 내뱉지 못한 채 다물고만 있을 때에는 "불에 탄 검은 입술"(「꽃」)이 되어버린다. 존재와 존재를 뒷받침해주는 혼돈성을 이어주고 소통해주는 마디로써 입술의 형상화가 「입구의 입술」에서는 절대 추상으로서 시인의 영능(靈能)을 확인시켜주는 상징으로 현현한다.

「입구의 입술」의 화자는 "돌아오지 않는 것"들을 경건하게 기다린다. 돌아와야 하지만 돌아오지 못함은 순리에 대한 배반이고 어긋남이다. 자연스럽지 못함이다. "비"와 "회화나무 한 그루"가 불행하게도 "때론 믿고 싶지 않을" 처지에 빠져 있다는 사실은, 화자가 이들 존재로써 상징한 '원시성'에 어떤 결락이나 틈이 생긴 것을 예감해서 보여주는 마음의 표지이다. 이것은 신비가 아니라 시인의 직관이다. 시인이 직관으로 사물의 본래성에 균열을 낸 동인(動因)은 "촛불을 밝히고" 경건하게 마음을 모으면서까지 응대해야 하는 자리에 존재한다. 깊숙한 응시와 통찰로 존재의 맥을 짚어내는 순간, 이 우주가 시인으로 하여금 열리고 닫히는 숨 트임을 되풀이하는 통(統) 생명체라는 사실을 시인이 때마침 터득했음을 알아차려야 하지 않을까. 여러 의미의 둘레를 어루만지는 입술이 지시하는 존재 양상은 시인조차 그 테두리를 가늠하기 힘든 다면체로 놓여 있다. 서로가 아무런 상관도 하지 않은 채로 문득 시인의 행위에 돌연한 사건으로 다가오는 것들에 대한 존재성을 나타내는 「매미의 입술」("비운 밥그릇에 홈친 입술이 떨어진다"의 경우)이 그 보기이다.

고통이 내면화되어 그 상처의 표피조차 문드러지고 메말라버린 사람이 기대는 곳은 어디일까. 말과 말 사이, 사물과 사물 사이가 갈라지고 터진 곳에서 자신들의 정체를 드러내는 모든 '알 수 없음'에 대해 인식표를 달아주는 일은 시인에게는 자기표현 못지않게 신성한 노릇이다. 세계와 현실을 묻는 일에서 시작하여 그 물음이 응당 경계의 안팎에서 묻혀버리고 잊혀져간 것들을 향해 고개를 들면 시간조차 이 활기찬 적요(寂寥)를 가로막지 못한다. 천 년의 경계를 관(觀)해버린 지경에서부터 소박한 자기연민에 이르기까지 시인이 순례하는 길은 '나'와 '세계'가 온전히 하나이면서 중심이 없는 여럿인 사실을 확인하는 과정이라 할 수 있다. 그곳에는 서로가 죽임을 당하지 않고 영원한 삶을 누리고자 하는 본성으로 가득 차 있다. 시인은 그 자신이 주체가 되어 세계를 바라보지 않는다. 주체조차 무화시켜버리는 경이로운 자리에는 마침내 '나'와 '우주'를 연결하는 시원(始原)의 호흡만이 남는다. 들숨과 날숨이 씨줄처럼 이어져 있는 세계는 온전한 우주공동체이자 시인이 그토록 바라마지 않는 이상향이다. 끊어짐, 절단, 이산(離散)과 같은 분리는 시인에게 끔찍한 현실이었고, 이 추악한 현실 뒤편에 가려 보이지 않는, 호흡이 불규칙하고 거친 광경을 직관하는 시인의 마음 한복판에는 '우주적 모성'이 똬리를 틀고 있다.

세계 여러 나라의 신화에 나타난 빛의 상징과 우주관을 분석한 책에서 M. 엘리아데는, "인도인들의 우주적·생리학적인 사고에는 밧줄이나 끈의 이미지가 폭넓게 사용되고 있다. 그들의 역할은 모든 살아있는 요소들, 즉 인간뿐 아니라 우주를 조화롭게 만드는 것이다"라고 이야기하고 있다. 비단 인도뿐만 아니라 고대 중국이나 그리스에서도 그들의 사고에서 조화로운 우주 생명을 표현하는 상징으로 밧줄과 줄의 이미지를 가져왔다.

송진 시인의 시에서 이러한 우주 신화가 되살아나는 일은 놀랍지 않다. '우주적 모성'은 제 혼이 부르는 최초의 물음에 대답하는 형식이다. 그 둘은 혼줄로 맺은 성스러운 계약 관계로 이루어져 있다. 이 끈이 부식되어 언제 끊어질지 모르겠다는 불안을 시인은 마술로 봉인한다. 그러나 이 은폐는 우주 생명에 대한 지극한 믿음에서 오는 성스러운 제의(祭儀)다.

> 팔 개월 된 아기를 업고 길을 나선다 콘크리트 처마 끝 비 흘러내리고 재개발 주공아파트 오층 옥상 다이빙하고 있다 해가 안개를 내쫓고 있어 아기와 나는 안개의 뒤꽁무니를 바라보고 서 있다. 비 그치고 매, 직박구리, 까치, 참새가 모여들었다 참새들이 낙엽처럼 아

래로 떨어졌다 다시 날아올라 앙상한 구기자 나뭇가지에 앉았다 신기하게 나뭇가지 하나 흔들리지 않았다 흔들림 없는 깨달음을 얻은 도인 같아…… 누구니? 돌아보니 아무도 없었다 비 그쳤는데 솔숲에 비 내리고 있다 솔잎들이 입안 가득 비 머금었다가 한 스푼씩 토해내고 있다 사라진 후의 보고 싶음 그 갈증을 난 알아…… 누구니? 태양은 소나무를 비추고 구름은 태양을 복대腹帶로 가린다 아기와 나는 안개의 바지랑대를 붙잡고 하늘로 날아간다

—「안개의 바지랑대를 붙잡고」 전문

"안개의 바지랑대"는 우주의 중심부에서 목숨을 잇게 하는 줄과 끈의 원형이 개인의 상징으로 변형된 재료다. 이 시에서 빈번하게 묘사되어 있는 추락과 상승 이미지는 마지막 문장에 나오는 "아기와 나는 안개의 바지랑대를 붙잡고 하늘로 날아간다"에 이르러 성사(聖事)의 마침표를 찍는다. 이 성사는 화자가 "팔 개월 된 아기를 업고 길을 나"서면서 보게 되는 생명체들과 "솔숲"에서 수직으로 내리꽂히는 "비"가 보여주는 환상 같은 공간 속으로 한껏 빨려 들어가는 일이고 그들과 함께 세상의 자궁으로 들어가고자 하는 황홀한 의식이다.

눈덩이 멍든 하늘을 가오리연처럼 매달고 서있는 솔숲, 미얀마 마술사처럼 솔솔 비를 내 뿜는다 비 한 잔에 취해 마술을 부린다 휘파람새 떼 지어 날아오르고 갈색줄무늬 고양이 살갗 벗겨진 억새 주위로 모여든다 겨울비에 젖어 이리저리 흘러 다니던 쥐똥 나뭇잎, 다시 쥐똥나무에게도 달려가 안긴다 미얀마 마술사 손은 따뜻한 어머니 품속이다 너도 나도 어머니 품이 그리워 미얀마 마술학원에 둥지를 튼다 미얀마 마술학원은 성업 중이다

—「미얀마 마술학원은 성업 중이다」 전문

이러한 경이로운 몸짓은 「미얀마 마술학원은 성업 중이다」에 와서 마술처럼 둔갑한다. 모성이 그려내는 위대한 그림은 신화에서부터 비롯한 우주 생명의 호흡이다. 그리고 신이 만물에게 불어넣었던 태초의 행위를 모방(mimesis)하는 마음이다. 화자가 "눈덩이 멍든 하늘을 가오리연처럼 매달고 서 있는 솔숲"을 묘사할 때, 우리는 우주가 만들어질 무렵 신이 매달아 놓았던 목숨의 줄(끈)이 오늘날 눈 밝은 시인으로 하여금 되살아나는 장면을 보게 된다. "하늘"과 "솔숲" 사이에 이어져 있는 것은, 천지간 만물이 그것으로 생명을 얻고 또한 그것으로 해서 혼이 우주의 품으로부터 벗어나지 않을 수 있는 신성한 매듭이다. 매듭은 경계의 안과 밖을 묶은 자리에 생기는 마디점이다.

『지옥에 다녀오다』의 전반을 지배하는 경계의 섞임과 말들의 난사(亂射)는 마침내 시인이 외롭지만 복된 믿음으로 가기 위한 아픈 몸짓이다. 이 과정에서 시인이 따스한 눈길로 다독여주는 미물과 경계의 테두리에서 비켜나온 존재들에 대한 사랑 속에서 '우주적 모성'이 은폐되어 있음을 확인하게 된다. 조화로운 혼돈에서 출발했지만 불온한 이성의 손아귀에 신음하는 것들이 저 자신의 성스러운 우주 관계망에서 멀리 떨어져나와 폐허 위를 나뒹구는 현실은 시인에게 공포와 연민을 불러일으키게 한다. 일그러진 입술, 들숨과 날숨이 불규칙하게 드나들며 울퉁불퉁한 현실의 표면 위를 떠다니는 기호로서 입술은 뜻하지 않게 생의 통로가 아이러니하면서도 겹으로 얽힌 경계로 이루어져 있음을 더듬는다. 이는 곧 눈에 보이는 현상 뒤편에 가려져 있는 우주혼의 발견으로까지 인식의 급전을 보여준다. 『지옥에 다녀오다』는 이렇듯 경이로운 존재 인식을 감추면서 혼돈스러운 경계의 풍광을 펼치는 하나의 세계로 놓여 있다.

바람이 건네는 인사

—이영옥, 『사라진 입들』(천년의시작, 2009)

1.

지나간 사건들을 기막히게 조립하여 마침내 연극 같은 구성으로 절정에 치닫게 한 아가사 크리스티 소설 『0시를 향하여』는 사람이 만들어낸 허구 가운데서도 빼어난 짜임새를 보여주는 작품이다. 이 소설은 비록 예술성 성취의 면에서 그리 높은 점수를 매길 수는 없더라도 '추리소설' 이란 말이 주는 고약한 선입견을 지워버린다면, '사람' 과 사람들이 엮어내는 '관계' 와 사랑이 주는 '진실' 의 세 지점에 깔린 어둑한 심연의 밀도를 새삼 느끼게 한다. 한마디로 말해서 사태의 뒷면이 어떤 계기로 해서 현상(現象)에 벼락같은 알몸으로 드러나고, 이런 필연의 내부 기제들 사이를 오고가는, 말할 수는 없지만 특정한 장소나 때에 이르면 반드시 밝혀지게 마련인 진실들이 숨어 있는 내밀한 장소의 낯빛이 불러일으키는 충격이다. 작가는 이 모든 진실과 사태들이 수렴·응결되어 눈에 보이지는 않았지만 조용하게 들끓던 긴장과 갈등들이 서로 맞부딪치는 때를 '0시' 라 하였다. 이때는 영문도 모른 채 먹먹하니 조성되어왔던 삶의 표면들이 그 원인을 들춰내어 맨살을 보여주는 지점이자 또다시 기약 없는 세속의 걸음걸이를 내딛는 출발선이기도 하다. 이 과정에서 잊어버리는 것은 현실의 조각들이 서로 얽혀 있지 않은 채 별개의 원리로 나아간다는 우연의식이요, 새로 생기는 것은 아주 작은 일의 밑변에도 만상(萬象)들이 지탱하고 영향을 준다는 사실에 대한 깨달음이다.

『사라진 입들』을 이루는 시편들이 빛을 내는 무늬들에 깔린 지층에는 서로 다른 무게를 지녔지만 궁극에는 와글대며 시인의 감성에 달려드는 순간들이 산재해 있다. 언제나 뒤늦게 찾아오나 늘 그 자리에 있어왔던 존재들이 내지르는 침묵의 비명을 시인이 알아채는 때가 바로 '감성의 0시' 다. 이 환한 시각은 대체로 기억과, 이 기억을 둘러싼 사후(事後) 심상화의 욕구가 팽팽하게 날이 선 채로 맞선 자리이기도 하다. 그러나 이러한 긴장에 뒤따라오는 것은 섣부른 형상화에 기댄 사태의 매듭이 아니라 또다시 언제라도 마주서게 될 존재들에 대한 기다림이다. 미처 끝내지 않은 채로 남겨진 소묘처럼, 우리는 다시금 생(生)의 둘레를 톡톡 건드리게 될 작은 입들의 속삭임을 들어줄 귀를 열어두어야 한다. 이런 뜻에서 볼 때 이영옥 시인에게 시는 자기구원보다는 존재환기에 더욱 가깝다.

언니의 시어머니인 사돈의 부음을 받았다
언니가 부재중일 때
귀 어두운 사돈이 받으면
나는 큰소리로 통화하는 게 싫어
수화기를 놓아버리곤 했는데
말없이 끊어 버린 수십 통의 내 전화를 받던 그녀는
국화꽃 영정 속에서 눈을 동그랗게 뜨고 있다

문상을 끝내고 밤 기차로 돌아오는 차창
뒤로 밀려가는 플랫홈의 가로등 밑으로
하루살이들은 여전히 치열하고
세상은 변함없는 주제로 생의 아득함을 광고하는데
나는 문득 보이지 않는 강을 건넌다는 생각이 들었다
여기는 생의 몇 번째 역인지
고인에 대한 추모는 아닐 텐데
뜨거운 눈물이 종착역에 도착했다는 방송
내가 전화를 끊어 버렸는데도
수화기를 들고 있었을 그녀의 캄캄했던 시간이
철거덕 브레이크를 잡으며 멈춰 선다

—「밤 기차」 전문

"그녀의 캄캄했던 시간"이 "멈춰" 서는 상상의 시각은, 시의 소재가 된 "사돈의 부음"이라는 실재 사건과 "밤 기차로 돌아오는 차창"에서 보게 되는 생의 고단함이 만나면서 그 깊이가 증폭된 때이다. 이 시는 존재의 어둑한 뒷면에서 들려오는 숨소리에 귀를 쫑긋 세웠을 어느 죽은 사람에 대한 회상을 소재로 삼고 있다. 그러나 대개 연민이나 추억에 그칠 법한 차원과는 다른 지점에서 시인의 눈은 멈춰 있다. 정지이거나, 한순간 자신을 꽉 붙들어 매는 상황에 어쩔 수 없이 처하게 된 불가항력의 한가운데에서 어둠을 맨몸으로 통째로 받아들이는 감수성이 흘러들어 가는 곳은 어디인가. 과거와 현재의 시점이 교묘하게 겹쳐 있는 시 「밤 기차」에서 시인은 지금 "문득 보이지 않는 강을 건넌다는" 낌새를 챔으로써 이에 대한 열쇠를 마련한다. 언제부터 시작되었는지도, 어디에 닿을지도 모를 세상의 심연을 헤아리면서 문득 죽은 사람이 생전 여러 번에 걸쳐서 무심코 부딪쳤을 어둠의 숨소리를 시인은 환기하는 것이다.

어쩌면 죽음은 이승을 등진다기보다는 날마다 감추어 있으면서도 컴컴하게 아가리를 벌리는 어둠 속으로 홀연 자취를 감추는 일인지도 모른다. 이는 "생의 아득함"과는 또 다른 뜻에서 존재의 비밀스러운 너비에 해당한다. 시인은 "문득"이라는 부사어를 달았지만 실은 여전히 그의 몸에 달린 더듬이를 그날도 어김없이 곤두세웠을 뿐이다. "보이지 않는 강" 위에 서성이는 섬세한 눈동자는 사돈의 죽음과 삶의 현기증뿐만 아니라 그를 에워싼 사물들이 웅성대고 컴컴한 입을 여는 한때를 향해 애써 눈짓한다. 불안한 사색을 마치고 일상으로 돌아오는 때인 "종착역에 도착"하는 지점에서 곧바로 그에게 "멈춰" 서는 "캄캄했던 시간"은 시의 종결점이 앞으로 만나게 될 가늠할 수조차 없을 수많은 생의 조각들을 기다리는 암시다. 시인이 건너는 보이지 않는 강은 캄캄한 시간을 향한 여정이고 탐색이다. 그리고 날이 선 채로 다가오는 것은 존재의 그늘이고, 이 그늘을 주시하는 눈동자에 새겨넣는 창백한 기억들이다.

2.

『사라진 입들』에는 이처럼 존재에 대한 시인의 눈길과 이에 감응하는 사물들의 내력이 가득하다. 시를 읽다 보면 시인이 마치 손가락마다 환한 등을 켠 채 세상을 더듬거리는 광경을 쉽게 떠올린다. 그러나 발광(發光)하는 촉수에 여지없이 걸려드는 것은 기실 밝음이 아니라 어둠이고, 살아 생성하는 것이 아니라 숨을 다해 그 형해(形骸)만 외로이 우뚝 선 것들이다. 그런데 이들의 표정은 슬픔이나 우울함이 닿지 않는 곳에 자리 잡고 있다. 애써 나타내자면 메마르고 쓴 웃음들이 허공에 붙박여 있는 채로 부유하는 곳에서 새어나오는 빛바랜 인상을 닮았다. 시인은 일상에 숨겨진 이들의 낯빛을 불러낸다. 그러나 건조한 습자지 같은 표피 속에 웅크리고 있는 얼굴들은 한때 환한 몸짓으로 세상을 활보하던 건강한 살갗이었다. 시간은 언제나 뒤를 돌아보지 않고 앞으로만 향하는 것이어서 뒤처져서 남겨지는 것들이 움켜쥔 시간의 파편에는 퇴락한 사물의 흔적이 고여 있기 마련이다. 시인은 이처럼 쇠락한 것들이 내쉬는 숨소리를 듣고, 응시하고, 속내를 들춰낸다. 이 어둠의 고고학자가 기록하는 언어에는 견뎌서 단단해진 고독이 들어 있다. 언젠가 선택받은 무리 가운데 하나였으나 지금은 지난날의 생기(生氣)를 잃어버린 것들이 내는 점멸의 순간을 낚아채는 시인의 감각에 이 고독은 윤곽을 드러낸다.

언니가 누에의 캄캄한 뱃속을 들여다보며 풀어낸 희망과
그 작고 많은 입들은 어디로 갔을까
마른 고치를 흔들어 귀에 대면
누군가 가만가만 흐느끼고 있다
생계의 등고선을 와삭거리며
종종걸음 치던
그 아득한 적막에 기대

—「사라진 입들」 부분

빗줄기가 가로등 밑으로 뛰어내리고
그 아래 일가를 이뤄 본 적이 없는 사람들이
낡은 수첩을 펴고 오래된 안부를 뒤적인다
빈 대합실 유리창에 불빛이 그렁그렁 맺힌다
터미널을 휘감은 검은 치맛자락 밑으로

행선지 모를 바람이 끝없이 태어나고 있었다

—「노포동 터미널」 부분

꽃이 열매에게 제 자리를 내어줘야 할 때
어디로 뛰어 내려야 할지 도무지 방향을 알 수 없을 때
꽃이 고운 제 빛깔을 거두며 어두워지려할 때
옆에서 아무도 다독여 준 이가 없었구나
이쪽 철망에 걸러진 삶이
저쪽 철망으로 몸을 끼워보지만
세상은 빈틈없이 촘촘한 봄날이었다

—「행방」 부분

가령 위 시들 가운데 "누에"(「사라진 입들」)와 "사람들"(「노포동 사람들」)과 "꽃잎"(「행방」) 따위들이 그렇다. 「사라진 입들」과 「행방」이 이들을 자연의 법칙에 귀속된 여린 존재들이 스러지는 모습으로 의인화하여 보여주고 있다면, 「노포동 터미널」은 삶의 주변부에 속한 사람들이 그려내는 쓸쓸한 몸의 윤곽에 초점이 가 있다. 서로 생존의 의미와 무게와 가치가 다르다 할지라도, 이들을 묶어낼 수 있는 공통된 요소가 있다면 바로 소외이다. 그렇지만 여기서 이 소외가 '무엇으로부터' 나 '어째서 생긴' 소외인가 하는 것은 적어도 시인에게는 중요한 문제가 아니다. 단지 중심에서 멀리 떨어져나와 다시는 원래부터 터를 잡고 있었던 곳으로 되돌아갈 수도, 그렇다고 또 다른 생성의 한복판에 자신들의 중심부를 세울 수도 없는 존재들이 움찔거리는 장면들이 시인의 눈에는 특별한 심상으로 다가올 뿐이다. 이는 사물의 가려진 면에 시선을 쏟는 시인의 섬세함이며 애틋한 마음이다. 그러나 촘촘히 박힌 그늘을 응시하면서 피워내는 허무감은 어쩔 것인가.

「사라진 입들」에서 누에를 키우며 생활의 빈틈을 메우려 했던 "언니"와 언니의 배려로 등록금을 마련한 '나'가 견뎌냈던 삶의 고난 못지않게 "누에"들이 거세당한 수많은 "입들"은 "아득한 적막" 속으로 가라앉아 있다. 이들은 모두 "생계의 등고선"을 힘겹게 오르려 했던 존재들로서, 단지 시의 화자가 기억 속에서 끄집어낸 유년의 소재 차원을 넘어서는 곳에 그 의미를 부여하는 데서 이 시의 참뜻을 밝힐 수 있을 것이다. 다시 말해 이 시에 나오는 자매('언니'와 '나')와 '누에'가 이루었던 지난한 결속 공간으로부터 화자가 빠져나온 시점에서 그때를 돌이켜보는 일은, 잃어버린 "희망과/그 작고 많은 입들"에 대한 탐색과 결부되는 것으로써 어디론가 숨어버린(또는 가려진) 존재의 결락(缺落)에 시인의 의식을 가져다 놓는다. 한 세상의 테두리에서 벗어났지만 결코 온전히 이전과 다른 세상으로 진입하였다고 스스로 믿을 수 없는 마음의 스산함을 풍긴다. 「행방」에서 "철망"에 끼인 채로 주저하는 "꽃잎"의 운명도 이와 마찬가지다. 더욱이 "세상은 빈틈없이 촘촘한 봄날"이어서 격리감은 증가한다. 이를 비극이라 할 수 있을까. 그러나 '비극'이 운명을 거스르는 행위를 보여줄수록 더욱 예정되어 있는 운명 속으로 귀착하는 모순을 품는 속성을 가진다면, 이영옥 시인이 토해낸 시들은 아예 처음부터 불행의 싹을 감추되 마침내 느닷없이 시의 공간을 잠식하는 어둠의 진실을 내놓고야 만다. 시간과 사물들 사이에 가로놓인 휑한 내막들의 표정을 보자. 연원도 희미하고 방향도 없이 생겨났다 꽁무니를 감춰버리는 그 무엇은 마치 "행선지 모를 바람"(「노포동 터미널」)처럼 쓸쓸하다. 그의 시들에 보이는 이러한 정조를 '보이지 않는 의식의 질서'와 '드러난 혼돈의 차원'에서 살펴볼 필요가 있다. 두 편의 시에 나오는 구절이다.

> 어머니는 유괴해 온 검은 밤을 펴고

펄럭펄럭 촛불을 밝혔다

—「철길」 부분

누구에게나 추억은 너무 가깝거나 지나치게 멀어 보였다
내가 더 이상 오지 말라고 위협하는 시늉을 하자
그 자리에 덜컥 선 채 초점 없는 시선을 막막하게 던졌다

—「늙은 개에게 바라는 최소한의 예의」 부분

유년의 기억을 재구성해서 형상화한 「철길」과 길에서 마주친 개를 소재로 한 「늙은 개에게 바라는 최소한의 예의」에서 그런 양태를 확인할 수 있다. 물론 시집에 실린 대부분의 작품이 이와 가깝거나 먼 정도의 차이를 보일 뿐이다. 시인이 시 전편을 통해서 아우르고 있는, 감춤과 드러냄의 형식은 그의 시들이 대체로 깊이 감추어진 시 · 공간의 외부로 발현하는 표정과 버무려지는 심상 작용에서 형성된다. 「철길」의 "펄럭펄럭"과 「늙은 개에게 바라는 최소한의 예의」의 "막막하게"와 같은 부사의 활용은 그러한 형식미를 가능하게 하는 준별점이다. 이 두 말은 화자가 기억하고 유추해낸 두 대상(유년의 기억과 늙은 개의 표정)이 가득 안고 있는 '진실'이 실상 어떻게 왜곡되어 화자의 눈에 비치는지 잘 보여준다. 어린 나와 "어머니" 사이에 형성된 "검은 밤"이라는 이미지와, "늙은 개"의 몸에 실제로 각인된 "추억"은, 기억해내는 과정에서 굴절되어 그 어둠의 진실이 일순 가려지거나[1) '초점 없는 시선'으로 불투명한 채 화자에게 다가온다. 화자가 본 "늙은 개"의 시선은 분명 '늙은 개'가 오래전 건강하게 뛰어다녔을 싱싱한 '추억'이 잔

1) 「철길」에서 "펄럭펄럭 촛불을 밝혔다" 구절이 그렇다. 여기서 어둠은 가려진다기보다는 때에 따라 언제든지 다양한 모습으로 나타날 수도 있음을 환기하는 복선으로 작용한다.

인한 시간의 더께로 덧칠된 망각의 선(線)이 된다. 이는 모든 지난 일이 "막막하게" 보일 수밖에 없는 화자의 의식이 투영된 것이다.

현실이 묘연한 것은 현실 자체가 그런 것이 아니라 어느 특정한 시점에 이르기까지 현실을 인식하고 바라보는 주체를 구성해내는 자기-역사에 극심한 균열이 생겼을 때 일어난다. 단단하지만 컴컴한 지반을 딛고 선 사람에게 불어닥치는 바람 같은 환영들은 시인에게 불안한 진실로 다가온다.

3.

존재환기의 측면에서 바라볼 때 이영옥 시인의 시편들은 밝음 속에 가라앉은 어두움과 그늘을 되살리는 데 매달린다. 그러나 이런 의도가 시인이 지향하는 '예술적 진실' 은 아닐 것이다. 때로는 성급하고 단정 짓는 말투를 통해[2] 때로는 번뜩이는 세상사의 통찰을 통해[3] 그려내는 언어는 희뿌연 추억들처럼 마음을 저미게 한다. 그는 존재를 규명하는 철학자도 아니고 그렇다고 해서 지나간 사실들을 질서 있게 배열하는 역사가도 아니다. 하지만 존재와 사실에 놓인 틈을 넓혀서 우리가 놓쳐버리거나 망각해버린 '관계' 를 말로써 되비추는 시인으로 서 있다. 이 점은 모든 예술가들이 짊어진 숙명이다. 알게 모르게 숨겨진 것들과 교

---

2) 「어떤 비교우위론」의 "감나무가지보다는 높은 산의 절벽이 고난도이라서/사자는 감나무보다 우위인 것이다"나 「질긴 막」의 "다정한 막을 떠난 뒤에/찾아오는 첫추위를/사람들은 외로움이라고 부른다"와 같은 구절들이다.

3) 「공이 온다」의 "생을 후려치고 가는 어떤 기미처럼/당신의 속력이 나에게 온다. 공의 힘으로/내 삶의 궤적이 다르게 그려진다"나 「왕버들 상회」의 "세상을 건너갔다고 생각하는 것은 제자리에 있는 것들이다" 의 경우이다.

통하는 자로서, 거듭하는 삶의 굴레 가운데 박혀 있는 은밀한 사연들이 내미는 손을 주저 없이 받는 사람인 것이다. 시 「입맞춤」은 이런 황홀한 상응성이 잘 나타난 작품이다.

> 그대와 눈을 감고 입맞춤을 한다면 그것은 내 안에서 일어난 수천 개의 바람소리를 들려주기 위해서다 빛나는 계절 뒤에 떼로 몰려오는 너의 허전한 바람을 마중해주는 일이며 빈 가지에 단 한 잎 남아 바르르 떠는 내 마른 울음에 그대가 귀를 대보는 일이다 서로의 늑골 사이에서 적막하게 웅성거리고 있던 외로움을 꼼꼼하게 만져주는 일이며 서로의 텅 빈 마음처럼 외골수로 남아 있던 뭉근한 붉은 살점 한 덩이를 기꺼이 내밀어 보는 일이고 혀 밑에 감춰둔 다른 서러움을 기꺼이 맛보는 일이다 맑은 눈물이 스민 내가 발뒤꿈치 들고 오래 흔들리고 있었던 그대 뜨거운 삶의 중심부를 가만히 들어 올려주는 일이다
>
> —「입맞춤」 전문

이 시는 눈부신 황금빛으로 보는 사람으로 하여금 황홀에 빠지게 하는 구스타프 클림트의 그림 「입맞춤(The Kiss)」을 떠올리게 한다. 입을 맞추는 행위는 서로 사랑을 확인하는 차원에 그치지 않고 '입'과 '혀'의 기관으로, 발화를 통해서 할 수 없었고 하지도 못했던 농밀한 말들을 대상에 전하는 기능을 한다. 이때의 '말'은 언어뿐만 아니라 느낌이나 지향성 같은, 행위로 나타내기 곤란한 감각 · 의지 따위를 몸으로 적극 보여주는 것들까지 포함한다. 이른바 사랑을 주고받는 여러 형태들 가운데 하나로써 갖는 기능에다가 두 존재들 사이에 깜깜하게 묻혀 있는 무의식의 앙금들을 거리낌 없이 내주고 건네받는 교환체계인 것이다. 이는 "너의 허전한 바람을 마중해주는 일이며"와 이 구절 다음에

이어지는 "내 마른 울음에 그대가 귀를 대보는 일이다"의 구절에서 보는 것처럼, 입 맞추는 두 대상 사이의 주 · 객이 뒤섞이고 혼효되는 부분과 관계가 깊다. 여기서 또한 "너의 허전한 바람은" 시 앞머리에 제시한 "내 안에서 일어난 수 천 개의 바람소리를 들려주기 위해서"에서 나온 바와 같이 화자 속에 회오리치는 수천의 바람에 휘말려서 그야말로 일대 카오스가 형성되는 것이다. 이러한 대혼돈은 수천수만의 바람이 웅성대고 울부짖는 소리를 아무 제약 없이 세상 밖으로 내놓는 일이며 제 속에 요동치는 것들을 내버려두어 중력장(重力場)에서 맘껏 벗어나게 하는 일이다. 그런데 이런 모든 방심(放心)은 시를 시작하는 구절인 "그대와 눈을 감고 입맞춤을 한다면"이라는 가정(假定)에 놓일 때만 일어난다.

입은 구멍이고 말들(言語)이 지나다니는 길이다. 서로 입을 맞춤으로써 품에 가득 고인 진실들이 되살아난다. 잠자고 있던 비명(悲鳴)들이 깨어나고 "혀 밑에 감춰둔 다른 서러움"들이 그제야 자신의 얼굴을 들이댄다. 그러나 이런 모든 사태들은 질서와 정돈을 가져다주는 안정된 의식 공간을 지향하지 않는다. "뜨거운 삶의 중심부"를 "들어 올려" 그 밑바닥에 모여 있는 폐습과 녹슨 공기를 말끔히 씻어내고 해체해버린다. 이것은 방종이 아니라 자유다. 묵은 습속을 떨쳐내고 새로운 생성의 한복판으로 솟구치려는 의지다. 이런 화자의 소망과 욕구는, 대상과 혼연일치하는 상응성이 일어나기 위한 계기로서 상상의 비등점에 다다르기 전에는 늘 숨죽여 있다. 이렇게 볼 때 "수 천 개의 바람소리"는 열려 있는 침묵이자 닫혀 있는 함성이다.

『사라진 입들』에 실린 시편들 곳곳에 불어오는 "바람"은 그 뿌리가 확실하지 않은 채로 시의 분위기를 조성하고 환기한다. 허무의 냄새를 짙게 풍기면서 아울러 생성을 가능하게 하는 무한자유를 떠올린다. 존재의 배면에 달라붙은 어둠이 제 본질을 드러내는 매개이자 그늘의 테두리를 끊임없이 연장하고 철저한 소외로 구심(求心)하려는 쓸쓸한 상징이다. 명백하게 숨어 있는 진실이자 표면으로 나타난 혼돈이다. 이 기괴한 이중성이 시인으로 하여금 시를 쓰게 하는 원인자(原因者)가 되지는 않았을까.

> 바람의 일행들이 절뚝거리며 지나갔다
> 술 취한 아버지가 삼나무 옆구리에 자전거를 박았다
> 큰 언니가 가방을 꾸려 객지로 떠나던 날
> 내 안에서 우는 마른 바람 소리를 들었다
>
> —「삼나무 떼」 부분

> 바람이 삶 전체를 뒤로 밀었다가 제자리에 세우면
> 강바닥에는 어지러운 손금들이 자꾸 태어났다
> 모두가 하룻밤만 자고나면 떠날 객식구처럼
> 바람이 뱉어낸 싸락눈처럼 서늘하게 집안을 떠돌았고
>
> —「바람 아래 붉은 강」 부분

인용한 시에서 "바람"은 운명처럼 "삶 전체를" 뒤흔드는 존재이면서 삶 자체를 지탱해주고 이어나가는 주요 성분이다. "바람의 일행"에서 보듯, 이들이 떠맡은 삶의 길은 언제든 떠날 준비가 되어 있는 불안정한 상태다. 모두들 "객지로 떠나"려는 "객식구처럼" 펄럭거린다. 그리고 이들을 바라보는 시인의 몸에서는 "마른 바람 소리"가 울부짖는다. 자기 체험의 원점은 집이고 식구다. 뚜렷한 방향도 없이 시인 둘레를 어른거리는 피붙이들이 환영처럼 흘러가버린 곳에 남겨진 것은 바람이 토해낸 고독이다. 시인은 이 고독한 자리를 상념한다. 바람의 꽁무니가 배실 웃으며 기웃거리는 황량한 뜰엔 지워도 되살아나는 기억들이 모여들고 "사라진 입들"(「사라진 입들」)이 손짓을 한다. 원(原) 기억을 잡아채서 시인에게 불쑥 내미는 바람의 풍경 속으로 시인은 서슴없이 걸어 들어간다.

4.

그는 무엇을 보았나. 그리고 어떤 말을 하였나. 시집 『사라진 입들』을 읽은 독자라면 응당 물어봐야 하는 것들이다. 마치 '잘 빗은 항아리'를 완상하듯 시를 읽는 내내 마음이 가라앉은 까닭이 단지 말을 다듬고 소재를 간추려 뛰어난 형상 능력을 보여주었기 때문만은 아닐 것이다. 시의 오솔길을 더듬다 급격한 비탈을 만나 허둥대기가 일쑤인 여느 시인의 시들과는 달리 이영옥 시인의 시들은 시상(詩想)의 높낮이가 부드러워 헤맬 염려가 없다. 게다가 시에 등장하는 사람들 이야기 또한 그 다음을 궁금하게 만드는 서사의 흡인력을 갖추었다. 서사성의 획득은 '서정시'를 구성하는 수의(遂意) 요소에 지나지 않으나 삶의 순간의 진실을 얼마나 포착하느냐가 시를 더욱 아름답게 하는 열쇠가 되는 만큼, 시상을 전개하는 과정에서 시의적절한 이야기성의 배치는 어느 정도 필요하고 중요하다.

화자가 어릴 때부터 보아온 이모부의 갑작스런 죽음을 막내이모의 메마른 울음으로 인화(印畵)한 「형산강」, 한 노인의 죽음과 이를 위로하는 듯하는 이팝나무 꽃잎들의 낙하를 감동 있게 형상화한 「이팝나무 고봉밥」, 좌절과 절망에서 자신을 곧추세우고자 하는 사내의 고독을 담은 「돛배 제작소」와 같은 시편들이 시인이 이룩해낸 서사성의 결실이다. 그런데 가족이나 그 밖의 허구 인물이 지나온 생활의 편린을 보여주는 이런 시들에서, 나는 안으로만 웅크러드는 인간 실존의 허약함에 주목한다. 시의 소재로 나오는 인물들이 그렇다는 것이 아니라 이들을 감싸 쥐고 색칠하는 시인의 눈길이 그렇다. 사람살이에서 비롯하는 '순간의 진실' 은 시에서 알맹이처럼 단단히 뭉쳐 있되, 언제든 어루만지고 두고두고 되새겨볼 수 있는 힘을 내보여야 한다. 이는 시의 부드러움이고 강함이다. 독자들에게 울컥한 심사를 느끼게 하면서도 한편으로 주먹을 불끈 쥐게 만들어야 한다.

간간한 어둠에 절여진 한 사내가
심해의 물고기처럼 방바닥에 배를 붙이고
담배 연기를 뽀글거리며 희망을 조합했다

—「부산 여인숙 3호방」 부분

겨울 철새들이 환하고 고독한 문장을
삐뚤삐뚤 베끼며 길을 떠난다

—「달의 자서전」 부분

새떼가 석양을 꾹 찍고 빠른 등기 우편으로 날아갔다

—「낮달이 꺼내는 새떼-흰 접시꽃」 부분

위 시들 가운데 먼저 「부산 여인숙 3호방」을 보자. 도시의 모서리에 있는 허름한 여관에서 아무도 모르게 "숨을 멈"춘 사내가 "희망을 조합"하는 장면이다. 여러 시인들이 다루어왔던 소재인, '밑바닥 인생' 들의 피로한 일상과 쓸쓸한 최후를 감각적으로 그리고 있다. 이런 소재는 자칫하면 재기 발랄한 말로 이미지를 전면에 내세우는 대신 흔해빠진 '스토리' 를 재생하는 약점이 있다. 시에서 '스테레오 타입(stereotype)' 의 특징은 늘 새롭고 신선한 분위기를 만들지만 정작 '할 말' 은 미리 정해져 있고 껍데기만 요란스럽게 변주하는 데 있다. 이럴 때 도시빈민이 겪는 힘들고 괴로운 세상살이에서 '희망' 이란 낱말이 안겨다주는 중층의미[4]의 폭로가 막혀버리고 다만 세상의 비합리 · 비인간화에 희생한 한 남자의 파국만을 형상으로 보여주는 데 그친다. 부조리한 사회에 대한 분노에 뒤이어 세상을 더욱 미묘한 가치들이 서로 충돌하고 비켜가는 마당으로 보아 세심한 인식으로 이끌기보다 사내의 비극 같은 종말을 톡톡 튀는 말들로 압축한다. 부조리한 세상이 독특한 이미지로 단순해지고 삶의 '순간의 진실' 이 정전기 같은 감각으로 대체된다. 이런 점에 비추어 이 시에 나타난 문제점은 시의 서정성을 극대화하여 표현한 「달의 자서전」과 「낮달이 꺼내는 새떼」에서 인용한 구절이 가진 문제성과 연결된다.

사회 실상의 빈약한 인식은 서정의 '박제(剝製)' 와 통한다. 한 장의 그림엽서를 보는 듯 '예쁜' 시 구절은 이 두 시가 내보인 서정의 참맛을 잃게 하고 돌올한 무늬로만 남게 한다. 한두 구절에서 느끼는 그림 같은 심상이 시 전체가 간직한 언어들의 산뜻한 정조를 뒷받침하지 않고 흠으로 남을 때 '작위성' 이 전혀 없었다고 흔쾌히 말하지는 못하리라. 지난날 이미지스트들이 시를 쓸 때는 시사(詩史) 의미로 보나 문단에 준 충격으로 보나 분명 신선한 행위요 의식(儀式)이었지만 이도 그리 오래가진 않았다. 스타일과 기법도 궁극에는 시인이 가진 세계관 · 사상에 영향을 받는 바가 크고, 또한 그 역도 필요조건으로 가늠된다. 이런 몇 가지를 문제 삼는 까닭은, 첫 시집이 시인에게는 두말할 필요도 없이 시 세계를 형성하는 최초의 인식 틀인 것과 함께 좀 더 간추리거나 심화해나가야 하는 부분들이 여럿 뒤엉켜 있다고 판단했기 때문

4) 자본주의 사회에서 사람들에게 심어주는 '장미빛 환상' 과 이에 개인이 흡수하는 '이데올로기 호출' 사이에서 빚어지는 '만들어진 희망' 과, 낱말 자체가 함의하는, 좀 더 바람직한 기대의 뜻이 섞여 있다는 의미로 쓴다.

이다.

『사라진 입들』에 나오는 첫 시 「철길」에서부터 마지막을 꾸민 「밤기차」까지 가는 길은 때로는 여위기만 하는 존재에 대한 안쓰러움으로, 때로는 황홀한 말(言語)들을 잡아타고 허공을 헤집는 듯해서 붕 뜬 마음을 간신히 달래는 여정이었다. 그늘에 옹기종기 모여 있는 존재들이 시인의 눈에 사로잡히는 광경을 바라보다 문득 아가사 크리스티의 소설이 떠올랐다. 이 작품에서 사실 '0시'는 완전범죄를 노린 살인자가 그가 세운 치밀한 계획을 티 하나 없이 짜 맞추어 실행에 옮기는 시각을 상징한다. 모든 사건과 사실들이 그 시각에 맞추어 점점 다가오고 마침내 모든 정황들이 소실점에 다다르는 때 '진실'이 밝혀진다. 모든 살인은 사건의 시작이 아니라 이전부터 있어왔고 진행해왔던 일들의 종결이라는 영국 작가의 말을 뒤집어, 오랜 시 쓰기 훈련과 웅숭깊은 생각으로 정련한 첫 시집이 밝힌 '감성의 0시'는 앞으로 보여줄 이영옥 시 세계의 너른 터가 아닐까. 거기서 쏟아져 나올 그늘 깊은 말을 기대한다.

우리가 어두워질 무렵

— 손순미, 『칸나의 저녁』(서정시학, 2010)

어스름이 깔리자 노래가 흘러나온다. 대낮의 세상을 뒤로하고, 그제야 활보하기 시작하는 목소리들은 애잔한 가운데 뭔가 기지개를 펴는 듯 활기차기까지 하다. 세상은 너무나 밝았기에, 이 광명 천지에 눈먼 존재들이 어둠을 맞이하자 곧바로 숨어버리는 공간에서 새어나오는 또 다른 얼굴은 무엇인가. 낮을 등지고 밤을 맞이하는 그때 피곤한 일상을 한순간에 잊게 하고 새로운 세상으로 이끄는 '그것'은 과연 어디에서 생겨났는가. 손순미의 『칸나의 저녁』에는 이러한 물음에 대한 답을 찾는 과정이 고스란히 드러난다. 이 과정은 시인의 세상 편력에서 비롯하는 세계 인식이나 철학적인 사고가 '시'의 거죽을 통과하면서 여과된 언어의 단층으로 독자들에게 비춘다. 따라서 '뜻'보다는 뜻을 둘러싼 말들의 윤곽이, '주제'보다는 그 주제와 표면을 음영지게 하는 빛깔이 작품을 맞이하는 어귀인 것이다. 시집 맨 앞쪽에 자리한 「저녁의 시(詩)」를 보자.

고양이 울음이 느릿느릿 계단을 내려오고 있었다 울음소리는 저녁보다 어두웠다 신발을 신은 울음은 모퉁이까지 걸어가서는 돌아오지 않았다 골목은 먹물처럼 고요했다 어둠을 보관한 집들은 집의 입술인 창문을 열지 않았다 집의 근심은 하수구로 흘러나왔다 수챗물이 눈물처럼 반짝였다 나뭇가지에 검은 색종이처럼 접혀 있던 새들의 깃털 터는 소리 낮게 들려왔다 밥물 잦는 소리 같았다 다시 길을 당겼다 담장의 자귀나무 연분홍 서로 몸을 부딪고 깊은 저녁을 껴안고 갔다 가로등이 흰 새알을 까는 동안 손수레를 끄는 노인이 남아 있는 골목을 다 끌고 갔다

—「저녁의 시(詩)」 전문

「저녁의 시(詩)」란 제목이 붙은 이 작품의 특징은 시각 이미지가 전면에 나서 있다는 점이다. 그렇다. 독자의 수정체에 반사되는 저녁의 빛깔에는 집과 골목이 피로하게 받쳐주었을 현실과 역사가 지워진 채 다만 짙은 남빛으로만 번져오고 테두리 친다. 고양이 "울음소리는 저녁보다 어"둡고 "골목은 먹물처럼 고요"하다. 그리고 "수챗물이 눈물처럼 반짝"이며 새들은 "나뭇가지에 검은 색종이처럼 접혀 있"다. 시인은 '어둠'이라는 저녁 이미지에 빠져든 것에 틀림이 없을 터인데, 무슨 까닭인지 나는 시인이 그려내고 있는 어두운 빛깔이 마치 세상을 움직이고 약동하게 하는 힘이나 근본으로까지 시인이 여기고 있지는 않나, 하는 생각마저 든다. 시는 독자에게 건네는 시인의 메시지다. 이 메시지는 곧잘 이미지로 변형된다. 이미지로 변형된 메시지는 바로, 보이지 않는 곳에서 웅크리고 있는 삶의 진실 태(態)이고 시인이 새롭게 창조한 아름다움이다. 그가 "하수구 검은 마개를 열자/햇볕이 하수구 쪽으로 쪼옥 빨려나가는 소리/놀란 고양이가 집 밖으로 뛰쳐나가고/전기가 나간 것처럼 햇볕이 나간 마당이 캄캄하다"(「봄」 부분)고 스케

치한 '봄' 마저 시인의 시적 개성으로 돌리기엔 어딘가 석연찮다. 이는 시인이 독자의 기대와 관습을 배반해서라기보다는 시인의 시각 자체가 어둠을 긍정을 내포한 에너지로 바라보지나 않나, 하는 점과 관련이 있겠다.

> 전기가 끊긴 집에 어둠이 들어온다 흐트러진 집안의 집기와 모든 슬픔들이 그 어둠에 안긴다
>
> —「그 집에 내리는 비」 부분

> 봄밤은 허벅지가 드러난 치마처럼 짧다
> 담벼락 너머 꽃나무들 아찔한 향기를 풀어놓는다
> 집들은 향기의 침針을 맞고 뻐근한 관절을 펴고 잔다
>
> —「봄밤」 부분

> 멀리 천일홍 언덕 너머 안적사 종소리 수풀의 벌레들을 울리고 저녁은 밭가의 농부를 말없이 데리고 가네 모든 것을 버리게 하네 나는 전생의 길섶에 두고 온 것이 많았던가 무엇이든 보내지 못하네 나무들 하나씩 잎을 떨어뜨리네 저녁은 무엇이든 보내고 있네
>
> —「시월역」 부분

「그 집에 내리는 비」와 「봄밤」에서는 각각 어둠(밤)의 포용력("흐트러진 집안의 집기와 모든 슬픔들이 그 어둠에 안긴다")과 치유력("집들은 향기의 침針을 맞고 뻐근한 관절을 펴고 잔다")이, 그리고 「시월역」에서는 방생심(放生心)("나무들 하나씩 잎을 떨어뜨리네 저녁은 무엇이든 보내고 있네")이 드러난다. 어둠의 부정성은 손순미 시인의 눈에 걸러지자마자 긍정과 생성을 가능하게 하는 것으로 탈바꿈한다. 앞

서 나는 '이미지가 곧 메시지' 라는 말을 했다. 시인이 주로 포착해내는 이미지는 곧 시인이 독자에게 보여주고 들려주려는 메시지로 이해해야 한다. '어둠' 과 '캄캄함' 의 빛깔이 첫 시집 『칸나의 저녁』을 물들이고 있다는 점은 그의 시 세계의 출발점이 어디에 있는지 알려주는 표식이다. 시인은, 어쩌면 어둠만이 지배했을 어떤 공간에 유폐되었다가 잠식당하면서, 그리고는 곧바로 익숙해져서 그 이미지에 사로잡힌 나머지 어둠의 활성을 끄집어내지는 않았을까. 이를 다른 각도에서 살펴보자. 시인은 「밤의 백합화」에서 "버려진 것의 냄새는 어둡다" 라고 했고, 「칸나의 저녁」에서는 "칸나가 어둡다 새끼를 낳은 공포의 추억이 밀려온다" 라고 했다. 자연스럽게 어둠의 이미지가 내뿜는 부정성을 표현한 구절이다. 그렇다면 시인은 어둠의 이중적인 속성을 간파했다는 사실을 알 수 있다. 어둠에 익숙한 사람은 어둠 속에서도 빛을 볼 줄 안다. 그 빛은 대낮의 환한 빛이 아니라 혼의 빛이다. 한 줄 혼의 빛을 바라봄은 자기 내면, 아니 자기 정신의 실체를 투시하고 이를 시각화할 수 있음과 다르지 않다. 그렇지만 섣불리 단정 짓지는 말자. 손순미 시인뿐만 아니라 모든 시인과 예술가들은 자신만의 혼의 영역을 가지고 있다. 어떤 모양과 방향으로 틀어지고 굴곡지더라도 자기 언어와 예술 형식으로 작품을 빚는 것이다. 그 영역은 개인 체험이나, 환경과 지식으로부터 형성된 가치관을 포함한다. 시에 국한하자면 그것은 언어와 언어 사이의 여백이나 틈으로부터 새어나온다. 혹은 봉인될 수도 있다. 『칸나의 저녁』에 어둠 이미지와 서로 맞물려 있는 귀소(歸巢)의식, 이 둘 사이의 관계를 훑어보면서 시인이 만들어내는 빛의 뿌리를 살펴보자.

길은 지친 제 머리통을 황급히 집안에다 들여놓았다
자식처럼 돌아온 길을

집은 밤새도록 젖 물리고 자는 것이다

—「10월」 부분

지구상에서 가장 고독한 짐승 한 마리
멀고 아득한 외양간을 향해 비틀비틀 걸어간다

—「밤의 검은 소」 부분

세상 어디에 어미만한 집이 있더냐
이미 익을 대로 익어 버린 사내에게
젖을 물리고픈 어머니는 사내의 잠을 두드린다
얘야,

—「목단꽃 이불」 부분

위 세 편의 시에서 한결같이 보여주는 것은 '집' 과 '모성' 이다. 다만 대상이 서로 다를 뿐이다. 「10월」에서는 '길' 이고, 「밤의 검은 소」에서는 육신을 떠난(혹은 시인이 상상한) '소' 이다. 그리고 「목단꽃 이불」에서는 지하도에서 노숙하는 '사내' 이다. 이들은 모두 자연물('길' 과 '소')이거나 중심으로부터 비켜난 타자('사내')이다. 이들은 대낮의 세상에서는 보잘 것 없거나 학대받는 존재이다. 이들이 어둠을 맞이하면서 찾아드는 곳은 집이다. 시인은 화자의 입을 빌려 말한다. "세상 어디에 어미만한 집이 있더냐"(「목단꽃 이불」) 어둠은 그 자체로 사물의 윤곽과 정체를 지운다. 경계가 어슴푸레해지면서 서로의 테두리를 희미하게 삭제할 때, '밝음' 속에서 그늘졌던 뭇 존재들의 목소리가 되살아난다. '어두운 존재' 는 '어둠' 을 만나면서 안온해진다. 그런데 평안이나 심신의 회복을 위한 보금자리로서 '집' 과, 만물의 모태라 할 수 있는 상징으로서 '어머니' 는 시의 소재로서 조금은 진부한 느낌도 없지 않다. 그러나 이 진부하달 수 있는 소재들은 시인에게서만은 더할 나위 없이 소중한 생의 귀착점이 된다. 영원한 낮이란 상상할 수 없듯이 영원한 어둠(밤, 저녁) 또한 있을 리 만무하다. 어둠은 대낮의 활동을 위한 안식을 제공하면서 내면에 자리 잡은 잠재의식을 펼쳐보이게끔 도와준다. 지치고 지친 존재는 어둠으로, 아니 어둠 속으로 뛰어들어가고 싶은 욕구를 가지는데, 그것은 '지향성' 으로서가 아니라 '순환성' 으로서 놓여 있다. 시인은 순환성이 내포하고 있는 자연의 이치를 어둠에 대한 편중성으로 얼핏 보여주며, 이를 눈에는 보이지 않지만 반드시 존재한다고 믿는 '영원의 빛' 으로까지 상정하게끔 한다. 실로 어둠의 당파성이라고 말할 수 있겠다. 어둠의 당파성은 어둠이 지닌 생성력과 창조적인 능동성을 믿는다. 이를 잘 보여주는 시 한 편을 보자.

> 문을 두드리는 그림자 한 뭉치 어둠을 전해주고 우체부처럼 사라진다 봉투 속에서 두툼한 어둠이 흘러나온다 바람에 부풀려진 어둠이 야경을 돌며 차례로 불빛을 호명하고 일제히 검은 모자를 쓴 상점들 서로의 이름을 부르며 대답처럼 네온을 켠다 무명의 상표들이 물끄러미 사람을 쳐다본다 유리알처럼 맑은 계집애들의 웃음소리가 윈도우를 흔들고 지나간다 늦은 저녁이 뒤따라간다 호주머니 속에서 남아 있는 길을 꺼내본다 꾸깃한 길이 비로소 허리를 편다
>
> —「저녁의 환(幻)」 전문

이 시는 오로지 '저녁' 의 능동성을 기록한다. "문을 두드리는 그림자 한 뭉치 어둠을 전해주고 우체부처럼 사라" 지자 마침내 "호주머니 속에서 남아 있는" "꾸깃한 길이 비로소 허리를 편다". 이것은 제목처럼 '환상' 에 지나지 않는 것일까. '환상' 이 무의식의 현현에 속하는 영역이라면, 시인은 이 시로 해서 그의 속내를 밝혀놓은 셈이다. 비약일

수도 있겠지만 시인은 어둠을 지렛대 삼아 '길' 을 가고자 했던 것이 아닐까. "호주머니 속에서 남아 있는 길" 은 미처 사람들에게 내보이지 않았던 마음의 길이요, 속으로만 매만지고 더듬었던 미성숙한 전망이었다. 얽히고설켜 앞날을 조망하기 힘들었던 현실은 어둠의 도래로 비로소 밝아지는 것이다.

빛이 사그라지면서 어두워지는 것이 아니라, 반대로 어두워지면서 빛을 드러내는 진실을 『칸나의 저녁』은 보여준다. 이럴 때 시는 의미가 아니라 이미지로 그것을 밝힐 수밖에 없다. 손순미 시의 장점이 여기에 있다. '말' 을 툭 내뱉지 않고 그것의 윤곽과 둘레에 어른거리는 사물의 음영의 농도로 제시하는 것이다. 인상주의 화가처럼 빛의 굴절과 파장으로 자신만의 고유한 빛깔을 우려낸다. 물론 독자로서 느끼는 바지만, 그의 시가 어둠 속으로만 치닫는 건 아니고 어둠 바깥의 풍경들에도 시적 관심을 두는 사실로 보아 필경 다채로운 시적 실험을 시도하는 것으로 이해된다. 가령 「적사과」의 "나는 사과 한 상자를 주문했다 남자는 사과 맛이 한마디로 뜨겁다며 태양같이 웃었다 배달된 사과를 보고 아이들은 불덩이 같다고 하였다" 처럼 현실과 비현실의 교유(交遊)를 보여주는 언어 감각이나, 「지리산」의 "덩치 큰 산이/저도 외로워/마누라 같은 집 한 채 장만해 두었다" 처럼 그림 같은 의인 기법의 활용이 잘 드러난 작품들에서 그렇다. 한마디로 말해서 시인은 '언어' 로 해서 '시' 가 만들어지는 기본 원리를 누구보다도 잘 알고 있는 것이다. 시인은 말을 부리는 사람이다. 그런데 시인이 부리는 '말' 이 '말씀' 으로 승화할 때, 시는 경전이요 예술이 되는 것이다. 말이 도구가 아니라 '말 자체' 가 지닌 묘의(妙意)를 기억해내고 되살리는 일이 필요하다고 본다.

『칸나의 저녁』은 독자에게 꽃가루처럼 이미지를 묻히며 지나갈 뿐 삶의 의미를 되돌아보며 그 참뜻을 헤아리게 하는 힘은 부족해 보인다. 이 말은 손순미 시인의 시가 지닌 약점을 지적하는 게 아니다. 등잔불

밑이 어두운 것처럼, 그의 시가 펼쳐 보이는 빛나는 광채 아래 드문드문 숨어 있는 '그늘'을 생각해보자는 뜻이다. 시인이 들려주는 장엄한 어둠의 교향곡을 들으면서 교향곡이 끝날 무렵 깜깜해지는, 혹은 밝아오는 '지금 여기'의 무대를 어떻게 우리는 감당할 것인가. 다시 어두워지기만을 기다려야 할까. 시인은 또 하나의 세계–눈에 보이지 않는 세계를 시인된 자의 눈으로 밝혀보이고자 한다. 그것은 어둠 속에 들어앉아 어둠을 밝히고 있는 꽃이자 빛이다. 숨은 꽃들을 확인하기 위해서 얼마나 많은 슬픔과 상처를 삭혀야만 했던가. 어두워진다는 것, 참으로 비장한 인내와 눈물을 필요로 하는 일이다.

이발사 김 씨가 살구나무에 목매달았다
죽은 개를 파묻었다
고양이를 파묻었다
슬픔이란 슬픔은 살구나무에 다 파묻었다
봄마다 살구나무
그 슬픔들을 추모하며
조화弔花 한 다발 피워 올렸다
살구나무 열심히 슬픔을 익혔다
어느 날 살구 사리알 주렁주렁 열렸다
슬픔은 완성되었다

—「살구나무」 전문

슬픔을 이룩하는 과정은, 슬픔을 이루는 숱한 사건들과 형식들을 묻은 채 단 하나의 표정을 만드는 일이다. 「살구나무」에서는 "살구 사리알"로써 그 슬픔을 증언한다. 어둠으로 꽉 찬 살구 열매 알알이 말 못할 사연을 간직하고 있을 것이다. 여기에는 존재를 밝혀주었던 그 어떤 빛도 광채를 숨긴 채 다만 허공에 한 알 멍울로만 매달려 있다. 죽음을 어둡다고 할 수 있을까. 또한 죽음을 슬프다고만 할 수 있겠는가. "살구나무"와 "이발소 김 씨"의 자살은 서로 다른 존재 영역에 해당할 뿐 과연 어떤 인연으로 맺을 수 있을까. 하지만 시인의 눈은 더욱 깊은 데로 응시하며 이 둘 사이의 관계가 심상치 않음을 깨달았겠다. "이발사 김 씨"와 "죽은 개"와 "고양이"를 삼킨 살구나무는 현 존재의 희로애락을 무심하게 받아들이는 신물(神物)이다. 신성한 사물이라고 할 수 있다. 그는 어둠을 응시하고 지켜보는 제3의 존재다. 그리고 시인은 슬픔으로 점철된 생명체들을 아무 말 없이 보듬고 얼싸안아준 살구나무와, 살구나무에 자신의 마지막을 의탁할 수밖에 없었던 존재들을 묶어서 한 문장으로 정리한다. 바로 "슬픔은 완성되었다"는 것인데, 이 짧은 진술 하나가 시 「살구나무」뿐만 아니라 시집 『칸나의 저녁』의 인상을 곧바로 드러내는 표지가 아닐까 생각한다. '슬픔의 완성'은 더 이상의 비극도 더 이상의 아픔이나 상처도 허락하지 않는 상태이다. 이는 어떠한 감정도 휘발해버려 메마른 박피로만 놓여 있다. 그림인 것이다. 슬픔이 지나면 또 다른 슬픔이 찾아오듯이 죽음을 먹고 자란 꽃과 열매는 또다시 땅으로 떨어져서 슬픔의 거름이 된다. 아름다움은 얼마나 부질없는가. 절망으로 피워올린 꽃 또한 얼마나 오래갈 것인가. 마치 "꽃이 자신의 임종을 데리고 가는 길"(「목백일홍」)처럼 죽음을 거느리고 완성한 결정체마저 환한 어둠 속으로 들어가버릴 것을.

어스름이 깔리자 노래가 흘러나온다. 이 노래는 어둠을 맞이하여 마침내 기지개를 펴는 순한 '나와 너', 다시 말해 우리가 부르는 가슴 벅찬 엘레지가 아니겠는가. '그 무렵'을 『칸나의 저녁』은 기록한다.

무덤 속에 피는 꽃

— 손병걸, 『푸른 신호등』(문학마루, 2010)

몇 년 전 손병걸 시인을 뵐 자리가 생겼다. 신춘문예 출신 시인을 대상으로 작품 세계를 발제 토론하는 형식으로 진행하는 토론회였다. 어쩌다 내가 발제자가 돼서 발표를 했다. 처음으로 손 시인을 만난 날이었다. 건장한 몸집과 호남형의 잘생긴 얼굴에 언변까지 갖추어서 여러모로 보나 나로 하여금 주눅 들게 하기에 충분했다. 그 뒤로 몇 차례 형과 술을 마시면서 이런저런 사는 얘기를 나누었다. 그러다 부산에서 인천으로 이사를 갔다는 소식을 들었다. 2009년 가을 무렵 서울에 볼일이 있어서 올라간 적이 있다. 미리 연락해서 약속 장소를 정해 저녁에 시인과 만났는데, 오랜만에 만난 터라 서울에서 인천으로 택시를 타고 가서 다음날 아침까지 술을 마셨다. 만취 상태로 고속버스에 짐짝처럼 실려 부산에 오던 날 부산대학교 부근에서 목욕을 하고 늦은 아침을 먹으며 형을 생각했던 기억이 난다. 비록 헤어진 지 한나절밖에 되지 않았지만 또다시 그리워지는 까닭이 무엇인지 한동안 궁리를 했던 것이다.

형은 앞이 보이지 않는 사람이다. 그래서 지팡이를 짚고 다닌다. 언젠가 나와 손을 잡고 거리를 걸었던 때가 생각난다. 따스한 온기가 전해지는 손에서 나는, 앞이 보이지 않는 형을 위해 내 손을 잠시 빌려준 게 아니라 오히려 두 눈을 멀쩡하게 뜨고도 한 치 앞을 내다볼 지혜조차 없었던 나를 이끌기 위해 형이 내 손을 잡은 듯했다. 그만큼 형의 손은 따뜻했고 포근했으며 현자(賢者)처럼 신뢰가 묻어났다. 언젠가 곧 시집을 낸다는 말을 들었다. 우스개 삼아, 그러면 내가 해설을 써줄 테니 꼭 연락하라는 말을 술자리에서 흘리곤 까마득하게 잊고 살았는데 진짜로 연락이 왔다. 보내준 시편들을 꼼꼼히 읽으니 예전에 토론회 발제 때문에 읽었던 작품들에 대한 느낌이 되살아났다. 이를테면, 뭉클한 감동이나 시에서 엿볼 수 있는 곤궁한 형의 생활을 짐작하는 데서 비롯한 느낌을 말하는 게 아니다. 고독 같은 것이다. 보이지 않는 곳에서 잡아당기는 스산한 손길에 영락없이 끌려들어가는 존재의 황폐함이라고 해야 옳겠다. 쓸쓸하지 않은 삶이 어디에 있겠냐마는 형의 시편들에 나타나는 쓸쓸함은 특별하다. 그것이 보통의 외로움과는 다른 『푸른 신호등』만의 빛깔이다.

햇살 좋은 오후
오랜만에 나서는 외출이다

그날도 지하철역 앞 비스 정류장
보도블록에서 봄볕이 튕겨 오르고
까만 눈동자들 와글와글 대고 있었다

건너편 신호등에
빨간 눈이 감기고 파란 눈이 끔벅일 때

사람들 아스팔트로 뛰어들었지만
흰 지팡이를 든 하얀 눈동자의 아저씨는
낡은 전봇대처럼 제자리에 박혀 있었다

사람들 감전이라도 된다는 듯
주뼛주뼛 빙 돌아 멀어져 가고
나는 한참을 멈춰선 채
파란 눈짓을 몇 번 더 보았지만
아저씨와 횡단보도를 건너지 못했다

그 후, 어찌어찌 십 수 년이 지나
내 손에도 흰 지팡이가 들려 있고
우뚝 선 내 몸을 빙 돌아
사람들 발걸음소리가 멀어져 가고
내 심장에는 낡은 전봇대 하나 박힌 채
시도 때도 없이 파란 눈이 끔벅이고 있다

—「푸른 신호등」 전문

표제작인 「푸른 신호등」이다. "흰 지팡이"가 뜻하는 다중의 의미 요소와 "파란 눈"의 신호등이 충돌하는 접면에서 피어오르는 잿빛 연기야말로 이 작품의 효과가 아닐까. 그것은 시의 화자를 송두리째 심연 속으로 내동댕이치는 눈에 보이지 않는 손의 숭고함과, 어쨌든 현실 속에서 걸어가야만 하는 목숨을 이끄는 손아귀의 온정이 맞부딪치는 하모니이기도 하다. 우리는 '생명'이 핵심으로 자리 잡은 곳마다 돌연 침범하는 낯선 손님에 화들짝 놀랄 때가 있다. 그러면서도 마침내 그것과 악수하며 동화된다. 서늘한 존재 조건의 참극이라 할 만큼 우리는 변화와 충격에 익숙한 것이다. 그런데 이 작품은 보통의 사람이 겪는 수많은 충격 경험보다 더욱 특이한 체험이 녹아 있다. "까만 눈동자들" 이나 "아스팔트로 뛰어" 드는 "사람들" 에서 비켜난 '타자' 인 "하얀 눈동자의 아저씨" 의 처지를 훗날 화자 자신이 온전히 감당해버린 현실이다. "내 심장에는 낡은 전봇대 하나 박힌 채/시도 때도 없이 파란 눈이 끔벅이고 있다" 는, 온몸과 정신을 송두리째 검은 우물 같은 낭떠러지로 내려 앉히고야 마는 상황을 떠올려본다. 번뜩이는 것은 삶의 부조리에서 반사되는 흰 빛깔이요, 숨어버린 것은 '우리' 로 묶였던 '동질감' 이다. 예고 없이 다가온 상처는 시간이 지날수록 잊히는 게 인지상정이다. 하지만 그 흉터는 완전히 봉합되지 않는다. 시인이 맞서서 살아가는 삶은, 시인으로 하여금 어금니를 꽉 깨물게끔 추동하는 검은 물질로 다가온다. 그것은 견고하다. 그런데 단단하고 이물감을 주는 삶의 중력 속에서도 시인은 절망하지 않는다. 이 점이 시집 『푸른 신호등』을 밑에서부터 단단히 받쳐주는 힘이요 응집력인 것이다.

빼근해진 턱 딱딱한 밥
빠드득빠드득 씹어 삼킨다 걸어야겠다

—「딱딱한 밥」 부분

젖을 일이다
바삭 마른 내 몸을 지르밟아 주는
저 무수한 발걸음과 다시
저벅저벅 걸어갈 일이다
유쾌하게

—「행진」 부분

벽 같은 현실을 당당하게 맞아들이고, 더욱 힘차게 걸어가야겠다는 다짐을 보여준다. 이걸 희망이라 할 수 있을까. 희망이라 하기엔 시편들이 하나같이 움켜쥐고 있는 시적 현실이 너무나 신산하다. 누구도 발설하지 못하는 단독자의 의지와 숨결이 강하게 배어 있기 때문이다. 그것은 손병걸 시인의 시적 세계로 수렴하는 특징임과 동시에 장점이 될 수 있다. 처음부터 끝까지 현실을 직시하고 이를 저버리지 않되 현실 너머에 아른거리는 초월자의 음성에 귀를 쫑긋 세운다. 시가 단지 언어의 배합에 지나지 않을지 모르나 그 속에 심장 가득 울리는 존재의 심연과 영성을 보여주는 까닭이 여기에 있다. 다음의 시를 보자

대보름 달빛 아래
정화수 한 그릇 떠놓고
비나이다 비오나이다
비오나이다 비우오나이다
비우오나이다 비워우나이다
비워우나이다 비워운나이다
비워운나이다 비우었나이다
비우었나이다 비웠나이다
비웠나이다 비었나이다
비었나이다 텅 볐나이다
이제야 보이나이다
저 시커먼 까마귀들
이제야 들리나이다
저 빛을 토하는 노랫소리

까아악 까아악

—「달」 전문

"비나이다"(3행)에서 "이제야 보이나이다"(11행)에 이르는 대목이야말로 시인의 정신과 혼, 그리고 내면의 풍경을 보여주는 언어적 실체가 아닐까. 이 작품의 중간 부분을 차지하는 주문 같은 유사 언어들이, 말의 꼬리를 물고 이어지는 시 형식상의 재치라고만 여겨서는 안 된다. 물론 "비오나이다"에서 유추할 수 있는 여러 비슷한 시어들은 '달'과 관련해서 행하는 시적 화자의 경건함과 간절한 마음을 전면화하는 기법일 수도 있다. 그런데 "비었나이다 텅 볐나이다"로 끝맺는 빎의 말은 시인의 내면에서 소용돌이치다가 한순간 가라앉아버리는 영혼의 바탕자리를 역설하는 데 중요한 형식이다. "이제야 보이"고 "이제야 들리"는 초월적 존재의 확신은 시인에게 실존의 고통을 이겨내고 벗어나는 뚜렷한 징조임에 틀림없다. 이것은 "까마귀들"의 울음소리를 "빛을 토하는 노랫소리"로 듣는 시인의 감성에서도 드러난다. 「달」이 독자에게 은은하게 적시는 것은, 이처럼 시인의 정신과 혼의 영역이 중력에 밀착한 시인의 몸을 천공(天空)으로 이끄는 고귀한 마음일 수밖에 없다.

『푸른 신호등』이 제시하는 세계는 생생하다. 관념에서 억지로 짜낸 무슨 고상한 언어의 알쏭달쏭한 시들과는 거리가 한참 멀다. 시인이 겪은 현실 세상 속에서 얻고 체득한 느낌들이 시편들을 한데 묶어주는 중요한 얼개이다. 거기에는 '장애우'와 '어머니'와 '이웃들'이 펼치는 고단하지만 진실한 삶이 한가운데에 들어앉아 있다. 비록 누추하고 신산한 모습이지만 어느 누구도 범접할 수 없는 영롱함과 참됨이 가득하다. 시인은 이들에게서 진정한 삶의 가치를 발견한다. 어찌 보면 시인 자신이 겪고 있는 존재의 허망은 이들의 경건한 생에 견주면 아무것도 아닐 수 있다.

견디다 못해 기어간 곳이 집창촌
거기, 밥 떠먹여 주는 여인 있었으니
자꾸만 조여오는 목멘 음성으로
-다아앙시이이 처어어언사아아야.
-천사라니요? 당신이야말로 천사네요.
그날부터 사람들 눈 흘기고 지나가던 습지에도
바알간 꽃봉오리 터지기 시작하더니
꽃향기 흩어놓으며 웨딩마치 울려 퍼졌다

—「어느 액세서리 가판대」 부분

펄펄 끓는 라면 냄비
밥상 위에 올려놓고
어머니와 마주앉았다

허겁지겁 젓가락질할 때
빈병 하나 이십 원, 폐지 일 킬로그램 육십 원
헌옷 보따리 며칠을 모아 고물상에 넘기고 산 라면이라고 하신다

—「십 원짜리 라면」 부분

두 작품에 나오는 인물들은 시의 화자가 직접 보고 겪은 주변 사람들이고 피붙이다. 생활에 끈끈하게 달라붙어 있는 진실이 시로 형상화되어 아름다움으로 변모한다. 이것이 우리들의 삶인 것이다. 가난이나 신체의 부자연스러움이 한갓 삶의 고통으로 귀결되지 않고, 삶을 지속하고 실천하는 작지만 알찬 몸짓이 되어 세상을 꾸려나간다. 그저 현실에 속박당하여 힘들지만 어쩔 수 없이 견디는 소극적인 태도가 아니다. 오

히려 현실의 조건이나 삶의 궁핍 따위의 외부 시각에서 보게 되는 어떤 결핍조차 삶의 온전한 충만으로 탈바꿈시켜버린다. 충직이요 떳떳함이다. 시인은 이들에게서 올바른 마음과 행동을 본다. 기실 『푸른 신호등』의 시편들 모두가 곧은 삶에서 발견하게 되는 진실의 윤곽을 작지만 단호한 어조로 읊조리는 잠언이라 할 수 있다. 그 속에서 시인 자신 또한 어둠에서 밝음으로 이끄는 손을 분명히 깨닫는다. 그것은 「어느 액세서리 가판대」에서는 믿음이고 「십 원짜리 라면」에서는 소박하지만 신성한 노동이다.

거친 현실을 바탕으로 시의 꽃을 피우려는 시인에게 시작(詩作)은 한마디로 무엇일까. 말의 보석을 찾으려 형이상학의 정글을 헤집으며 선승인양 화두 같은 말을 던지는 최근 젊은 시인들과 확연히 갈라지는 손병걸 시인이라면, 다만 하하 웃으며 이렇게 말할 것이다. "그냥 써요. 무슨 대단한 거라고…." 이 상상은 물론 나만의 것일 수도 있다. 시집 『푸른 신호등』은 평소 겸손하면서도 호기로운 시인의 성정(性情)을 잘 보여준다. 가장 낮은 곳에 있는 자만이 저 높은 곳으로 갈 수 있다. 중력의 거친 현실에 시달리며 고통스러워하되 얼의 끈을 놓지 않으려는 자만이 다다를 수 있는 거룩한 자리에 그의 작품들의 진가가 놓여 있다.

산은 우뚝 서서
하늘 속 물을 빨아들이고
계곡물은 바다로 모여
파도로 부서지며 부유하고 있듯
어디에서 살고 있느냐고
굳이 묻지 않아도 될 일입니다

나는 이 땅에 있고
당신이 하늘에 계셔도
늘 함께 살아가고 있습니다

—「망양정에 올라」 부분

"어디에서 살고 있느냐고/굳이 묻지 않아도 될 일"이라 말하는 시인의 마음에서 천지간을 꿰뚫는 거룩한 도심(道心)을 나는 느낀다. 처소에 관계없이, 그리고 자신이 서 있는 바탕자리에 관계없이 일관되게 하늘을 모시는 마음이야말로 우리 인간이 가져야 할 태도가 아닌가. "하늘"과 "늘 함께 살아가고 있"다는 믿음은 소중하다. 현실의 속박과 굴레와 고통은 실상 아무것도 아니다. 호기로움과 자유로운 기상이 시인에게는 가득하다. 이러한 정신이 없다면 시인이라 할지라도 얼과 넋을 내던져버린 허수아비가 아니라고 누가 감히 장담할 수 있겠는가.

겨우
하늘의 발바닥이었다

아무리 밟아도 아무 것도 다치지 않게 하는
큰 걸음을 본다

—「정상에서」 전문

위 시에서 보여주는 하늘의 크나큼은 시인으로 하여금 필경 세상살이의 덧없음을 느끼게 하였을 것이다. 산꼭대기에 올랐다고 무슨 대단한 자랑거리라도 하나 생겼다고 자만하는 인간들에게 읊어주어야 하는 시다. 하늘마음은 우리가 상상하는 것보다 훨씬 원만하고 큰 것이어서 이성을 가진 사람이 결코 가늠할 수 없다. 시인은 본다. "아무리 밟아도 아무 것도 다치지 않게 하는 큰 걸음을". 우주의 시방(十方)세계보다도 더욱 넓은 하늘의 마음을 다만 한 자락이라도 느낀다면 얼마나 좋겠는가. 시인이 산 정상에 올라 온몸으로 감득했을 우주의 기운은 시인에게 소식 하나 들려주었을 것이다. 오만과 편견과 시기심을 버려 드넓은 하늘의 품에 안기는 자만이 그 소식을 들을 수 있다. 그럴 때 한없는 겸손이 파릇파릇 생겨나지 않을까.

내가 알기로 손병걸 시인은 큰 사람이다. 늘 해맑고 건강하다는 느낌을 준다. 시 또한 그렇다. 이번 시집에서도 나는 크게 느낀다. 그는 허투루 시를 쓰는 사람이 아니다. 분명히 말하자면 시가 곧 삶인 시인이다. 음풍농월의 자위(自慰)에 만족해하는 '시인놀음' 하고는 차원을 달리한다. 시가 곧 삶일 때 시인은 말 그대로 시인(詩人)이 된다. 여기서는 궁핍한 현실이나 고단한 세상살이에서 비롯하는 설움 따위는 끼어들 자리조차 없다. 하지만 그의 시가 실존의 고통에서 배태되는 극심한 공허를 딛고서야 우뚝 선 말의 꽃임을 알아차리는 것이 더욱 중요하다. "끔찍한 생사의 기로에서/짜릿한 전율 없이 피어난 꽃/지상에 없다"(「놀이공원」)라고 말하는 시인의 목소리에서 그 자신을 지탱하고서 견고하게 나아가게 하는 힘의 원천을 본다. 날마다 죽고서야 날마다 살 수 있다. 깨어남이란, 그 속에 죽음이 도사리고 있지만 죽음마저도 생의 환한 문법으로 조각할 수 있는 의지를 가진 자가 문득, 어렴풋이 눈 뜨게 되는 벼락같은 게 아닐까. 무덤이랄 수 있는 우리 존재의 조건, 닫혀 있고 물질만능사상에 모두들 홀려버린 오늘날의 세상에서 시가 무엇일 수 있을까. 저마다 요구하는 정신의 가치조차 세속의 고약한 잣대에 따라 편리한 그 무엇으로 대체해버리거나 폐기처분하는 현실에서 꽃꼿하게 치켜드는 시의 얼굴을 매만져본다. 채 삼켜버리지 못한 울음과 쓸쓸한 눈매 가득 번진 그늘 같은 버짐 사이로 꽃봉오리 하나 피었다. 진실한 말의 꽃 한 송이 들고 오신 손병걸 시인께 감사드린다.

| 찾아보기 |

가

나, 다

사

아

자

차

시의 역설과 비평의 진실 정훈 평론집

초판 1쇄 펴낸날 2011년 8월 16일

지은이 정훈
펴낸이 강수걸
펴낸곳 산지니
등록 2005년 2월 7일 제14-49호
주소 부산광역시 연제구 거제1동 1493-2 효정빌딩 601호
전화 051-504-7070 | **팩스** 051-507-7543
sanzini@sanzinibook.com
www.sanzinibook.com

ISBN 978-89-6545-157-0 93810

* 책값은 뒤표지에 있습니다.

* 본 도서는 2011년 부산문화재단 지역문화예술육성지원사업의 일부지원으로 시행됩니다.

* 이 도서의 국립중앙도서관 출판시도서목록 (CIP)은 e-CIP 홈페이지
(http://www.nl.go.kr/cip.php)에서 이용하실 수 있습니다.
(CIP 제어번호 : CIP 2011003083)